Buch

Für die junge New Yorker Schauspielerin Cassandra Welles wird ein Traum wahr: Sie darf die Hauptrolle in einem Theaterstück über Jane Austen spielen. Cassandra ist seit Jahren ein großer Jane-Austen-Fan. Doch während der Kostümprobe geschieht das Unfassbare: Als sie durch die Kulissen schreitet, findet sich Cassandra nicht auf der Bühne, sondern urplötzlich im Jahre in 1801 im bekannten englischen Kurort Bath wieder. Das georgianische England ist allerdings keineswegs der bezaubernde Ort, den Cassandra aus ihren geliebten Jane-Austen-Verfilmungen kennt: Schon die hygienischen Zustände lassen sehr zu wünschen übrig. Aber das ist nur das Geringste ihrer Probleme – Cassandra kennt niemanden und hat kein Geld. Also muss sie sich als Dienstmagd bei der herrischen Lady Wickham verdingen. Ein hartes Leben voll Hunger, das sich erst ändert, als die exzentrische Lady Dalrymple in Cassandra ihre Nichte zu erkennen glaubt (oder das zumindest vorgibt). Mit Feuereifer führt sie Cassandra als verarmte Verwandte in die englische High Society ein. Und zu diesen Mitgliedern der besseren Gesellschaft gehören auch der faszinierende Earl of Darlington – und seine Cousine Jane Austen. Cassandra verliebt sich unsterblich in den Earl, da schlägt das Schicksal wieder zu: Lady Dalrymple erkrankt schwer, und der Earl muss sich mit einer anderen verloben, um sein Erbe zu retten. Und nur wenn es Cassandra gelingt, zurück in ihr Jahrhundert zu reisen, kann sie dem Schicksal ein Schnippchen schlagen. Doch heißt das auch, dass sie ihren geliebten Earl nie wieder in die Arme schließen wird?

Autorin

Amanda Elyot ist das Pseudonym der erfolgreichen amerikanischen Autorin Leslie Carroll, die sich mit diesem Buch, den lang gehegten Traum erfüllt, einmal in die wunderbare Welt der Jane Austen einzutauchen.

Amanda Elyot
Eine Lady in Bath

Roman

Aus dem Amerikanischen
von Christine Heinzius

blanvalet

Die Originalausgabe erschien 2006 unter dem Titel
»By a Lady« bei Three Rivers Press,
an imprint of Crown Publishing Group,
a division of Random House, Inc., New York.

FSC
Mix
Produktgruppe aus vorbildlich
bewirtschafteten Wäldern und
anderen kontrollierten Herkünften

Zert.-Nr. SGS-COC-1940
www.fsc.org
© 1996 Forest Stewardship Council

Verlagsgruppe Random House FSC-DEU-0100
Das für dieses Buch verwendete FSC-zertifizierte Papier
Holmen Book Cream liefert Holmen Paper, Hallstavik,
Schweden.

1. Auflage
Deutsche Erstausgabe Februar 2008 bei Blanvalet,
einem Unternehmen der Verlagsgruppe
Random House GmbH, München.
Copyright © by Leslie Sara Carroll, 2006
Copyright © der deutschsprachigen Ausgabe 2008
by Blanvalet Verlag, München, in der
Verlagsgruppe Random House GmbH.
Redaktion: Friederike Arnold
Umschlaggestaltung: HildenDesign, München
Umschlagmotiv: Baron Francois Pascal Simon Gerard/
The Bridgeman Art Library
MD · Herstellung: Heidrun Nawrot
Satz: Buch-Werkstatt GmbH, Bad Aibling
Druck und Einband: GGP Media GmbH, Pößneck
Printed in Germany
ISBN: 978-3-442-36572-2

www.blanvalet.de

In Erinnerung an Howard Fast

Ende 1996 hatte ich das große Glück, in der Rolle der Jane Austen in Mr. Fasts Zweipersonenstück *The Novelist* besetzt zu werden. Es ist eine »Was wäre, wenn«-Geschichte, die von der romantischen Vorstellung ausgeht, dass ein schneidiger Kapitän in Miss Austens Leben platzt, sie umhaut und ihr einen unumstößlichen Heiratsantrag macht, als sie gerade ihren Roman *Überredung* zu schreiben beginnt.

Mr. Fast selbst war einer der produktivsten Romanschriftsteller des zwanzigsten Jahrhunderts, aber er pflegte sein hübsches, kleines Theaterstück wie ein Lieblingskind, und ich fühlte mich über die Maßen geehrt, als der Autor einer Aufführung beiwohnte und mir ein Kompliment zu meiner Darstellung machte. Meine Erfahrungen während der Arbeit an *The Novelist* waren die besten, die ich bisher in meiner Theaterkarriere gemacht habe, die Professionalität war unvergleichlich, genau wie die Wirkung. *Eine Lady in Bath* und damit meine eigene Karriere als Romanautorin gehen auf diese Erlebnisse zurück, und dafür bin ich den beiden Weggefährten, die mein Leben so sehr verändert haben ewig dankbar: Miss Jane Austen und Mr. Howard Fast.

Höchstens unter Zwang, mein Leben zu retten, könnte ich mich ernsthaft hinsetzen und einen ernstgemeinten Liebesroman schreiben; und wenn ich gezwungen wäre, daran weiterzuarbeiten und mich niemals durch Gelächter entspannen dürfte, dann müsste man mich eben aufhängen. Nein, ich muss bei meinem Metier bleiben und meinen eigenen Weg gehen, auch wenn mir Erfolg dabei nie wieder zuteilwird; auf jede andere Weise würde ich meiner Meinung nach unweigerlich scheitern.

>   Jane Austen, *Brief an den Bibliothekar des Prinzen von Wales*

Die Romane, die ich schätze, sind solche, welche die menschliche Natur in ihrer Herrlichkeit darstellen, solche, die sie in den Höhenflügen starker Gefühle zeigen, solche, die das Wachsen einer heftigen Leidenschaft aus der Keimzelle embryonaler Empfängnis bis zur endgültigen Erschütterung der halbentthronten Vernunft genau verzeichnen, wo man sieht, wie der starke Funke weiblicher Verführungskraft ein solches Feuer in der Seele des Mannes entfacht, dass er sich dazu hinreißen lässt … alles aufs Spiel zu setzen, allem zu trotzen, alles zu erreichen, nur um sie zu gewinnen. Solcher Art sind die Werke, in die ich mich mit Begeisterung vertiefe, und ich darf wohl sagen mit Gewinn. Sie enthalten die wunderbarsten Schilderungen hoher schöpferischer Fantasien, hemmungsloser Leidenschaft, unbändiger Entschlossenheit. Und selbst wenn das Endergebnis, gemessen an den großsprecherischen Manipulationen der Hauptfigur, des starken, immer gegenwärtigen Helden der Erzählung, auch größtenteils das Gegenteil von erfolgreich ist, lassen sie uns erfüllt von noblem Mitgefühl für ihn zurück und zerreißen uns das Herz.

>   Jane Austen, *Sanditon*.

Erster Teil

Prolog

»**Es ist wunderschön**«, murmelte C.J. und betrachtete das seltsam abgegriffene Kreuz aus Bernstein. Sie hielt eine Hand über die Augen, um sie vor dem strahlenden Sonnenlicht zu schützen. Dann duckte sie sich unter das provisorische, weiße Zeltdach des Verkäufers, der seine Ware vor den Elementen schützen wollte, ihn aber gleichzeitig um den Blick auf einen postkartenblauen Long Island Himmel brachte.

»Es ist sehr alt«, erläuterte der Verkäufer in einem melodiösen, indischen Akzent. Er reichte der jungen Frau seine Visitenkarte.

»Aki Singh«, las C.J. »Wie alt genau ist ›alt‹?«

Die Ränder des Kreuzes waren abgenutzt und hatten über die Jahrzehnte ihre klare Form verloren. »War es vielleicht mal in Silber gefasst?«, fragte sie. Ihr fiel das unregelmäßige Wabenmuster auf der unteren Hälfte des Kreuzes auf. Sie konnte sich nicht vorstellen, dass es schon immer so uneben ausgesehen hatte. Es wirkte selbst gemacht, war höchstwahrscheinlich von Hand gefertigt.

»Das ist sehr schwer zu sagen«, entgegnete der Verkäufer und rückte seinen Turban zurecht. »Erosion ist etwas Natürliches. Bernstein ist ein Fossil, im Grunde etwas Lebendiges.«

»Ich habe immer gedacht, dass Fossilien tote Dinge seien«, murmelte C.J. leise.

Mr. Singh fuhr fort. »Über die Jahre haben sich die Kanten vermutlich abgenutzt. Vielleicht gab es mal eine Fassung, und Sie haben Recht, die wäre dann wahrscheinlich aus Silber gewesen. Aber es ist sehr schwer zu sagen.«

C.J. wollte das Kreuz sowieso kaufen, solange der Preis stimmte. Schließlich war das hier ein regionaler Handwerkermarkt, auf dem auch ein paar Antiquitäten verkauft wurden. Was es wohl kosten würde?

Mr. Singh zuckte mit den Schultern. »Wissen Sie was, ich mache Ihnen einen sehr guten Preis. Ich werde es Ihnen für fünfunddreißig Dollar verkaufen. Falls Sie eine Kette dazuhaben wollen, macht es vierzig.« Er präsentierte eine Auswahl an durchschnittlich aussehenden Metallketten.

»Danke schön, aber ich bin mir sicher, dass ich zu Hause eine Kette habe. Nehmen Sie Kreditkarten?« C.J. wühlte in ihrer großen Tasche nach ihrem Geldbeutel. Als oft arbeitslose Schauspielerin litt sie konstant an Geldknappheit.

»Bargeld oder Schecks.« Der Verkäufer suchte hinter seinem Stand nach einer kleiner Pappschachtel, in die er das Bernsteinkreuz legte.

»O Mann«, seufzte C.J. Sie zählte die Scheine in ihrem Geldbeutel. Dreiundzwanzig Dollar, und sie musste noch den Zug von Bridgehampton zurück nach Manhattan bezahlen. »Ich schreibe einen Scheck.« Sie stellte ihn auf fünfunddreißig Dollar zahlbar an Aki Singh, Estate Jewelry aus.

Der Verkäufer betrachtete das altmodische, goldfarben umrandete Papier und den Namen und die Adresse der Kontoinhaberin, die in formeller Schrift oben auf dem Scheck standen. »Danke schön«, sagte er und las den Namen auf dem Scheck, den er in eine leicht verbeulte, grüne Geldkassette legte. »Vielen Dank, Miss Cassandra Jane Welles.«

Kapitel Eins

In dem unsere Heldin eine Vorliebe für eine vergangene Epoche zu erkennen gibt und eine Reihe von Ereignissen ihr Schicksal unwiderruflich verändert.

»Würdest du mir den ersten Tanz widmen?«, fragte ihr Freund Matthew, während C.J. auf dem hölzernen Klappstuhl am Rand der Turnhalle ihre Schuhe wechselte.

»Es wäre mir ein Vergnügen«, antwortete sie lächelnd. C.J. stand in ihren Tanzschuhen mit den weichen Sohlen auf. »Du überragst mich um Längen«, lachte sie und sah an ihrem neuen Freund hoch. »Bist du sicher, dass du nicht mit einer größeren Dame tanzen möchtest?«

»Ich komme seit vier Jahren jeden Dienstagabend zum englischen Countrydance, und du bist meine absolute Lieblingstanzpartnerin.«

C.J. sah sich im Raum nach den anderen Tänzern um, die meisten von ihnen waren in den Vierzigern oder Fünfzigern, und lächelte. Hätten sie während der Zeit von König George III. und der Regency-Ära gelebt, hätte die Mehrzahl von ihnen als ziemlich alt gegolten; wenn sie dieses Alter dank schlechter Ernährung und eingeschränktem medizinischem Wissen überhaupt erreicht hätten.

Wow!, dachte sie, hätten sie zu georgianischen Zeiten gelebt, wäre Matthew in seinen besten Jahren und sie – Himmel! –, die unausweichlich auf die dreißig zuging, eine vertrocknete alte Jungfer. Ihre besten Jahre wären mit Anfang zwanzig vorbei gewesen. Kinder konnte man total vergessen, und sie hätte in ihrem Alter kaum eine Chance, einen Ehemann zu finden.

C.J. hatte sich im einundzwanzigsten Jahrhundert nie ganz wohl gefühlt. Das konstante Bombardement von Bildern und Geräuschen, das ruhelose Tempo, die scheinbar unerschöpfliche Unhöflichkeit von Menschen. Hip-Hop. Handys. All das machte sie nervös. Ach, gäbe es nur eine nettere, sanftmütigere Welt, in der Ruhe und ein Gespür für Rücksicht und Respekt vor den Gefühlen anderer die Norm wären!

Barbara Gordon, eine der Kursleiterinnen, nahm ihren Platz vor dem Mikrofon am anderen Ende der Turnhalle ein. »Okay, bitte stellt euch alle paarweise in Reihen auf. Ich glaube, wir haben genug Leute für drei Reihen, die Erfahreneren unter euch, bitte fordert ein paar von den Neuen auf. Macht euch für ›Apley House‹ bereit.« Barbara nickte dem Musiktrio, Klavier, Geige und Flöte, zu.

Der stickige Kirchenkeller bot eigentlich keine Atmosphäre für irgendetwas außer Sackhüpfen, aber nachdem die Musiker die jahrhundertealten Melodien anstimmten, schien jeder beim Tanzen alles um sich herum zu vergessen. In der Fantasie der Tänzer wurden aus ihren Sportschuhen Tanzschuhe aus Ziegenleder, und die unterschiedlichen Baumwoll-T-Shirts verwandelten sich wie von Zauberhand in dünne Musselinkleider mit Empiretaille und in enge Kniebundlederhosen.

Matthew verbeugte sich vor C.J. »Miss Welles, würden Sie mir die Ehre des nächsten Tanzes erweisen?«

C.J. legte ihre kleine Hand in Matthews und wünschte, sie trüge ihre ellbogenlangen Handschuhe. Sie stand auf, knickste leicht und ließ sich von Matthew an die Spitze der Reihe führen. »Bist du verrückt?«, flüsterte sie, »ich bin mir nicht sicher, ob ich weiß, wie man führt!«

»Hast du nicht in Vassar englische Volkstänze studiert?« Die Musik hatte eingesetzt, die Tänzer verbeugten sich vor ihren Partnern und ihrem Gegenüber und lauschten konzentriert Barbaras Anweisungen, als sie begann, den Tanz anzusagen.

C.J. betrachtete ein paar der unbeholfeneren Tänzer in ihren T-Shirts und Turnhosen, die sehr eifrig waren, aber hoffnungslos dem einundzwanzigsten Jahrhundert angehörten. »Nein, das habe ich nicht. Ich hatte historisches Bewegungstraining. Das Schauspielprogramm war ziemlich umfassend, aber englische Volkstänze war nicht einmal ein Wahlfach.« Sie lächelte Matthew warmherzig an.

»Noch ein Grund, warum ich gern mit dir tanze, von deiner Anmut mal ganz abgesehen«, sagte Matthew, während sie sich leichtfüßig nach rechts und nach links drehten. »Du spielst genauso gern wie ich.« Er nahm ihre Hände, sie drehten sich im Kreis und gaben sich ganz dem Schwung der Musik hin.

»Das stimmt schon«, stimmte C.J. zu und nickte ihm anerkennend zu. Matthew trug eine perfekte Nachbildung eines Gilets aus ultramarinblauem Brokat von ca. 1800. »Hübsche Weste. Wir sind wirklich Vergangenheitsfreaks, nicht wahr?«

»Ich ziehe den Ausdruck *Liebhaber* vor.«

C.J. machte ein paar Tanzschritte mit ihrer Nachbarin, einer sauertöpfisch dreinblickenden Matrone, die sie an die Frau eines Vikars aus einem Weiler im achtzehnten Jahrhundert erinnerte.

»Siehst du dir diese Leute je an«, flüsterte C.J. leise Matthew zu, während sie Rücken an Rücken tanzten, »und stellst sie dir in Kostümen von damals vor, als Stadtbewohner in einem Jane-Austen-Roman?«

»Die ganze Zeit«, grinste er.

»Stell dir dieselben Gesichter vor, dieselben Körper, mit Koller und gestärkten Krawatten!«

Der Tanz ging zu Ende. »Versprich mir den Walzer nach dem Abendessen«, Matthew drückte ihre Hand, bevor er nach einer neuen Partnerin Ausschau hielt.

»Entschuldige«, sagte C.J., als sie Paul ansah, »aber ich finde es einfach toll, dass sie es Abendessen nennen, wenn wir zu Limonade und Oreokeksen in die Küche gehen.«

»Glaubst du nicht, dass es im frühen neunzehnten Jahrhundert Oreokekse gab?«

»Natürlich gab es die, sogar noch früher. Der arme Richard erwähnt sie als eine der drei Grundnahrungsmittel in seinem *Almanach*.« C.J. blinzelte und knickste vor Matthew, um ihm für den Tanz zu danken.

»Würden Sie mir die Ehre erweisen?«, fragte Paul Hamilton.

»Die Ehre ist ganz auf meiner Seite, Sir«, C.J. lächelte zurückhaltend. Paul war Historiker und ein Pedant, was die korrekte Haltung und die perfekte Ausführung anging.

»Man darf seinen nächsten Partner auf keinen Fall direkt ansehen«, hatte Paul der Gruppe während seiner allwöchentlichen Predigt eingeschärft. »Es ist der Gipfel der Unhöflichkeit. Behandelt jeden Partner so, als ob er oder sie die wichtigste Person auf Erden wäre und widmet ihm oder ihr eure volle Aufmerksamkeit. Hier geht es ausschließlich ums Flirten. Während der drei Wochenstunden, die ihr in diesem Keller verbringt, *dürft* ihr nicht nur flirten, ihr *sollt* es sogar.« Wenn Paul selbst tanzte, dann war er als Partner sehr begehrt. Seine Eleganz und sein Benimm schienen zeitlos. »Dürfte ich dich ein klein wenig korrigieren?«, flüsterte er C.J. ins Ohr, während er sie auf die Tanzfläche führte. »Du bist von Natur aus so temperamentvoll, dass es sowohl eine Freude ist, dir zuzusehen als auch mit dir zu tanzen.«

»Danke schön«, C.J. spürte, wie ihre Wangen rot wurden.

»Aber, wenn ich so frei sein darf, du musst deine Schritte etwas ruhiger tanzen. Denk ans Gleiten. Du tendierst dazu, ein bisschen zu hüpfen, was zu einigen der etwas bewegteren Tänze durchaus passt, doch bei den getrageneren Figuren fällt es auf.«

»Wogt mein Busen dann zu sehr?«, scherzte C.J.

Pauls Blick fiel auf ihr üppiges Dekolletee. »Als Mann habe ich natürlich gar kein Problem mit der, ähm, lebhaften Bewegung deines Körpers. Aber ich dachte, da du so großen Wert darauf legst, dass alle Details historisch korrekt sind, würdest du dich gern an die richtige Form halten. Und denk immer daran, den Rücken gerade zu halten und das Kinn anzuheben.«

Nach dem letzten Walzer vor dem Abendessen verbeugten sich C.J. und Matthew voreinander und stürzten sich in die Menge in der Küche, die bei Junkfood und Fruchtbowle miteinander plauderte. Die Tänzer tauschten Informationen über andere Veranstaltungen aus: Konzerte, Wochenendkonferenzen über englische Volkstänze in Neuengland sowie Klatsch und Tratsch. Noch erhitzt vom Walzer quetschte sich C.J. an einer Gruppe von Tänzern vorbei, um zur Limonade zu gelangen. Schnell hintereinander trank sie drei Pappbecher aus. Dann schlängelte sie sich an einer Gruppe von Frauen vorbei, die sich vor dem schwarzen Brett mit den Neuigkeiten der Woche und den Prospekten versammelt hatte. Sofort fiel ihr Blick auf einen rosafarbenen Zettel, auf dem ein Vorsprechen für die Broadway Produktion eines neues Stücks namens *Eine Lady in Bath* bekannt gegeben wurde. C.J. hatte sich die Ankündigung schon aus dem aktuellen *Back Stage* ausgeschnitten, der bei professionellen Schauspielern beliebtesten Fachzeitschrift. *Eine Lady in Bath,* ein Zwei-Personen-Stück, das 1801 spielt und die unglückliche Beziehung von Jane Austen zu einem entfernten Verwandten, Thomas Lefroy, zum Thema hat. Sie wollten heiraten, aber Tom fehlten die finanziellen Mittel, eine Ehefrau zu unterhalten. Außerdem wurde Jane als arme Verwandte angesehen. Toms vereinnahmende Tante, Anne Lefroy, war unnachgiebig, was diese Verbindung betraf. Daher kehrte Tom allein in sein Heimatdorf Athy in Irland zurück, wo er Jura studierte und schließlich der oberste Richter des Landes wurde. Jane hat nie geheiratet, wie man weiß.

»Da solltest du morgen hingehen«, flüsterte ihr eine Stimme ins Ohr.

»Was du nicht sagst! Das darf ich nicht verpassen! Zusammen mit der Anzeige im *Back Stage,* diesem Zettel und deiner Ermutigung ist die Dreierregel erfüllt. Jetzt kann ich nicht *nicht* gehen. Und ... Matthew ...? Du krümelst Oreostückchen in meinen Nacken!«

Matthew strich die störenden Schokokekskrümel weg. »Übrigens, hübsche Kette.«

»Matthew Bramwell, ich hätte gedacht, dass gerade du es erkennen würdest«, neckte C.J., »da du ein genauso großer Austen-Fan bist wie ich. Einer ihrer Brüder, der Marineoffizier war, ich glaube Charles, hat von seinem Dienst im Osten während der Napoleonischen Kriege für Jane und Cassandra Topaskreuze und Goldketten mitgebracht. Jane hat das Ereignis in *Mansfield Park* eingebaut, wo William Fanny Price ein *Bernstein*kreuz aus Sizilien mitbringt und sie nur ein Band hat, an dem sie es tragen kann.«

»Es ist also ein Andenken für eine vernünftige Price«, sagte Matthew mit einem Augenzwinkern.

Dann stimmten die Musiker ein lebhaftes Stück an, was die Fortsetzung der Tanzstunde signalisierte.

AM NÄCHSTEN NACHMITTAG stand C.J. in einer farbenfrohen, dichten Schlange zum Vorsprechen, die sich durch die kurvigen Straßen von Greenwich Village wand.

Als sich schließlich nur noch dreiundzwanzig Leute vor ihr befanden, war C.J. in ihrem Herzen davon überzeugt, dass sie die Rolle der Jane Austen einfach bekommen musste. Es war mehr als die tiefe Verbindung zu dieser Epoche, die sie empfand. Eine Hauptrolle am Broadway zu ergattern, war der Heilige Gral jeder Bühnenschauspielerin. Sie spielte mit ihrem Bernsteinkreuz. Den alten Talisman einfach zu berühren, sich seine unebene Oberfläche einzuprägen, beruhigte sie stärker als jede Form der Meditation es gekonnt hätte.

»Hey, Leute, es geht jetzt los. Okay, könnten bitte die nächsten drei Männer und Frauen in den Flur treten. Und bitte halten Sie Ihre Fotos und Ihren Lebenslauf bereit.« Die Ankündigung kam von einem bärenhaft aussehenden Mann mit einem netten Gesicht und einer Metallbrille. Er ließ die nächste Gruppe Schauspieler wie ein jovialer Bahnschaffner herein. »Setzen Sie sich in der Reihenfolge der Schlange in einen dieser Stühle. Ich sammele jetzt Ihre Porträtfotos ein.«

»Wer sind Sie?«, fragte eine der Schauspielerinnen.

»Ich? Ich bin Ralph Merion, der Assistent des Bühnenbildners.« Er klopfte auf seinen Bauch. »Wir haben einen Inspizienten, aber ich brauche ein bisschen Bewegung. Im Namen des Teams von *Eine Lady in Bath* danke ich Ihnen für Ihr Kommen.« Er gab jedem Schauspieler ein paar fotokopierte Seiten mit dem Text, den es vorzusprechen galt.

»Okay, alle mal herhören. Falls Sie überhaupt nichts über dieses Stück wissen, hier die Zusammenfassung«, sagte Ralph. »Es ist ein Zweipersonenstück, eine hypothetische Liebesgeschichte, die im Jahr 1801 spielt und sich auf die Frau Jane Austen konzentriert, nicht auf Jane Austen, die Schriftstellerin. Der Autor, Humphrey Porter, will ergründen, was aus dieser Frau eine Schriftstellerin machte. Beth Peters, die Regisseurin, ist Britin. Sie ist da drüben eine Art Wunderkind, in New York hat sie jedoch noch nie Regie geführt. Daher ist sie *tatsächlich* ernsthaft daran interessiert, sich jeden anzusehen. Ich werde Sie nicht anlügen, bekannte Namen könnten den Produzenten wichtig sein, aber Beth möchte wirklich neue Talente sehen. Eine US-Tournee und eine Spielzeit im West End sind nach Ende der Broadway-Saison nicht undenkbar. Und *ja*, Miramax ist Koproduzent der Broadway-Produktion, was bedeutet, dass sie die Filmrechte am Stück besitzen, sollte es zu einer Verfilmung kommen. Noch ist nichts entschieden, nicht einmal die Besetzung, also verschwenden Sie Ihre Zeit sicher nicht, indem Sie heute Nachmittag hergekommen sind.« Nach seiner Vorstellung verbeugte sich Ralph theatralisch, und sein begeistertes Publikum applaudierte. »Bin gleich zurück, um Paare zusammenzustellen.«

»C.J. Welles?« C.J. sah auf, als sie Ralph eine oder zwei Minuten später aus dem Auditorium kommen sah. »C.J., Sie spielen mit Bernie Allen. Bernie?« Ein korpulenter Typ, der nicht gerade ihrer Vorstellung eines britischen Beaus entsprach, sah von seinem Skript auf. »Also, Bernie? C.J.? Wir sind bereit für Sie.«

C.J. stand von ihrem Klappstuhl auf und holte tief Luft. Bernie drückte ihre Hand und flüsterte ihr, »dann mal los, Kleine«, ins Ohr. Er roch leicht nach Zigaretten und Bier.

Der Innenraum des Bedford Street Playhouse sah wie eine Porzellandose aus, weiße Skulpturen vor einem kobaltblauen Hintergrund. Auf einem langen Klapptisch, der links neben der Bühne stand, lagen Berge von Porträtfotos, Skripten und die allgegenwärtigen Pappbecher.

Ralph stellte C.J. und Bernie Humphrey und Beth vor, dann setzte er sich selbst an den Tisch und schob C.J. eine offene Keksschachtel entgegen. »Bevor Sie mit der Szene beginnen, nehmen Sie einen Ratafia-Keks«, sagte der Bühnenbildner mit vollem Mund. »Beth hat sie gebacken. Um uns alle in die passende Stimmung zu versetzen.«

»Was sind Ratafia-Kekse?«, fragte C.J. die Regisseurin.

»Eine Art von kleinen Baisers aus gemahlenen Mandeln, Eiweiß und Orangenblütenwasser. Damals waren sie ein sehr traditionelles Dessert.«

»Aber«, schaltete sich Humphrey ein, »1801 wurden sie mit Bittermandeln hergestellt, anstatt mit gemahlenen süßen Mandeln. Bittermandeln enthalten Blausäure.«

C.J. runzelte die Stirn. »Tut mir leid, Leute, ich bin in Chemie durchgefallen. Klären Sie mich auf.«

»Gift«, sagten Beth und Humphrey im Chor. Sie sahen einander an und lachten.

Beth lächelte. »Blausäure ist Cyanwasserstoff. Gift.«

»Ich denke, ich passe«, sagte C.J.

Das Vorsprechen war fast so schmerzhaft wie eine Blausäurevergiftung. Der arme Bernie war ein hoffnungsloser Fall, und C.J. verließ die Bühne mit dem Gefühl, eine Niederlage erlitten zu haben und um die Chance, ihre beste Leistung zu bringen, betrogen worden zu sein. So viel zum Thema Karma. Sie war im Flur und zog gerade ihren Mantel an, als Ralph aus dem Theater kam. »C.J., sie hätten gerne, dass Sie die Szene mit einem anderen Schauspieler wiederholen.«

Dieses Mal lief es super. Beth machte C.J. Komplimente und hob besonders ihren perfekten britischen Akzent hervor, von einer echten Britin ein großes Lob.

Sie wollte das Theater gerade verlassen, als ihr jemand auf die Schulter klopfte. Wieder Ralph. »Sie möchten dich gern noch einmal sehen, C.J. Sie werden also diese Woche Genaueres von uns hören. Glückwunsch.«

Es stellte sich heraus, dass es neun nervenaufreibende weitere Vorsprechen wurden, bis C.J. es in die letzte Runde schaffte. Sowohl persönlich als auch beruflich lagen ihre Nerven blank.

Zwei Wochen nach ihrem ersten Vorsprechen für *Eine Lady in Bath* stand sie auf einem Stuhl hinter den Kulissen, während sich eine von den Produzenten zur Verfügung gestellte, professionelle Kostümbildnerin um sie kümmerte. Die Leute von Miramax wollten die endgültige Besetzung in ihren Kostümen sehen, jeden einzeln, als würde es sich um Probeaufnahmen für einen Film handeln. C.J. betrachtete sich im Garderobenspiegel. »Wow! Abgesehen vom Reißverschluss fühle ich mich wirklich, als befände ich mich im Jahr 1801.«

»Sie sehen genau wie eines dieser Regency-Porträts aus. Es ist erstaunlich«, kommentierte Elsie Lazarus, die Assistentin des Inspizienten.

Milena, die Kostümbildnerin, gab C.J. eine Haube aus

Stroh, die mit schlichten gelben Bändern verziert war. »Ich kann es kaum erwarten, Sie damit zu sehen.« C.J. band eine Schleife unterm Kinn, ein bisschen seitlich versetzt, so wie sie es auf Illustrationen gesehen hatte, und sah sich im Spiegel an.

»Vergessen wir die Accessoires nicht«, sagte Elsie. Sie deutete auf einen mohnroten Schal und den cremeweißen Ridikül, einem Handgelenksbeutelchen, und die ekrüfarbenen Spitzenhandschuhe, die in einer Netztasche am Kostümständer hingen. »Alles klar?« C.J. nickte. »Dann los! Hals- und Beinbruch!«

C.J. kämpfte gegen das Lampenfieber und trat auf die Bühne. Gemeinsam mit dem Hauptbühnenbildner hatte Ralph im Auftrag der Produzenten als Probeversion des Broadway-Bühnenbilds zwei freistehende Türen mit Messingklinken gebaut, die den Raum nun definierten und die Grenzen von Jane Austens Salon in Steventon darstellten.

Beths Stimme erklang aus dem Zuschauerraum. »Gut, dann, würdet ihr mir alle einen Gefallen tun und eure Starbucks-Becher für die nächsten fünf Minuten abstellen. Ruhe bitte. Danke schön. In Ordnung, C.J., ich würde gern den Monolog gegen Ende vom ersten Akt hören, als wenn Lefroy mit dir auf der Bühne stünde, und zwar bis zu Janes Abgang, bitte«, fügte Beth knapp hinzu.

Irgendetwas Außergewöhnliches durchströmte C.J., als sie mit dem Monolog begann, den sie für das letzte Vorsprechen auswendig gelernt hatte. Vielleicht lag es am Kostüm und den Accessoires, jedenfalls fiel es ihr überhaupt nicht schwer zu glauben, dass sie auf dieser Bühne in Greenwich Village über zweihundert Jahre in der Zeit zurückkreiste.

»Ich werde darüber nachdenken, Tom«, sagte C.J. entschlossen gegen Ende der Szene, »und deinen Antrag sehr genau in Betracht ziehen.« Sie ging nachdenklich zur Tür, blieb stehen und drehte sich um, während das Licht dunkler wurde. »Bath«, sagte sie in einem ambivalenten Tonfall. »Ich gehe nach Bath.«

Als Sie Ralphs Tür hinter sich schloss und die Bühne verließ, umschloss C.J. völlige und undurchdringliche Dunkelheit.

Kapitel Zwei

*In dem eine höchst ungewöhnliche Reise ihren
Anfang nimmt, wobei unsere Heldin erfährt, dass die
gute alte Zeit nicht immer ein Zuckerschlecken ist.*

Es dauerte einen Moment, bis C.J. sich an die Dunkelheit gewöhnt hatte. Sie schaute über den polierten Eichenboden der Bühne. Ihr Blick fiel auf eine Reihe von Arkaden am hinteren Teil des Raumes. Durch die stickige Düsternis erkannte sie rechts und links im intimen Theater aufwändige Logen mit weinroten Polstersitzen über dem Zuschauerraum. Das restliche Theater, inklusive der Galerien, die in kleinere Logen aufgeteilt waren, war hauptsächlich in einem tiefgrünen Malachitfarbton gehalten.

»Wo bin ich?«, fragte sich C.J. laut, ihre Stimme kam als Echo zurück. Sie war gerade von der Bühne des Bedford Street Playhouse abgegangen und aus dem provisorischen Bühnenbild von *Eine Lady in Bath* in die Dunkelheit hinter den Kulissen getreten, zumindest dachte sie das. Jedoch befand sie sich weder in Manhattan noch sonst wo.

Sie spähte in den düsteren Orchestergraben, der nur vom schwachen Tageslicht, das von außen hineinfiel, beleuchtet wurde. Die kleinen, schmalen Orchesterplätze bestanden aus harten Holzbänken, nicht aus einzelnen Stühlen, und die Galerien, die den Zuschauerraum auf drei Seiten umliefen, waren der Bühne auffallend nah.

Abgesehen von der stillen, fast andächtigen Ruhe des dunklen, leeren Theaters war noch etwas seltsam. Die Spielstätte sah aus wie viele von den älteren Theatern in europäischen Städten, von denen C.J. einige auf Drucken und Fotografien gesehen hatte, aber irgendwas ... wenn sie nur wüsste ... irgendetwas war völlig anders als alles, was sie je gesehen hatte. Sie schaute auf und stellte überrascht fest, dass gar keine Scheinwerfer zu sehen waren, kein Konglomerat aus Verteilernetzen, Röhren und Kabeln. An der Decke erstrahlte ein üppiges, goldgerahmtes Fresko, auf dem anmutige Nymphen und mollige Engelchen im Stil von Boucher mit einigen von Shakespeares bekanntesten Figuren pastorale Spielchen trieben. Beim Anblick von Shylock, der mit ein paar halbnackten Dryaden tanzte, musste C.J. lächeln.

Seltsam, wirklich sehr seltsam, dachte sie. *Was zum Teufel ist hier los?* C.J. ging zur Bühne hinunter, der Fußboden senkte sich in Richtung Publikum. Eine hübsche kleine Souffleurmuschel befand sich direkt unter dem Bühnenrand. Auch an dem Holzpodium, welches den schattigen, engen Raum fast völlig einnahm, gab es keine Scheinwerfer.

Alles schien unwirklich. C.J. betrachtete noch einmal genau die Bühne, suchte nach Anhaltspunkten und fragte sich, wann sie aus ihrem detailgetreuen Tagtraum erwachen würde. Hoch über der Bühnenmitte, am höchsten Punkt der Vorbühne, befand sich ein bekanntes Wappen in einem Goldrelief, darüber eine Krone und mit einem mit Hermelin besetzten Stoff drapiert. Eine Variante des königlichen englischen Wappens mit mehreren liegenden Löwen sowie dem drohend aufgerichteten roten Löwen, in dem C.J. das Zeichen Schottlands erkannte, und einer goldenen, irischen Harfe auf blauem Grund. Ihr Puls beschleunigte sich rasend schnell. Vielleicht war sie in einem anderen Bühnenbild gelandet, für irgendein anderes Kostümstück. Aber wo? Die Neugier siegte über die Furcht, und sie beschloss, die Kulissen genauer unter die Lupe zu nehmen.

C.J. bahnte sich ihren Weg durch die muffige Dunkelheit, an riesigen, gemalten Bühnenbildern vorbei, die in Schienen oder Spurrillen standen, sodass sie wie Schiebetüren auf die Bühne geschoben werden konnten. Unter dem Durcheinander der gelagerten Szenenelemente befanden sich bunte Glasfenster, aufwändige Throne mit Gold und Juwelen verziert, eine Hecke, die ganz aus Seidenblättern bestand und mehrere riesige Wände, die von hohen, gotischen Bögen unterbrochen wurden.

Nachdem sie den Wald aus flachen Bühnenbildern hinter sich gelassen hatte, gelangte C.J. schließlich zu einer imposanten Tür. Sie drückte gegen das schwere Holzportal, das auf eine enge Gasse mit Kopfsteinpflaster hinausführte und sie zu einer Straße brachte, wo strahlender Sonnenschein herrschte. C.J. blinzelte mehrmals, um ihre Augen daran zu gewöhnen.

Sie drehte sich um, um sich die Fassade des Gebäudes anzusehen, das sie gerade verlassen hatte. Darauf stand Orchard Street. Sie bemühte sich, ihre Umgebung zu begreifen. Eine junge Dame mit einer großen Strohhaube stieß gegen C.J., als sie vorbeiging, und warf sie fast um.

Mit vor Erstaunen offenem Mund stand C.J. mitten auf der Straße und starrte auf das gerahmte Schild, das an dem eleganten Steingebäude einen prominenten Platz einnahm: OSTERSONNTAG! HEUTE UND MORGEN ABEND! DANK DES THEATRE ROYAL IN DER DRURY LANE: MRS. SIDDONS IN *DE MONFORT* VON JOANNA BAILLIE. Und darunter: DIENSTAGABEND: SHAKESPEARES TRAGÖDIE *MACBETH* MIT MRS. SIDDONS UND MR. KEMBLE.

Bruder und Schwester als das blutigste Paar des Dichters, also das war nun wirklich eine interessante Produktion, besonders mit der größten Schauspielerin des ... Das Herz blieb ihr fast stehen. *Mrs. Siddons?* Sarah *Siddons?* Und wieso teilte sich Joanna Baillie, eine C.J. unbekannte Autorin mit William Shakespeare eine Tafel? Und wo *befand* sie sich eigentlich?

Die restliche Ankündigung erläuterte einiges und machte alles gleichzeitig noch rätselhafter. FREITAGABEND WIRD MR. KEMBLE SEINEN AUFTRITT ALS HAMLET AUF ALLGEMEINEN WUNSCH WIEDERHOLEN. Ihr Herz schien ihr fast aus der Brust zu springen, als sie das Datum las: 5. APRIL 1801, THEATRE ROYAL, BATH!

Bath? 1801?

Eine völlig verblüffte C.J. sah über die Straße, und ihr Blick fiel auf die spitze, gotische Architektur, die hinter einer Ansammlung niedriger, schmaler Häuser gen Himmel strebte. Ihre Augen wanderten weiter nach oben, entlang der unglaublichen Höhe der steinernen Zinnen und der eleganten und beeindruckenden Strebepfeiler. Die Kirchenglocken schlugen zwölf. Ihr Nachhall hing wie eine melodiöse, graue Wolke in der Luft. Die Erfahrung war zu plötzlich, zu neu und zu seltsam, um sie in Panik ausbrechen zu lassen – noch nicht. Sie hatte vor Kurzem einen Artikel über bewusstes Träumen gelesen: Weil sie konstant, beim Essen, Schlafen und Atmen immer nur an *Eine*

Lady in Bath gedacht hatte und an alles, was sie über diese Epoche in Erfahrung bringen konnte, wünschte sie sich vielleicht, dass diese seltsame und aufregende Reise geschehen sollte. *Welchen Trick mein Geist mir da auch immer spielt, wie sollte ich nicht weitergehen, um zu sehen, wie es endet?*, dachte C.J.

Sie folgte einer schmalen, gewundenen Straße und kam durch eine ziemlich enge Gasse, in der man fast Platzangst bekam, wo jedoch netterweise der wunderbare Duft von frischgebackenem Brot hing. C.J. ging an Frauen vorbei, die zarte Tücher über Kreuz über ihre leichten Empirekleider mit der hohen Taille geknotet hatten, sodass es aussah, als hätten sie eine Taubenbrust. Sie wich knapp einem Trio lauter Kinder aus, deren Kleidung eine Miniaturausgabe derjenigen ihrer modischen Eltern war, und stolperte praktisch über einen älteren Stutzer in seinem dandyhaften Sonntagsanzug mit makelloser Krawatte und hohem, schwarzen Hut.

Ihre Erkundungen führten sie an der aromatischen Stall Street vorbei, die ihren Namen zweifellos den vielen Verkaufsständen verdankte, an denen unterschiedliche Waren angeboten wurden: alles von glühend heißen Rosinenmuffins bis zu Milch, von duftenden, frisch geschnittenen Blumen zu auffallend unappetitlichem, gerupftem Geflügel, das mit den Beinen an horizontalen Holzstangen hing. In C.J.s Nase drang außerdem der Geruch von süßen Brötchen, das würzige Aroma von Äpfeln, die auf Bestellung in einem kleinen Kohleofen gebacken wurden, und der erdige Geruch von Mist. Bald schon befand sie sich auf einem gut besuchten, öffentlichen Platz, gegenüber einer niedrigen, schattigen Kolonnade.

»Sollen wir in die Wandelhalle gehen, Mylady?«, fragte ein gut gekleideter Spaziergänger seine ältere Begleiterin.

Die düster angezogene Witwe, die ein Kleid mit einem weiten Rock trug, das besser ins ausgehende achtzehnte Jahrhundert gepasst hätte, nickte steif, schloss ihren Sonnenschirm und erlaubte dem jungen Mann, sie hineinzubegleiten.

Die Wandelhalle?

C.J. stand mitten auf dem gepflasterten Platz, als eine große Menschenmenge an ihr vorüberzog. Ein Fuhrwerk voller Wasserkresse, das wie eine riesige Schubkarre aussah, rumpelte vorbei, gezogen von zwei kleinen Gassenjungen, die überhaupt nicht auf die Fußgänger achteten. C.J. sprang zurück, um nicht von den beiden Strolchen überrollt zu werden und prallte mit dem Rücken geradewegs gegen das bogenförmige Schaufenster von Pelham's Bookstore, genau gegenüber von Bath Abbey.

Bath Abbey?

Sie drehte sich um, um die Kirche zu betrachten, ja, tatsächlich, sie hatte sie vom Orchard Street Theater aus gesehen. Auf der anderen Seite des Platzes spazierten mehrere elegant gekleidete Männer und Frauen in die Wandelhalle hinein und wieder heraus. Die Frauen trugen riesige Hauben oder zarte Sonnenschirme, um ihren hellen Teint vor der Sonne zu schützen. Plötzlich von Eitelkeit gepackt, sah C.J. sich um, ob irgendeine Dame einen knallroten Schal mit Fransen trug, wie der, den Milena, die Kostümbildnerin von *Eine Lady in Bath* ihr gegeben hatte, mit der Versicherung, dass Jane Austen selbst 1798 einen solchen besessen hatte. Nein, nirgends war einer zu entdecken. Seltsamerweise fühlte sie sich unter all diesen knapp bekleideten Frauen in ihren durchsichtigen Empirekleidern hoffnungslos altmodisch. Hätte sie ein solches Kleid in dem strahlenden Scheinwerferlicht, vor allem bei den Scheinwerfern, die von hinten kamen, getragen, hätte das gesamte Publikum sagen können, wie viel sie gefrühstückt hatte und ob ihre Bikinizone epiliert war.

C.J. hatte den flüchtigen Gedanken, dass sie auf ein Filmset gestolpert war. *Mann, die Leute bei Miramax arbeiten schnell,* dachte sie. Aber es waren keine Kameras zu sehen, und niemand trug Kleidung, die nicht ins Jahr 1801 passte. Das alles schien viel zu lange zu dauern für einen dieser bewussten Träume. Hatte sie sich den Kopf angeschlagen, als sie in New York die Bühne verlassen hatte? Sie durfte nicht verrückt werden. Sie sah auf ihre Füße, ob ihre zarten Ziegenlederschuhe sich in ein paar rote Pumps verwandelt hatten.

Niemand schien auf sie zu achten. Nahmen die Leute sie überhaupt wahr? C.J. rieb ihr Hinterteil, das etwas wehtat, da sie gegen den Bleifensterrahmen der Buchhandlung gestoßen war. Schmerzen konnte sie jedenfalls empfinden.

Zunächst fühlte sich die blitzartige Eingebung, dass sie sich vielleicht *tatsächlich* in Bath, England im Jahre 1801 befand, wie ein wahr gewordener Traum an. Doch unversehens durchfuhr ihren Körper eine jähe Angst, da ihr plötzlich klar wurde, dass sie absolut nichts bei sich hatte, abgesehen von den Kleidern am Leib und dem, was sich in dem kleinen Ridikül befand, das von ihrem Handgelenk baumelte. Sie zog den Beutel auf in der Hoffnung, etwas Geld zu finden, wobei ihr schlagartig einfiel, dass es nutzlos gewesen wäre, hätte sie tatsächlich Dollars gehabt. Ein kleiner Perlmuttkamm und ein weißes Leinentaschentuch war alles, was sie in der Requisitentasche entdecken konnte.

Neugierig verließ C.J. den Platz, um ihren Streifzug fortzusetzen. Bath Abbey sah ziemlich genauso aus wie damals, als sie sie im einundzwanzigsten Jahrhundert besichtigt hatte. Aber statt des verwitterten, honigfarbenen Gebäudes, an das sie sich erinnerte, blendeten sie schlohweiße Fassaden, die im grellen Sonnenlicht noch stärker strahlten. *So sah Bath also in seinen besten Tagen aus!* Jetzt fing sie langsam an zu begreifen, warum das Bad, der Spielplatz der Aristokratie, als einer der strahlendsten Edelsteine in der georgianischen Krone galt.

C.J. spazierte durch die Stadt und behielt den Fluss Avon zu ihrer Rechten. Ohne überhaupt nachdenken zu müssen, fand sie auf Anhieb die Great Pulteney Street, die so lang war wie drei Fußballfelder und bisher die breiteste Straße, die sie gesehen hatte. Sie trat vom Bürgersteig, um die Straße zu überqueren, als sie plötzlich einen kleinen Schwächeanfall bekam. Dabei trat sie auf einen wackeligen, unebenen Stein, verlor das Gleichgewicht und stolperte. Donnernde Geräusche drangen an ihr Ohr, und als C.J. aufschaute, sah sie vier schwarze Pferde, die eine glänzende, weinrote Kutsche zogen. Die Pferde waren kurz davor, so wie sie da lag, über sie hinwegzutrampeln. Der Versuch aufzustehen, endete in einer weiteren, kleineren Katastrophe, da sie im Saum ihres engen Kleides hängen blieb und wieder hinfiel. Niemals zuvor hatte C.J. so große Angst gehabt.

Der riesige Kutscher auf dem Bock brüllte eine Warnung und zog an den Zügeln. C.J. sah noch kurz seinen dunkelgrünen, zweireihigen Mantel mit Koller und seinen hohen, schwarzen Hut, bevor sie ihren Körper flach auf den Boden drückte und von den donnernden Hufen wegrollte.

Das Spektakel alarmierte einige der Zuschauer. Eine sehr dünne Lady mit einer überladenen Haube schnappte entsetzt nach Luft und packte den Arm ihres Begleiters, eines älteren Herrn mit rötlichem Gesicht, der immer noch einen Dreispitz mit Kokarde trug, obwohl das inzwischen schon seit zwanzig Jahren aus der Mode war. »Oh, ich hoffe sehr, dass es dem jungen Fräulein gut geht«, murmelte sie mit geschlossenen Augen und befürchtete das Schlimmste.

Benommen hob C.J. den Kopf und bewegte ihre Beine, um zu überprüfen, ob diese in Ordnung waren. Sie stellte fest, dass sie eher erschrocken als verletzt war, ihr blassgelber Musselin jedoch war ziemlich staubig und schien völlig ruiniert. Sie versuchte zu sprechen, brachte aber keinen Ton heraus. Ganz allmählich bekam sie wieder Luft. Welches Glück sie doch hatte, noch einmal heil davongekommen zu sein.

»Das arme Lamm. Und sie hat nicht einmal um Hilfe geschrien. Keinen Mucks. Glauben Sie, sie ist stumm, Sir Samuel?« Die vogelartige Frau schaute ihren Begleiter ängstlich an. Der Gentleman streckte eine Hand nach C.J. aus, die ihre zitternd hineinlegte und ihm erlaubte, ihr aufzuhelfen.

»D-danke schön, Sir«, stotterte C.J. und bemühte sich, mit ihrem besten britischen Akzent zu sprechen. »Ich bin gleich wieder ganz in Ordnung.«

»Sie haben einen ziemlichen Schock erlitten, Miss«, sagte der gute Samariter. »Würden Sie uns erlauben, Ihnen irgendetwas anzubieten?«

»Nein danke, Sir. Sie sind zu gütig.«

Die Lady des Samariters flüsterte ihm etwas ins Ohr, woraufhin der Gentleman lächelte und nickte. »Bitte schön, Miss«, sagte er und zog einen silbernen Flachmann aus einer tiefen Manteltasche.

»Was ist das?«, fragte C.J. zögernd und betrachtete das Behältnis.

»Nur ein oder zwei Schluck Brandy, um Sie wieder auf die Beine zu bringen.« Der Mann bot C.J. die geöffnete

Flasche an, und sie roch versuchsweise daran. Das stechende Aroma war so durchdringend, dass ihr fast die Tränen in die Augen stiegen.

»Nehmen Sie ruhig einen großen Schluck«, ermutigte sie der Mann. »Es wird alles richten. Machen Sie nur, meine Liebe. Keine Angst, es wird Ihnen nicht schaden.«

C.J. setzte die Flasche an ihre Lippen und nahm einen tüchtigen Schluck Alkohol. Da sie dessen Stärke nicht erwartet hatte, hustete und prustete sie, kaum dass er ihre Zunge berührte, und das Meiste landete auf ihrem Handschuh. »Heiliger... lieber Gott!«, rief sie aus. Der Brandy war zweifellos das Stärkste, was sie jemals getrunken hatte. Das bisschen, das sie tatsächlich geschluckt hatte, brannte in ihrem Hals auf dem Weg hinunter in ihren Magen. »Danke schön, Sir. Und Ihnen auch, Madam«, sagte sie heiser und schaffte es, ein wenig zu lächeln, als sie die silberne Flasche ihrem Besitzer zurückgab.

Nachdem sie sich versichert hatten, dass C.J. wieder auf eigenen Beinen stehen konnte, wünschte das hilfsbereite Paar ihr frohe Ostern.

C.J. ging weiter auf der Great Pulteney Street, was sie zum Sydney Place führte. Als sie die Nummer vier erreichte, blieb sie stehen und starrte die Fassade an, andächtig wie ein Pilger, der sein Ziel erreicht hat. Sie erinnerte sich an ihre Recherchen für *Eine Lady in Bath* und wusste, dass die Austens irgendwann im Jahr 1801 an diese Adresse gezogen waren. Das Haus wirkte dunkel und verlassen. Vielleicht war die Schriftstellerin noch Gast bei ihrer Tante und ihrem Onkel, den Leigh Perrot in Paragon Buildings.

In der Hoffnung einen Blick auf ihr Idol zu erhaschen, beschloss sie, das Stadthaus mit der Nummer eins zu suchen, aber wo lag es eigentlich? Ihre Erinnerungen an das moderne Bath ließen einige der berühmtesten Orte und Straßen bekannt erscheinen, doch außer in den Biografien von Jane Austen und Sarah Siddons konnte sie sich nicht daran entsinnen, jemals dort gewesen zu sein. Als sie am Royal Crescent ankam, war C.J. erschöpft und bei ihrer Suche nach dem Haus erfolglos geblieben.

Bald darauf erreichte sie wieder den Hauptplatz nahe Bath Abbey und der Trinkhalle. Es fing an zu dämmern. Die Lampenanzünder in den sandfarbenen Mänteln und schwarzen Kniebundhosen hatten mit ihrer Runde begonnen. Die Beleuchtung verlieh der Nachtluft einen seltsam beißenden und ungewohnten Geruch. Hier und jetzt, im Jahr 1801, war Bath, was die Infrastruktur anging, London voraus.

Als Mekka der einflussreichen, georgianischen Schickeria waren die Straßen des Bades vollständig gepflastert und beleuchtet, und die Abwasserkanäle befanden sich, wegen des starken Fußgängerverkehrs auf engstem Raum, unter die Erde.

In den grazilen Schuhen und nach so vielen Stunden hatte C.J. wunde Füße. Bei jedem weiteren Schritt durchfuhr sie ein stechender Schmerz. Ihr Rücken tat weh, und sie fühlte sich schmutzig und erschöpft. Wie sehnte sie sich nach einem weichen Bett und einem heißen Bad!

Inzwischen waren die Straßen ruhig, abgesehen von einer ab und zu vorbeirumpelnden Kutsche. Es gab kein geöffnetes Café oder Geschäft, in dem sie hätte Schutz suchen können, keine Bank, auf der sie sich hätte ausruhen können. Plötzlich merkte C.J., wie hungrig sie war. Im Schatten der ionischen Kolonnaden bei der Wandelhalle ließ sie sich auf den Boden gleiten und fragte sich, wie, ob oder wann sie jemals wieder in ihr eigenes Jahrhundert zurückkehren konnte. Es war ein außergewöhnlicher Tagesausflug gewesen, aber der Reiz des Neuen verflog allmählich.

Müde und verängstigt wickelte sie sich fest in ihren mohnroten Schal, am Fuß der Steinkolonnade kauernd. Mit einem Schlag wurde sie sich des Ausmaßes ihrer hoffnungslosen Lage bewusst, und heiße und unglückliche Tränen liefen ihr übers Gesicht. Sie hatte Hunger. Sie war hoffnungslos pleite, und sie war obdachlos.

Kapitel Drei

In dem eine Verzweiflungstat schlimme Folgen hat und einen Einblick in die englische Justiz gewährt, woraufhin unsere Heldin einer listigen Retterin in die Hände fällt.

C.J. WURDE ABRUPT vom Lärm der Verkäufer geweckt, die bis zum Rand mit unterschiedlichen Waren gefüllte Karren aller Größen und Formen auf den Platz zogen. Sie hatte keinen blassen Schimmer, wie viel Uhr es war. Sie versuchte, ihre verspannten Muskeln zu strecken und dabei die schmerzhaften Krämpfe zu ignorieren, die daher rührten, dass sie zusammengekauert im Freien geschlafen hatte. Auf einmal hörte sie die Kirchenglocke sechs schlagen. Quiekende Schweine und schnatterndes Geflügel fielen in den kirchlichen Glockenklang mit ein und machten einen chaotischen Chor daraus.

Ich muss furchtbar aussehen, dachte C.J., während sie aufstand und ihre Beine bewegte. Als sie ihre Füße fest auf das Pflaster stellte, zuckte sie vor Schmerzen zusammen. Sie humpelte zu Pelham's Bookstore hinüber und hoffte, sich im konvexen Fenster des Ladens sehen zu können. Ihre Schminke war verschwunden, und nach einem kurzen Blick auf die Verkäuferinnen, die sich auf dem Markt tummelten, kam C.J. zu dem Schluss, dass es wahrscheinlich zu ihrem eigenen Besten war, wenn keine Reste von Rouge und Eyeliner mehr zu sehen waren. Sie stieß ein selbstironisches Kichern hervor. Ja, sie würde nicht weiter auffallen.

Mit der Zunge strich sich C.J. über ihre Zähne. Ihr Mund fühlte sich an, als wäre er mit Watte gefüllt, und sie war sich sicher, dass sie morgendlichen Mundgeruch hatte. Das Schaufenster der Buchhandlung als Spiegel benutzend, wischte sie sich mit ihrem feinen Leinentaschentuch den Staub aus dem Gesicht. Dann setzte sie ihre Haube ab, nahm den kleinen silberbeschlagenen Perlmuttkamm und versuchte, ihre Haare so gut wie möglich zu frisieren.

Muskelverspannungen in Nacken und Schultern ließen Schmerzen in ihre Schläfen schießen. Ihr Kopf dröhnte vor Hunger und Müdigkeit. Sie war so durcheinander, dass sie kaum bemerkte, wie sie einen Apfel von einem Stapel Obst auf einem Verkaufskarren nahm. Sie ging in Richtung Cheap Street und hatte ihr mageres Frühstück kaum beendet, als sie deutliche Schreie der Empörung hörte.

»Haltet den Dieb!«, rief ein Mann. Ein Straßenhändler kam auf sie zugelaufen. Er trug eine grobe, weiße Schürze, direkt über seinem Hemd, dessen Ärmel er über seine haarigen, muskulösen Unterarme hochgekrempelt hatte. Erschrocken erwachte C.J. aus ihrer Verwirrung. Ihr wurde klar, dass der Apfelhändler mit dem Langfinger sie meinte. Seine Anschuldigung rief ziemliche Aufregung unter den anderen Händlern hervor, die sofort demonstrativ ihre Waren kontrollierten, um zu prüfen, dass nicht auch sie bestohlen worden waren.

Obwohl ihr ein kleiner Junge aufmunternd »Lauf!« zurief, war C.J. zu perplex, um loszurennen. Innerhalb weniger Augenblicke legte sich ein Schatten auf ihren Weg, und ihr Oberarm wurde von einem der größten Männer, die sie je gesehen hatte, gepackt. Sie wurde blass und kam sich vor wie ein in die Falle gegangener Hase, als plötzlich ein riesiger Grobian mit einem Knüppel bedrohlich vor ihr stand.

»Nehmen Sie sie fest, Constable«, brüllte der Obsthändler. Seine Kollegen stimmten mit angriffslustigen Rufen in den wütenden Chor ein.

C.J. reagierte genauso wie am vorigen Nachmittag, als sie von einem Vierspänner fast zu Tode getrampelt worden wäre. Erneut hatte sie ihre Stimme verloren, konnte weder flüstern noch schreien. Schließlich gelang es ihr, zu fragen, wie ein Mann in Zivil den starken Arm des englischen Gesetzes repräsentieren könne.

Der Constable lachte und zeigte dabei unregelmäßige, abgenutzte Zahnstummel, von denen einige vor Tabakflecken ganz braun und andere schwarz verfault waren. C.J. hatte vergessen, wie furchtbar der Stand der Zahnmedizin in Großbritannien zu dieser Zeit war. »Uniform?«, der Grobian mit der breiten Brust lachte schallend. »Wir, die wir im Dienste Ihrer Majestät stehen, brauchen keine Uniform, um unseren polizeilichen Pflichten nachzukommen.« Seine Brust schwoll an vor Stolz. »Du musst wissen, Missy, dass ich in meiner Jugend einen scharlachroten Mantel getragen habe. Du bist nicht an einen ungebildeten Dorfdeppen geraten.«

»Gott sei Dank!«, entgegnete C.J., ihrem Gegenüber fiel die Ironie nicht auf.

»Mein Name ist Silas Mawl. Ich war einer von den Bowstreet Runners, der Londoner Polizei, bevor ich mich eines Besseren besann. Und ich war eine Augenweide in meinem scharlachroten Mantel.« Constable Mawl lachte wieder und präsentierte dabei seine ruinierten Beißer.

C.J. sah sich verzweifelt um in der Hoffnung, ein Kavalier oder ein Sozialreformer käme ihr zu Hilfe. Das hier war keine pastorale Fantasie, sondern eine Tortur von erschreckendem Ausmaß, selbst für einen Albtraum. Mawl lockerte seinen Griff nicht. »Sie tun mir weh, Sir«, protestierte C.J. schwach, aber als Antwort wurde sie auffallend selbstzufrieden angegrinst.

»Du hast Glück, dass du nicht zu gierig warst und einen ganzen Sack Äpfel gestohlen hast, denn dann würde dir jetzt ein Halsband aus Hanf blühen.«

C.J. schüttelte sich. Konnte sie im England des Jahres 1801 gehängt werden, weil sie einen Sack Äpfel gestohlen hatte? Was war dann die Strafe für den Diebstahl von nur einem Stück Obst? Reichte eine ernste Ermahnung, nie wieder zu stehlen, denn nicht aus oder im schlimmsten Fall ein Schlag auf die Hand?

»Es tut mir sehr leid, dass ich den Apfel genommen habe, Constable Mawl. Ich hatte Hunger und habe seit fast zwei Tagen nichts gegessen ...«

»Erzähl das dem Richter«, entgegnete Mawl unwirsch. Als er C.J.s panisch entsetzten Blick sah, wurde er für einen Moment etwas sanfter. »Ich erfülle nur meine gesetzliche Pflicht, Miss. Gehen wir.« Der Riese begann sie quer durch die Stadt zu zerren und machte daraus ein öffentliches Spektakel, das so viele Zuschauer hatte wie ein Zug des Rattenfängers von Hameln. Der Constable war ganz offensichtlich eine stadtbekannte Persönlichkeit, und seine raue Behandlung seiner Beute war nicht nur demütigend und schmerzhaft, sondern machte auch allen deutlich, die Zeuge ihrer Tortur wurden, dass sie eine Verbrecherin war.

Die Route war seltsam vertraut. Als sie das Rathaus erreichten, das riesengroße, offiziell aussehende Steingebäude, in dem sich der große Festsaal in all seiner vergoldeten, georgianischen Pracht befand, erinnerte sich C.J. daran, dass sie dieses Gebäude das letzte Mal als neugierige Touristin im einundzwanzigsten Jahrhundert besucht hatte, darauf aus, so viel »Zeittypisches« wie möglich zu entdecken. Sie hätte damals nicht im Traum daran gedacht, dass sie eines Tages mal eine sehr viel konkretere Erfahrung mit der Justiz des achtzehnten Jahrhunderts machen würde.

Im Rathaus führte Mawl C.J. mehrere Treppen hinunter, deren Stufen zunächst aus Marmor waren, sich dann in poliertes Holz und schließlich Sandstein verwandelten, während sie immer tiefer in die Eingeweide des Gebäudes hinabstiegen.

Mawl nahm einen schweren, eisernen Schlüsselring von einem Haken, der sich an der Wand neben der Tür befand, und eskortierte die verängstigte Apfeldiebin eine weitere gewundene, enge Treppe hinunter. Der düstere Gang stank nach abgestandenem Urin, und C.J. musste sich mit der rechten Hand an der feuchten Wand abstützen, um das Gleichgewicht zu halten. Ihr fiel auf, dass sie bei ihrer Verhaftung nicht gefesselt worden war, obwohl Mawls Verhalten sowie sein Knüppel keinen Zweifel daran ließen, was einen Dieb erwartete, sollte er oder sie einen Fluchtversuch wagen. Vielleicht, nahm C.J. an, hatte er wegen ihrer zierlichen Figur nicht daran geglaubt, dass sie dumm genug sein könnte, um fliehen zu wollen.

Das Gefängnis schien ziemlich informell organisiert zu sein. Vier enge und stickige Zellen lagen einander gegenüber wie Paare beim Countrydance. Die Atmosphäre war jedoch überhaupt nicht gesellig. Der Geruch von menschlichen Exkrementen überwältigte C.J. fast, und sie legte schnell ihre Hand auf den Mund, um den Würgereflex zu unterdrücken.

Ungefähr die Hälfte des Fußbodens nahm ein dünnes, verfilztes Strohlager ein. Keine Spur eines Waschbeckens oder einer Schüssel. Das einzige Wasser überhaupt schien eine Pfütze rostigen Sickerwassers in einer Ecke des Raumes zu sein.

Während er seinen unnachgiebigen Griff um C.J.s Oberarm beibehielt, wählte Constable Mawl einen weiteren Schlüssel von dem schweren, eisernen Schlüsselring und steckte ihn in ein flaches Vorhängeschloss, öffnete eine Zelle und warf seine junge Gefangene in den winzigen Raum.

»Hier Eure Gemächer, Lady«, sagte er höhnisch grinsend. »Hier unten wirst du keine Äpfel finden, aber wenn du hungrig bist, wirst du schon bald was bekommen.«

Sie biss sich auf ihre Oberlippe. »Wie lange bleibe ich hier drin?«, fragte sie den Constable.

Mawl antwortete mit einem höhnischen Lachen, was C.J. kein bisschen Optimismus einflößte. »Na, also du bist wirklich ein Glückspilz, Miss.«

»Ich? Ein Glückspilz?«

»Morgen ist Sitzung. Der Bezirksrichter ist diese Woche hier, Missy. Hättest du *nächsten* Montag Äpfel geklaut, wärst du unser Gast gewesen, bis er wieder nach Bath gekommen wäre.«

»Und wann wäre das gewesen?«, fragte C.J.

»In einem halben Jahr. Vielleicht später. Vielleicht früher. Falls man dich freispricht, was bestimmt nicht passieren wird, da es mehr Zeugen als Zuschauer bei einem Hahnenkampf gibt, die gegen dich aussagen werden, wirst du unter Auflagen freigelassen. Wenn du schuldig gesprochen und verurteilt wirst, dann solltest du es dir hier unten gemütlich machen.«

»Weil ich einen Apfel gestohlen habe? *Einen einzigen Apfel?*«, fragte C.J. entsetzt.

»Diebstahl ist gegen das Gesetz. Manche werden für nicht viel mehr gehängt.«

C.J.s Hand legte sich reflexartig um ihren Hals.

»Jack Clapham wird dir heute Abend das Abendessen bringen, Missy«, sagte er und ließ sie allein. »Im Namen Ihrer Majestät, ich hoffe, du genießt es.«

C.J. hockte sich hin, umfasste ihre Knie und drückte sie an ihre Brust, damit sie so wenig wie möglich mit dem kalten und schmutzigen Schiefer in Berührung kam. Es war unmöglich, die Tageszeit zu schätzen, da es an den Wänden keinerlei Halterungen für Fackeln oder Kerzen gab und natürlich auch kein Fenster. Bei Nacht wäre es hier völlig dunkel. Diese Erkenntnis löste eine ganze Reihe Ängste aus. Als beschäftigte sie die Furcht vor all den Keimen oder Krankheiten, die in diesem fauligen Kerker lauerten, noch nicht genug, schüttelte C.J. sich bei dem Gedanken, dass ganz sicher auch andere lebende Wesen ihren neuen Aufenthaltsort bewohnten, keines mit weniger als vier Beinen, und sie alle waren hier mehr zu Hause als sie.

Sie sehnte sich nach dem körperlichen Komfort ihrer eigenen Welt: einer nahrhaften Mahlzeit, ihrem eigenen Bett, egal wie einsam, und der Sicherheit zu wissen, was der nächste Tag bringen würde. Sie würde sich nie wieder über die unabwägbaren Unannehmlichkeiten der von ihr gewählten Karriere aufregen oder ungeduldig werden, wenn ihre Modemverbindung zu langsam war oder ihr Computer ewig brauchte, um hochzufahren.

An diesem Abend betrat ein buckeliger, dürrer Mann mit einem kaputten Weidenkorb den Kerker. Er schien Mitte sechzig zu sein, und sein kleiner Bauch zusammen mit dem Buckel verliehen ihm das Aussehen eines runzligen Kamels. Auf seinen Wangen und seinem Kinn wuchsen rote und graue Bartstoppeln. »Silas hat gesagt, dass du eine Hübsche bist«, sagte er durch seine Hasenscharte. Er öffnete den Korb und holte einen irdenen Krug heraus. »Zeit fürs Abendessen!«, verkündete er. Clapham goss den dünnen, beigen Brei in einen grob behauenen Trog und betrachtete C.J. amüsiert. »Silas hat gesagt, du seist ein hungriger kleiner Langfinger.« Er hob die Nase, als wollte er sie verspotten. »Nun, es soll nicht heißen, dass Jack Clapham sich nicht um seine Gäste kümmert.«

Durch den ranzigen Geruch der unappetitlichen Speise musste C.J. würgen, ihre Speiseröhre war schon bereit, den Brei wieder auszuspucken. Sollte sie sich erbrechen, würde sie hier in ihrem eigenen Erbrochenen sitzen, sollte sie es schaffen, es zu essen, würde sie es früher oder später wieder ausscheiden, mit einzig einem Strohlager als Toilette. Aber der Hunger war schon einmal ihr Verderben gewesen, und ihr Magen verlangte nach etwas, egal wie dürftig, egal wie wenig.

C.J. verbrachte eine schlaflose Nacht. Sie hörte ängstlich dem Quieken und Trippeln von Ratten zu, die auf der Suche nach Essbarem durch den Kerker huschten. Sie betete, dass keine ihr zu nahe käme, und hatte Angst einzuschlafen, da sie befürchtete, dass die Nagetiere sie für eine gute Vorspeise halten würden.

Dass es Morgen war, ahnte sie erst, als die solide Zellentür aufgeworfen wurde und Clapham mit den eisernen Fußfesseln eintrat. C.J. wurde blass und bekam eine Gänsehaut. Der uralte Gefängniswärter hatte doch sicher nicht vor, sie in Ketten vor den Richter zu führen. Wenn sie ihr Gedächtnis nicht trog, dann entwickelte sich das amerikanische Rechtssystem aus dem englischen. Konnten solche barbarischen Methoden wegen des Diebstahls einer einzelnen Frucht angewandt werden? Man hatte ihr doch bei ihrer Verhaftung nicht einmal Handschellen angelegt.

Plötzlich überkam sie ein neuer Schrecken. Zu einer Zeit, in der es ein Skandal war, wenn die Fessel einer Frau zu sehen war, hoffte sie gegen jede Vernunft, dass der Gefängniswärter zu viel Anstand besaß, um ihren Rock hochzuheben, um die Fußfesseln anzulegen. Aber sie erfuhr bald, dass Gefangenen, noch dazu so gut wie verurteilt, solche Rücksicht nicht gewährt wurde, da Clapham sich niederkniete und seine Hände grob unter ihr Kleid steckte. C.J. zuckte vor Ekel unter seiner Berührung zusammen.

Vielleicht hätte es sie nicht überraschen sollen, dass der Gefängniswärter die Chance ausnutzte, ihren Körper zu erkunden. Seine knotigen Hände schlossen sich um ihre Fesseln, während er die schweren Ketten anlegte. Seine Hände rutschten nach oben und kneteten ihre Waden. Die Berührung verursachte ihr Übelkeit. Als sie versuchte, sich zu entziehen, überraschte sie das Gewicht der Ketten, und sie musste erkennen, dass sie genauso sehr Gefangene der Fesseln war wie der wandernden Hände des Schurken, die zitterten, als sie ungeübt das Fleisch unter dem Strumpf befingerten.

Nachdem er die Fußfesseln befestigt hatte, hielt Clapham C.J. die offene Hand hin. Sie sah ihn verständnislos an. »Erzähl mir jetzt nicht, du hast kein Geld, Miss«, sagte er offensichtlich erstaunt.

»Ich habe kein Geld, Sir. Hätte ich welches gehabt, hätte ich nicht diesen Apfel nehmen müssen.«

»Du musst ja nicht gleich frech werden, junge Miss. Also, wie willst du dann meine Schlüsselgebühr bezahlen?«

»Ich muss Sie bezahlen, damit Sie mich aus dem Gefängnis lassen?«, entgegnete C.J. verblüfft.

Der Gefängniswärter legte den Kopf zur Seite. »Wie soll ein Mann sonst ehrlich sein Geld verdienen, Missy? Ich bin kein gewählter Beamter. Es ist dieses Zubrot, das mir Nahrung und Kleidung bringt«, sagte er und deutete auf seine verkrüppelte Gestalt. Clapham fuhr sich mit seiner faltigen Hand durch die strähnigen, weißen Haare. »Aber ich muss ja völlig dämlich sein, wenn ich erwarte, dass eine Diebin irgendwas von Ehrlichkeit versteht!«

»Ich denke doch, dass es Lohn genug für Sie war, mit Ihren Händen die Beine einer Dame zu berühren«, erwiderte C.J.

Der Gesichtsausdruck des Gefängniswärters zeigte, dass er sich geschlagen gab. Clapham brachte seine gefesselte Gefangene die feuchtkalte gewundene Treppe hinauf und übergab sie Constable Mawl, der sie einen breiten Korridor entlangführte, der voller neugieriger Schaulustiger war. Sie hielten mitten im Gespräch inne, um Kommentare über die unglückliche Verbrecherin, die zum Gerichtssaal gebracht wurde, abzugeben.

»Die junge Lady sieht aus, als käme sie aus guter Familie«, flüsterte eine ältere Frau vor sich hin.

»Wohl kaum«, zischte eine Frauenstimme. »Sehen Sie sich nur ihren Schal an. Mohnrot ist seit drei Jahren nicht mehr modern«, kicherte sie und erhielt zustimmendes Nicken und Gemurmel.

Am Ende des Flurs standen zwei Soldaten Ihrer Majestät in scharlachroten Mänteln rechts und links der Tür Wache und rissen sie mit militärischer Präzision auf, als C.J. und Mawl näher kamen.

»Oyez, oyez«, hörte C.J., das alte Gerichtsfranzösisch. Der riesige Constable stieß sie nach vorne in den Festsaal, den man zu einem provisorischen Gerichtssaal umfunktioniert hatte. Während sie vorwärtsschlurfte, fiel C.J. ein perfekt gekleideter, dunkelhaariger Gentleman auf, und sie fragte sich, was ihn ins Gericht getrieben hatte. Ein

Gerichtsdiener mit Perücke und schwarzem Kostüm stand am anderen Ende des hohen Raumes. Seine donnernde Stimme hallte von den Stuckwänden und der hohen Decke wider, als er verkündete: »Erheben Sie sich vor dem Richter.«

Man hörte Füße, Stühle und Bänke über den Boden kratzen, als ungefähr zweihundert Menschen aus allen sozialen Schichten erwartungsvoll aufstanden, ebenso wie die Zuschauer oben in der kleinen Galerie, die die Angeklagte mit lautstarker Begeisterung empfingen.

Mit militärischem Schwung öffnete ein weiterer Rotmantel die Tür am anderen Ende des pistaziengrünen Raumes, und der Richter trat ein. Offensichtlich gefiel ihm der Pomp, der ihm zu Ehren veranstaltet wurde. Er richtete seine lange weiße Perücke und stieg in die richterliche Bank.

Einen winzigen Augenblick lang, während C.J. die Samtrobe mit Hermelinbesatz bewunderte, vergaß sie, dass ihr Leben in den Händen dieses Mannes lag. *Okay,* dachte sie, *jetzt kann ich aufwachen. Ich habe den Realitätsschock erlebt, und ich bin mir sicher, dass ich nun jemanden aus dieser Epoche besser darstellen kann.* Aber nichts änderte sich, und die Panik, in dieser seltsamen und beängstigenden Welt vor Gericht gestellt zu werden, kehrte mit voller Wucht zurück.

»Die Verhandlung ist eröffnet«, donnerte der Gerichtsdiener. »Der Vorsitzende Richter ist Euer Ehren William Thomas Baldwin.« Der Hammer landete mit einem scharfen Knall, einem Schuss nicht unähnlich, und die Verhandlungen des Tages, zivil- wie strafrechtliche Fälle, fingen rasch an.

Neben dem Gerichtsdiener saß ein junger Schreiber, der über seine Brille hinwegblinzelte. Der Richter bat ihn, die

Namen des ersten Falles zu verlesen. Der junge Mann las laut den Namen Hiram Goodwin vor, der angeklagt war, seine Frau Susan geprügelt zu haben. Während Mrs. Goodwin in einer Ecke des Gerichtssaals kauerte, schaffte es der von ihrem Ehemann engagierte Anwalt, das Gericht davon zu überzeugen, dass sein Klient zwar seine Gattin angegriffen habe, dies jedoch mit der Hand getan und nie einen Stock gegen sie eingesetzt habe, der dicker als sein Daumen gewesen sei. Auch wenn es nicht ausdrücklich im Gesetz stünde, so gebe es doch genügend Präzedenzfälle, die die Legalität von Mr. Goodwins Handeln untermauerten.

Susan Goodwin stand schluchzend da, als der Richter sein Urteil verkündete und den Fall aufgrund der Daumenregel abschmetterte, da die Waffe, die zur Bestrafung der Klägerin benutzt worden war, nicht die Maße dessen, was als gesetzeskonform angesehen wurde, überschritten hatte.

Die verächtlichen Rufe der Zuschauerinnen auf der kleinen Galerie übertönten den Jubel ihres männlichen Gegenübers. C.J. war über das Urteil entsetzt.

»Rufen Sie den nächsten Fall auf, Meister Masters!«

Der junge Schreiber las ihren Namen auf der offiziellen Prozessliste vor. Sie schlurfte nach vorn.

»Das bin ich, Euer Ehren«, sagte C.J.

»Was wird dieser jungen Frau vorgeworfen?«

Constable Mawl trat vor. Er hatte den Augenblick, endlich im Mittelpunkt des Interesses zu stehen, ungeduldig erwartet. »Euer Gnaden«, begann er mit großer Autorität, »am Morgen des sechsten April, dem Tag nach Ostersonntag, wie ich bemerken möchte, dem heiligsten Tag des Jahres für uns gottesfürchtige Christen ...«

»Kommen Sie auf den Punkt, Mawl!«, kam der Befehl vom Richterstuhl.

»Die Verdächtige wurde von mehreren Zeugen dabei beobachtet, wie sie ein Stück Obst stahl, genauer einen reifen, roten Apfel, von einem Stapel ebendieser Frucht, der unschuldig oben auf dem Apfelkarren lag, des gleichsam unschuldigen Obsthändlers namens Adam Dombie. Die Schuldige, ich meine, die *mutmaßlich* Schuldige, wurde sofort von Eurem Diener, also mir selbst, einem früheren Mitglied der Bow Street Runners, sie besitzen einen guten Ruf, wie ich bemerken möchte, verhaftet und umgehend ins Gefängnis gebracht, wo sie dem Gefängniswärter Jack Clapham überstellt wurde.«

»Euer Ehren, ist mir nicht ein Rechtsbeistand erlaubt?«, meldete C.J. sich. Der gesamte Gerichtssaal brach spontan in Gekicher aus. Sie bemühte sich, so nüchtern und gesammelt wie möglich aufzutreten, aber sie begriff mit jeder Faser ihres Wesens, wie schwerwiegend ihre Lage war. Falls niemand für sie sprach, dann zweifelte sie nicht daran, dass sie wegen des Diebstahls eines Apfels ihr Leben verlieren würde.

C.J. fuhr fort und versuchte, sich die Bestürzung in ihrer Stimme nicht anmerken zu lassen. »Hat denn nicht jeder Angeklagte, egal wie niedrig seine Stellung ist, das Recht, von einem qualifizierten Rechtsbeistand vertreten zu werden? Einem Anwalt?«

Richter Baldwin war über diese Bitte höchst amüsiert. Die Naivität der jungen Frau sorgte für die beste Unterhaltung, die er in seinen dreißig Jahren als Richter je gehabt hatte.

»Ich hatte Hunger, Euer Ehren. Ich war gerade erst am Tag, bevor ich verhaftet wurde, in Bath angekommen und hatte keinen Penny bei mir.«

Der Richter knallte seinen Hammer auf den Tisch, das Geräusch hallte im ganzen Raum wider. »Ruhe!«

C.J. sah völlig verwirrt aus. »Euer Ehren?«, sagte sie zaghaft.

»Ich sagte ›Ruhe‹«, wiederholte der Richter. »Die Gefangene darf nicht für sich selbst sprechen.«

»Aber wenn es nicht üblich ist, mir einen Rechtsbeistand zu gewähren, wer soll mich denn dann vertreten, wenn es mir nicht erlaubt ist, *pro se,* also für mich selbst zu sprechen?«

Dass sie den juristischen Fachbegriff richtig anwandte, hatte einen großen Effekt und überraschte die Beamten des Gerichts vollkommen. »Wo zum Teufel kommen Sie denn her?«, fragte der verblüffte Richter.

C.J. sammelte sich einen Augenblick. »Von sehr weit weg, Euer Ehren. Und um die Wahrheit zu sagen, ich kann nicht einmal genau sagen, wie ich hierhergekommen bin ... ich meine, ich *weiß* es nicht. Ich versichere Ihnen, dass ich damit auf gar keinen Fall impertinent sein will.«

»Ich erwarte nicht, dass Sie alle Poststraßen kennen, junge Dame. Doch Unwissenheit schützt nicht vor Strafe.« C.J. betete, dass er sie weiter befragen würde. »Sie sind eine außergewöhnliche, junge Person«, fuhr der Richter fort und rang seine fleischigen Hände, als würde ihm diese Handlung helfen, zu einem Urteil zu gelangen. »Und ich möchte Constable Mawl fragen, warum er die Zeit des Gerichts mit einer solchen Lappalie verschwendet. Der Diebstahl eines einzelnen Apfels ist genau die Art von Verbrechen, bei denen ein Constable selbst entscheiden kann. Es gehört zu seinen Pflichten, den Fall zu beurteilen und falls nötig, eine Strafe festzusetzen. Ich bin von Ihrer Einschätzung sehr enttäuscht, Mawl.«

Der Polizist sah ziemlich geknickt aus. »Ja, Euer Gnaden.«

»Und doch, ein Diebstahl, egal wie klein, ist immer noch ein Verbrechen. Falls die Angeklagte aus dem Ort stammt, dann muss sie sich eine bezahlte Stelle suchen oder ins Arbeitshaus geschickt werden. Ihre kommunikativen Fähigkeiten haben das Gericht erstaunt. Vielleicht könnten Sie eine passende Stelle als Gouvernante oder Gesellschafterin finden. Über welche Fähigkeiten verfügen Sie, Miss Welles?«

Aus irgendeinem Grund hatte C.J. die Geistesgegenwart, *nicht* zu sagen, dass sie Schauspielerin war, denn sie wusste, dass das ihrem bereits angeschlagenen Ruf weiter geschadet hätte. Sie zermarterte sich das Hirn nach Berufen, die damals für eine junge Dame angemessen erschienen, etwas, das sie tatsächlich tun könnte, würde man sie dazu auffordern.

Eine Matrone in einem altmodischen Kleid aus schwarzem Taft stand mithilfe eines Ebenholzstocks mit silbernem Griff auf. Ihre durchdringende Stimme zerschnitt die Luft. »Lady Eloisa Wickham, Euer Ehren.«

»Sie sind dem Gericht wohl bekannt, Lady Wickham.«

»Ich bin auf der Suche nach einer Gesellschafterin, die mir vorliest und meine Korrespondenz erledigt. Meine Augen sind nicht mehr das, was sie mal waren. Falls das Gericht einverstanden ist, übernehme ich die Verantwortung für die junge Frau und biete ihr eine Stellung in meinem Haus am Laura Place an.«

»Miss Welles, geben Sie zu, einen Apfel gestohlen zu haben?«

Es gab dafür Zeugen. »Das tue ich, Euer Ehren, und ich gebe meinen Hunger und meine Armut als Grund dafür an, denn ich habe noch niemals zuvor, in meinem ganzen Leben, je etwas gestohlen.« Das war die Wahrheit.

»Bereuen Sie Ihr Verbrechen?«

»Ich bereue wirklich, dass es notwendig war, kriminell zu werden, um mir etwas zu essen zu besorgen. Es tut mir von Herzen leid, Adam Dombie seine schwer verdiente Ware entwendet zu haben, und ich hoffe, dass ich in Zukunft die Möglichkeit erhalten werde, es ihm zehnfach zurückzuzahlen.«

»Gut, dann sei es. Die Angeklagte wird in die Obhut von Lady Eloisa Wickham entlassen, wo ihr eine bezahlte Stelle als Gesellschafterin angeboten wird.« Der Hammer landete mit einem Schlag auf dem Tisch. »Fall abgewiesen.«

Constable Mawl öffnete die Fußfesseln. Sie war frei zu gehen. Lady Wickham hinkte auf einem Klumpfuß aus dem Festsaal hinaus und machte der zitternden C.J. ein Zeichen, sie solle ihr folgen. Unter normalen Umständen wäre der Weg vom Rathaus zum Laura Place ein leichter Spaziergang gewesen, aber wegen Lady Wickhams Behinderung war es unmöglich, zu Fuß dorthin zu gelangen. Als sie auf die Straße kamen, war C.J. überrascht, dass die Adelige keine eigene Kutsche besaß. Stattdessen gab die Lady einem Jungen eine Münze, damit er ihr eine Droschke für die kurze Strecke zum Laura Place rief.

Lady Wickhams Stadthaus war für eine solch beliebte Adresse erstaunlich spartanisch. Als C.J. in den schmalen Flur mit einer Tapete in einem ziemlich deprimierenden Ocker trat, stupste ein junger Mann mit einem pockennarbigen Gesicht und einer schlichten, braunen Livree ein verhuschtes Hausmädchen mit dem Ellbogen an. »Sieh mal, Mary, wir haben eine Neue«, kicherte er höhnisch.

Kapitel Vier

In dem wir das Leben unter Dienstboten kennen lernen, wobei unsere Heldin ganz überraschend eine Freundin und Verbündete findet.

»Sie bekommen acht Pfund jährlich und eine Zucker- und Teeration«, erklärte Lady Wickham, während sie C.J. durch das Stadthaus führte. »Die übliche Bierration werden Sie nicht erhalten. Ich bin der Meinung, dass Frauen keinen Alkohol trinken sollten.« Das Haus war makellos. Alles wirkte sehr geschmackvoll, wenn auch ein bisschen asketisch, und C.J. war vom schäbigen Aussehen der Möbel überrascht.

»Unter normalen Umständen, Miss Welles, beträgt der Jahreslohn einer Gesellschafterin zwischen zwölf und fünfzehn Pfund, natürlich je nach ihrer Qualifikation und ihren Referenzen, dazu noch ein Taschengeld. Alle meine Dienstboten schätzen sich jedoch sehr glücklich, überhaupt eine Stelle zu haben, angesichts ihrer unappetitlichen Vorgeschichte und der Art und Weise, wie ich sie gefunden habe. Ich nehme an, dass Sie mir zustimmen werden, wenn ich sage, dass acht Pfund einer Strafkolonie in Queensland bei Weitem vorzuziehen sind.«

Lady Wickham stieg mit großer Anstrengung die Treppe hinauf. Ihr Klumpfuß machte auf jeder Stufe ein peinliches, lautes Geräusch. Sie führte C.J. zu einem Zimmer ganz oben im Haus direkt unterm Dach. Die Dachschräge nahm ein gutes Drittel des engen, dunklen Zimmers ein, und der Kamin war bedeutend kleiner als in den unteren Räumen. Trotzdem, im Vergleich zum Gefängnis war es das Paradies.

In dem stickigen Zimmer fiel C.J. ein unangenehmer Geruch auf, und ihr wurde zu ihrer großen Schande bewusst, dass sie selbst so furchtbar roch. Eine Nacht auf der Straße und eine weitere eingesperrt in der Zelle im Rathaus hatten ihr keine Möglichkeit gegeben, sich zu waschen. Sie schien den Gestank einer Jauchegrube zu verbreiten. Jeder, mit dem sie in letzter Zeit Kontakt hatte, musste entweder fast genauso schlimm gerochen haben oder extrem höflich gewesen sein.

»Warten Sie hier, Miss Welles«, befahl Lady Wickham. »Mary wird sofort mit einer Wanne und einem Eimer Wasser hier sein, damit Sie sich waschen können. Ich werde mich um passende Kleidung für Sie kümmern.« Sie verließ die Dachkammer und stapfte die enge Treppe hinunter.

Im Zimmer befand sich nichts außer einem schmalen Bett aus Gusseisen mit einer dünnen und klumpigen Matratze, einer kleinen Holzkommode und einem schäbigen Paravent, der ungefähr einen Meter siebzig groß war sowie einem Metallkasten am Fußende des Bettes. Neugierig öffnete sie ihn, es lagen ein paar grobe Wolldecken darin. Nirgendwo waren persönliche Gegenstände zu sehen. Die Wände waren kahl.

Sie überlegte, ob sie ihre Kleider sofort an Ort und Stelle ausziehen sollte. Als sie ihren Schal zur Seite legte und sich auf dem Rücken kratzte, erinnerte sie sich plötzlich daran, dass sich hinten ein Reißverschluss befand, typisch für das einundzwanzigste Jahrhundert. Sie zog all ihre Kleider aus und legte sie hinter den Paravent, sodass sie vom restlichen Zimmer aus nicht zu sehen waren, dann nahm sie eine der groben, grünen Decken aus dem Kasten und wickelte sich darin ein, als wäre es ein Badetuch.

Vor dem Zimmer klapperte es laut, und das blasse Dienstmädchen mit dem dumpfen Ausdruck in den Augen erschien mit einem großen Holzeimer im Türrahmen. »Um Gottes willen, haben Sie mich erschreckt!«, rief sie aus, dabei spritzte Wasser auf den Boden. »Ich dachte, Sie seien ein Gespenst, so ganz eingewickelt und alles.« Ihre Kinnlade hing vor Verwunderung und Angst herab, und sie zitterte richtig, obwohl das vielleicht eher von dem schweren Eimer herrührte, den sie vier schmale Treppen hinaufgewuchtet hatte.

C.J. wurde plötzlich bewusst, dass die Frauen zu jener Zeit in ihren Hemden badeten, und suchte nach einer Möglichkeit, ihren sozialen Fehltritt zu erklären. »Ich muss zugeben, dass meine Erscheinung ein wenig ... unkonventionell ist ... aber mein Kleid und mein Leinen rochen so unangenehm, dass ich es nicht ertragen habe, sie einen Augenblick länger als unbedingt notwendig am Körper zu tragen.« C.J. fragte sich, ob das kleine Dienstmädchen wusste, wie sie in Lady Wickhams Dienste gelangt war. Sie wollte keine Informationen preisgeben. »Mein Name ist Cassandra«, sagte sie und hielt dem Dienstmädchen die Hand hin.

»Mary. Mary Sykes«, antwortete das Mädchen und merkte, dass sie die angebotene Hand nicht nehmen konnte.

»Um Himmels willen, Mary, stell diesen Eimer ab! Der muss eine Tonne wiegen!«

Das Mädchen gehorchte sofort und beugte ihre Arme

ein paar Mal, um ihre schmerzenden Muskeln zu lockern. Die Handflächen des Dienstmädchens waren gerötet durch das Scheuern des Seils. Ganz rot im Gesicht, entschuldigte Mary sich mit einer Reihe verlegener Knickse und ging nach unten, um die Wanne zu holen, die sie wenig später mitten ins Zimmer zerrte und den Eimer hineinleerte. Sie holte ein Stück Seife aus einer Tasche ihrer Musselinschürze und gab sie C.J., die sie an die Nase hielt und den zarten Lavendelduft begierig einsog.

C.J. ließ die Decke fallen, stieg in das flache Hüftbad und setzte sich. Ihre Beine hatte sie bis an die Brust gezogen, das Wasser reichte ihr gerade bis zur Hüfte. Sie fühlte sich wie eine Fee, die in einer Nussschale badete. Jetzt, da sie dieses Ding am eigenen Leib ausprobierte, verstand C.J., warum diese emaillierte Wanne Hüftbad genannt wurde und fragte sich, wie die vielen fettleibigen Menschen und solche mit Gicht, die sie in den letzten achtundvierzig Stunden gesehen hatte, es nur schafften, sich in eine Wanne zu quetschen, die für Handwäsche besser geeignet schien?

Das Wasser war inzwischen nur noch lauwarm, aber es war kristallklar. Sie hätte gern einen Waschlappen benutzt, doch man hatte ihr keinen gegeben. Trotzdem war es ein Vergnügen, sich zu waschen, noch etwas, das sie bisher immer für völlig selbstverständlich gehalten hatte.

»Ich wohne auch hier«, sagte Mary schließlich schüchtern.

»Ach ja?«, fragte C.J., die irgendwann mal gelernt hatte, dass ein Mädchen für alles wie Mary normalerweise nicht im Haus wohnte, sondern bei ihrer Familie in einem armen und unhygienischen Teil der Stadt. »In welchem Zimmer?«

»In diesem hier«, antwortete das Dienstmädchen. Ihr

offener Gesichtsausdruck deutete nicht darauf hin, dass es sich um einen Scherz handelte.

»Aber Lady Wickham hat mir gesagt, dass es *mein* Zimmer sei.«

»Es ist ja auch Ihr Zimmer, Miss Welles, aber auch meines. Mir ist das egal. Ich bin froh, wenn ich Gesellschaft habe. Ich war sehr einsam, nachdem Fanny gegangen ist.«

»Oh«, sagte C.J. und machte höflich Konversation. »Was ist denn mit Fanny passiert?«

»Das kann ich nicht sagen. Das heißt, ich weiß es nicht, Miss. Sie war guter Hoffnung, und Lady Wickham hat versucht, den Teufel aus ihrer schwarzen, verdorbenen Seele zu prügeln, und dann hat sie sie hinausgeworfen.«

C.J. war entsetzt. »Ohne dass sie wusste, wohin sie gehen konnte? Schwanger?«

Mary legte rasch die Hand auf ihren Mund, um ihren schockierten Ausdruck zu verbergen. »Oh, dieses Wort dürfen Sie nicht benutzen. Das ist ein richtig vulgäres Wort. Lady Wickham erwartet von ihren Dienstboten, dass sie sich anständig benehmen.«

Das Wort *schwanger* galt als unzivilisiert? Es würden noch Jahrzehnte ins Land gehen, bis die berühmten Viktorianer sich daranmachten, die englische Sprache von Grund auf zu erneuern. Zum Glück war C.J. nichts Anstößiges herausgerutscht. Vielleicht sollte sie es ab jetzt mit *enceinte* versuchen, obwohl sie bezweifelte, dass Mary Sykes viel Französisch beherrschte.

»Ihr ist Anstand sehr wichtig, und doch wirft sie eine schw-, eine werdende Mutter auf die Straße. Ich nehme an, dass Fanny nicht verheiratet war.«

»Natürlich nicht, Miss Welles. Deswegen wurde sie ja hinausgeworfen. Lady Wickham hat gesagt, es sei eine

Schande. Ich werde nie vergessen, wie sehr Fanny geweint hat, als es passiert ist.« Mary drehte sich zur Seite, und C.J. fiel ein roter Fleck auf der linken Wange des Mädchens auf. Sie wollte gerade danach fragen, aber aus irgendeinem Grund änderte sie ihre Meinung.

»Es tut mir leid, dass Sie mit Fanny eine Freundin verloren haben, Miss Sykes.«

»Oh, nein«, das Mädchen schnappte nach Luft. »Mary. Sie müssen mich Mary nennen.«

»Dann musst du mich Cassandra nennen.«

»Oh, nein, Miss Welles«, sagte das Mädchen leise. »Das geht auf keinen Fall.«

»Warum nicht? Wir sind beide Dienstboten, sollen im selben Zimmer schlafen, ja sogar ein Bett teilen.«

»Miss Welles, Sie sind eine Gesellschafterin«, erklärte das Mädchen, als würde sie einem Heiden den Katechismus beibringen. »Ich bin ein Küchenmädchen. Manchmal, wenn Lady Wickham uns Küchenbedienstete braucht, um Essen oder Tee im Wohnzimmer zu servieren oder um Staub und den Boden zu wischen ... was eigentlich fast immer der Fall ist«, fügte sie mit roten Wangen hinzu, »kommen wir in Kontakt mit den feinen Herrschaften. Wenn ich oben bei der Lady bin, spricht sie mich manchmal mit meinem Familiennamen, Sykes, an, wie es sich bei einem Dienstmädchen und nicht bei jemand aus der Küche gehört. Aber Kammerzofen und Gesellschafterinnen sind eher wie die feinen Herrschaften. Es schickt sich nicht, sie mit dem Vornamen anzusprechen.«

Das war eine richtige Lektion. C.J. hatte viel über das englische Klassensystem gelesen, viele Klassiker im Theater und englische Kinofilme gesehen, doch war es ihr nicht in den Sinn gekommen, dass es selbst bei den unterschiedlichen Klassen von Dienstboten feste Anreden für jede spezifische Stellung gab.

Zu ihrem großen Leidwesen war sie wohl weiter von dieser Welt entfernt, als sie es sich vorgestellt hatte. Wenn sie bereits bei einem Dienstmädchen so ins Fettnäpfchen treten konnte, was würde erst passieren, wenn sie sich unter der gehobeneren Klasse bewegte. Sie musste jeden Augenblick auf der Hut sein, und doch, egal wie wachsam sie war, ihre Unwissenheit konnte sie jederzeit verraten. Jeder Aspekt ihres Lebens war betroffen, von den geltenden Gesetzen bis zu den kleinsten, persönlichen Details, es konnten endlos viele Peinlichkeiten auf sie warten. Was sollte sie zum Beispiel tun, wenn sie ihre Regel bekam? Sie käme sich so dumm vor, Mary zu einer solchen Routineangelegenheit zu befragen. Selbst so etwas Alltägliches konnte zu ihrer Aufdeckung führen.

Sie fragte sich, was sich in ihrer eigenen Zeit zu Hause tat. War ihr Verschwinden überhaupt aufgefallen? Wurde sie vermisst? Wie konnte sie zurückkehren – und was, wenn sie es nicht konnte? Wenn es *möglich* war zurückzukehren, wie viel Zeit wäre dann vergangen? Vielleicht waren während ihrer Abwesenheit Generationen von Menschen geboren worden und gestorben.

»Was machst du da?«, fragte sie Mary, als sich das Mädchen neben die Wanne kniete und anfing, ihre Kopfhaut zu untersuchen.

»Ich suche nach Läusen, Miss Welles. Waren Sie im Gefängnis?« C.J. erzitterte und nickte, ihr gefiel nicht, in welche Richtung sich das Gespräch entwickelte. »Falls ich Läuse finde, wird die Lady Sie geradewegs auf die Straße werfen. Aber wenn Tony sie eine Stunde lang ablenken kann, könnte ich zur Apotheke laufen und Teebaumöl besorgen, um Ihre Haare damit zu waschen. Das wird sie ganz sicher umbringen, auch wenn wir vielleicht Ihre hübschen Locken abschneiden müssten.«

»Nein!«, rief C.J. aus und legte ihre Hände schützend auf ihren Kopf.

»Das wäre sicherlich schade, aber die Haare wachsen ja wieder nach, und wenn Sie Ihre Haube aufbehalten, wird es niemand merken.«

C.J. hörte Schritte auf der Treppe und sah Mary panisch an. Das Küchenmädchen reichte ihr die kratzige Wolldecke, und C.J. hielt sie wie einen Schild schützend vor ihren Körper.

Der Junge mit den Pockennarben trat ohne um Erlaubnis zu fragen ein. Er trug ein Bündel aus braunem Stoff unter dem Arm. »Das war Fannys Livree«, sagte er und warf sie gleichgültig Mary zu. »Lady Peitschenhieb will nicht einen Shilling für ein Kleid für die Neue ausgeben«, fügte er hinzu und nickte in ihre Richtung, »solange die hier noch in einem guten Zustand ist.«

»Hüte deine dumme Zunge, Tony«, schimpfte Mary. »Du wirst Miss Welles noch vertreiben.«

Tony grinste und ignorierte das arme Dienstmädchen. »Hat Peitschenhieb *dich* auch aus dem Gericht geholt? Daher bekommt sie alle ihre Bediensteten. Sie bezahlt keinem Vermittler eine Gebühr, auf gar keinen Fall. Und hätte sie nicht einen Mann für die schwere Arbeit gebraucht, hätte sie niemals die Guinee-Steuer für einen männlichen Dienstboten an Ihre Majestät bezahlt.«

C.J. öffnete den Mund, um etwas zu sagen, wurde jedoch von ihrer neuen Beschützerin unterbrochen. »Es kann dir egal sein, woher sie kommt. Kümmer dich um deinen eigenen Kram.«

»Und welcher Kram sollte das sein, Mary?«, fragte der Diener spöttisch. »Vielleicht Feuer machen oder die Pakete der Lady in den Läden auf der Milsom Street abholen, das Silber polieren, den Kamin kehren und die Gäste, die zum Abendessen kommen, bedienen oder die Kerzenstümpfe, die im Wohnzimmer abgebrannt sind, zusammenkleben, damit du und die Köchin und ich abends ein bisschen Licht haben, weil Lady Peitschenhieb zu geizig ist, um Talg zu kaufen? Welchen Kram meinst du, Mary?« Tony kratzte eine Pustel am Kinn auf, aus der eine zähe, gelbe Flüssigkeit trat, die er mit dem Handrücken wegwischte.

»Warte nur, bis du die fettigen Töpfe und Pfannen spülen musst, Mädchen. Oder das verstopfte Plumpsklo reinigen und auf Knien den Bürgersteig vor Lady Peitschenhiebs Tür auf der Straße mit einer Drahtbürste scheuern. Dann wirst du dir wünschen, stattdessen verurteilt worden zu sein. Im Gefängnis wird man wenigstens bedient, anstatt zu dienen. Jetzt, da Fanny weg ist, wirst du bestimmt ihre Pflichten übernehmen.«

C.J. schluckte. Hatte man ihr nicht gerade eben erläutert, dass jeder Dienstbote ein eng begrenztes Aufgabenfeld und somit eine bestimmte Stellung hatte? »Lady Wickham hat vor Gericht gesagt, dass sie mich als Gesellschafterin engagiert, deshalb bezweifle ich, dass sie von mir erwarten wird, die Pflichten, die du erwähnt hast, zu erfüllen.« Tonys höhnisches Lachen klang wie das Wiehern eines asthmatischen Pferdes. Selbst die schüchterne Mary legte ihre schmutzige Hand auf den Mund, um ein Kichern zu unterdrücken. »Sag mir, Tony«, fuhr C.J. fort. »Warum nennst du die Hausherrin Lady Peitschenhieb?«

Mary sah den Diener panisch an, als fürchtete sie, C.J. könnte sich bei seiner Antwort schnurstracks aus dem Staub machen, aber der pockennarbige Junge ignorierte ihre Warnung. »Sie hat eine Vorliebe für die Peitsche. Und ihren Gehstock. Und ihren Handrücken ... falls man in Reichweite ist. Sie ist mal auf eine Holzkiste geklettert, um Fanny auf die Ohren zu schlagen.«

»Mary! Tony! Hört sofort auf, herumzutrödeln!« Lady Wickhams Stimme brachte sogar den prahlerischen Diener dazu, eine achtsame Haltung anzunehmen. Mary wurde blass. »Jetzt werden wir ganz sicher geschlagen«, flüsterte sie Tony zu. Er lief die Treppe hinunter, Mary folgte ihm. Plötzlich juckte es sie, und C.J. fragte sich, ob sie tatsächlich Läuse bekommen hatte. Mary war unterbrochen worden, bevor sie ein abschließendes Urteil über den Zustand ihrer Kopfhaut fällen konnte.

Nachdem sie aus der Hüftwanne gestiegen war, schob C.J. den Riegel vor die Tür, holte ihr gelbes Musselinkleid, den roten Seidenschal und ihre Unterwäsche hervor, warf sie in die Wanne und schrubbte sie mit dem duftenden Seifenstück.

Als sie ihr Kostüm gewaschen hatte, wrang C.J. es so gut wie möglich aus und zog ihre feuchte Unterwäsche wieder an. Ihre Körperwärme würde sie trocknen. Sie breitete den Schal, der jetzt einem verknitterten Fetzen glich, über dem Paravent aus und presste das gelbe Kleid zwischen die Wolldecken in der Metallkiste. Hätte sie sich sicher sein können, dass niemand das Kleid finden würde, hätte sie es über das Eisenbett gelegt, damit es dort ordentlich trocknete, da sie Angst hatte, dass es schimmeln könnte, aber sie hatte keine andere Wahl. Es wäre zu schwierig, Leuten, die ihre Kleider noch mit Baumwollbändchen verschlossen, einen Reißverschluss zu erklären.

An einem regnerischen Nachmittag versuchte C.J. die Tage zu zählen, die sie nun schon für Lady Wickham arbeitete. Eine Woche? Zwei? Sie arbeitete so schwer, dass die Tage ineinander übergingen. Der Morgen begann um fünf Uhr dreißig mit dem Schüren der Feuer und dem Anzünden der Öfen, dann schrubbten Mary und sie das Stadthaus von oben bis unten. Das Silber wurde zwei Mal wöchentlich geputzt, die Bettwäsche täglich gewechselt und in Wannen gewaschen, in die kochendes Wasser durch Sand gefiltert wurde, ein System, das auch für das Wasser für den Tee sorgte. Ein Ding auf fünf Beinen, das von Hand gedreht wurde, diente zum Umrühren. Noch nie hatte C.J. eine Waschmaschine und einen Trockner so sehr vermisst.

Bei den seltenen Gelegenheiten, wenn Lady Wickham Gäste hatte, wurde von Tony, Mary und C.J. erwartet, dass sie bei Tisch servierten und der Köchin beim Spülen halfen. Das gute Porzellan wurde in einem Schrank aufbewahrt, vom Tageslicht geschützt, da es handbemalt war und das mit Bleifarben, die leicht ausbleichen. C.J. fragte sich, was das Blei ihrer Gesundheit antat. Wenn sie sich richtig an ihre Geschichtsstunde zur Antike erinnerte, standen Bleitöpfe und Bleirohre mal unter Verdacht, den Untergang des Römischen Reiches verursacht zu haben.

Nachmittags las C.J. Lady Wickham vor, bis es dunkel wurde. Die Lady war selbst bei ihren eigenen Kerzen ein Pfennigfuchser. Geizig, wie sie war, bevorzugte sie in tierisches Fett getauchte Kerzen, die nach Rindertalg stanken, allerdings wurden auch die nur selten angezündet. Meistens erklärte die Lady, dass es Zeit fürs Zubettgehen sei, wenn es ganz dunkel war. Ansonsten wurde C.J. als Sekretärin nur relativ selten in die Pflicht genommen, obwohl die Hausherrin mit einer Schwester in Manchester korrespondierte. C.J. war zwar tatsächlich eine Gesellschafterin, doch der Umfang ihrer Aufgaben war überhaupt nicht auf die in dieser Stellung zu leistende Arbeit beschränkt.

Der einzige angenehme Teil der Woche war der Sonntagmorgen, wenn die alte Dame von ihren Dienstboten erwartete, dass sie sie zur Kirche begleiteten. Die Angestellten hatten keine weiteren Kleider und waren daher gezwungen, durch kleine Änderungen ihre bescheidene Garderobe sonntagsfein zu machen. Die Köchin, Mary und C.J. legten ihre Schürzen und Hauben ab. Da Tonys Livree sowieso schon der Kleidung eines Händlers glich, beschloss Lady Wickham, dass er nicht einmal einen anderen Mantel für die Kirche benötigte. Der Diener achtete nie sonderlich darauf, den Tag des Herrn zu ehren: Tony nutzte die Predigt für ein Schläfchen. Mary verfolgte die Messe wie ein tumbes Tier, sang zusammen mit der Gemeinde, wenn diese dazu aufgefordert wurde, schlug aber nie ein Gesangbuch oder eine Bibel auf. Lady Wickham war zu geizig, um eine Bank zu kaufen, was unter Adeligen üblich war, daher teilte sie sich trotz ihres Ranges die Plätze mit ihren Dienstboten hinten in der Kirche, Plätze, die eigentlich für niedrigere soziale Schichten bestimmt waren.

C.J. genoss die seltene Gelegenheit, ihren Gedanken nachzuhängen, während die Predigt gehalten wurde. Sie betrachtete die wunderbaren Glasfenster und das ungewöhnliche Fächergewölbe der Decke und wunderte sich über die erstaunliche Tatsache, dass die Atmosphäre, anstatt besinnlich zu sein, eher der auf einem Heiratsmarkt glich, auf dem regelmäßig zwischen den Gemeindemitgliedern bedeutungsvolle Blicke und Liebesbriefe gewechselt wurden.

Für eine Frau, die dem Vernehmen nach ihre Dienstboten wegen der geringsten Provokation schlug, obwohl C.J. dieses furchtbare Verhalten noch nicht erlebt hatte, war Lady Wickham sonntagsmorgens ganz die demütige Christin.

Die Sonntagnachmittage hingegen gestalteten sich völlig anders. Während Lady Wickham unter der Woche meistens allein aß, empfing sie sonntags Gäste zum Abendessen, eine Veranstaltung, bei der alle Dienstboten mitarbeiten mussten. Schildkrötensuppe war in den besten Häusern gerade der letzte Schrei. Der Geiz der Hausherrin in Laura Place zwölf trieb allerdings seltsame Blüten, und so wurde falsche Schildkrötensuppe gekocht.

Als C.J. gemeinsam mit der Köchin und Mary zum ersten Mal beim Kochen der Suppe half, ekelte sie sich fürchterlich. Anstatt eine Schildkröte aus dem Panzer zu holen, zu schnippeln und zu kochen, wodurch C.J. wohl ebenso für immer ihren Appetit verloren hätte, benutzten sie Hammelknochen, die von Mahlzeiten vom Anfang der Woche übrig geblieben und in einem Eiskeller gut sieben Meter unter der Küche aufgehoben worden waren.

Je nachdem, was beim Metzger billiger war, köchelte entweder ein entbeinter Kalbskopf oder Kalbfüße mit dem Hammel, zusammen mit etwas Zitronensaft und Gemüse.

Nachdem die Köchin alles durchgesiebt hatte, zog sie das gelatineartige Fleisch von dem Kalbskopf ab, würfelte es und stellte es zur Seite. Danach schloss sie, die als einziger von Lady Wickhams Dienstboten einen Schlüssel zum Alkoholvorrat hatte, die Truhe auf und holte eine Flasche Madeira heraus, von dem sie etwas in die Suppe goss. Allerdings hatte ihr Lady Wickham strikt verboten, mehr als die *Hälfte* der empfohlenen Menge hinzuzufügen, was sie jedoch nicht daran hinderte, sich selbst einen Schluck zu genehmigen, wovon, wie C.J. annahm, ihre geizige Herrin nichts wusste. Am Ende kam das gewürfelte Fleisch wieder in den Topf, und ein bisschen frische Petersilie wurde hinzugefügt.

Normalerweise hatten die Dienstboten nach dem Abendessen am Sonntag die Möglichkeit, früher als an anderen Tagen Schluss zu machen. Gleichwohl bat Lady Wickham C.J. oft, sie ins Wohnzimmer zu begleiten und ihr nach dem Essen etwas vorzulesen. Die alte Frau hatte eine Schwäche für Dante und Shakespeares Dichtung, wie *Venus und Adonis,* wodurch C.J. mit diesem Werk zum ersten Mal in Berührung kam. Eine Frau, die Shakespeare schätzte, besonders seine weniger bekannten Werke, konnte nicht durch und durch schlecht sein, dachte C.J.

Sie las mit großer Dramatik und Leidenschaft vor. Schließlich war das ihre einzige Chance, etwas dem Schauspiel Verwandtes zu tun, und es befriedigte sie ein wenig, dass Lady Wickham ihre Darbietung anscheinend genoss. Die Dame saß dann ganz gerade in einem Stuhl mit hoher Rückenlehne, als hätte sie einen Besenstiel verschluckt, während ihr missgebildeter Fuß auf einem Fußschemel mit Gobelinstickerei lag, von der sie stolz berichtete, dass sie sie eigenhändig angefertigt hatte, als ihre Augen noch scharf wie die eines Adlers gewesen waren. »Ich bin sechsundsiebzig Jahre alt und habe mich noch nie angelehnt«, verkündete sie triumphierend, als C.J. sie fragte, warum sie, angesichts ihrer Behinderung, nicht bequemere Möbel wählte.

»Sie mag Sie, Miss Welles«, sagte Mary eines Nachts, als die jungen Frauen ihre schlichten, braunen Kleider auszogen und in die Musselinnachthemden schlüpften.

Mary blies den Stummel einer stinkenden Talgkerze aus, und sie stiegen in das schmale Bett.

C.J. erinnerte sich daran, dass sie sich zu Tode erschreckt hatte, als Mary zum ersten Mal eine dieser kleinen Schießpulverkügelchen angezündet hatte, die üblicherweise verbrannt wurden, um den Geruch des brennenden Talgs zu überdecken. Sie bezweifelte, dass sie sich jemals an diese Explosionen würde gewöhnen können, aber Mary hatte ihr geraten, sich nicht bei ihrer Herrin zu beschweren, sonst wurde Lady Wickham ihrer Großzügigkeit ein Ende setzen. »Den Dienstboten standen nie ganze Kerzen zu, nicht einmal solche aus Talg, bevor Sie gekommen sind, Miss Welles«, hatte Mary ihr gesagt.

In der Dunkelheit ihres engen Schlafzimmers, wenn die endlosen, anstrengenden Pflichten des Tages endlich vorbei waren, dachte C.J. an zu Hause. Obwohl sie nicht allein war, war das die Zeit, in der sie sich vorstellte, nie wieder ins einundzwanzigste Jahrhundert zurückkehren zu können, egal was sie tat oder wie sehr sie sich bemühte. Hatte ihr Vermieter einen Räumungsbescheid an ihre Tür geklebt? War eine andere Schauspielerin für *Eine Lady in Bath* engagiert worden? Hatten alle sie dort vergessen?

Jetzt überwältigten sie ihre Ängste, und C.J. konnte die heißen Tränen, die stumm über ihre Wangen flossen, nicht mehr zurückhalten. Sie schluckte die Seufzer hinunter, damit ihre Bettgenossin sie nicht hörte.

»Es ist nicht nur so, dass die Herrin Sie mag, wissen Sie. *Ich* mag Sie auch, Miss Welles«, sagte Mary leise und berührte C.J. mit ihrem dünnen Arm. »Dieses Haus ist nicht mehr so furchtbar, seit Sie hier sind. Lady Wickham ist jetzt viel netter zu mir.« Aber C.J. war zu sehr in ihren eigenen Gedanken versunken, um Marys offenherzigem Geplapper volle Aufmerksamkeit zu schenken. »Ich hoffe, Sie bleiben für immer hier«, murmelte das Küchenmädchen und schlief ein.

»Miss Welles, Sie werden Mary heute Morgen bei ihren Besorgungen begleiten«, verkündete Lady Wickham, nachdem C. J. einen großen, silbernen Kerzenleuchter poliert hatte. »Es ist an der Zeit, dass Sie lernen, wie man die Haushaltseinkäufe erledigt.« C. J. folgte ihrer Dienstherrin ins Wohnzimmer und nahm Papier und Feder, um eine Liste zu schreiben. Lady Wickham diktierte: »Wachskerzen, sechs pro Pfund, ich möchte zwei Pfund. Die Kerzen sollten ungefähr je sechs oder sieben Stunden halten. Die Nächte werden kürzer, daher wechseln wir von den vier Kerzen pro Pfund zu denen von sechs pro Pfund. Zum Lesen wird es immer noch hell genug sein, Miss Welles.«

C. J. schrieb die Angaben ihrer Herrin mit dem Geschick, das sie sich in den letzten Wochen mit Feder und Tinte angeeignet hatte. Ihre ersten Versuche waren ein Desaster gewesen und sahen eher wie Tintenklecksbilder als wie eine Korrespondenz aus. Lady Wickham war ziemlich böse auf sie gewesen, weil sie gutes Papier und Löschpapier verschwendete. Ihre Finger trugen immer noch verräterische Tintenflecke, von denen sie befürchtete, dass sie nie ganz verschwinden würden.

»Fisch ist zu teuer, sodass wir am Sonntag wieder falsche Schildkrötensuppe zum Abendessen servieren. Kaufen Sie zwei Pfund Hammel für die Woche und einen Kalbskopf für den Fond. Wild ist selten geworden, da die Jagdsaison schon lange vorüber ist. Aber Taube oder Spatz sollten zu bekommen sein. Ich bevorzuge Tauben, da die mehr Fleisch an den Knochen haben. Kaufen Sie vier Tiere. Wir werden diese Woche das Huhn ausfallen lassen. Mary soll Ihnen zeigen, wo man einen guten Hasen bekommt.«

C. J. ließ die Feder fallen, dabei entstand ein riesiger Tintenfleck auf dem billigen Bogen Kanzleipapier. In den letzten Wochen hatte sie sich wirklich dazu zwingen müssen, die falsche Schildkrötensuppe und den Tauben-Pie zu essen, vor allem, nachdem sie von den Zutaten erfahren hatte.

Lady Wickham sah C.J.s Unsauberkeit mit offensichtlicher Abscheu. »Ich habe die Köchin angewiesen, einen Reispudding zuzubereiten, also müssen Sie natürlich auch Reis besorgen, und Eier. Außerdem brauchen wir einen Zuckerhut. Mir wurde gesagt, dass wir noch Butter haben, und ich will keine unnötigen Ausgaben.«

C.J. beendete ihre Liste. Lady Wickham wartete, bis sie das Messingtintenfass ordentlich verschlossen hatte, dann schlug sie ihr plötzlich mit dem Fächer hart auf die Fingerknöchel.

»Wofür war das, Mylady?«, fragte C.J., während ihr Tränen in die Augen schossen. Sie streichelte ihre schmerzenden Finger.

»Dafür, dass Sie so sorglos mit der Feder umgehen. Ich gebe zu, dass es mich immer noch erstaunt, dass eine junge Dame, die offensichtlich ein Gespür für die Literatur hat, so linkisch mit den dazugehörigen Schreibutensilien umgeht. Papier und Tinte sind nicht billig, Miss Welles, und Sie verschwenden meine Materialien wie ein betrunkener Seemann!«

Lady Wickham gab C.J. eine kleine Geldbörse. »Ich weiß bis auf den Penny genau, wie viel Geld in diesem Beutel ist, Miss Welles, und ich habe die Kosten für jedes Produkt, das auf ihrer Liste steht, berechnet. Ich erwarte, dass Sie mir den Geldbeutel mit einem Pfund und sechs Shilling zurückgeben. Wenn es mehr ist, werde ich Ihnen als einer geschickten Einkäuferin danken. Sollte es weniger sein, werde ich Sie als Diebin bestrafen, als die Sie sich zu erkennen gegeben haben, an dem Tag, an dem ich Sie gefunden und Ihnen so großzügig eine Stelle in meinem Haus angeboten habe.«

C.J. ging in die Stadt, und Mary trottete wie ein Spaniel hinter ihr her. Ein Punkt auf Lady Wickhams Liste machte ihr besondere Sorgen. »Wo sollen wir nur einen Zuckerhut finden?«, fragte sie Mary und wunderte sich, warum die Köchin so etwas für ihren Reispudding brauchte. »Und was ist daran so lustig?«, fügte sie hinzu, als ihre Begleiterin plötzlich laut lachte.

»Na ja, Miss Welles«, entgegnete das Küchenmädchen und deutete auf einen ungefähr dreißig Zentimeter hohen, weißen Obelisken in einem Schaufenster, »Sie stehen genau davor!« C.J. zuckte zusammen. Sie hatte noch nie von einem Hut aus Zucker gehört und ihn daher auch nicht in seiner originalen Form erkannt, obwohl sie schon einige Erfahrung in Lady Wickhams Küche gemacht hatte. »Ich bin so froh, Sie kennen gelernt zu haben, weil ich keinerlei Grund zu lächeln hatte, bevor Sie zum Laura Place kamen. Falls Sie sich nicht einen Scherz auf meine Kosten erlauben, dann müssen Sie ein Engel sein, der direkt vom Himmel auf Besuch gekommen ist und noch nie etwas anderes als Ambrosia gegessen hat, da Sie so wenig über Backzutaten wissen.«

C.J. tat so, als würde sie mit ihr lachen, dennoch machte sie sich große Sorgen, was passieren würde, wenn sie sich einen ähnlichen Fauxpas vor einem weniger begeisterten Publikum leisten würde. Anstatt weitere Aufmerksamkeit auf ihr Unwissen zu lenken, beschloss sie, das Thema zu wechseln. Nachdem sie den Zuckerhut für die Köchin gekauft hatte, nahm C.J. die schmutzige Einkaufsliste aus der tiefen Tasche ihres Kleides und betrachtete sie. »Ich würde sagen, wir kaufen als Nächstes die Kerzen, da sie nicht verderblich sind«, schlug sie vor.

Mary blieb abrupt stehen. »Woher haben Sie das?«, sie war völlig überrascht.

»Diktiert Lady Wickham dir denn keine Liste, wenn du für sie einkaufen gehst?«

»Oh, nein. Sie sagt mir nur, was ich besorgen soll, und ich bemühe mich, mich so gut wie möglich daran zu erinnern. Falls ich abgelenkt werde und etwas vergesse, schlägt sie mich. Aber woher haben Sie denn eine Liste bekommen?«

»Ich habe sie geschrieben«, sagte C.J. schlicht.

»Sie können tatsächlich *schreiben*?«, fragte das Mädchen ehrfürchtig.

»Du etwa nicht?«

»Gott, nein!«, erwiderte das Küchenmädchen. »Und auch nicht lesen. Genau wie Tony. Dienstboten wie wir, von uns erwartet man nicht, dass wir das können, obwohl die meisten von uns rechnen können, da wir ja für unsere Herren und Herrinnen einkaufen müssen. Außerdem«, fügte sie hinzu und zog an einer Locke, die aus ihrer weißen Morgenhaube gerutscht war, »wer sollte es uns beibringen?«

Kapitel Fünf

In dem ein Geheimnis gelüftet, Grausamkeit öffentlich gemacht, dem Bösen entgegengetreten wird und unsere Heldin einigen Aufruhr verursacht.

AUF MARYS ZÖGERLICHE Bitte hin begann C.J., ihr das Alphabet beizubringen. Sie war froh, etwas wirklich Nützliches zu tun, und Mary zeigte einen lebhafteren Geist und eine schnellere Auffassungsgabe, als C.J. angesichts ihres normalerweise stumpfen Gesichtsausdrucks erwartet hätte. Wahrscheinlich würde sich Mary nie durch besondere Intelligenz hervortun, aber seit ihrer Ankunft strahlten ihre Augen heller. Die unglücklichen Ereignisse, die C.J. in Lady Wickhams spartanisches Zuhause geführt hatten, hatten zu einem ziemlich unerwarteten Ergebnis geführt: Zum ersten Mal in ihrem Leben fühlte C.J. sich für einen anderen Menschen verantwortlich. Zwischen der Schauspielerin aus dem einundzwanzigsten Jahrhundert und dem ungebildeten Küchenmädchen des neunzehnten Jahrhunderts war eine Freundschaft entstanden. Beide blühten sie auf und waren für diese ungewöhnliche Wiedererweckung dankbar. Mary faszinierte C.J. in vielerlei Hinsicht. Das Mädchen, wahrscheinlich noch keine zwanzig Jahre alt, war nie dazu ermutigt worden, einen unabhängigen Gedanken zu haben, man erwartete so etwas nicht von ihr. Jede Faser ihres Körpers gehörte ihrer Dienstherrin, wohingegen C.J. aus einer Welt kam, in der Frauen hart dafür gekämpft hatten, als freidenkende, gleichberechtigte Mitglieder der Gesellschaft anerkannt zu werden. Doch mit jedem Tag, der verging, wurde deutlicher, dass die ungebildete Mary und nicht C.J., die privilegierte und gebildete Frau, ein untrügliches Gespür für die Dinge des Lebens besaß.

C.J. grübelte eines Abends darüber nach, während die beiden jungen Frauen sich für die Nacht umzogen. Mary hatte ihr Hemd ausgezogen, und C.J. bemerkte unwillkürlich die dünnen Arme des Mädchens. Es war beachtlich, wie ihr zarter Körper täglich diese Schinderei bewältigen konnte, denn wenn die Dienstboten sich zu den Mahlzeiten in der Küche versammelten, pickte Mary nur in ihrem Essen herum.

»Du solltest ein bisschen Fleisch ansetzen, Mädchen«, sagte C.J. und versuchte, ihre Sorge, dass sie eventuell krank sein könnte, herunterzuspielen.

»Oh, ich mag kein Fleisch, Miss Welles.«

»Du missverstehst mich, Mary. Ich meine, du solltest mehr essen. Du isst weniger als ein Spatz und bist spindeldürr.«

»*Doch*, ich habe Sie schon verstanden, Miss Welles«, entgegnete das Mädchen trotzig. »Ich bin nicht füllig wie meine Schwestern, und nicht so hübsch wie sie. Ich werde auch nie anders aussehen, wenn ich nicht einen größeren Appetit bekomme, aber ich habe es noch nie über mich gebracht, das Fleisch der Vögel oder der Tiere der Erde zu essen. Ich sehe in ihre toten, traurigen Augen, wenn ich auf dem Markt bin, und schaffe es nicht, sie mit nach Hause zu nehmen, damit aus ihnen unser Abendessen wird.«

C.J. hörte still zu und fragte sich, wie viele Zeitgenossen es wohl wagten, vegetarisch zu leben, obwohl sie doch kaum was zu beißen hatten. »Deswegen kann ich die falsche Schildkrötensuppe nie essen. Wurden Sie auf dem Land geboren, Miss Welles?«

»Nein ... Ich komme aus einer Stadt ... einer sehr großen Stadt.« Sie war versucht, »sehr viel größer als Bath« hinzuzufügen, aber sie befürchtete, dass sie das dann näher erläutern musste.

»Wenn Sie den traurigen Blick in den braunen Augen eines Kalbes sehen und auch wie sanft es ist, so unschuldig wie ein Neugeborenes, dann könnten Sie es nicht ertragen, dass man ihm den Kopf abschlägt, nur um einer bösen, alten Dame eine Terrine falsche Schildkrötensuppe zu machen!« Mary war jetzt den Tränen nahe. »Und wenn sie einen losschickt, um ein Huhn zu kaufen, und der Geflügelhändler nimmt es aus dem Käfig, und es gackert und schreit, weil es weiß, was nun passieren wird, und man sieht, wie der Mann ihm den Hals umdreht ...« Der schmale Körper des Küchenmädchens wurde von Schluchzern geschüttelt.

C.J. legte zärtlich einen Arm um Marys nackte Schulter und zog sie näher zu sich heran. Sie saßen nebeneinander auf dem Bett. »Das ist in Ordnung, Mary«, tröstete sie. »Es ist völlig verständlich, dass du es so empfindest.«

»Nein. Nein, das ist es nicht«, schluchzte Mary. »Sie verstehen nicht, Miss Welles.«

C.J. fiel ein übler, blauer Fleck auf Marys Oberarm auf, genau an der Stelle, auf der ihre Finger lagen. »Mary, was ist das? Wie ist das passiert?«

»Oh ... ich bin gegen ... den ... einen ... Hängeschrank in der Küche gestoßen, als ich ... etwas holen sollte ... ich habe mich zu sehr beeilt, wissen Sie, weil Lady Wickham ...« Marys ungeübte Fantasie verließ sie. Sie konnte nicht gut lügen.

»Meine arme Mary«, sagte C.J. sanft und streichelte mit ihrem Daumen über die wunde Stelle.

»Ich bin so ein ungeschicktes Mädchen. Ich bin schon immer ungeschickt gewesen, das sagen alle, deswegen bin ich in der Küche, anstatt ein Zimmermädchen zu sein. In der Küche kann ich nicht viel kaputt machen. Und ich bin zu hässlich, um im Wohnzimmer zu arbeiten und die Gäste zu bedienen. Das haben meine anderen Dienstherren gesagt.«

C.J. fehlten die Worte. »Mary ...«

»Meine letzte Stelle habe ich wegen Ungehorsams verloren. Sie haben mich auf die Straße geworfen, und ich wusste nicht, wohin. Constable Mawl hat mich verhaftet, wegen La...« Das Mädchen suchte nach dem korrekten Begriff.

»Landstreicherei?«

»Ja, stimmt«, schniefte Mary. »So hat Lady Wickham mich gefunden. Ich bin vor Gericht gestellt worden. Genau wie Sie.«

Entsetzt schüttelte C.J. den Kopf. »Mary«, murmelte sie sanft, »versuchen wir es noch einmal. Woher hast du diesen blauen Fleck?«

Das Mädchen begann heftig zu weinen. Es war nutzlos, weiter zu lügen. Miss Welles durchschaute sie, als wäre sie eine Fensterscheibe. »L-L-Lady Wickham«, schluchzte sie heiser.

»Warum hat sie dir das angetan?«

»Weil ich heute Morgen den Hasen nicht mitgebracht habe, den ich fürs Abendessen kaufen sollte. Ich konnte mich dieses Mal einfach nicht dazu zwingen. Miss Welles, es bricht mir das Herz, wenn ich Gottes wehrlose Kreaturen wie Verbrecher beim Metzger hängen sehe, und als sie mich gefragt hat, warum ich mit leeren Händen zurückgekommen bin ..., na ja, ... es ist eine Sünde zu lügen, Miss Welles. Der Teufel selbst flüstert einem dann ins Ohr. Also habe ich ihr die Wahrheit gesagt.«

»Und sie hat dich geschlagen.«

»Zuerst hat sie mich hier am Arm gepackt, damit ich nicht weglaufen konnte«, begann Mary und zeigte ihren blauen Oberarm. »Dann hat sie mich mit ihrem Stock an derselben Stelle geschlagen. Sie hat richtig das Gleichgewicht verloren. Un-ge-hor-sam«, sagte das Mädchen, ihre Stimme war immer noch tränenerstickt. »Sie hat gesagt, dass sie mich von Tony auspeitschen lassen würde, wenn ich noch einmal so etwas täte.«

C.J. versuchte, ihre rasende Wut zu unterdrücken. Das Kind hatte ein solch offenes Herz, dass sie sich zweifellos mehr Sorgen um den Zorn ihrer Freundin gemacht hätte, als um ihre eigene Misshandlung. »Arme Mary«, murmelte sie. Sie zog das Mädchen an sich heran und wiegte sie in ihren Armen, dabei streichelte sie ihr mattes, braunes Haar. »Schlaf jetzt. Morgen werden wir alles in Ordnung bringen.«

Mary war zu erschöpft, um zu protestieren oder ihr Idol darauf hinzuweisen, dass es unratsam, ja sogar unmöglich war, an ihrer Lage etwas zu ändern. Wenn Miss Welles sich einem Traum hingeben wollte, wer war Mary Sykes, um diesen brutal zu zerstören?

AM NÄCHSTEN MORGEN begann C.J. ihren Kreuzzug. »Wie können Sie es wagen, Sie verbittertes, altes Weib?«, wollte sie mutig von ihrer Dienstherrin wissen. »Ein wehrloses Küchenmädchen zu schlagen! Sie haben ja eine tolle, zivilisierte Einstellung – Sie, die Sie sich für was Besseres halten, weil sie Dante und Shakespeare bewundern! Ein schönes Beispiel christlicher Nächstenliebe! Sie sitzen jeden Sonntag behäbig in der Kirche und glauben, Sie seien ein besserer Mensch, weil Sie lesen und schreiben und die gehobenen Predigten des Bischofs verstehen können. Aber setzen Sie je das, was er predigt, *um*?«

Mary stand in der Tür zum Wohnzimmer, ein Staubtuch in der Hand und zitterte wie ein Blatt im Novemberwind.

»Ihr Ungehorsam überrascht mich, Miss Welles! Wie ich meine Dienstboten behandle, geht Sie nichts an, und ich rate Ihnen, sich um Ihre eigenen Dinge zu kümmern, sonst werden Sie die Konsequenzen sehr bereuen.«

»Ich kann nicht tatenlos zusehen, während Sie sie schlagen«, beharrte C.J. stur. Es war ihr völlig unklar, wie heftig diese »Konsequenzen« ausfallen würden, obwohl sie Lady Wickhams brutalen Ruf kannte.

»Kommen Sie her!« C.J. gehorchte, hielt ihren Kopf, fast herausfordernd, stolz erhoben, was Lady Wickham erstaunte. »In meinen sechsundsiebzig Jahren habe ich noch nie, noch *nie* eine solche Impertinenz von einem Dienstboten erlebt. Ich bereue den Tag, an dem Sie mir auffielen, Miss Welles. Sie sind eine undankbare Ziege, die die herausragenden Lebensbedingungen, die ich Ihnen ermöglicht habe, nicht verdient.

Dieses Haus ist seit Ihrer Ankunft auf den Kopf gestellt worden. Sie haben andere, die in meinen Diensten stehen, dazu ermutigt, mir zu widersprechen und meine Befehle zu missachten, ihre Pflichten zu vernachlässigen und sich vor ihrer Verantwortung zu drücken. Ich war sogar so zuvorkommend, Kerzen für die Dienstboten zu kaufen, damit sie gemütlich ihren Feierabend verbringen können. Niemals wurde solche Großzügigkeit so mit Füßen getreten.«

»Das ist mir egal. Mary Sykes ist ein Mensch, Mylady. Sie ist keine Sklavin.«

»Das stimmt, Miss Welles. Mary ist ein Dienstmädchen, das für seine Arbeit ein Gehalt erhält. Sie wurde geboren, um ein Dienstmädchen zu sein, und sie wird für den Rest ihres Lebens eines bleiben, wenn sie nicht im Gefängnis oder auf der Straße landet, was sie für ihr ungehöriges Verhalten eigentlich verdient.«

An der Tür schnappte Mary nach Luft und wurde blass. Als ihr bewusst wurde, dass sie sich gerade verraten hatte, drehte sie sich um, um sich fortzustehlen. Dabei versuchte sie, so zu tun, als wäre sie nur zufällig vorbeigegangen.

»Bleib, wo du bist, Mary«, zischte Lady Wickham. »Ich werde dir deine Unverschämtheiten von neulich nicht vorhalten. Mir ist absolut bewusst, dass Miss Welles dir großartige Flausen in deinen dummen Kopf gesetzt hat, auf die ein Mädchen wie du unmöglich von allein kommen kann. Daher bin ich bereit, deinen Ungehorsam von gestern Morgen zu vergessen und dir noch eine Chance zu geben, dein Verhalten zu ändern, anstatt dich auf der Stelle hinauszuwerfen, was, wie ich zugeben muss, mein erster Gedanke war.«

Mary knickste dankbar vor Lady Wickham.

C.J. war entsetzt. »Mary«, begann sie, aber das Küchenmädchen schüttelte den Kopf und schluckte die Tränen hinunter. »Das verstehen Sie nicht, Miss Welles«, sagte sie zitternd.

»Legen Sie Ihre Hände auf den Tisch, und beugen Sie sich vor, Miss Welles«, kommandierte Lady Wickham. C.J. gehorchte ängstlich. »Komm näher Mary, und nimm die Hände von den Augen. Du wirst zusehen, was mit rebellischen Dienstmädchen passiert, die Ihre Vorgesetzten in Frage stellen. Auch eine Gesellschafterin kann bestraft werden.« Beim ersten Schlag des Ebenholzstocks auf ihren Hintern schrie C.J. vor Schmerz auf. »Diese Bestrafung tut mir mehr weh als Ihnen«, schimpfte die alte Frau und schlug C.J. im Takt ihrer Worte heftig auf den Hintern und die Oberschenkel.

»Sie brechen ihr das Rückgrat, Mylady!«, rief Mary aus, als die Schläge C.J. hart trafen.

»Leider muss ich wegen Ihres unabhängigen Geistes und Ihrer Unverschämtheit wohl oder übel auf Ihre Dienste verzichten, Miss Welles, bis Sie Ihre Fehler einsehen. Sie werden bis auf Weiteres in die Küche versetzt und dürfen sich hier oben nicht sehen lassen, außer, um in Ihrer Kammer zu schlafen.«

Lady Wickham wirkte deutlich erschöpft. »Komm her, Mary.« Das Dienstmädchen ging sehr zögerlich auf seine Dienstherrin zu, seine Wangen waren nass vor Tränen. Eine Ohrfeige landete mit einem lauten Klatschen auf ihrer feuchten Haut.

»Aber Mary hat nichts getan, Mylady«, protestierte C.J. durch ihren Tränenschleier. Ihre Beherztheit wurde mit einem genauso scharfen Schlag auf ihre Wange belohnt.

»Ich muss mein Handeln meinen Dienstboten nicht erklären!«, zischte Lady Wickham. »Aber als großzügige Frau werde ich es Ihnen erläutern, Miss Welles. Mary wurde jetzt bestraft, um sie daran zu erinnern, ihre Neigung zum eigenen Denken zu zügeln. *Sie* wurden bestraft, weil Sie es gewagt haben, das Verhalten Ihrer Herrin in Frage zu stellen.« Lady Wickham machte eine nachlässige Handbewegung. »Damit ist die Sache erledigt. Sie sind beide entschuldigt.«

C.J. WISCHTE SICH mit einer klebrigen Hand den Schmutz von der Stirn. Ruß flog ihr ins Gesicht und brannte in den Augen, während sie versuchte, mit einem Blasebalg ein Feuer zu entfachen. Es war unerträglich heiß, und ihre Lunge tat weh vom Rauch. Die Zwangsarbeit in einem Zuchthaus hätte nicht anstrengender sein können als die Anforderungen einer georgianischen Küche.

Mary saß in der Nähe, schrubbte Rost vom Boden eines Topfs, der wegen Lady Wickhams Geiz nicht auf dem Müll landete.

»Warum laufen wir nicht einfach fort?«, flüsterte C.J. »Wir könnten uns mitten in der Nacht davonschleichen. Alles wäre besser als das hier.« Sie erstickte fast an einer weiteren Rauchwolke.

»Sind Sie wahnsinnig, Miss Welles? Wenn sie uns erwischen, und das werden sie ganz sicher, dann werden sie uns auf jeden Fall schlagen! Vielleicht auch Schlimmeres.« Ihre Augen wurden vor Angst ganz groß. »Sie könnten uns hängen!«

C.J. streckte ihre verkrampften Arme aus. »Jetzt bin ich den dritten Tag hier unten und schon völlig erledigt«, entgegnete C.J. bitter und wischte sich die Hände an ihrer fettigen Schürze ab. »Ich begreife nicht, wie du das jeden Tag machst.«

Mary zuckte resigniert mit den Schultern. »Das ist mein Platz, Miss Welles. Man muss sein Schicksal akzeptieren, es nutzt nichts, Dinge verändern zu wollen.«

Mary war zu unbedarft, um zu Übertreibungen zu neigen. Wenn Dienstboten, die fortliefen, tatsächlich gehängt werden konnten, dann schien es keine Alternative zu dieser geistestötenden Knechtschaft zu geben. Zugegebenermaßen wusste C.J. zu wenig, um ihrer Dienstherrin oder den Behörden zu entkommen, und Mary war aus anderen

Gründen genauso wenig dafür geeignet. Es war sowohl ernüchternd als auch deprimierend einzusehen, dass Mary wahrscheinlich Recht hatte: Um in dieser Welt zu überleben, musste auch sie ihr Schicksal akzeptieren. Vielleicht war es Mary in ihrer früheren Haltung der resignierten Gleichgültigkeit besser gegangen. Wissen konnte manchmal wirklich gefährlich sein.

Lady Wickham erwartete Gäste zum Tee, sodass die Köchin die beiden jungen Frauen beauftragte, »neuen Tee« zu kochen. »Mylady klingt wie die Stimme eines kleinen Vögelchens: Billig, billig, billig«, spottete die Köchin. »Sie macht sogar ihren eigenen neuen Tee, anstatt ihn bei den Händlern zu kaufen.« Sie bemerkte, dass C. J. sie verständnislos anblickte. »Sie müssen wirklich mal was Besseres gewesen sein«, sagte die mollige Frau, »wenn Sie neuen Tee nicht kennen.« Sie zeigte C. J., wie die benutzten Teeblätter über einer heißen Herdplatte getrocknet wurden. »Für grünen Tee fügen wir Kupferfarbe hinzu«, erläuterte sie einer entsetzten C. J., die sich fragte, was das Kupfer wohl in ihren Körpern anrichtete. »Wenn Mylady schwarzen Tee möchte, den sie bevorzugt, mischen wir Holzkohle hinzu, um dem Ganzen die richtige Farbe zu verleihen. Sie serviert dieses Gebräu sogar ihren Gästen.«

Der Köchin gefiel es, dem Mädchen, das lesen und schreiben konnte, das eine oder andere beizubringen. »Tee ist sehr teuer, und arme Leute können sich nichts Besseres leisten. Der geizige, alte Krüppel da oben hat keine Entschuldigung dafür, außer seinem Geiz.«

C. J. wagte es nachzufragen, welche anderen Trink- und Esswaren üblicherweise manipuliert wurden und erfuhr, dass diese Praxis weit verbreitet war. Eine ziemliche Überraschung für jemanden, der geglaubt hatte, dass die Lebensmittel im neunzehnten Jahrhundert viel reiner und gesünder waren als die behandelten und abgepackten Nahrungsmittel des einundzwanzigsten Jahrhunderts. Die Köchin und Mary zeigten stolz ihr überlegenes Wissen und erklärten C.J., dass man schwarzes Blei benutzte, um indischen Tee zu fälschen, wenn keine Holzkohle zu haben war.

C.J. lernte, dass man Gin mit Terpentin und Schwefelsäure nachahmte. Die Inhaltsstoffe von Bier schlossen einige giftige Substanzen ein, die als »Gewürze« deklariert wurden, und es wurde oft mit Sirup, Tabak oder Lakritze gemischt, um die gewünschte Farbe zu bekommen. Im Portwein befand sich Weinstein, damit er alt schmecken sollte.

Was das Essen anging, so war C.J. entsetzt, als sie hörte, dass die eingelegten Früchte ihre hellgrüne Farbe einer Kupfertinktur verdankten, während das leuchtende Orange der Rinde eines guten Gloucester-Käses von rotem Blei stammte und kommerziell gebackenes Brot voller Alaun war. Im Vergleich dazu schienen Big Macs richtig ökologisch. C.J. nahm an, dass ihre aktuellen Zeitgenossen eine eisenharte Konstitution entwickelt haben mussten. Welch ein Wunder, dass sie überhaupt erwachsen wurden bei einer so giftigen Ernährung: Wenn die Lebensmittel selbst sie nicht umbrachten, dann würden das wohl die Kupfertöpfe erledigen!

Es war das erste Mal, dass Mylady einen Gast empfing, seit C.J. in die Küche verbannt worden war. Lady Wickham hatte keine Wahl und musste sie ins Wohnzimmer schicken, um Tee zu servieren, da sie eine bessere Erscheinung abgab als die arme Mary. Daher schrubbte C.J. sich den Ruß vom Gesicht und den Händen, zog ihre schmutzige Schürze aus und versuchte, so ordentlich wie möglich auszusehen.

Sie betrat das Wohnzimmer mit dem schweren Silbertablett und stellte es vorsichtig auf die Anrichte. Lady

Wickhams Gast war eine gut gekleidete Frau. Sie hatte Grübchen und ein rundes Gesicht, das von einer Unmenge grauer Korkenzieherlocken umrahmt wurde, die frech aus ihrer weißen Spitzenhaube hervorschauten und ihr einen fröhlichen Ausdruck verliehen, was ganz im Kontrast zu ihrer verbissen dreinschauenden Gastgeberin stand.

»Ich bin froh, dass Sie wieder auf den Beinen sind, Euphoria«, sagte Lady Wickham, während C.J. ein weißes Leinentuch auf dem Teetisch ausbreitete. Dann stellte sie die Teekanne, die Zuckerdose und das Milchkännchen ab sowie einen Teller Zitronenhälften, die wie Bonbons in Seidenpapier eingewickelt waren. »Miss Welles, Lady Dalrymple nimmt keine Sahne. Wenn Sie den Tee serviert haben, bringen Sie das Kännchen in die Küche zurück, bevor sie sauer wird.«

C.J. nickte diskret und stellte die zarten Tassen und Untertassen aus Lady Wickhams bestem Porzellan hin. Das handbemalte Blumenmuster allein bestach schon durch seine Einzigartigkeit, aber was C.J. am besten gefiel, waren die tiefen Untertassen, die es erlaubten, ein schmales Sandwich oder einen Keks direkt neben die Tasse zu legen, sodass ein Teller auf dem bereits übervollen Tisch unnötig war. Wie praktisch! Und warum sahen moderne Teeservice nicht so aus?

»Es tut sicher gut, nach einer so langen Trauerperiode wieder unter Leute zu kommen. Obwohl ich nicht sagen kann, was Sie getan haben, um diese Vorzugsbehandlung zu verdienen, Eloisa«, entgegnete Lady Dalrymple. Ihre funkelnden Augen ließen erkennen, dass sie diese Bemerkung nicht ganz ernst gemeint hatte. »Es ist mein erster Besuch seit Alexanders Tod. Wäre es nicht Ihr Geburtstag, wäre ich zu Hause bei meinem Papagei, meinen Pekinesen und meiner Trauer geblieben.«

C.J. stellte eine dreifache Etagere ab, auf der zwei frischgebackene Rosinenbrötchen lagen, ein paar winzige Sandwiches und ein dürftiger Teller Süßigkeiten, für Lady Wickham ein wahrhaft königliches Angebot, obwohl es weder für eine geschweige denn für zwei Personen eine richtige Mahlzeit darstellte. Sie betrachtete Lady Dalrymple, eine üppige, aufgerüschte Frau, die ungefähr eine Generation jünger war als Lady Wickham. Der stark wattierte Rock mit seinen Volants am Saum verlieh ihr ein eher ausgestopftes Aussehen. C.J. musste an die Figur der Mutter Gigoen aus dem *Nussknacker* denken.

»Verzeihen Sie mir meine Neugier, Euphoria. Ich habe nie erfahren, wie der junge Earl gestorben ist. Miss Welles, Sie haben die Teller vergessen!«

C.J. bemühte sich, ihre Verwirrung zu verbergen. Sie entschuldigte sich wortreich für ihre Unaufmerksamkeit. Aber übernahmen denn nicht die tiefen Untertassen diese Rolle?

Lady Dalrymple seufzte tief und griff nach einem Sandwich mit Brunnenkresse. »Ich dachte, das sei das Gesprächsthema der Stadt gewesen, Eloisa.«

»Ich besuche die Wandelhalle nicht oft, um den neuesten Tratsch zu hören«, erwiderte Lady Wickham und deutete mit dem Stock auf ihren unförmigen Fuß.

Man stelle sich nur ihre Überraschung vor, als die beiden eleganten Adeligen ihren Tee aus den Tassen in die Untertassen gossen! Was waren das denn für Tischmanieren?! Lady Wickham fragte ein zweites Mal nach den Tellern und ermahnte C.J. wegen ihrer mangelnden Aufmerksamkeit. Dass man auf die Teller absolut nicht verzichten konnte, hatte sich nun überdeutlich gezeigt. C.J. lief schnell zum Vorratsschrank, um die gewünschten Teller zu holen. Bei ihrer Rückkehr wurde sie Zeuge folgenden Gesprächs: »Natürlich, seit die Probleme auf dem Kontinent begonnen haben, ist es nicht ratsam, dass Engländer Frankreich auf ihrer Grand Tour besuchen«, begann Lady Dalrymple. »Meine gute Freundin, Lady Oliver, die schon immer eine recht negative Meinung über die Franzosen hatte, was natürlich keinen Einfluss auf die Wahl ihrer Schneiderin hat, überredete mich, meinen Sohn stattdessen den Osten besuchen zu lassen. Das ist jetzt große Mode, wissen Sie, seit die Französische Republik aus der Taufe gehoben wurde. Man weiß nie, was einem englischen Aristokraten heutzutage auf französischem Boden passieren kann.«

Lady Dalrymple nippte an dem neuen Tee, verzog das Gesicht, kommentierte das Gebräu jedoch nicht. »Alexander besuchte Indien, und bei einer Einladung des Radschas ritt er auf einem ihrer heiligen, weißen Elefanten.« Tränen schossen ihr in die Augen. »Der Earl saß in einer dieser Sänften, als irgendetwas das Tier erschreckte. Es bäumte sich auf, und dabei löste sich die Sänfte von seinem Rücken. Alexander fiel zu Boden und war darin gefangen. Er konnte sich nicht schnell genug befreien, bevor ... der Elefant ...« Lady Dalrymple nahm ein hauchdünnes Taschentuch aus einem großen Ridikül aus apfelgrüner Seide. »Stellen Sie sich nur vor, das Letzte, was der Earl, mein Alexander, sah, war ein riesiger, faltiger Fuß oder heißt das Huf, das weiß ich nie ...« Sie hörte auf zu reden und schnäuzte sich laut.

»Wie furchtbar!«, rief C.J. aus.

Lady Wickham sah von ihrem Tee auf, entsetzt über die Unterbrechung durch ihr Dienstmädchen.

Lady Dalrymple setzte ihr Monokel auf und spähte in C.J.s Richtung. »Wer ist diese junge Dame, Eloisa? Ich habe sie zuvor noch nicht gesehen.«

»Sie sind schon immer ein Original gewesen, Euphoria«, schnaubte Lady Wickham, ganz offensichtlich angewidert. »Ich muss zugeben, dass ich Ihren exzentrischen Geschmack noch nie verstanden habe, ganz besonders nicht Ihre Faszination für die unteren Stände.«

»Wenn das mein schlimmster Fehler sein sollte, Eloisa, bin ich bereit, meinem Schöpfer mit einem reinen Gewissen gegenüberzutreten«, entgegnete der Gast und betrachtete C.J. eingehend durch ihr Monokel. »Die Engländer haben das Klassensystem erfunden, nicht Gott.« Sorge verdunkelte das ansonsten freundliche Gesicht von Lady Dalrymple, als sie den blassen, blauen Fleck auf der Wange des Mädchens bemerkte, die verräterische Spur der Ohrfeige Lady Wickhams von vor drei Tagen.

»Ich habe Miss Welles vor ein paar Wochen vor Gericht das erste Mal gesehen. Sie hatte einen Apfel gestohlen und wurde deswegen vor den Richter gebracht. Sie hat das Gericht und die Zuschauer sehr überrascht, weil sie ungewöhnliche Intelligenz für ein eigensinniges, mittelloses Mädchen gezeigt hat. Daher beschloss ich, sie als Gesellschafterin zu engagieren, und ich muss dabei sofort betonen, dass sie mir seit ihrer Ankunft nur Schwierigkeiten bereitet hat. Ich habe keinerlei Skrupel in ihrer Gegenwart zu wiederholen, dass Miss Welles die unverschämteste Person ist, die mir je über den Weg gelaufen ist.«

C.J. goss noch einmal Tee ein und zwang sich, den Mund zu halten. Der Gast griff nach einer weißen Makrone.

»Eine wunderbare Wahl, Lady Dalrymple. Die Köchin macht fantastische Ratafia-Kekse«, bemerkte Lady Wickham und naschte von einem frischen Erdbeertörtchen.

Ratafia-Kekse? »Bitte essen Sie das nicht!«, rief C.J. aus und riss der Dame den makronenartigen Keks aus der beringten Hand. »Das ist Gift!«

Kapitel Sechs

*In dem das plötzliche Auftauchen einer
exzentrischen Wohltäterin mit einem schmerzhaften
Abschied einhergeht.*

Als sie diese heftige Warnung hörte, sprang die korpulente Euphoria Camberley, Countess von Dalrymple, in ihrem Sessel hoch.

»Miss Welles! Was zum Teufel meinen Sie?« Eine wütende Lady Wickham stand voller Empörung auf, wobei sie ihre volle Größe von einem Meter vierzig entfaltete. »Wollen Sie etwa behaupten, ich vergifte meine Gäste?«

»Nicht absichtlich, Lady Wickham«, fügte C.J. schnell hinzu. »Aber die Köchin benutzt Bittermandeln in diesem Rezept, nicht wahr?«

»Wohin führt Sie Ihre überaktive Fantasie, Miss Welles?«

»Die normale Art und Weise, Ratafia-Kekse zu backen, ist die, Bittermandeln zu mahlen«, fuhr C.J. fort und erinnerte sich an das, was sie beim Vorsprechen für *Eine Lady in Bath* erfahren hatte. »Bittermandeln enthalten einen chemischen ...« Sie wurde verständnislos angestarrt. »Die Bittermandeln selbst enthalten etwas, das Blausäure heißt. Jeder Apotheker wird Ihnen erläutern, dass es dasselbe ist wie Zyanid, nur in einer sehr viel milderen Form.«

Lady Dalrymple war neugierig. »Warum haben wir dann nicht alle nach unserem Tee das Zeitliche gesegnet?«, fragte sie mit einem Augenzwinkern.

Dasselbe fragte sich C.J. auch. »Ich nehme an, dass man eine große Menge Ratafia-Kekse essen müsste, um daran zu sterben. Aber selbst in kleinen Dosen ist Blausäure schädlich.«

»Miss Welles, Sie haben uns genug aufgeklärt!«

»Lassen Sie das Mädchen reden, Eloisa«, widersprach Lady Dalrymple. »Ich würde sehr gern wissen, was diese Blausäure mit einem macht.«

»Ich glaube, sie lässt das Herz sehr viel schneller schlagen, als es sollte, Lady Dalrymple.«

»Wie faszinierend!«, entgegnete die Lady. »Eloisa, ich habe mich schon oft gefragt, warum ich am frühen Abend so oft Herzrasen habe. Vielleicht ist meine Schwäche für Ratafia-Kekse die Ursache dafür. Ihre Kenntnis der Wissenschaft ist sehr beachtlich für eine junge Dame, Miss Welles. Ich bin gespannt zu erfahren, wo Sie sie erworben haben.«

Glücklicherweise fuhr Lady Dalrymple mit ihrer eigenen Erzählung fort, während C.J. noch nach einer vernünftigen Antwort suchte. »Mein Bruder Albert hatte Alchemie als Hobby«, bemerkte die Countess. »Selbst während er sein Erbe verspielte, suchte der Marquis nach Methoden, aus Spieleinsätzen und Wettscheinen Gold zu machen. Wie lauten Ihre Vornamen, Mädchen?«

Lady Wickham schnaubte ungehalten und wünschte sich mehr als alles andere, dass dieses Gespräch endlich beendet sei, aber selbst sie konnte nicht offen unhöflich gegenüber einem Gast sein.

»Cassandra Jane, Lady Dalrymple.«

»Um Himmels willen!« Die Witwe holte einen großen Fächer aus ihrem Ridikül und schlug ihn dramatisch auf. Sie griff in ihren Brokatausschnitt und zog ein Amulett hervor, das auf ihrem üppigen Busen gelegen hatte. »Wie erstaunlich!«, rief sie aus und verglich das Miniaturporträt in der Silberkapsel mit dem jungen Dienstmädchen, das vor ihr stand. »Dafür gibt es keine Erklärung.«

»Wofür gibt es keine Erklärung, Mylady?«, fragte C.J.

»Sie gleichen der verstorbenen Marquise aufs *Haar*«, wunderte sich Lady Dalrymple. »Und Sie haben die gleichen Vornamen, die der Marquis seiner einzigen Tochter gegeben hat ... und, Herr im Himmel, das *Kreuz*!« C.J. berührte den unebenen Bernsteinanhänger, der an ihrem Hals hing. Lady Dalrymple schien den Tränen nah zu sein. Hatte sie den Verstand verloren? Was wollte diese exzentrische Frau bloß?

»Woher haben Sie dieses Kreuz, Miss Welles?«, fragte die Dame in einem erstaunten Flüsterton. Obwohl C.J. sich bemühte, etwas darauf zu erwidern, wurde sie sofort wieder von Lady Dalrymple unterbrochen, die ihre eigene Frage beantwortete.

Die Countess fuhr mit ihrem Daumen und Zeigefinger über die unebene Unterseite des Kreuzes. »Als Sie geboren wurden, Lady Cassandra, haben Ihre Mutter und Ihr Vater Ihnen dieses Kreuz vermacht. Sie hatten keine Chance, sich an Ihre Mutter zu erinnern, was furchtbar schade ist. Sie ist gestorben, als sie Ihnen das Leben schenkte. Emma war eine so schöne Frau. Ihr Tod hat Ihrem Vater das Herz gebrochen. Der Marquis verlor alles auf einmal: Nachdem seine junge Frau verstorben war, versuchte er, seine Sorgen beim Spiel und im Alkohol zu vergessen und war nicht in der Lage, sich um einen Säugling zu kümmern. Eines Tages, kurz nach Ihrer Geburt, entfernte Ihr Vater die Silberfassung um das Kreuz und versetzte sie, um einen Händler zu bezahlen.«

C.J. bemühte sich, der Erzählung der Countess zu folgen. Hatten ihre Ohren ihr einen Streich gespielt, oder hatte Lady Dalrymple sie tatsächlich als »*Lady* Cassandra« angesprochen?

»Euphoria, wie soll ich diese rührselige Gefühlsduselei angesichts eines Dienstboten verstehen?«, fragte eine fassungslose Lady Wickham.

»Eloisa, ich muss Ihnen dafür danken, mich mit meiner Nichte wiedervereint zu haben.«

»*Was?*«, riefen Lady Wickham und C.J. im Chor.

»Jetzt verstehe ich, warum Sie nach Bath gekommen sind, allein und inkognito.« Lady Dalrymple sah C.J. an, um der jungen Frau deutlich zu machen, dass sie in ihrem ganzen Leben noch nie so klar im Kopf gewesen war. »Alberts unglückliches Schicksal ist in unseren Kreisen wohl bekannt, und ohne eine ordentliche Einführung in unsere Gesellschaft würden einige Sie schneiden, noch bevor sie Ihre Bekanntschaft gemacht hätten. Kein Wunder, dass Sie sich einen neuen Namen ausgedacht haben. Und dass Sie sich Welles nennen, also Quelle, wenn Sie in einer Stadt, die für ihr Thermalwasser berühmt ist, getauft wurden, ist schon sehr raffiniert.« Lady Dalrymple steckte ihren Fächer wieder in ihren großen Ridikül. »Eloisa, ich werde meine Nichte sofort mit mir nach Hause nehmen. Holen Sie Ihre Sachen, Lady Cassandra.«

»Bitte, Mylady, nennen Sie mich Miss Welles.«

Die Countess spitzte die Lippen. »Wie Sie möchten. Sie haben seit Ihrer Ankunft zweifellos schon genug Schmerzen erlitten«, fügte sie mit einem vorwurfsvollen Blick auf Lady Wickham hinzu.

»Sie werden Ihre Uniform hierlassen, Miss Welles«, befahl Lady Wickham.

»Ja, Mylady«, erwiderte C.J., die nicht die Absicht hatte, sie mitzunehmen. Ihr Schicksal hatte sich plötzlich so sehr gewandelt, dass sie keine Zeit hatte, das Durcheinander in ihrem Kopf zu entwirren. Sollte Lady Dalrymple wirklich völlig wahnsinnig sein, hätte Lady Wickham sie nie empfangen. Ein neues Abenteuer stand ihr bevor, eines, das offensichtlich dem Leben als Dienstbote für Lady Wickham vorzuziehen war. Und C.J. ergriff die Chance, zu sehen, wo es sie hinführen würde.

»Ich werde in der Eingangshalle auf Sie warten, Cassandra«, sagte Lady Dalrymple.

C.J. betrat die stickige Dachkammer, die sie mit Mary teilte, und holte ihr gelbes Musselinkleid aus dem Versteck in dem Bettkasten. Sie zog sich an, achtete darauf, dass der mohnrote Schal mit den Fransen den Reißverschluss verdeckte, legte den Ridikül um ihr Handgelenk, setzte ihre Haube auf und ging nach unten in die Küche.

Der ernste Gesichtsausdruck ihrer Freundin ließ Mary keinen Zweifel, dass Miss Welles sie endgültig verließ. »Weine nicht, Mary«, murmelte C.J. und hielt das schluchzende Mädchen in ihren Armen. »Es scheint, als hätte sich mein Schicksal überraschend gewendet. Ich verspreche dir, dass ich alles, was in meiner Macht steht, tun werde, um dich so bald wie möglich aus den Händen von Lady Wickham zu befreien.«

»Ich wage es nicht, Sie zu bitten, nicht zu gehen, denn ich weiß, dass Sie gehen müssen ... und Sie wären wirklich eine dumme Gans, wenn Sie es nicht täten, Miss Welles. Aber ich werde Sie ganz schrecklich vermissen. Und solange ich lebe, werde ich Ihnen niemals genug danken können für alles, was Sie mir beigebracht haben.«

»Das kann ich nur erwidern, Mary«, bekannte C.J.

»Ich habe zuvor noch nie jemanden geliebt, Miss Welles«, schluchzte Mary.

C.J. strich dem Mädchen über die Haare. Das arme Kind. Sie küsste Marys feuchte Stirn und löste sich aus der Umarmung, ihre Wangen waren nass vor Tränen, doch sie fühlte sich außer Stande, ihre Gefühle in Worte zu fassen.

Lady Dalrymple begleitete C.J. zu einer glänzenden, weinroten Kutsche, die ihr irgendwie bekannt vorkam. Als der grün gekleidete Kutscher sich auf seinem Kutschbock umdrehte, um sie anzusehen, wurde C.J. klar, dass es Lady Dalrymples Wagen gewesen war, der sie auf der Great Pulteney Street fast überfahren hatte.

»Willis!«, rief die Countess. Ein junger Lakai mit Perücke und waldgrüner Livree hüpfte herab und öffnete seiner Herrin die Kutschentür. »Helfen Sie der jungen Dame in die Kutsche, Willis, und sagen Sie Blunt, er soll sofort nach Hause fahren.«

»Ja, Mylady.« Willis – er trug weiße Handschuhe – öffnete den Messingriegel und half C.J. und dann Lady Dalrymple hinein. Sie klopfte mit ihrem Gehstock innen an die Decke, und die Kutsche setzte sich auf dem Kopfsteinpflaster in Bewegung. Plötzlich fragte sich C.J., ob sie eine vernünftige Entscheidung getroffen hatte. Sie fühlte sich wie betäubt, und jedes weitere Gespräch war ihr zu viel. Deshalb tat sie so, als fiele sie in Ohnmacht, aber ihre neue Wohltäterin kam ihr schnell mit einem kegelförmigen Elfenbein-Riechfläschchen zur Hilfe und hielt es C.J. unter die Nase.

Der scharfe Geruch des destillierten Riechsalzes trieb ihr Tränen in die Augen, und sie schob die mit Halbedelsteinen schwer beringte, weiche Hand der älteren Frau zur

Seite. Sie spürte, wie sich ihr Magen vor Furcht zusammenzog, und sie erinnerte sich an Romane, in denen junge Damen ohne nachweisbare Herkunft von wohl genährten, gut gekleideten Matronen wie der neben ihr entführt wurden und als Prostituierte in Edelbordellen leben mussten.

Vielleicht konnte die Countess Gedanken lesen. »Keine Angst, meine Liebe«, tröstete Lady Dalrymple. »Ich bin eine einsame Witwe, die vor Kurzem ihren einzigen Sohn verloren hat. Sie sind ganz offensichtlich eine junge Frau von außergewöhnlicher Intelligenz.« Sie tätschelte C.J. das Handgelenk mit ihrer fleischigen Hand. »Es muss Ihnen klar sein, dass viele Mädchen Ihres Alters nicht einmal das Alphabet beherrschen.«

»Aber ich bin nicht ...«, begann C.J., doch ihre Wohltäterin unterbrach sie.

»Sind Sie ein ehrliches Mädchen, Cassandra?«

»Das glaube ich schon, Mylady«, erwiderte C.J. vorsichtig, ihr war sehr bewusst, dass ihre gesamte Existenz im Jahr 1801 auf einer Serie von Lügen beruhte, die stündlich komplizierter zu werden schienen.

»Dann bitte ich Sie als Gegenleistung für ihre inspirierende Gesellschaft nur darum, nachsichtig mit einer exzentrischen, alten Frau zu sein. Meine Pläne mögen kühn und dumm sein, aber ich benötige Ihr Vertrauen.«

C.J. fasste ihr Bernsteinkreuz an, als wäre es ein Rosenkranz. »Sie wissen fast nichts über mich«, protestierte sie. Sollte Lady Dalrymple je die Wahrheit erfahren, wäre es für die Countess schwer zu entscheiden, wer von ihnen über die lebhaftere Fantasie verfügte.

»Sie scheinen mir eine junge Person von Stand zu sein. Das genügt mir für den Augenblick.«

Der Vierspänner rumpelte einen Hügel hinauf und blieb vor einem riesigen Stadthaus am Rande des Royal Crescent stehen, dem wunderbar gestalteten Halbkreis eleganter Residenzen, die John Wood der Jüngere erst vor ein paar Jahrzehnten hatte erbauen lassen. Hier zu wohnen bedeutete, absolut schick zu sein.

Ein uniformierter Diener ging vor ihnen ein paar Stufen hinauf und öffnete die knallrot lackierte Haustür. Lady Dalrymple nickte ihrem Diener zu. »Danke, Folsam. Wie geht es Ihrem jüngsten Sohn?« Sogar C.J. wusste, dass Adelige normalerweise nicht so mit ihren Dienstboten sprachen. Entweder glaubte die Countess Dalrymple tatsächlich fest an die Gleichheit, oder sie war eine falsche Aristokratin und hatte es sogar geschafft, die scharfäugige Lady Wickham zu täuschen.

Folsam verbeugte sich höflich. Wie Lady Wickhams mitgenommener Tony war auch dieser Mann von den Pocken gezeichnet, sein vernarbtes Gesicht ließ ihn viel älter aussehen.

»Jemmy ist jetzt ziemlich kräftig, Mylady«, entgegnete der Diener mit einem starken schottischen Akzent. »Ein leichter Keuchhusten, hat man meiner Frau und mir gesagt. Sein kleiner Körper wurde sehr von Krämpfen geschüttelt. Es war so nett von Ihnen, Ihren eigenen Doktor zu schicken. Meine Frau und ich stehen tief in Ihrer Schuld. Immer Ihr ergebenster Diener.« Folsam verbeugte sich noch einmal vor Lady Dalrymple, als sie an ihm vorbei ins Haus schritt.

»Saunders«, sagte Mylady und sprach ihre mürrisch aussehende Kammerzofe an, »bitten Sie die Köchin, uns Tee zu kochen. Wir werden im Salon sein.«

Die Zofe knickste schnell und verschwand mit einem geschäftigen, weiß gestärkten Rascheln. C.J. hatte noch nie eine so strahlende, glatt gebügelte Schürze gesehen, und sie fragte sich, warum Saunders so düster aussah, wenn der Rest von Lady Dalrymples Personal so zufrieden wirkte, wie man nur sein konnte, wenn man sein Leben als Diener verbringen musste.

Die Countess forderte C.J. auf, ihr in einen großen, sonnigen Raum zu folgen. Die hellen, goldgelben Wände waren mit Deckenleisten und aufwändigem Gipsstuck geschmückt, was dem Zimmer das Aussehen einer Wedgwood-Porzellanvase oder einer prächtig verzierten Hochzeitstorte verlieh.

Sie musste sich anstrengen, um nicht völlig die Fassung zu verlieren, doch dann spürte sie, dass ihr ein Kreuzverhör bevorstand. Als Schauspielerin bin ich nun *hundert Prozent* gefordert, dachte sie. Ihr Improvisationstalent würde schwer auf die Probe gestellt werden.

»Stimmt es, dass Lady Wickham Sie tatsächlich im Gericht das erste Mal gesehen hat?«

C.J. wählte ihre Worte sorgfältig. Sie sprach langsam, während sie ihre Antwort formulierte. »Ich befürchte, es stimmt, Mylady. Ich musste sehr weit reisen, um nach Bath zu gelangen, ich war schließlich ohne einen Freund oder einen Penny unterwegs. Nach meiner Ankunft spazierte ich durch die Stadt und schlief unter einer Kolonnade. Am nächsten Morgen wurde mein Hunger größer als mein Verstand, und ich nahm einen Apfel vom Wagen eines Obsthändlers, um die Sirenengesänge meines Magens zum Verstummen zu bringen.« *War das etwas* zu *dick aufgetragen,* fragte sie sich besorgt. C.J. sah zu Boden, sie schämte sich wirklich. »Glauben Sie mir, Mylady, ich habe vor diesem einen Fehlgriff noch niemals etwas gestohlen, und ich bereue es zutiefst.«

»Sie armes Ding. Hätten Sie sich doch nur in unserer Stadt ausgekannt, dann hätten Sie gewusst, dass es in den Sydney Gardens jeden Morgen ein Frühstück umsonst gibt. Ich bin mir sicher, dass irgendeine mitfühlende Seele Ihnen etwas zu essen gegeben hätte.« Lady Dalrymple griff aufmunternd nach ihrer Hand. »Aber ich muss schon sagen, dass die Strafe dem Verbrechen wirklich nicht angemessen war.« Sie zog ihren Rock zurecht, ließ sich auf einem Polstersessel aus hellgrüner, gestreifter Seide nieder und klopfte auf den Platz neben sich.

C.J. setzte sich vorsichtig hin. »Ich nehme an, dass ich Lady Wickham dankbar sein sollte. Denn hätte sie mich nicht aufgenommen, dann weiß ich nicht, was aus mir geworden wäre. Vielleicht hätte man mich in ein Arbeitshaus gesteckt. Allerdings behandelt sie ihr Personal wirklich abscheulich. Kann man nichts dagegen tun?« Obwohl C.J. natürlich von Lady Wickhams Grausamkeit absolut überzeugt war, versuchte sie, mit dieser Frage von sich selbst abzulenken.

»Eloisas Methoden sind grauenvoll«, stimmte Lady Dalrymple zu. »Aber die auf die schiefe Bahn geratenen Dienstboten empfinden es als Glück, ein Dach über dem Kopf zu haben. Es gibt nur wenige Stellen, besonders in den besseren Häusern, und da Eloisa den Gerichtssaal als Personalvermittlung nutzt, ist es unwahrscheinlich, dass ihre Dienstboten woanders solche Stellungen bekämen. Keine anständige Personalvermittlung würde einen verurteilten Verbrecher aufnehmen, sodass den armen Seelen keine Wahl bleibt, als nach ihrer Freilassung auf der Straße zu überleben.« Lady Dalrymple stand auf und ging in dem großen, luftigen Zimmer umher. C.J.s Blick folgte ihr, wobei sie ihre neue Umgebung in Augenschein nehmen konnte.

Ein ziemlich großes Messingteleskop stand am Südfenster. In einer Ecke entdeckte C.J. einen bunten Papagei in einem goldenen Käfig und ihm gegenüber ein Kuriositätenkabinett im Chippendale-Stil aus wunderschönem, roten Mahagoni, das mit exotischen Naturwundern gefüllt zu sein schien, mit seltsam aussehenden mechanischen Instrumenten, deren Zweck sie nicht sofort erkannte, sowie mehreren Kristallkugeln unterschiedlicher Größe, die auf merkwürdigen Dreibeinen standen.

Der Papagei krächzte, als sein Frauchen an seinem Käfig vorbeiging. »Bitte schön, Newton«, gurrte Lady Dalrymple und bot dem Vogel einen kleinen, eckigen Keks an. Mit offenem Mund bewunderte C.J. die ungewöhnlichen Besitztümer der Lady Dalrymple und die Eleganz ihres Zuhauses, ein großer Unterschied zu Lady Wickhams asketischem Geschmack. Bisher hatte C.J. das neunzehnte Jahrhundert nur durch die Augen der Verlorenen, Alternativlosen und Armen gesehen. Doch was für ein neues Abenteuer wartete nun auf sie! Jetzt schien es, als würde sie lernen, eine Dame der besseren Kreise zu sein, um in die Rolle zu passen, die man ihr angetragen hatte. Aber wie lange würde das Schicksal ihr gnädig sein, fragte sich C.J., bevor ihre Täuschung entdeckt und grausam bloßgestellt würde? Sie hatte es auf die harte Tour gelernt, dass es für diejenigen, die das Pech hatten, weder über einen Titel noch über Geld zu verfügen, wirklich eine erbarmungslose Welt war.

Lady Dalrymple bemerkte das ängstliche Grübeln ihres neuen Schützlings nicht. Sie hatte nun einen, wie sie fand, passenden Plan ausgearbeitet, den es umzusetzen galt. Sie nahm wieder Platz und holte tief Luft, zweifellos, um die Dramatik zu steigern. Aufgrund ihres schelmischen, triumphierenden Lächelns traten ihre Grübchen hervor.

»Wie ich Ihnen in der Kutsche gesagt habe, bin ich eine einsame alte Witwe, Miss Welles. Mein verstorbener Sohn Alexander war unverheiratet und hinterlässt keine Nachkommen, zumindest weiß ich von keinen, und daher gibt es keinen Erben für seinen Titel. Wenn Sie wirklich das einzige, lebende Kind meines Bruders sind, dann würden Sie, in Ermangelung eines männlichen Erben, den Titel bekommen. Sie sind offensichtlich eine junge Lady von Rang und Intelligenz, trotz ihrer unbekannten Herkunft. Sie werden mit der Zeit merken, Miss Welles, dass ich eigenwillige Ansichten über die Inzucht in der englischen Aristokratie habe. Man muss sich nur den Prince of Wales ansehen, um das unglückliche Ergebnis zu erkennen. Es würde mir unvergleichliche Freude bereiten, eine Adelige nach meinen eigenen Vorstellungen zu formen.«

Ungläubig schnappte C.J. nach Luft. Sie wusste nicht, was sie von dieser kapriziösen Frau halten sollte, die neben ihr saß und im Alleingang die herrschende, englische Klasse in eine Leistungsgesellschaft verwandeln wollte.

»Aber das geht doch nicht! Mylady sind zu großzügig.«

»Unsinn! Es gibt keine Alternative. Ich kreiere Situationen, je nachdem, was ich vorfinde. Sie sind doch sicher volljährig?«

»Ja, Madam.«

»Wann sind Sie volljährig geworden?«

C.J. konnte schlecht zugeben, dass sie eigentlich erst in ungefähr einhundertfünfundsiebzig Jahren *geboren* werden würde! Sie rechnete kurz und unterschlug dann ein paar Jahre. Ginge sie als Frau im besten Heiratsalter durch? »Ich bin vor zwei Jahren in die Gesellschaft eingeführt worden, Mylady. Ich bin jetzt dreiundzwanzig«, flunkerte sie. Lügen machte einfach keinen Spaß, wenn man sich der Aufrichtigkeit verpflichtet fühlte.

Lady Dalrymple schien die Antwort zu gefallen. »Dreiundzwanzig. Ein perfektes Alter, meine Liebe. Und ich werde darauf achten, dass Sie noch vor Ende der Saison vorteilhaft verheiratet sein werden.« Ihre grauen Augen blitzten bei dieser Vorstellung.

Als Schauspielerin hatte C.J. eine fundierte und umfassende Ausbildung erhalten. Und von Natur aus besaß sie eine rasche Auffassungsgabe, aber sie hätte sich niemals träumen lassen, in eine so aufwändige Scharade zu geraten! Jeden Augenblick konnte sie sich als Adoptivtochter eines verstorbenen New Yorker Geschäftsmanns aus einem anderen Jahrhundert verraten! Wie sollte sie die korrekte Etikette einer Adeligen der georgianischen Zeit wahren? Würde ihr jemand glauben, dass sie die Tochter eines Marquis war, egal wie sehr dieser in Misskredit gefallen war, und die Nichte einer Countess? Trotzdem sollte sie ernsthaft über Lady Dalrymples erstaunliches Angebot nachdenken. Außerdem, überlegte C.J., war es schwierig, sich eine angenehmere Alternative vorzustellen, bis sie einen Weg fände, wieder ins einundzwanzigste Jahrhundert zurückzukehren.

Kapitel Sieben

*In dem ein Verdacht aufkommt, ein Kleidungsstück
überraschende Schwierigkeiten bereitet und wir zwei
Personen treffen, die für unsere Geschichte
extrem wichtig sind.*

»Sie sind verwirrt, meine Liebe«, bemerkte Lady Dalrymple. »Das ist nicht verwunderlich. Ich habe Ihrem jungen Gemüt einen ziemlichen Schock versetzt. Ich gebe zu, dass mein etwas originelles Verhalten schon viele Kommentare erntete, auch von denen, die ich sehr mag, aber ich versichere Ihnen, Cassandra, dass ich alle meine Sinne beisammenhabe.«

Sie hörten Schritte, kurz darauf wurde die riesige Flügeltür am anderen Ende des Zimmers geöffnet.

Ein vornehmer, älterer Gentleman in grünschwarzer Livree blieb am Eingang stehen. Seine bloße Präsenz verlangte nach Stillschweigen.

»Lady Oliver und ihr Neffe, der Earl von Darlington, Mylady.«

»Um Himmels willen, Collins! Es war mir vollkommen entfallen, dass wir heute Nachmittag Augusta und Percy zum Tee geladen hatten. Ich habe bereits etwas, nun ja, recht wenig, zu mir genommen, als ich Lady Wickham zum Geburtstag gratuliert habe, aber das plötzliche Auftauchen meiner Nichte, hat mich völlig aus dem Konzept gebracht.«

Der Butler zog diskret eine Augenbraue hoch.

»Die Tochter meines Bruders Albert. Lady Cassandra Jane.«

Collins entging nichts. Er musterte prüfend C.J.s gelbes Musselinkleid, das in einem erbärmlichen Zustand war, und schien zu seiner eigenen Einschätzung der Situation zu gelangen. »Sehr wohl, Madam. Soll ich sie bitten, zu warten, während Mylady hier ...«

»Nennen Sie sie Miss Welles, Collins. Wir werden im Augenblick noch den Namen meines Bruders vermeiden.«

»Sehr wohl, Mylady. Während *Miss Welles* sich die Zeit nimmt, ... ihr Teekleid anzulegen.«

Lady Dalrymple begriff sofort, was Collins meinte und legte eine Hand auf den Mund. Nein, es war unmöglich, dass Lady Oliver und ihr Neffe Cassandra in ihrem momentanen, aufgelösten Zustand trafen. »Ganz genau, Collins. Sehr richtig. Vielleicht möchten sie sich den Gainsborough ansehen, bevor sie hochkommen.«

»Ich glaube, Mylady hat den Gainsborough bereits zur Kenntnis genommen, bei ihrem letzten Besuch, und denen davor«, erwiderte der Butler ruhig und deutete damit an, dass dieses Ablenkungsmanöver nicht funktionieren würde.

»Nun, dann darf sie sich eben noch einmal daran erfreuen. Ihr Neffe kann mit ihr über die Pinselführung diskutieren oder es mit dem klassischen Stil vergleichen«, entgegnete Lady Dalrymple. »Ach, es ist mir völlig egal, was Sie ihnen erzählen. Lassen Sie sie nur nicht nach oben.«

»Sehr wohl, Madam«, antwortete der Butler, die Bürde seines Auftrags zeigte sich deutlich in seinem faltigen

Gesicht. Er verbeugte sich leicht und schloss die schweren Doppeltüren hinter sich.

»Oh Gott! Was soll ich nur wegen Ihrer Garderobe machen? Ich nehme nicht an, dass Sie irgendwo noch eine Truhe haben?«

»Es tut mir leid, Lady Dalrymple ...«

»Nenn mich Tante Euphoria. Es wird Zeit, dass du dich daran gewöhnst.«

»Ich besitze nichts außer den Kleidern am Leib, Tante Euphoria. Sonst nichts.«

Die Witwe schnalzte mit der Zunge. »Das dachte ich mir schon.« Lady Dalrymple zog an einem bestickten Klingelzug.

C.J. betrachtete den erbärmlichen Zustand ihres Kleides und erinnerte sich an den Reißverschluss, woraufsie sich den inzwischen ziemlich ramponierten mohnroten Schal umlegte. »Können wir ihnen nicht einfach erzählen, dass ich mit dem Absatz an einem Stein hängen geblieben und auf der Straße gefallen bin?«

»Augusta Oliver ist eine aufmerksame Frau, Cassandra, und außerdem die einflussreichste der älteren Damen in Bath. Unnötig hinzuzufügen, dass Gustie meine engste Busenfreundin ist. Nein, meine Liebe, wir brauchen eine praktische Lösung, selbst wenn sie nur provisorisch ist.«

»Stellen Sie sich neben meine Nichte, Saunders.« Die Kammerzofe sah Lady Dalrymple verdattert an. »Ich sehe sonst keine andere Frau in diesem Raum, Saunders. Rücken an Rücken mit meiner Nichte Cassandra Jane, wenn ich bitten darf.«

Die Zofe betrachtete den Neuankömmling misstrauisch, aber beeilte sich, der Aufforderung ihrer Herrin nachzukommen. Sie und C.J. waren ungefähr gleich groß, auch wenn Saunders sehr viel weniger Kurven hatte.

»Ja. Das muss genügen«, seufzte Mylady. »Da wir nur so wenig Zeit haben, bleibt uns nichts anderes übrig. Saunders, seien Sie so gut und leihen Sie Miss Welles für heute Ihr Sonntagskleid. Morgen werden wir zu Mrs. Mussell fahren, um neue Kleider für sie anfertigen zu lassen. Die Kosten spielen keine Rolle. Und Saunders?«

»Ja, Mylady?«

»Meine Nichte wohnt von nun an bei uns. Sie werden Lady Cassandra nicht als ›Mylady‹ ansprechen, sondern als ›Miss Welles‹. Bitte führen Sie Miss Welles in das blaue Zimmer und sehen Sie, dass sie alles bekommt, was sie braucht. Ich werde mich nach jungen Frauen, die eine Stellung suchen, umschauen, damit Miss Welles in Zukunft ihre eigene Kammerzofe bekommt.« Die Countess lächelte, wodurch wieder ihre Grübchen zu sehen waren. »Ich möchte Ihre Gutmütigkeit nicht mehr ausnutzen, als meine persönlichen Bedürfnisse es verlangen.«

»Ja, Madam«, erwiderte die Zofe und knickste vor ihrer Herrin, während sie C.J. bat, ihr zu folgen.

Sogar als Saunders scheinbar lächelte, fand C.J., dass die Frau grimmig aussah. Während Lady Dalrymple ganz eindeutig etwas Spielerisches hatte, war ihre Kammerzofe ein freudloses Wesen völlig ohne Humor. Eine recht seltsame Beziehung. Sie lehnte Saunders' Hilfe ab, da sie Angst hatte, dass die bereits misstrauische Zofe den Reißverschluss entdecken könnte. C.J. wiederholte die Worte der Countess, dass sie ihre Gutmütigkeit nicht ausnutzen wolle und Mylady sicherlich ihre Dienste brauche. Sie könne sich selbst ankleiden.

Saunders, die eigentlich keinen Wert darauf legte, neue Pflichten auf sich zu nehmen, verließ sie trotzdem nur zögerlich. Dass eine adelige junge Dame eine Zofe wegschickte, um sich lieber selbst anzukleiden, war wirklich ein merkwürdiges Verhalten. Irgendetwas an dieser plötzlich aufgetauchten »Nichte« ihrer Herrin war seltsam. Das Mädchen war vielleicht ein Parvenü oder eine Erbschleicherin, die es auf den großen Reichtum und die Freigebigkeit der gutmütigen alten Dame abgesehen hatte.

Saunders lauschte einen Augenblick von draußen an der Tür des blauen Zimmers, sie war sich sicher, dass sie hörte, wie »Miss Welles« etwas einschloss. Normalerweise litt sie nicht an einer überspannten Fantasie, aber die Kammerzofe beschloss, die Wahrheit über die *sogenannte* Miss Welles herauszufinden und auf der Hut zu sein.

Nachdem sie das zweifelhafte gelbe Musselinkleid in das oberste Fach einer Mahagonikommode gelegt hatte, steckte C.J. den kleinen Schlüssel in ihren Ridikül. Saunders einfaches Empirekleid war viel schwieriger anzuziehen als Lady Wickhams hässliche, braune Livree. Ihr eigener leichter Unterrock genügte als Unterkleid, aber da sie und Mary sich beim Ankleiden immer gegenseitig geholfen hatten, hatte C.J. nie darüber nachgedacht, wie vertrackt es war, ein Kleid anzulegen, wenn man ein Mieder trug, und seien es auch nur ein paar fest gewickelte Stoffpartien, die an einen modernen Sport-BH erinnerten.

Schließlich hatte sie das kleine Polster, das knapp unter ihren Schulterblättern saß und das Kleid ausstellte, im Rücken mit zwei langen Bändern am Mieder befestigt, genau wie bei ihrem Kleid für *Eine Lady in Bath*. Das war noch einigermaßen einfach vonstattengegangen. Sie musste mehrere Anläufe nehmen, bis sie sich schließlich erfolgreich angekleidet hatte. Die schmalen Bänder, die sich vorne an der Taille befanden, mussten durch Schlingen geführt werden, die in der Mitte am Rücken saßen und dort dann festgehalten werden mussten, bevor man sie vorne unter dem Leibchen verschnürte. Mein Gott, taten ihr die

Arme weh! Kein Wunder, dass die Leute Kammerzofen hatten. C.J. bemühte sich, das Leibchen zuzuknöpfen. Obwohl es eng saß, war sie dankbar, etwas vor ihrer Brust verschließen zu können, und nicht hinten am Rücken. Sie nahm sich vor, Milena, sollte sie sie jemals wiedersehen, für den anachronistischen Reißverschluss zu danken.

Es schienen Stunden vergangen zu sein, bis C.J. wieder Lady Dalrymples Salon betrat. Sie fühlte sich wie ein schwangerer Zaunkönig. Wegen ihres üppigen Busens spannten die Nähte des Leibchens. Zumindest war das Musselinkleid ihr auf den Leib geschneidert gewesen.

»Nun, liebe Nichte, wenigstens siehst du *gesund* aus«, seufzte die Countess.

»Ich fühle mich wirklich wie eine arme Verwandte, Tante Euphoria.«

Die Witwe lächelte, als hätte sie eine Offenbarung. »Himmel noch mal! Ja, genau, das ist es! Du bist natürlich eine arme Verwandte. Wir sprechen in der Gesellschaft nicht über meinen Bruder Albert, daher werde ich dich im Augenblick nicht mit noch mehr aufregenden Tatsachen und Umständen quälen. Lady Oliver selbst ist schon Herausforderung genug. Du musst dich ganz auf deine Vorstellungskraft verlassen, Kind«, plapperte Lady Dalrymple weiter. »Du musst so denken wie diese Schauspielerinnen. Vielleicht kannst du das nicht ... andererseits können wir natürlich sagen, dass du in London gelebt hast. Bist du denn schon mal im Theater gewesen?«

»Oh ja, schon oft, Mylady«, erwiderte C.J. und achtete darauf, so ehrlich wie möglich zu antworten.

Sie wurden unterbrochen, als Collins erschien, um Lady Oliver und ihren Neffen Owen Percival, den Earl von Darlington, anzukündigen.

Die stattliche Matrone, die ins Zimmer rauschte, war

mit jeder beeindruckenden Faser ihres Körpers vollkommen Jane Austens Catherine de Bourgh. Ihr perfekt geschneiderter eisengrauer Redingote, das Satinkleid und die dunkellila Haube passten zu ihrer Haarfarbe und verliehen ihr das Aussehen eines Kriegsschiffs.

Lady Olivers Neffe dagegen machte einen völlig anderen Eindruck. Überrascht erkannte C.J. in ihm den gut aussehenden Adeligen, der ihr am Tag ihres Prozess im Gerichtssaal aufgefallen war. Ihr Magen zog sich zusammen. Erinnerte sich der Earl an sie? Wie sehr sie sich einen Fächer wünschte, um ihr Gesicht zu verbergen! Er sah aus, als sei er so um die fünfunddreißig. Er hatte fröhliche, dunkelblaue Augen, und noch bevor er eine Silbe gesprochen hatte, erkannte sie, dass er derjenige war, dem Lady Dalrymple wirklich große Zuneigung entgegenbrachte, nicht seiner abschreckend wirkenden Tante.

Bildete sie es sich ein, oder blitzten die Augen des Mannes noch mehr, als er sie ansah? Ihrer Tante war die Reaktion des Earls nicht entgangen, und sie bat ihn, gegenüber von C.J. Platz zu nehmen. C.J. war erleichtert, dass er sie offensichtlich nicht mehr wiedererkannte.

»Ich sehe, du hast einen Gast, Euphoria.« Lady Oliver nahm eine vergoldete Lorgnette aus ihrem Ridikül und betrachtete C.J., als wäre sie eine Mikrobe. »*Qui est la jeune fille habillée comme une domestique?*«

»Meine Nichte Cassandra Jane. Sie heißt Welles.« Lady Dalrymple sprach leise. »Alberts Tochter.«

Ihre Gäste nickten voller Verständnis. »Natürlich«, stimmte Darlington leise zu. »Ah, ja ... und sie möchte lieber unter einem anderen Namen bekannt sein. Das ist wohl besser so.«

»Besser, Percy? Natürlich ist das *besser*«, rief Lady Oliver aus, legte ihre Lorgnette zur Seite und öffnete einen

Fächer aus Elfenbein und chinesischer Seide. »*Il fait très chaud, ma chère.* Ist dir nicht auch schrecklich warm, Euphoria?« Lady Oliver runzelte die Nase, als röche sie verfaulten Fisch. »Der achte Marquis von Manwaring ist ein notorischer Verschwender, der sein Vermögen verspielt hat und gezwungen ist, seinen Lebensunterhalt als *Schauspieler* zu verdienen«, höhnte das Kriegsschiff in einem ziemlich theatralischen Tonfall. »Albert ist immer schon eine höchst unattraktive Mischung aus Großspurigkeit, Verdrossenheit und Unvernunft gewesen.«

»Du sprichst trotz allem zu Lady Dalrymple und ihrer Nichte über deren eigen Fleisch und Blut, Tante Augusta«, warf der Earl ein, der offenbar das Thema beenden wollte. Seine Tante spitzte pikiert die Lippen.

»Ich gebe zu, dass mein Vater nicht ohne Fehler ist, aber ich wage zu behaupten, dass er nicht der einzige Mensch in England ist, der ›großspurig, verdrossen und unvernünftig ist‹, Mylady«, sagte C.J.

Lady Oliver klappte demonstrativ ihren Fächer zu.

»Lady Cassandra scheint Ihr Temperament geerbt zu haben, Tante Euphoria«, bemerkte Darlington, dem die unerschrockene Rüge des hübschen Gasts offensichtlich gefallen hatte.

»Du musst darauf achten, sie Miss Welles zu nennen, Percy«, erwiderte Lady Dalrymple. Ihre strahlenden Augen zeigten, dass sie das Verhalten ihrer eigensinnigen »Nichte« befürwortete. »*Elle est arrivée cet après-midi. Mais oui,* erst diesen Nachmittag. Den langen Weg von London«, fuhr sie fort. Lady Dalrymple war klar, dass Eloisa Wickham die Misshandlung des Mädchens zu peinlich war, um ihrer eigenen Version je zu widersprechen. Ihr warmes Lächeln erhellte den Raum. »Wie nachlässig von mir, euch einander nicht vorzustellen! Cassandra, darf ich dir meine enge Freundin Lady Augusta Oliver und ihren Neffen Owen Percival, den Earl von Darlington, vorstellen.«

Der Earl trat vor C.J. und verbeugte sich galant. Das glänzende, schwarze Haar, das sein hübsches Gesicht umrahmte, roch frisch wie ein Frühlingsmorgen. Doch das Auffälligste an ihm war seine Intelligenz, die aus seinen Augen so unvergleichlich strahlte und ihn unwiderstehlich machte.

C.J. fand es am besten, nichts weiter zum Gespräch beizutragen und möglichst nur zu reden, wenn man sie ansprach, was ihr nicht leichtfiel, da Zurückhaltung nicht gerade zu ihren Stärken zählte. Daher war es ein Segen, als die älteren Frauen sich in eine Ecke des Salons zurückzogen, vorher jedoch warf Lady Oliver noch einen verächtlichen Blick auf ihr Leibchen.

Ihre Stimme durchschnitt die Luft wie ein kalter Dolch warmes Fleisch. »Meine liebe Euphoria, in diesem unvorteilhaften Kleid sieht das Mädchen wie ein Straßenkind aus. Du denkst doch nicht wirklich daran, sie in die Gesellschaft einzuführen, bevor man sich nicht ausführlich um sie gekümmert hat. Vielleicht ist ihre Erscheinung für Albert akzeptabel, aber für unsere Kreise auf gar keinen Fall!«

Mit halbem Ohr lauschte C.J. dem Gespräch und fand Lady Olivers Verurteilung ihrer Erscheinung alles andere als höflich. Da sie immer von einer Gesellschaft mit außergewöhnlich guten Manieren ausgegangen war, überraschte sie die Unverschämtheit der Lady ganz und gar. Außerdem fragte C.J. sich, warum die Frauen ihre Konversation mit französischen Worten würzten, wo sie doch beide englisch und blaublütig waren. *Und ihre Nation führte Krieg gegen Frankreich!* Es musste einen Grund für dieses Gehabe geben, doch es erschien ihr nicht ratsam, danach zu fragen.

»Ich bin absolut gewillt, sie so bald wie möglich zu Mrs. Mussell zu bringen, Gustie. Da das Mädchen jedoch erst heute angekommen ist, und zwar kurz vor eurem Besuch, hatte ich nicht die Gelegenheit, sie ordentlich herauszuputzen.«

Sie herauszuputzen? C.J. kam sich vor wie ein Zirkuspferd.

»Mrs. Mussell«, schnaubte Lady Oliver. »Eine zweitklassige Schneiderin. Schick sie zu *meiner* Schneiderin, Madame Delacroix. Das Mädchen hat ganz offensichtlich eine bewundernswerte Figur, nach der Reaktion meines Neffen zu urteilen.«

Die älteren Frauen drehten sich diskret um und sahen den Earl und Miss Welles in eine angeregte Unterhaltung vertieft.

»Percy hat schon immer ein Auge für Damen gehabt«, bemerkte Lady Dalrymple und dachte bei sich, dass er nicht immer dafür prädestiniert war, die beste Wahl zu treffen. Als Darlington nämlich endlich eine Frau gefunden hatte, wurde er fast enterbt. Marguerite de Feuillide war nicht nur eine Französin, sie war auch noch Schauspielerin, die selbst von ihrer aristokratischen Familie gemieden wurde, da sie ein Leben auf der Bühne der Comédie Française führte. In den Augen von Lady Oliver war das einzige Verbrechen, das schlimmer war, als aus Frankreich zu stammen, das, auf einer öffentlichen Bühne aufzutreten.

Es würde ein schwerer Weg für Lady Dalrymple werden, ihre Freundin dazu zu bringen, Cassandra als annehmbare Ehefrau zu akzeptieren. Indem sie sie als Kind des schwarzen Schafs der Familie einführte, stellte Euphoria sicher, dass nicht viel von dem Mädchen erwartet wurde. Niemand in den oberen Kreisen sprach über ihren Bruder Albert. Lady Olivers Charakterisierung des liederlichen Adeligen, der zum Schauspieler wurde, war leider ziemlich treffend. Doch diese Neigungen machten den Marquis nicht besser oder schlechter als Dutzende seiner Zeitgenossen. Bei der Aristokratie galt es als Ehre, hoch verschuldet zu sein, und so mancher Mann, der sich am Spieltisch ruiniert hatte, wurde immer noch in den besten Kreisen empfangen und war stets willkommen in den Klubs. Es war seine unglückselige Entscheidung, eine Bühnenkarriere anzustreben, die aus Lord Manwaring einen Paria unter seinesgleichen gemacht hatte. Euphoria war sich sehr bewusst, dass einige das Mädchen nur ungern akzeptieren würden. Sie musste betonen, dass Miss Welles nichts für ihre Herkunft konnte. Schließlich hatte das Unglück den Marquis ereilt, als das arme Mädchen noch in den Windeln lag.

Kapitel Acht

In dem ein ansonsten bezaubernder Aristokrat seine Vorurteile offen legt und dadurch einen wundervollen Nachmittag etwas verdirbt und das Idol unserer Heldin, Miss Jane Austen, zu Besuch kommt.

SCHNELL WURDE DEUTLICH, dass der Earl ein schlagfertiger und belesener Gesprächspartner war. Er hatte zunächst eine Ausbildung in Eton und Oxford erhalten und beherrschte damit Griechisch und Latein. Nachdem er sich am Magdalen College eine Zeit lang mit Theologie beschäftigt hatte, beschloss er, Geschichte zu studieren. Daraufhin nannte ihn sein Professor einen Heiden und Philister, was Darlington dazu veranlasste, seinen Fokus auf die klassische Antike zu legen und die Dichtung Homers und Virgils in der jeweiligen Originalsprache zu genießen. Er hatte sogar ein wenig Erfolg als Übersetzer, war jedoch sehr zurückhaltend, wenn es um seine, wie er meinte, bescheidenen Leistungen ging. »Ich nehme an, dass der einzige Grund, warum überhaupt einige der Übersetzungen verkauft wurden, der war, dass die Leute furchtbar neugierig waren, was wohl ein Aristokrat, der sich an solchen intellektuellen Dingen versuchte, veröffentlichen würde.«

Sie lachten beide. »Ich bin mir absolut sicher, Mylord, dass Sie Ihre Leistungen herunterspielen.«

»Vielleicht ändert sich Ihre gute Meinung über meine Versuche, Miss Welles, wenn ich Ihnen erzähle, dass es keine zweite Auflage gab.« Er lächelte, dann lehnte er sich zu ihr hinüber und sprach sehr vertraulich ein paar Worte in einer fremden Sprache.

»Was ist das?«, fragte sie bewundernd. »Es klingt wunderschön.«

»Die erste Zeile der *Aeneis*. Beeindruckt?«

»Zweifellos, Mylord!« Sie mussten wieder beide lachen.

»Ich muss zugeben, dass ich auf ehrbarem Wege zu meiner klassischen Bildung gekommen bin, dank des großen archäologischen Interesses meines Vaters, aber meine wahre Leidenschaft habe ich noch nicht preisgegeben, Miss Welles.«

Es war beruhigend, dass die Regeln des Flirtens sich über die Zeit so wenig verändert hatten. »Darf ich darauf hoffen, dass Sie sie mir noch verraten werden?«

»Ich gebe zu, dass sie weder so mysteriös noch so anrüchig ist, wie ich es angedeutet habe. Heutzutage ist es unter den Gebildeten meiner Klasse in Mode, eine Vorliebe für Shakespeare zu äußern ..., aber für mich ist es so viel mehr.«

C.J. strahlte ihn an. »Ich habe ebenfalls eine Leidenschaft für Shakespeare, Mylord, obwohl ich mir bei vielen Aufführungen seiner Stücke gewünscht hätte, man hätte sich an den Leitsatz ›mehr Inhalt, weniger Kunst‹ gehalten.«

»Was meinen Sie damit, Miss Welles?«

Sie merkte, dass sie fast das Geheimnis ihres wahren Berufs enthüllt hätte, denn eigentlich wollte sie ihm erklären, dass sie eine Puristin sei, die Aufführungen bevorzugte, bei denen die wunderbare Sprache des Poeten wichtiger war als Produktionskonzepte, die *Der Sturm* auf den Mars oder *Romeo und Julia* nach Miami Beach verlegten. »Egal, bloß ein Versuch, eine schlaue Bemerkung zu machen, der kläglich gescheitert ist. Fahren Sie fort, Mylord. Sie haben gesagt, dass es da so viel mehr gibt ...«

Darlington hatte einen völlig verzückten Gesichtsausdruck. »Hm, ja ... das goldene Zeitalter Englands, Miss Welles, die Renaissance, das Erblühen der Literatur und der Kunst um der Kunst willen. Ich habe mich oft gefragt, wie es wäre, in die Vergangenheit zu reisen, um eine Erfahrung zu machen, wie mit Kit Marlowe in einer Taverne in Deptford zu trinken ...«

»In diesem Fall, Mylord, würden Sie sich unter die nicht wirklich Reichen und die erst posthum Berühmten mischen. Wären Sie immer noch gern ein Aristokrat, wenn Sie zweihundert Jahre zurückreisen würden?«, fragte C.J.

»Wenn man die Wahl hat, dann glaube ich fest daran, dass niemand ein Leben im Elend wählen würde, selbst wenn er ein Dichter ist. Und für einen winzigen Moment, Miss Welles, wenn ich Ihrer Einschätzung von Marlowes literarischen Erfolgen widersprechen darf, war er der meistgefeierte Theaterautor seiner Zeit. Tante Euphoria«, rief er der lächelnden Witwe zu, »würden Sie mir Ihre Kristallkugel leihen, damit ich in die Renaissance reisen kann?«

»Ganz sicher nicht, Percy!«, erwiderte seine Gastgeberin. »Die *Renaissance,* das goldene Zeitalter? Ach was! *Meine* Jugendjahre waren das goldene Zeitalter Englands. Die Aufklärung, das Zeitalter der Vernunft, der Entdeckungen und Erfindungen. Kunst für die *Menschen.*«

»Und seitdem ist die Welt auf den Hund gekommen«, stimmte Augusta zu. »Man sehe sich bloß Frankreich an.«

»Sind Sie denn ausreichend aufgeklärt, Lady Oliver?«, fragte C.J. charmant.

»Es ist unvernünftig, sie herauszufordern«, warnte Darlington in einem Flüsterton, aber sein fröhlicher Gesichtsausdruck zeigte, dass ihn die Kühnheit der jungen Dame außerordentlich amüsierte. »Was die Französische Republik angeht, so ist sich Tante Augusta sehr wohl bewusst, dass wir dieselbe Meinung vertreten.«

»Inwiefern?«

»Miss Welles, wir haben über meine Vorliebe für die Antike geredet und meinen Zeitvertreib angesprochen. Es ist nicht angemessen, in Anwesenheit einer jungen Dame eine Diskussion über Politik zu beginnen.«

»Und warum bitte, sollte ich nicht mehr über Sie erfahren dürfen, besonders bei einem Thema, das so offensichtlich bis an den Kern Ihrer Überzeugungen als Mensch geht?«

»Nur so viel«, sagte Darlington steif, seine Haut wurde krebsrot, was das grelle Weiß seiner gestärkten Krawatte nur noch betonte, »die Franzosen haben alles, was sie über die Revolution wissen, von den Amerikanern gelernt!«

Die Ignoranz des Earls schockierte und überraschte sie. »Ich glaube nicht, dass man in Amerika je *Guillotinen* benutzt hat, Mylord!«, entgegnete C.J. Er hatte Recht gehabt. Eine leidenschaftliche, politische Bemerkung hatte genügt, eine Mauer zwischen ihnen zu errichten, die drohte eine ansonsten charmante Bekanntschaft zu ruinieren.

»Es genügte ihnen nicht, die Waffen gegen ihren Herrscher zu erheben«, fuhr Darlington erregt fort. »Stattdessen musste diese junge Nation aus Heiden und Wilden Englands anderen Feind mit ihrer demokratischen Pest anstecken, indem sie Verräter wie Jefferson und Franklin nach Paris schickte, in der Hoffnung, Anhänger für ihre pervertierte Art von Regierung zu gewinnen. Und sie haben sie gefunden in Marat, Danton und Robespierre!«

C.J. atmete langsam und bewusst ein und zählte bis fünf, bevor sie den Mund aufmachte. »Ich glaube ..., vielleicht übertreiben Mylord, wenn Sie annehmen, dass Thomas Jefferson den Claudius gegenüber dem alten Hamlet der französischen Monarchie gespielt hat. In Wahrheit hat Jefferson selbst gesagt, dass die lügnerischen Darstellungen der englischen Zeitungen an dem öffentlichen Bild von Amerika schuld seien, die deren Einwohner als gesetzlose Banditen in einem anarchistischen Staat präsentieren, wo man sich gegenseitig die Kehle durchschneidet und ausplündert. Wie kann da ein vernünftiger Mensch erwarten, dass ein Europäer die Wahrheit weiß, nämlich dass es auf Erden kein Land gibt, in dem größere Ruhe herrscht, mildere Gesetze angewendet werden, in dem jeder seinen eigenen Geschäften nachgehen kann und in dem Fremde gastfreundlicher aufgenommen werden als irgendwo sonst.«

Nachdem die junge Frau ihre Verteidigungsrede beendet hatte, wechselte der Earl das Thema. »Waren Sie schon einmal in Frankreich, Miss Welles?«, fragte Darlington, seine Stimme wurde dabei immer lauter.

»Nun ...«

»Ich aber! Und ich habe unschuldige Menschen gesehen, dutzende, wenn nicht hunderte unschuldiger Männer, Frauen und kleiner Kinder ... Säuglinge, die ihren Mütter aus den Armen gerissen und zum Place de la Concorde gebracht wurden, wo man sie tötete!«

»Sind Sie je einem Amerikaner begegnet, Mylord?«, wollte C.J. wissen.

»Sollte das je geschehen, so hoffe ich, dass ich ein Schwert oder eine Pistole bei mir trage.«

Was für ein heuchlerisches Getue! »Sie würden einen unschuldigen und vielleicht unbewaffneten Fremden umbringen, bloß weil Sie seine Landsleute nicht mögen? Und doch besitzen Sie die Frechheit, anderen vorzuwerfen, sie seien barbarisch?« C.J. hatte den Eindruck, der Engländer würde vor Abscheu gleich auf den malerischen Aubusson-Teppich von Lady Dalrymple spucken. »Ach ja, ›Rule Britannia! Britannia rules the waves!‹«, fügte sie in einem singenden Tonfall hinzu, um das Gespräch ein wenig aufzulockern. C.J. fiel ein, dass ihre leidenschaftliche Verteidigung ihres Landes auf Verletzungen fußte, die genauso frisch waren wie die französischen Grausamkeiten für Lord Darlington, während sie das Thema über einem Abgrund von zweihundert Jahren hinweg diskutierten. In dieser Welt war das Schreckensregime erst kürzlich in Erscheinung getreten und hatte nicht so einen angestaubten Charakter wie für C.J.

»Um Himmels willen!«, rief Lady Dalrymple aus. »Ihr beiden! Ich wusste, dass es einen Grund gibt, warum Gentlemen beim Tee nicht über Politik sprechen. Percy, du wirst meine arme Nichte zu Tode ängstigen mit deinem Gerede über Heiden und Pistolen und Franzosen.«

Mit einer vornehmen Verbeugung entschuldigte sich der Aristokrat für seinen Ausbruch. »Verzeihen Sie mir, Miss Welles. Es war sehr unvorsichtig von mir, Ihnen zu erlauben, mich in eine internationale Diskussion zu verwickeln. Ich wäre nicht überrascht, in Ihnen selbst etwas von einem Yankee-Rebellen zu entdecken.«

Oh doch, das wärst du, dachte C.J. *Wenn du nur wüsstest, wie sehr.* Aber sie antwortete schlicht: »Pah! Wenn Ladys und Gentlemen nur über das Wetter und die allgemeine und persönliche Gesundheit sprächen, würden wir niemals die wahre Persönlichkeit des anderen kennen lernen. Egal wie unangenehm sie auch sein mag.«

»Dafür gibt es die Ehe, meine Liebe«, strahlte die Countess und ignorierte ihre letzte Bemerkung.

»Doch dann ist es oft schon zu spät, Tante Euphoria.« Sie sah den Lord an und wartete auf seine Reaktion.

Darlington betrachtete einen Keks. »Ich habe eine intelligente Cousine, die findet, dass eine junge Dame vor der Ehe nie zu viel über ihren Ehemann wissen sollte, da sie den Rest ihres Lebens damit beschäftigt sein wird, sich an seine Gewohnheiten zu gewöhnen.«

Lady Oliver starrte auf ihre Teetasse, als suche sie nach Keimen. »Apropos, wo ist deine Cousine, Percy?«

»Ich habe gehört, dass Miss Jane noch bei einer Bekannten vorbeischauen musste. Sie müssen ihre Verspätung entschuldigen, Lady Dalrymple. Ich befürchte, sie wurde aufgehalten.«

Wie aufs Stichwort öffnete Collins die große Flügeltür des Salons.

»Ah, da ist sie.« Darlington stand auf, um die Neuangekommene, die mit energischen Schritten ins Zimmer rauschte, zu begrüßen.

Die schmale Brünette, die Anfang oder Mitte zwanzig zu sein schien, gab dem Diener ihre Strohhaube und berührte ihre dunklen Locken. »Bah! Offene Kutschen sind etwas Furchtbares. Ein sauberes Kleid überlebt dort kaum fünf Minuten. Man wird verspritzt, wenn man einsteigt und wieder aussteigt, und der Wind zerrt an den Haaren und der Haube.«

Der Earl begrüßte seine Cousine, danach ging die junge Frau zu Lady Oliver hinüber, von der sie einen gleichgültigen Kuss auf die Wange erhielt.

»Erlaube mir, die jungen Damen einander vorzustellen, Tante Augusta. Miss Jane, ich stelle Ihnen Lady Dalrymples Nichte, Lady Cassandra vor, auch wenn sie sich Miss Welles nennt. Miss Cassandra Welles, meine Cousine, die ich von Herzen schätze. Miss Jane Austen.«

C. J. fiel fast in Ohnmacht. Zum Glück stand ein Sessel in ihrer Nähe, der ihr half, das Gleichgewicht wiederzufinden.

»Entschuldigen Sie. Ich ... fühle mich ... wirklich geehrt, Ihre Bekanntschaft zu machen«, stammelte sie, Miss Austen wunderte sich über solch einen überwältigenden Empfang.

»Man kann nie sicher sein, dass ein guter Eindruck lange anhält«, sagte Jane bescheiden und nahm ihre zitternde Hand. »Jeder verändert sich. Doch obwohl Sie mich noch nie getroffen haben, scheinen Sie sich Ihrer Meinung ziemlich sicher zu sein, Miss Welles.«

Da C. J. völlig durcheinander war, schlug sie vor, dass sie und Miss Austen sich auf das Sofa setzen sollten. Jane griff nach der Teekanne, aber Lady Dalrymple warf ihrer Nichte einen Blick zu, der besagte, dass es absolut unpassend war, wenn eine Gastgeberin ihrem Gast erlauben würde, sich selbst Tee einzugießen. »Überlassen Sie das mir, Miss Austen«, sagte C. J., während sie sämtliche Himmelsgötter anrief, ihr beizustehen, dass sie Jane Austen ordentlich Tee einschenkte. »Sahne?«, fragte sie. Miss Austen lehnte ab, sie zog Zitrone vor. C. J. schaffte es nur mit großer Mühe, ihre Aufregung und wahre Begeisterung zu verbergen.

Lady Dalrymple fragte höflich, ob Miss Austens vorhergehender Besuch angenehm gewesen war. Daraufhin erzählte die junge Dame von ihrem Gespräch mit ihrer Freundin Mrs. Smith, die frisch mit einem Landadeligen verheiratet war und sich bemühte, die perfekte Ehefrau zu werden. »Sie ist dazu verurteilt, sich immer wieder en détail den Bericht über seine tägliche Jagd anzuhören, außerdem gibt er gerne mit seinem Hund an, ist neidisch auf die Nachbarn, die er von ihrer Stellung her nicht für angemessen hält.«

C.J. war fasziniert. »Aber wusste Mrs. Smith denn nichts über die eher eng begrenzten Interessen ihres Ehemanns, als sie ihn heiratete?«

»Wenn Menschen sich binden wollen, sollten sie immer unwissend sein.« Miss Austen nippte an ihrem Tee. »Wenn man zu viel weiß, so ist man unfähig, der Eitelkeit anderer Genüge zu tun, was eine vernünftige Person stets vermeiden möchte.« So wie Miss Austens Augen blitzten, fragte sich C.J., ob Jane sich über sie alle lustig machte.

Darlington hatte Recht gehabt, was die Meinung seiner Cousine zu Beziehungen anging. »Dann, Miss Austen, habe ich keinen Verstand und noch weniger Gefühl, denn ich kenne die vorurteilsbehafteten, politischen Überzeugungen ihres Cousins, die er vollkommen ernst vertrat, bereits bei unserem ersten gemeinsamen Nachmittag.«

Darlington lächelte ein wenig. »Man sollte wissen, dass Cousine Jane und ich nicht derselben Meinung sind, wenn es um das Wissen der Fehler und Marotten des anderen vor der Ehe geht. *Ich* glaube daran, dass man ganz und gar wissen sollte, worauf man sich einlässt. Das Kennenlernen sollte eine erleuchtende Erfahrung im positivsten Sinn sein.«

Er wandte sich Jane zu. »Nenn mich unvernünftig, Cousine, aber sollte ich mich entschließen, zum Beispiel Miss Welles zu heiraten, dann bin ich davon überzeugt, dass jeder Tag in ihrer Gesellschaft viele einzigartige und schöne Entdeckungen bereithielte und dass ich keinerlei Probleme hätte, ihrer Eitelkeit Genüge zu tun. Zweifellos fänden sich viele Möglichkeiten, ehrliche Komplimente zu machen.«

Lady Oliver, entsetzt über die bloße Erwähnung einer Ehe ihres Neffen mit Lady Dalrymples seltsam bekleideter und viel zu unverschämter, armer Verwandten, bemühte sich, das Gesprächsthema zu wechseln. »Percy«, begann sie vorwurfsvoll, wurde aber von Miss Austen unterbrochen, die sehr neugierig war, wie C.J. nach Bath gekommen war. C.J. war verständig genug, den Mund zu halten und es Lady Dalrymple, die gerne unterhalten wollte, zu überlassen, eine stark bearbeitete Version der Reise ihrer Nichte zum Besten zu geben.

Jane hoffte, dass Miss Welles trotz ihrer anfänglichen Schwierigkeiten sich in Bath wohl fühlen werde, und äußerte weiterhin den Wunsch, dass sie gute Freundinnen werden sollten.

Sie zählte die Dinge auf, die sie gemeinsam unternehmen könnten: der Besuch der Wandelhalle, in der immer ein reges Treiben herrschte, die Tanzveranstaltungen, das Einkaufen, Jane gab zu, dass sie nicht an einem Hutladen vorbeigehen könne, ohne ihn zu betreten, und natürlich der Genuss der Theatersaison. C.J. konnte ihr Glück kaum fassen.

»Da du eben Shakespeare erwähnt hast, Percy, Mrs. Siddons spielt diesen Monat Lady Macbeth«, warf Lady Dalrymple rasch ein. »Hier in der Stadt.«

Ohne nachzudenken, sagte C.J.: »Ich habe gehört, dass ihr Auftritt sehr ... modern sein soll ...«

»Das stimmt allerdings, Miss Welles. In der Schlafwandler-Szene macht sie etwas sehr Außergewöhnliches.« Darlington stand auf und ging zur Tür. »Sie betritt die Bühne über eine große Treppe und trägt eine Kerze«, fing er an. »Dann ... stellt sie die Kerze ab! Und sie wringt ihre

Hände, so«, er machte es vor, »als wollte sie Duncans Blut abwaschen!«

»Einfachheit erreicht tatsächlich kaum eine der professionellen Schauspielerinnen«, warf Miss Austen ein, woraufhin C.J. zugab, dass es ihr gefallen würde, sich eventuell selbst einmal an der Lady Macbeth zu versuchen. Das führte zu einem entsetzten Aufseufzen von Lady Oliver, und Lady Dalrymple begann sich zu fragen, ob Miss Welles nicht vielleicht doch irgendetwas mit dem Theater zu tun hatte. Jane betrachtete nachdenklich ihre Teetasse. »Ich möchte mich nicht hervortun, und ich habe allen Grund zu hoffen, dass ich es nie tun werde. Gott sei Dank, kann man mich nicht zu Genie und Redegewandtheit zwingen.« C.J. biss sich auf die Lippe, da sie wusste, dass Miss Austens geheime Leidenschaft fürs Schreiben sie eines Tages ins Pantheon der englischen Schriftsteller bringen würde.

Darlington wandte sich der Countess zu: »Lady Dalrymple, Ihre Zustimmung vorausgesetzt, würde ich Miss Welles gern ins Theater begleiten, damit sie Mrs. Siddons' außergewöhnlichen Auftritt selbst erleben kann.«

Jane lachte munter. »Sehen Sie! Shakespeare lernt man ganz unbewusst kennen. Er gehört zur Konstitution der Engländer. Seine Gedanken und Schönheiten sind so weit verbreitet, dass man ihnen überall begegnet, man lernt ihn instinktiv genau kennen.«

Lady Dalrymple wollte dem geplanten Ausflug gerade zustimmen, als Lady Oliver sie heftig unterbrach. »Völlig unangebracht, Percy. Völlig unangebracht. Eine junge Lady ohne Anstandsdame ins Theater zu begleiten.«

»Dann wird Cousine Jane vielleicht Miss Welles begleiten«, bot Darlington an.

Jane nickte. »Ich wäre nur zu glücklich. Ich bin keine

gute Kartenspielerin und ziehe das Theater einem langweiligen Whistabend vor.«

»Das *Theater*«, fuhr Lady Oliver abwertend fort und nahm ihren Neffen ins Visier. »Als hätte das Theater nicht schon genügend Menschen ruiniert. Und gerade in der Familie von *Miss Welles*. Euphoria, stimmt es denn nicht, dass es deiner Nichte zu peinlich ist, unter ihrem wahren Namen bekannt zu sein und den Titel zu benutzen, der ihr zusteht, weil ihr Vater Verbindungen zum Theater hat?«

Miss Austen schaute zuerst Lady Oliver an und dann, mit großer Sympathie, C.J. »In den meisten Familien gibt es jemanden, der etwas temperamentvoller ist, um es so zu formulieren.«

Lady Dalrymple und C.J. sahen sich an. »Sicher, Augusta. Natürlich, Percy, *Macbeth* ist als verfluchtes Stück berüchtigt. All diese heidnische Zauberei. Obwohl mir persönlich die Tragödie gut gefällt ...«

Die Countess wurde von ihrer unbeugsamen Freundin scharf zurechtgewiesen. »Völlig außer Frage, Euphoria, dass mein Neffe Miss Welles ins Theater begleitet, egal zu welcher Vorstellung. Ich werde es nicht zulassen.«

Ist er denn nicht ein erwachsener Mann?, fragte sich C.J. *Warum widerspricht er der alten Schachtel nicht?*

»Na dann.« Darlington akzeptierte seine Niederlage gleichmütig. »Das Theater ist sicher überfüllt und heiß, und es gibt dutzende von Menschen, die völlig zufrieden mit der Welt sind, obwohl sie nie das Vergnügen hatten, Mrs. Siddons als Lady Macbeth zu sehen. Tanzen Sie gern, Miss Welles?«

Jane lächelte C.J. verschmitzt an und flüsterte über ihre Teetasse hinweg: »Es ist mir schon oft aufgefallen, dass die Resignation nie so perfekt ist, als wenn der verbotene Genuss in unseren Augen etwas von seinem Wert verliert. Und Tanzen besitzt, glaube ich, wie Tugend seinen eigenen Wert.«

»Oh ja, ich liebe es zu tanzen«, erwiderte C.J. begeistert und vielleicht ein wenig zu enthusiastisch. Sie musste sich immer wieder daran erinnern, dass Shakespeare gesagt hat, dass eine leise Stimme bei einer Frau etwas Wunderbares ist. Lady Oliver sah von ihrem Tee auf und kniff ihre schiefergrauen Augen zusammen.

Der Earl lehnte sich vertraulich zu C.J. vor. »In diesem Fall hoffe ich, dass Sie mir einen Tanz reservieren, wenn wir uns im Ballsaal sehen.«

»Den Tanz zu mögen ist ein sicherer Schritt, um sich zu verlieben«, fügte Jane hinzu und zwinkerte ihrem Cousin zu.

»Percy?«, fragte seine Tante scharf. »Worüber sprichst du mit Miss Welles?«

»Miss Welles hat mir die Ehre versprochen, am Donnerstag in den Upper Rooms mit mir zu tanzen, Tante Augusta.«

Tante Augusta verschwendete keine Zeit, deutlich zu machen, wie sehr sie diesen neuen Vorschlag ablehnte. »Percy«, zischte sie, »du wirst dich in der Öffentlichkeit nicht mit jemandem zeigen, der wie ein Küchenmädchen am Sonntag gekleidet ist.«

»Unsinn, Tante Augusta«, erwiderte ihr Neffe ohne Umschweife. »Ich bin mir sicher, dass Miss Welles über alles Notwendige verfügt. Zweifellos wollte sie auf Reisen nicht auf ihr Vermögen aufmerksam machen und hat bewusst ein schlichtes und angemessen bescheidenes Kleid gewählt.«

C.J. wurde plötzlich klar, dass es dem Gentleman, der ihr gegenübersaß, vollkommen egal war, was sie trug, zumindest kam es ihr so vor. Und nicht nur das, nach einem ganzen Nachmittag in angeregtem Gespräch schien er sie immer noch nicht wiederzuerkennen. C.J. lächelte still und war sehr erleichtert.

Lady Oliver stellte ihre Teetasse auf das Ebenholztablett und stand auf. »Komm, Percy, ich muss zu Traver's, um mir eine neue Haube anzusehen, bevor wir nach Hause fahren, es wird spät.« Sie küsste Lady Dalrymple auf die Wange und zog ihre taubengrauen Handschuhe an, bevor sie C.J. die Hand reichte. »Es war eine erhellende Erfahrung, Sie kennen zu lernen, Miss Welles. Percy, kommst du. Miss Jane, begleiten Sie uns? Meine Kutsche wird Sie nach Hause bringen.«

Jane stellte ihre Tasse ab. »Je früher eine Gesellschaft aufbricht, umso besser«, entgegnete sie, die Ironie prallte an Lady Oliver völlig ab.

Lady Dalrymple klingelte nach Collins, während der Earl sein Urteil über Lady Dalrymples Verwandte fällte. *Ein ziemlich hübsches und charmantes Wesen,* dachte er, *ungewöhnlich, reizvoll und intelligent. Wirklich ein Original. Vor allem ihr Interesse an Politik. Höchst ungewöhnlich bei einer Frau.* Blaustrümpfe irritierten ihn nie so wie andere Gentlemen seiner Klasse. Darlington gab zu, dass er sich auf die nächste Möglichkeit, die Gesellschaft der jungen Frau zu genießen, freute. Er hoffte, nicht allzu lange darauf warten zu müssen. Er verbeugte sich vor Cassandra und führte ihre Hand an seine Lippen und küsste sie, wie er es bereits bei seiner Ankunft getan hatte.

»Percy! Du hast das Benehmen eines Türken!« Seine Tante war außer sich. »Was zum Teufel denkst du dir dabei, die Hand dieses Mädchens zu küssen? Ohne Handschuhe und ohne Ehemann! Und ohne auch nur den Hauch einer Übereinkunft zwischen euch.«

Der Earl ignorierte sie. »Ich stehe im Rang über ihr«,

flüsterte er Cassandra mit einem Augenzwinkern zu. Er lehnte sich zu Lady Dalrymple herab und küsste ihre rote Wange.

»Es war mir eine Ehre, Sie kennen gelernt zu haben, Lady Oliver. Und Mylord«, sagte C.J., als Darlington sich noch einmal hinabbeugte, um ihr die Hand zu küssen und sei es nur, um seine Tante weiter aus der Fassung zu bringen. »Und dass ich das große Vergnügen hatte, *Sie* zu treffen«, betonte sie, als sie sich von Miss Austen verabschiedete.

Jane nahm erneut ihre Hand, zog sie näher zu sich heran und zwinkerte in Richtung ihres hübschen Cousins. »Unter Männern kann er vernünftig und sachlich sein«, flüsterte sie, »aber wenn er Ladys gefallen möchte, zieht er alle Register.«

Es war immer noch hell, als ihre Gäste gegangen waren, und C.J. überredete Lady Dalrymple, ihr einen Spaziergang ohne Anstandsdame zu erlauben. Sie umarmte ihre Wohltäterin so fest es der Leibesumfang der alten Frau erlaubte, ein Ausdruck des Dankes, den sogar Euphoria übertrieben fand. Was die Witwe nicht wusste, war, dass C.J. guten Grund zu der Annahme hatte, dass sie sich nie wiedersehen würden. Die Lady war bemerkenswert großzügig gewesen, als sie sie aus dem Elend bei Lady Wickham errettet hatte, aber so schön der Nachmittag auch gewesen war, C.J. hatte beschlossen, irgendeinen Weg zurück ins einundzwanzigste Jahrhundert zu finden.

Es war ihre erste Möglichkeit, zum Theatre Royal zurückzukehren, seit sie am Ostersonntag in Bath angekommen war. Während ihrer Wochen im Dienst am Laura Place war sie nie allein gewesen. Sogar mitten in der Nacht hätte sie ihre Schlafkammer nicht verlassen können, ohne Mary zu wecken. Und vielleicht wollte ein Teil von ihr das Mädchen auch nicht im Stich lassen, da sie sich für sie verantwortlich fühlte.

C.J. tat es leid, sich lossagen zu müssen von denjenigen, die nett zu ihr gewesen waren, und dem Vergnügen zu entsagen, den Earl von Darlington näher kennen zu lernen, von der verlorenen Möglichkeit, sich mit Jane Austen anzufreunden, ganz zu schweigen. Aber sie musste in das Leben, das sie in über zweihundert Jahren in der Zukunft geführt hatte, zurück. Dort hatte sie die Chance auf den perfekten Job, um alles das zu erreichen, wofür sie studiert, viel aufgegeben und jahrelang gekämpft hatte.

C.J. ging in das blaue Zimmer, schloss die Kommode auf und zog ihr gelbes Musselinkleid an, mit den flachen Händen drückte sie Falten glatt und strich die Flecken aus, so gut es eben ging. Zum Glück war es einfacher gewesen, Saunders Kleid abzulegen, als es anzuziehen. Sie griff nach dem roten Schal, ihrer Haube, den Handschuhen und dem Ridikül, schloss die Tür zum blauen Zimmer ab und legte den Schlüssel in die kleine Tasche. Sie verließ Lady Dalrymples strahlend weißes Stadthaus und machte sich auf den Weg zum Theatre Royal in der Orchard Street. Wenn sie sich bei ihrer bizarren Ankunft im Jahr 1801 mitten auf der Bühne wiedergefunden hatte, könnte sie vielleicht auf demselben Weg zurückkehren. Es war auf jeden Fall einen Versuch wert. Was hatte sie schon zu verlieren?

Sie trat durch die Seitentür des Theaters ein, als sie Stimmen von der Bühne hörte. Schnell versteckte sie sich hinter einem schweren, schwarzen Vorhang.

Eine hübsche Frau in einem aufwändigen, mittelalterlichen Kostüm wartete hinter der Bühne auf ihren Auftritt. Dem teuren Kleid nach zu urteilen, spielte sie zweifellos die Hauptrolle. Sie stand oben auf einer großen Treppe, die hinter den Kulissen über der Bühne begann. C.J. konnte es vor Aufregung nicht fassen. Da war sie, die große Schauspielerin! Heute Abend trat Siddons in *De Monfort* auf, demselben Stück, das am Tag von ihrem übernatürlichem Auftauchen gegeben worden war.

C.J. spähte am Samtvorhang vorbei, um zu sehen, was auf der Bühne passierte. Unmengen von Statisten in langen Umhängen liefen herum und schufen Atmosphäre. Ein kleiner Junge, der als Page verkleidet war, sprach eine der Schauspielerinnen auf der Bühne an.

»Madam, es steht eine Lady vor Eurer Tür, die Einlass begehrt.«

»Gehört sie nicht zu den eingeladenen Freunden?«, erwiderte die Schauspielerin.

Der Page schüttelte den Kopf. »Nein, sie ist ganz anders. Es ist eine Fremde.«

»Wie sieht sie aus?«, fragte die Schauspielerin auf der Bühne den Jungen.

C.J. schlich wie eine Krabbe am Vorhang entlang, versuchte, näher an die Bühne zu gelangen.

»Ist sie jung oder alt?«, fragte die Lady den Pagen.

»Weder noch, wenn ich es richtig sehe«, antwortete der. »Aber sie ist hübsch. Die Zeit hat sie kaum berührt, da auch sie ehrfürchtig war.«

C.J. beobachtete, wie die als Dienstboten verkleideten Schauspieler auf der Bühne hin und her liefen, und suchte nach einem Kostüm, das sie sich schnell überziehen könnte.

»Was trägt sie?«, fragte die Lady den kleinen Jungen.

»Ich kann es nur schwer beschreiben. Sie trägt keine elegante Robe, sondern scheint mir wie für den gehobenen Stand angemessen gekleidet.«

C.J. kicherte fast, da Mrs. Siddons tatsächlich ein Kleid trug, das ein Königreich gekostet haben musste. Ein Statist lief an ihrem Versteck vorbei, ließ einen Umhang und eine Seidenschnur zu ihren Füßen fallen und eilte dann weiter, um ein anderes Kostüm anzuziehen. Im Tumult in der Dunkelheit war sie fast unsichtbar, und C.J. bückte sich, um den safrangelben Umhang hochzuheben. Es war ein einfaches Kleidungsstück, fast wie eine Soutane, das aus zwei Stück Stoff mit einer Öffnung für den Kopf und langen angeschnittenen Ärmeln bestand. Es rutschte leicht über ihre Kleidung, sodass diese vollkommen bedeckt war. Die Haube verbarg sie darunter und band sie mit der Kordel fest. Sie wollte so wenig wie möglich Aufmerksamkeit erregen, trat ins Licht und huschte schnell wie ein Käfer über die Bühne.

»Deine Augen täuschen dich, Junge. Du hast eine Erscheinung gesehen«, deklamierte die Lady.

C.J. glitt durch einen architektonisch beeindruckenden, mittelalterlichen Bogen in die Dunkelheit, hinter ihr dröhnte die Stimme eines Mannes: »Entweder hat er eine Erscheinung gesehen oder aber Jane de Monfort.«

Das Letzte, woran C.J. sich erinnerte, war der donnernde Applaus, als die große Sarah Siddons die Bühne betrat.

Zweiter Teil

Kapitel Neun

*In dem ein Versuch, nach Hause zu gelangen,
scheitert, ein unangenehmes Treffen hinter den Kulissen
stattfindet und wir ein bisschen mehr über den
geheimnisvollen Lord Darlington erfahren.*

C.J. HÖRTE STIMMEN und konnte gerade so ein paar Schatten auf der Bühne erkennen. Ein Streit.

»Hör mal, Beth«, sagte ein Mann. »Die Frau ist verschwunden. Sie hat ihr letztes Vorsprechen gemacht, ist durch diese Tür gegangen und wurde nie wieder gesehen. Du hast sie angerufen, und sie hat nicht zurückgerufen. Wir müssen mit der Besetzung weitermachen. Wir haben das Shubert gebucht, weil du ein Kammertheater wolltest. Die Werbestrategie steht schon, die Plakate sind so gut wie fertig, es fehlen nur noch die Namen der Schauspieler. Alles, was du tun musst, ist *zwei* auszuwählen. Du besetzt hier keinen *Hamlet*.«

»Vielleicht denkt sie über unser Angebot nach, bevor sie sich meldet«, überlegte Beth. »Möglicherweise spricht sie mit ihrem Agenten. Vielleicht hofft sie, mehr Geld zu bekommen. Wer weiß? Hör mal, sie ist nicht die erste Schauspielerin, die am Tag, an dem wir ihr die Rolle anbieten, nicht ans Telefon geht.«

»Und sie ist auch nicht die einzige Schauspielerin in New York.«

C.J. roch Zigarrenrauch in der Dunkelheit, konnte aber nicht sehen, wer sprach. Höchstwahrscheinlich Mr. Miramax.

»Da dir die anderen zwei Frauen vom letzten Vorsprechen nicht gefallen haben, habe ich dir gesagt, wen du nehmen könntest, Beth. Ich habe eine Liste mit Namen, so lang wie mein rechter Arm.«

»Von mir aus könntest du die tollste Liste der Welt haben. C.J. Welles ist meine erste Wahl für die Rolle der Jane. Sie hat das gewisse Etwas. Sie ist nicht gekünstelt.«

»Viele Schauspielerinnen sind nicht gekünstelt. Ein Telefonanruf, und ich könnte dir ...« Die Männerstimme wurde zu einem unverständlichen Flüstern.

»Ich will keine Stars, Harvey. Das habe ich dir gesagt, als du mir das Projekt angeboten hast. Ich kann die Plakate schon sehen: ›J-Lo *ist* Jane Austen‹. Der Grund, warum ich keinen Star in der Rolle haben möchte, ist, dass ich nicht will, dass Jane Austen, die schon für sich genommen Kult ist, mit irgendeinem dahergelaufenen Hollywood-Star in einen Topf geschmissen wird. Unter anderem wurde mein Bühnenstück *That Hamilton Woman* nämlich deshalb mit so vielen Preisen belohnt, weil meine Hauptdarsteller keine Stars waren, deren persönliche Strahlkraft die Ausstrahlung der Figuren in den Schatten stellte.«

»Beth. Ach, Beth«, sagte Harvey. »Dein Job ist es, Regie zu führen. Der des Produzenten, dir einen Scheck auszustellen. Und mein Job ist zudem, die Ränge zu füllen, viele Eintrittskarten zu hohen Preisen zu verkaufen, damit ich deinen Scheck ausschreiben kann. Drei Tage. Es ist mehr als großzügig von mir, dir drei Tage zu geben, um die Schauspielerin zu finden, die die Aschenputtelnummer abgezogen hat. Dann beginnen wir die Proben mit jemand anderem als Jane.«

»Harvey ...«, sagte Beth sanft.

»Ich habe wirklich nicht mehr Geld als Gott, die Leute wollen das nur glauben. Ein gesamtes Theater zwölf Wochen lang zu mieten, um dieses Stück zu besetzen und zu proben, kostet verdammt viel mehr als ein Studio im Minskoff Gebäude, auch wenn das meine Idee gewesen ist. Wenn ich nicht von Anfang an sehen kann, wie es auf der Bühne wirkt, kann ich es mir auch nicht auf der Leinwand vorstellen. Und es kostet noch mal extra, weitere Vorsprechen zu organisieren.«

»Hey Leute! Ich bin hier!«, rief C.J. »Beth! Ich will die Rolle!«

»Ich gebe dir nur nach, Beth, weil du in zwei Jahren zwei Mal den Olivier-Preis gewonnen hast«, warnte der Produzent.

C.J. versuchte verzweifelt, ihre Aufmerksamkeit zu erregen. »Hey Leute! Der rote Schal, den Milena mir gegeben hat, passt wirklich nicht in die Zeit«, rief sie. »Er ist seit drei Saisons veraltet.« Es war zum Verrücktwerden und unglaublich frustrierend. Offensichtlich konnten sie sie durch die dunkle Leere, die die Jahrhunderte trennte, weder sehen noch hören. Sie sprachen über C.J., und sie konnte sich nicht bemerkbar machen. Anscheinend befand sie sich auf der Schwelle zwischen Vergangenheit und Gegenwart und war nicht im Stande, ihren Körper ins einundzwanzigste Jahrhundert zurückzumanövrieren, warum auch immer.

Sie mussten eine Pause beim Vorsprechen eingelegt haben, und sie bemühte sich, die Stimmen den Sprechern zuzuordnen.

»Was für mich als Autor so bemerkenswert ist«, sagte Humphrey Porter in seinem unnachahmlich aristokratischen und etwas aufgeblasenen Tonfall, »ist die Tatsache, dass Austen 1801 bereits über die Hälfte ihres reifen Werkes geschrieben hatte, und doch schaffte sie es nicht, einen Verleger zum Beispiel für *Stolz und Vorurteil* zu interessieren.«

»Man fragt sich, wie viele andere Werke von Genies abgelehnt wurden«, stimmte Ralph Merino zu.

Humphrey fuhr mit seinem Vortrag fort, froh ein Publikum zu haben. »Aber während Jane ihr Schreiben vor der Außenwelt verbarg, im Geheimen schrieb und die Seiten unter einem Deckchen versteckte, sobald jemand den Raum betrat, so glaubte ihr Vater an ihre Arbeit. Erstaunlich, nicht wahr? Jane war erst zweiundzwanzig Jahre alt, als Reverend Austen das Manuskript von *Stolz und Vorurteil* zu einem Verleger brachte, der es ungelesen ablehnte.«

»Ich habe über das Zuhause der Austens gelesen, als wir wegen des Bühnenbildes nachgeforscht haben«, sagte Ralph. »Im Jahr 1801, bevor sie sich einschränken mussten, umfasste ihre Bibliothek mehr als fünfhundert Bände.«

C.J. hörte dem Gespräch zu und wusste auf einmal nicht mehr, ob sie tatsächlich durch die Zeit in das Jahr 1801 gereist war oder ob sie sich die vergangenen Ereignisse nur eingebildet hatte. Ihr Versuch, in ihre eigenes Jahrhundert zurückzukehren, war jedenfalls auf unerklärliche Weise gescheitert.

Während sie nichtsdestotrotz eine weitere Anstrengung unternahm und noch einen Schritt auf die Leute von *Eine Lady in Bath* zumachte, drang plötzlich scharfer Zigarrenrauch in ihre Nase und brannte in ihren Augen. C.J. schrie vor Schmerz auf, als sie mit dem Schienbein gegen ein Objekt prallte. Sie blinzelte mehrmals, um wieder klar zu sehen.

C.J. unterdrückte einen Aufschrei, als ihr klar wurde, dass sie mit dem Bein gegen einen riesigen, goldenen Thron gestoßen war. Doch ... sie konnte sich nicht erinnern, so etwas in den Kulissen des Bedford Street Theaters gesehen zu haben. C.J. sah sich nach bekannten Möbeln um und fand sie zu ihrem Entsetzen auch: die bunten Glasfenster der Produktion von *De Monfort* des Theatre Royal in Bath und die steife Seidenhecke. Sie sah an ihrem Körper hinunter und stellte fest, dass ihr safrangelbes *De Monfort*-Kostüm verschwunden war.

Dieses Theater hatte etwas Übernatürliches. Sollte sie sich weiter umsehen, ob es einen anderen »Sesam öffne dich« gab, der sie nach Hause führen würde ..., zum Beispiel eine Garderobe? Ein Gefühl des Versagens überwältigte sie, doch sie wollte nicht aufgeben. Die Vorstellung, für immer im neunzehnten Jahrhundert gefangen zu sein, konnte sie einfach nicht akzeptieren. Verzweifelt suchte C.J. weiter nach Falltüren und Geheimgängen. Ihre Suche wurde jäh unterbrochen, als sie ganz in der Nähe Stimmen hörte.

Sie folgte dem bitteren Aroma von Tabakrauch, das durch die offene Tür drang, die zu der Gasse direkt am Theater führte. Zwei kräftig gebaute Männer mit muskulösen Unterarmen hielten mitten im Satz inne, als sie sahen, wie C.J. das Gebäude verließ und an ihnen vorbeischleichen wollte. Es entstand eine unangenehme Situation, als C.J. und die Bühnenarbeiter sich ansahen.

»Was schnüffeln Sie denn hier herum?«, fragte einer der beiden und trat den Stumpen unter seinem Stiefel aus. »Heute gibt es keine Vorstellung, Miss.« C.J.s Herz klopfte wie ein Paar Kastagnetten, ihr Mund wurde ganz trocken und jegliche Fähigkeit zu improvisieren verließ sie.

Der andere Mann zog eine kleine Dose aus seiner Tasche, nahm eine Fingerspitze braunen Schnupftabak zwischen einen schmutzigen Daumen und Zeigefinger und inhalierte ihn mit einem kurzen Schnauben. Während er seinen Kollegen ansprach, ließ er C.J. nicht aus den Augen: »Hast du gehört, was Mrs. Siddons letzten Abend gemacht hat, Turpin? Sie hat sich fast geweigert, als Frau des Thans aufzutreten, anscheinend hat sie ihre Hasenpfote verlegt und wollte ohne sie die Bühne nicht betreten, es ist ja schließlich ein schottisches Stück.«

Moment mal! Wenn Siddons laut der Bühnenarbeiter letzten Abend in *Macbeth* aufgetreten war und C.J. während *De Monfort* versucht hatte, in die Zukunft zurückzukehren, wie viel Zeit war dann unterdessen vergangen? Wie konnte sie das herausfinden, ohne wie ein Idiot dazustehen?

Wie Mitglieder einer Straßengang versperrten die beiden Bühnenarbeiter jeglichen Fluchtweg zur Straße. »Sie haben uns noch nicht gesagt, was Sie in dem dunklen Theater gemacht haben, junge Lady«, sagte Turpin.

Ihr Herz klopfte zum Zerspringen, und die Gedanken überschlugen sich in ihrem Kopf, da sie gleichzeitig versuchte, hinter das Geheimnis der Zeitsprünge zu kommen, sowie sich rasend schnell eine plausible Erklärung einfallen zu lassen. »Ich ... arbeite für Mrs. Siddons«, flunkerte C.J. aus einer plötzlichen Eingabe heraus. »Ich habe gerade die Hasenpfote ins Theater gebracht, um sie in ihrer Garderobe zu hinterlegen. Sie hatte sie ... versehentlich mit nach Hause genommen.« Ein schrecklich lahmes Alibi, aber sie betete, dass es funktionieren würde.

Die Bühnenarbeiter betrachteten C.J. misstrauisch, dann hatten sie wohl beschlossen, dass sie die Wahrheit sagte und ihre Verzweiflung auf der Angst, von der großen Siddons herausgeworfen zu werden, beruhte. Langsam ließen sie sie passieren. Sie ging schnell die Gasse entlang zur Straße und pfiff die Melodie eines englischen Country-Tanzes, um ihre Panik zu überspielen.

»Ich *wusste,* dass das keine Schauspielerin war!«, bemerkte der kleinere Mann gegenüber seinem Kollegen, als hätte er gerade eine Wette gewonnen. »Im Theater hätte sie bei diesem Lied eine Leinwand auf den Kopf bekommen, noch bevor sie begriffen hätte, was sie getroffen hat. Genau wie früher bei der Marine Ihrer Majestät, was, Turpin? Sie pfeifen, und man lässt die Segel herunter.«

»Ich muss schon sagen, dass mir das Leben fehlt«, seufzte Turpin wehmütig. »In einem dunklen Theater zu hocken ist nichts gegen die offene See, Mr. Twist.«

»Ja, wirklich nicht«, stimmte Twist zu und rieb seinen tabakbraunen Daumen und den Zeigefinger aneinander. »Maden im Schiffszwieback und ein miserabler Lohn, den ein Strafgefangener als Beleidigung empfinden würde«, fügte er hinzu und parodierte Turpins reuigen Tonfall. »Das waren wirklich tolle Zeiten.«

C.J. lief schnell davon und blieb kurz stehen, um einen Blick auf eine Ausgabe des *Bath Herald and Register* zu werfen, die von einem Zeitungsjungen von höchstens neun oder zehn Jahren angepriesen wurde, aber sie konnte das Datum oben auf der ersten Seite nicht erkennen. Papier war teuer, daher waren die wenigen, großen Seiten sehr eng bedruckt, dass es fast unmöglich war, ohne Brille zu lesen.

Die Kirchenglocken schlugen dreimal. Ein warmer und wunderbarer Duft verleitete C.J., diesem zu folgen. Der Geruch von Frischgebackenem führte sie in die Nähe der Abtei zu einem Haus mit Erkerfenster in der North Parade Passage, an das sich C.J. von ihrer Reise ins Bath des einundzwanzigsten Jahrhunderts erinnerte. Es galt als das älteste Haus der Stadt.

In Sally Lunns Bäckerei herrschte Hochbetrieb, und C.J. konnte ihr Verlangen nach einem der berühmten süßen Brötchen desselben Namens, eine Art Brioche, die normalerweise mit heißer Butter serviert wurden, nicht unterdrücken. Das wäre ein schönes Geschenk für ihre Tante Euphoria. Sie wartete geduldig, bis sie an der Reihe war und beobachtete amüsiert, wie die elegant gekleideten Ladys und Gentlemen sich unter Einsatz ihrer Ellbogen nach vorne zur Theke drängelten.

Voller Bewunderung bestaunte C.J. das Kleid einer der jungen Damen aus einem modischen, hellblauen Sarsenett, einem Baumwollstoff. Sie war ziemlich überrascht, so viele Frauen ganz in Weiß gekleidet zu sehen. Der auf die griechische Antike zurückgehende Directoire-Stil, der um 1800 so beliebt war, verbarg die Fehler der eigenen Figur kaum. Einige der Kleider waren erschreckend durchsichtig, selbst für Abendgarderobe, viele Damen trugen sie schon am Nachmittag.

»Kann ich Ihnen helfen, Miss?«, fragte eine fröhliche Stimme C.J. hinter der Ladentheke.

»Oh ja, ein halbes Dutzend der Sally Lunns, bitte.«

Die Verkäuferin mit den rosigen Wangen und den hellroten Haaren bediente sie sehr freundlich. C.J. wunderte sich, wie es das Mädchen schaffte, so nett zu bleiben, mitten in dem Gedränge der Kunden, die um ihren Platz kämpften, wenn ein Tablett mit frischgebackener Ware aus dem Ofen kam.

»Hierher, Lucy«, rief eine Männerstimme in einem Tonfall, als böte er bei einer Versteigerung mit.

»Komme sofort, Mr. Churchill, sobald ich die junge Miss bedient habe.«

C.J. steckte ihre Hand in ihren Ridikül und stellte mit Entsetzen fest, dass sie ja gar kein Geld hatte.

Die Verkäuferin wollte ihr gerade das Päckchen mit den warmen Teilchen reichen, als ihr C.J.s fahles Gesicht auffiel. »Stimmt was nicht, Miss?«

Ein langer Arm in einem tief dunkelroten Ärmel streckte sich neben ihrem Gesicht vorbei. »Bitte schön, Lucy«, sagte die ruhige Baritonstimme. »Für Miss Welles' süße Brötchen.«

C.J. drehte sich um und sah den Earl von Darlington, der für sie bezahlte. Er musste Lucy ein großes Trinkgeld gegeben haben, denn sie wurde rot, hüpfte ein paar Mal auf und ab und dankte dem gut aussehenden Adeligen überschwänglich.

Lord Darlington nahm das Päckchen und bot C.J. seinen Arm an. »Miss Welles, wie schön, Sie wiederzusehen. Ich hoffe, Sie erfreuten sich die letzten zwei Tage bester Gesundheit?«

»Dann sind *zwei* Tage vergangen, seit wir uns getroffen haben, nicht einer?«, entgegnete C.J. und grübelte.

»Heute ist Mittwoch, Miss Welles. Sie haben Mrs. Siddons letzten Auftritt als Lady Macbeth verpasst.« C.J. runzelte die Stirn. Ihrem Begleiter entging das nicht. »Aber ich bewege mich auf dünnem Eis. Verzeihen Sie meinen Lapsus, ich hatte den Befehl meiner Tante, was einen gemeinsamen Theaterbesuch anging, ganz vergessen.«

»Mittwoch«, wiederholte C.J. War sie zwei Tage des Jahres 1801 in dem Vakuum zwischen den Jahrhunderten gefangen gewesen? War es also wirklich möglich, dass während der Zeit ihres unerklärlichen Verschwindens aus dem Bedford Street Theater und der Ereignisse im Jahre 1801, die ja unter anderem die Wochen unter der Fuchtel von Lady Wickham und die kurze Zeit, die sie unter Lady

Dalrymples Schutz verbracht hatte, umfassten, in der Moderne nur vierundzwanzig Stunden vergangen waren?

»Ich nehme an, dass meine lange Reise von London ziemlich anstrengend war und ich erschöpfter bin, als ich erwartet hatte«, fügte C.J. hastig hinzu, um ihre ziemlich große Verwirrung vor ihrem Verehrer zu verbergen.

Darlington sah sie mit einem hoffnungsvollen Strahlen an. »Ich hoffe, mein Glück nicht zu sehr zu strapazieren, wenn ich Sie daran erinnere, dass wir morgen Abend für den Ball verabredet waren.«

C.J. lächelte dankbar. »Ich bin seit meiner Ankunft in Bath wirklich völlig durcheinander«, fügte sie ehrlich hinzu. »Dafür ist mein Fehltritt bei Sally Lunn ein schönes Beispiel. Sie haben mich vor einem furchtbar peinlichen Auftritt bewahrt«, gab sie zu. »Ich wollte meiner Tante etwas Leckeres kaufen, aber habe mittendrin bemerkt, dass ich überhaupt kein Geld dabeihatte.«

Der Earl betrachtete einen Augenblick lang ihr Gesicht. »Denken Sie nicht mehr daran, Miss Welles. Ich bin froh, dass ich Ihnen behilflich sein konnte.« Ohne mit der Wimper zu zucken, hakte Darlington C.J. unter. Zum Glück war er zu höflich, um den Zustand ihres schäbigen, gelben Musselinkleides zu kommentieren.

C.J. sah auf ihre verschränkten Arme. Sie fühlte sich in seiner Gesellschaft überraschenderweise sehr wohl, als würde sie ihn schon viel länger kennen. »Nehmen Sie sich da nicht einige Freiheiten mit mir heraus, Mylord?«, fragte sie besorgt. Schließlich war sie wegen Diebstahls verhaftet worden, und nach allem, was sie wusste, konnte sie wegen eines solch kühnen Verhaltens als Hure gebrandmarkt werden. Jedes Mal, wenn C.J. glaubte, sie habe ihre Sitten und Gebräuche begriffen, überraschten diese Georgianer sie wieder aufs Neue. Eine anständige Dame behandelte

Dienstboten nicht wie ihresgleichen und trank Tee aus einer Untertasse!

Darlington beugte seinen Kopf zu ihr herab und sagte leise: »Ich gebe zu, Miss Welles, dass ich Ihnen gegenüber eine recht starke Neugier entwickelt habe, die ich vielleicht zu rasch befriedigen möchte.«

C.J. wurde plötzlich klar, dass das sogenannte damenhafte Verhalten des frühen neunzehnten Jahrhunderts ihr die schwierigste Schauspielleistung ihres Lebens abverlangen würde. Oh, warum war sie bloß nicht in einer Epoche gelandet, in der ungezwungeneres Verhalten von Frauen akzeptiert wurde?

Darlingtons Arm war warm und beschützend und selbst durch den Ärmel konnte sie seine wohlgeformte Muskulatur spüren. Sie genoss seine Nähe. Kein Wunder, dass Frauen damals verrückt geworden sind. Sie mussten jegliches sexuelle Bedürfnis unterdrücken, und selbst wenn sie verheiratet waren, erwartete man, dass sie die Zähne zusammenbissen und an England dachten, anstatt Spaß zu haben. C.J. hatte sich immer vorgestellt, dass solche Frauen furchtbar prüde sein mussten. Jetzt, da sie sich selbst in deren Welt befand, in der eine derart laxe Vorstellung von persönlicher Hygiene herrschte und es unmöglich war, sich täglich richtig zu waschen, gab sie zu, dass es vielleicht nur sehr wenig mit Prüderie zu tun hatte. All das Zähnezusammenbeißen stand weniger im Zusammenhang mit Sinnlichkeit als mit Gestank.

»Missverstehen Sie mich nicht, Mylord. Ich dachte«, ... *nach dem was ich aus meinen Jane-Austen-Romanen weiß,* »dass wir beide eine Art von ... Übereinkunft ... haben müssten, um in der Öffentlichkeit so zu spazieren.«

Darlington zog seinen Arm sofort zurück und sah seine Begleiterin mit ernster Miene an. »Glauben Sie mir, Miss

Welles, ich hatte nie die Absicht, Ihnen Sorge oder Angst zu bereiten. Bath kann recht modern sein oder ziemlich engstirnig, je nachdem, wer einem über den Weg läuft. Lady Dalrymple, die eine recht einzigartige Sicht der menschlichen Natur hat, gehört zur ersten Kategorie, wohingegen meine Tante Augusta definitiv zur zweiten gehört.«

Sie gingen weiter in Richtung Royal Crescent und hielten einen gewissen Abstand zueinander. »Um die Wahrheit zu sagen, so habe ich keinen Moment gezögert, bevor ich Ihren Arm genommen habe. Ich sehe mich selbst nicht als Ware auf dem Heiratsmarkt. Betrachten Sie mich als eine Art Onkel, falls es Sie beruhigt, Miss Welles. Ich bin ein alter Witwer von siebenunddreißig. Meine besten Jahre liegen schon lang hinter mir, und ich habe zu viel Freizeit. Und um nicht als fauler Tagedieb zu gelten, habe ich Ihrer Tante meine Dienste angeboten, um Sie in der Stadt herumzuführen, sollten Sie sich etwas ansehen wollen. Meine Cousine Jane, die sich sehr über Ihre Bekanntschaft gefreut hat, würde dabei gerne die Anstandsdame spielen.«

Na, das wäre ja was!, dachte C. J., hielt sich jedoch mit ihrer Begeisterung zurück, da sich der Earl bestimmt wundern würde, wenn sein unverfänglicher Kommentar so eine enthusiastische Reaktion hervorrufen würde. Stattdessen erwiderte sie auf die überraschendste und lächerlichste Aussage des Lords: »Alt? *Sie*, Mylord? Verzeihen Sie, aber das ist völliger Unfug! Und darf ich so kühn sein und hinzufügen, dass ich mich nie dazu zwingen könnte, Sie als eine Art Onkel zu sehen, selbst wenn Sie schwören würden, so alt wie Methusalem zu sein!«

»Sie schmeicheln mir, Miss Welles«, entgegnete Darlington aufrichtig. »Mein liebes Mädchen, es gibt Männer in meinem Alter, die ihre Söhne und Töchter verheiraten. Bälle auf dem Land ähneln heutzutage Zirkussen. Aber ich wollte Ihren Ruf nicht beschmutzen, als ich vorhin Ihren Arm nahm. Ich bitte Sie um Verzeihung.«

Er sah auf einmal so ernst und unglücklich aus. »Denken Sie nicht mehr daran«, sagte C.J. Sie befürchtete, er könnte sie vielleicht nie wieder berühren. »Ich habe mir auch um Ihren Ruf Sorgen gemacht, Mylord.«

»Sie verhalten sich völlig korrekt, Miss Welles. Aber ich fühle mich so ernüchtert, wenn Sie so förmlich mit mir sprechen. Ich möchte Sie nicht auf Armeslänge halten.«

»Armeslänge?«

»Eine Metapher, Miss Welles.«

»Ich weiß, ich meine, ich dachte mir es«, flüsterte sie.

Darlington beugte sich vor. »Entschuldigung? Ich habe Sie nicht verstanden.« Er deutete auf sein linkes Ohr. »Ein Badeunfall, als ich ein kleiner Junge war.«

C.J. sah ihn verwirrt an.

»In Brighton, im Sommerurlaub mit meinen Eltern.« Die Stimme des Earls wurde ganz weich, seine Augen wirkten auf einmal ganz verhangen. »Eines Nachmittags, mein jüngerer Bruder war damals acht Jahre alt, ist Jack zu weit nach draußen geschwommen, wo die Strömung ziemlich stark war, und ich hörte seine verzweifelten Hilferufe, als er hinausgezogen wurde.«

C.J. erblasste.

»Ich erreichte Jack im letzten Moment, und als wir schließlich beide aus dem Wasser gezogen und an Deck eines kleinen Fischerbootes gehievt wurden, hatte ich mich furchtbar verkühlt. Ich bekam eine Infektion, die sich auf mein linkes Ohr ausbreitete, und auch wenn seitdem siebenundzwanzig Jahre vergangen sind, ist mein Hörvermögen auf diesem Ohr nie ganz zurückgekehrt.«

C.J. legte mitfühlend eine Hand auf Darlingtons Arm. »Das tut mir leid. Was ist aus Jack geworden?«

»Heute ist er ein sehr gesunder Vikar in Sussex mit vier lauten Kindern und einer einfältigen Frau, die ihn vergöttert. Er könnte nicht glücklicher sein. Und er hat gerade seinen Abenteuerdurst gestillt, indem er Partner bei einem Geschäftsvorhaben in Amerika geworden ist, eine Mahagoniplantage in Honduras. Ich nehme an, dass er ab und zu dorthin fahren wird, um seine Investitionen im Auge zu behalten.«

Am Fuße der Union Passage blieb Darlington abrupt stehen. »Ich entschuldige mich schon im Voraus, Miss Welles, weil ich Ihre Intelligenz beleidigen werde, aber ich muss zugeben, dass in meinen Kreisen, vielleicht sogar *besonders* in meinen Kreisen, vornehme, junge Damen, wie soll ich sagen ... weniger belesen sind, als Sie es zu sein scheinen. Ich habe über unser Gespräch über Shakespeare und Marlowe nachgedacht.«

»Ich gestehe, dass ich tatsächlich sehr viel lese. Sollten Sie mich einen Blaustrumpf nennen wollen, so werde ich mich nicht wehren. Und schließlich zitierte mein ... Vater ... Shakespeare schon, als ich noch in der Wiege lag«, fügte C.J. wild improvisierend hinzu.

»Ich bin ein Mann, der Entdeckungen liebt. Ich sehe sie als eines der größten Vergnügen an, die man haben kann. Ich habe zum Beispiel seit meiner Jugend eine Leidenschaft für Archäologie, Miss Welles. Bei den seltenen Gelegenheiten, wenn ich meinen Vater sah, so war seine Vorstellung eines gelungenen Ausflugs, sich den Ausgrabungen in Pompeji anzuschließen, sicherlich nicht der übliche Zeitvertreib für einen Earl und seinen Nachwuchs, obwohl ich jede Möglichkeit, meine Ärmel hochzukrempeln und in der antiken Erde zu graben, sehr schätzte. Der alte Earl war dafür verantwortlich, dass Thom Huggins, unser Verwalter in Delamere, einen schlohweißen

Haarschopf hatte, noch bevor Huggins dreißig war. Mein Vater, der zweite Earl von Darlington, wusste mehr über Amphoren als über Bauern, und er interessierte sich auch mehr dafür. Er vertraute Huggins die gesamte Verwaltung von Delamere an, aber dem gefiel die lange und häufige Abwesenheit meines Vaters nicht. Er wollte es immer allen recht machen, und er ließ sich von zu vielen Pächtern übervorteilen. Sie nutzten seine Großzügigkeit aus.«

Darlington sah C.J. an, die ihm konzentriert zuhörte. »Aber ich befürchte, ich langweile Sie mit den Einzelheiten der schlechten Verwaltung von Delamere«, sagte er. »Ich wollte Ihnen nur meine Vorliebe für die Vergangenheit erläutern.«

C.J. fand es seltsam, dass ein Mann dieser Epoche seine finanzielle Situation offen mit jemandem diskutierte, der nicht sein Bankier war, sondern eine junge Frau, die er kaum kannte. Vielleicht empfand er dieselbe direkte Vertrautheit in ihrer Gegenwart wie sie in seiner. »Dann haben wir so einiges gemeinsam«, rief sie aus und berührte spontan seine Hand. »Eine große Vorliebe für die Vergangenheit, meine ich.« Sie tauschten einen tiefen, verständnisvollen Blick aus. Instinktiv nahm C.J. seine Hand. Beide fühlten, wie sich ihr Puls beschleunigte und wie weich und warm die Hand des anderen war.

»Sie wollten gerade etwas sagen, Miss Welles?«

Wie aufmerksam er war! Seine Aufrichtigkeit überraschte C.J. wirklich. Er war kein lockerer Flirt, kein oberflächlicher Mistkerl wie Austens Willoughby oder Frank Churchill, die unschuldigen Damen den Kopf verdrehten. »Ich wollte gerade ...« Sie geriet ins Stocken. Wie konnte sie nur daran denken, ihr größtes Geheimnis zu verraten? »Es ist nichts, Mylord. Nur eine harmlose Bemerkung über das schöne Wetter.« Sie ließ seine Hand los.

Erstaunlicherweise überraschte ihr erneutes Auftauchen die Countess keineswegs. Sie bemerkte nur, dass sie froh war, dass ihre Nichte endlich einen Spaziergang gemacht hatte, nachdem sie zwei Tage hinter verschlossenen Türen verbracht hatte, um die Nachwirkungen ihrer anstrengenden Reise von London auszuschlafen. Zweifellos glaubte die Lady tatsächlich, dass C.J. so erschöpft gewesen war, dass sie nach dem aufreibenden Dienst bei Lady Wickham so lange hatte schlafen müssen!

»Oh, liebe Cassandra, habt ihr einander gefunden!«, rief sie aus. Die beiden Pekinesen blieben ihr hechelnd auf den Fersen, als sie aufstand, um sie zu begrüßen. Von dem Geruch der frischen süßen Brötchen angelockt, liefen die Hunde sofort auf den Earl zu, woraufhin ihr Frauchen sie streng zurechtwies. »Fielding! Swift! Benehmt euch!« C.J. kniete sich hin, um sie ordentlich zu begrüßen.

»Tante Euphoria, wir dachten, Sie würden ein paar frische Sally Lunns mögen. Sie sollten eigentlich ein Geschenk von mir sein, aber Mylord hat sie freundlicherweise bezahlt.« C.J. stand auf und küsste Lady Dalrymple auf die Wange.

»Percy, es erwärmt mir das Herz, dass du dich so nett um meine liebste Verwandte kümmerst. Komm her, Kind.« Die Countess bat C.J. mit ihrem beringten Finger, näher zu kommen. »Ein hübscher Teufel, nicht wahr?«, flüsterte sie und fügte mit einem verschmitzten Lächeln hinzu: »Du machst eine alte Frau sehr glücklich.«

»Sie sind eine weise und wunderbare Frau, Tante Euphoria.« Die verwitwete Countess Dalrymple erinnerte die junge Schauspielerin sehr an ihre verstorbene Adoptivgroßmutter. Viel zu oft hatte C.J. nachts in der Wohnung, die sie sich geteilt hatten, wach gelegen und ihre inspirierende Art, ihren Trost und ihre Unterstützung vermisst, die bis zu Nanas Tod ein so stabiles Fundament in ihrem Leben gebildet hatten. Der Tod hatte Mr. und Mrs. Welles sehr früh ereilt, als C.J. noch sehr jung gewesen war, sodass sie von der Mutter ihres Adoptivvaters großgezogen worden war, als wäre sie Nanas eigenes Kind. »Es ist nicht das Blut, das einen zu einer Familie zusammenschweißt«, sagte sie gern. »Es ist die Liebe.« Und jetzt, zweihundert Jahre *früher*, fand C.J. dieselbe Art von Güte bei Lady Dalrymple, die ausdrucksstark die überschwängliche Lebensfreude der Epoche Georges des Dritten verkörperte.

Es wurde immer schwieriger für sie, diese zwei Welten zu vereinen. C.J. musste innerhalb der nächsten Tage ins einundzwanzigste Jahrhundert zurückkehren, sonst würde sie die Rolle der Jane in *Eine Lady in Bath* nicht bekommen. Sie weigerte sich, die Möglichkeit ganz im Jahre 1801 zu bleiben, in Betracht zu ziehen. Und doch, je eingehender sie ihre neue Umgebung und die Sitten und Gebräuche kennen lernte, umso mehr faszinierten sie sie, obwohl sie zugeben musste, dass sich die rosigen Illusionen, die sie vorher so unschuldig, wenn nicht unwissend, gepflegt hatte, ganz klar zerplatzt waren.

Kapitel Zehn

*In dem uns der übliche Zeitvertreib,
ein Porträt, ein Planet und ein prätentiöser Parvenü
nahegebracht werden.*

C.J. GENOSS DEN ruhigen Abend bei Kerzenschein im Haus ihrer Tante, bevor sie sich auf den Weg zu dem gesellschaftlichen Tanzvergnügen machten. Obwohl die Musik um sieben begann, kamen Bälle selten vor neun Uhr richtig in Schwung, und da es sich nicht schickte, zu den Ersten zu gehören, verbrachte man die frühen Abendstunden mit anderen sozialen Aktivitäten.

Ab und zu bettelten Fielding und Swift um einen Leckerbissen oder Newton krächzte Wetteinsätze in den Raum, während Lady Dalrymples Gäste Ekarté spielten. Die Ruhe ihrer neuen Umgebung tat C.J. ausgesprochen gut. Für eine junge Frau, die an den Krach und Lärm einer Großstadt des einundzwanzigsten Jahrhunderts gewöhnt war, bedeutete ein solcher Lebensstil das Paradies auf Erden. Nichts wurde von ihr verlangt, außer ein fröhliches und nettes Wesen an den Tag zu legen, geistreiche Gespräche zu führen und sich ihren Lieblingsbeschäftigungen wie Lesen, Handarbeiten, Spazierengehen oder Einkaufen zu widmen.

Mr. und Mrs. Fairfax, die heutigen Gäste, waren recht nett, obwohl Mrs. Fairfax etwas von einem aufstrebenden Snob an sich hatte. Den ganzen Abend über jammerte sie, wie bitter enttäuscht sie war, dass alle mit Rang und Namen die Stadt schon frühzeitig vor Ende der Saison verlassen hatten und man nur noch auf Neureiche traf. Bath, beschwerte sie sich, war nicht mehr das, was es zu ihrer Zeit gewesen war. Mrs. Fairfax machte sich große Hoffnungen, dass ihre Mitspieler ihr dabei helfen würden, ordentliche Ehemänner für ihre beiden heiratsfähigen Töchter Harriet und Susanne zu finden. Die eine hatte eine Vorliebe für Soldaten, die andere für Schotten, und Mrs. Fairfax verkündete, dass sie unmöglich sagen konnte, was schlimmer war.

Während Mrs. Fairfax' leidenschaftlichem Monolog beobachtete C.J. deren Mann und fand, dass er so aussah, als wünschte er sich sehr, er wäre jemand anderes oder vielleicht woanders, als gemeinsam mit seiner plappernden Frau und einer der einflussreichsten Damen der Stadt am Tisch zu sitzen. Lady Oliver bemühte sich gar nicht erst, ihre Geringschätzung über das Gefasel und die Person von Mrs. Fairfax zu verbergen und konnte mit dem Ehemann noch weniger anfangen, da er dumm genug gewesen war, diese Frau zu heiraten.

Lady Dalrymple wollte unbedingt Solo spielen, erntete jedoch nur spöttische Kommentare, weil sie ein Spiel ausgewählt hatte, das so hoffnungslos altmodisch war. Nachdem die Gastgeberin eindeutig überstimmt worden war, genoss es Mrs. Fairfax sehr, ihren aristokratischen Mitspielern den Vorschlag zu machen, sie in die einzigartigen Geheimnisse eines neuen Spiels einzuführen. Sie hatte sich erlaubt, es mitzubringen und schickte nun den leidgeprüften Mr. Fairfax, um es holen. Es handelte sich um eine Kombination aus Karten- und Brettspiel, das nach der Päpstin des neunten Jahrhunderts benannt war. Das Brett besaß so provokante Felder wie »Intrige« und »Ehe« sowie »Päpstin Johanna«, »Ass«, »König«, »Königin«, »Bube« und »Spiel«.

C. J. selbst war nur eine mittelmäßige Kartenspielerin und beobachtete alles bequem von einem Fenstersessel aus. Sie wollte lieber sticken oder ein Buch lesen. Daher bat sie ihre Tante um eine Stickerei, an der sie in Ruhe arbeiten konnte, und Lady Dalrymple gab der jungen Frau eine Nadelstickerei, die für einen Fußschemel bestimmt war. Die Countess beklagte sich, dass ihr bei dieser Arbeit bei Kerzenschein seit Neuestem immer die Augen wehtaten und ihre Hände in letzter Zeit zu steif waren, um die Nadel mit demselben Geschick wie früher zu führen. Sie hatte C. J. ein raffiniertes Arrangement gegeben: eine brennende Kerze, die hinter einer mit Wasser gefüllten Glaskugel stand, wodurch die Stickerei sowohl beleuchtet als auch vergrößert wurde.

Bevor die Gesellschaft eingetroffen war, hatte Lady Dalrymple ihrer Nichte stolz die Bettvorhänge in ihrem Schlafzimmer gezeigt. C. J. hatte die vielen Meter cremeweißen Satins bewundert, die die damals sechzehnjährige, zukünftige Countess monatelang als Hochzeitsgeschenk für ihren Mann, den Earl von Dalrymple, bestickt hatte. Das Porträt des Earls hing in einem goldenen Rahmen gegenüber des schweren Himmelbetts, und seine Witwe wischte sich eine Träne weg, als sie ihren liberalen und progressiven Ehemann beschrieb.

»Er war mir eine große Hilfe, Cassandra, die gesamte Gesellschaft beneidete mich«, sagte sie. »So wie ich heute aussehe, würde man natürlich nicht glauben, dass man sich mal nach mir umdrehte, damals jedoch war ich schmal und zierlich. Ich hatte nur Augen für Davenport Camberley. ›Portly‹ nannte ich ihn.

Wenn die Männer sich nach dem Abendessen zu Brandy und Zigarren zurückzogen, bestand Portly darauf, dass ich ihn begleitete. Viele fanden das empörend, das kann ich dir sagen, Cassandra, und ein paar Mal wurden wir wegen seiner exzentrischen Ideen fast verstoßen. Männer nehmen ab und zu ihre Mätressen zu solchen Zusammenkünften mit, aber niemals ihre Ehefrauen. Wenn ich in den Salon zurückkam, stanken meine Kleider nach Tabakrauch, meine Kammerzofen baten um Gnade«, lachte sie. »Sie hassten es, nach solchen Abenden meine Kleider zu lüften. Ein paar meiner Freundinnen bettelten richtig darum, dass ich ihnen erzählen sollte, worüber ihre Ehemänner sprachen, wenn sie nicht dabei waren. Andere wiederum waren froh, sie ein oder zwei Stunden los zu sein. In unseren Kreisen gab es viele adelige Damen, die rechtlich dazu gezwungen waren, in einer Ehe ohne Liebe mit ihren Männern das Bett zu teilen und ihnen Erben zu gebären. Diese Frauen wussten nichts über ihre Gatten, denen es völlig egal war, wofür sich ihre Ehefrauen interessierten. An so etwas verschwendete man keinen Gedanken, als ich jung war, was sich natürlich nicht großartig geändert hat. Wahre Liebe ist in der High Society die Ausnahme, nicht die Regel. Von den oberen Klassen wird erwartet, dass sie Verbindungen aufgrund von Geld und Besitz eingehen, nicht aus Leidenschaft. Für die Leidenschaft nimmt man sich eine Geliebte, vorausgesetzt, man tut es diskret, es sei denn, man gehört zur königlichen Familie, in dem Fall traut sich niemand, das Verhalten in Frage zu stellen. Ich betete Portly an. Ich tanzte für ihn, Cassandra, spätnachts, in der Intimität unseres Schlafzimmers …« Sie unterbrach ihre Erzählung, als ihre Stimme brüchig wurde. »Ich hoffe, dass du eines Tages die Art von Liebe, die ich erlebt habe, kennen lernen wirst.« Die Countess hatte sich wieder gefangen und zwinkerte ihrer Nichte vertrauensvoll zu.

C.J. konzentrierte sich wieder auf ihre Stickerei. Sie hatte Tagträumen nachgehangen, was leicht passierte, wenn Lady Dalrymple begeistert Karten spielte. Niemand störte C.J. dann, und sie fand es ziemlich erfrischend, in Ruhe gelassen zu werden.

»Miss Welles.«

Von ihrem Stickrahmen aufblickend sah C.J. Lady Oliver, die sie mit einer Handbewegung zu sich rief. Irgendetwas an dieser Frau ging ihr wirklich auf die Nerven, auch wenn sie sich bemühte, dieses Gefühl zu verbergen. Es kam ihr immer so vor, als könnte Darlingtons Tante durch ihr neues Kleid aus Sarsenett und ihre Batistunterwäsche hindurchsehen, direkt bis ins Mark, woraufhin der Drache sie öffentlich als Betrügerin entlarven würde.

C.J. knickste kurz vor ihrer Richterin. »Wie kann ich Ihnen behilflich sein, Mylady?«

Lady Oliver zählte die Fakten mit eiserner Stimme auf: »Mein Neffe hat Sie aufgefordert, heute Abend beim Ball mit ihm zu tanzen. Sie haben sein Angebot akzeptiert.«

»Himmel!«

Die gesamte Gesellschaft fuhr ob dieses unhöflichen Ausrufs zusammen. C.J. drehte sich um und unterdrückte ein Lachen. Der Schuldige, der jetzt völlig desinteressiert tat, knabberte am Boden seines goldenen Käfigs an einem Keks. C.J. lächelte Lady Dalrymple an, die einen nüchternen Gesichtsausdruck aufgesetzt hatte und Willis zunickte, damit er ein Tuch über Newtons Käfig legte.

Lady Oliver ignorierte den Kommentar des Papageien. »Das schickt sich überhaupt nicht, und ich kann das wirklich nicht unterstützen. Sie kommen aus dem Nichts,

Kind. Sie könnten genauso gut vom Himmel gefallen sein. Ihr Vater war, nein, *ist,* ein so verabscheuungswürdiger Mann, dass wir in unseren Kreisen nicht einmal über ihn sprechen.«

»Und doch erwähnt Mylady ihn bei unserem zweiten Treffen bereits zum zweiten Mal«, entgegnete C.J. frech und fügte hinzu: »Da dieser Abend bisher nett und gesellig war und ich doch annehme, mich in höflicher Gesellschaft zu befinden, wäre es wirklich sehr angebracht, dass der Name meines Vaters oder seine unglücklichen Umstände, meine mit eingeschlossen, keine weitere Erwähnung finden.«

Lady Oliver ließ sich von C.J.s gelassenem Gesichtsausdruck nicht aus der Fassung bringen und fand einen neuen Kritikpunkt, indem sie ihr hellblaues Seidenkleid kommentierte.

»Euphoria, ich darf doch davon ausgehen, dass deine Nichte zum Ball ein passenderes Kleid tragen wird.«

Lady Dalrymple strahlte ihre Busenfreundin triumphierend an. »Meine liebe Augusta, ganz auf deine Empfehlung hin, trägt Miss Welles eines der Kleider, die Madame Delacroix entworfen hat. Die restlichen Kleider meiner Nichte werden sehr bald fertig sein.«

Lady Oliver rümpfte in allzu deutlicher Missbilligung die Nase. »Euphoria, ich möchte es noch einmal ausdrücklich unterstreichen, dass ich es nicht erlauben werde, dass die junge Lady mehr als einmal mit meinem Neffen tanzt, und selbst das werde ich als einen Akt des Mitleids gegenüber der armen Verwandten meiner teuren Freundin ansehen.«

Mr. Fairfax war es peinlich, einem solchen Gespräch beizuwohnen. Seine Frau jedoch spitzte ihre rosa Ohren. Das großspurige Verhalten der oberen Schichten der Gesellschaft, zu denen sie als Neureiche Zutritt hatte, erstaunte sie immer wieder. »Äußerst herablassend«, sagte sie zustimmend zu ihrem entsetzten Ehemann, der versuchte, sie zum Schweigen zu bringen.

»Wie lieb von dir, dass du dir solche Sorgen machst, Augusta«, sagte Lady Dalrymple zuckersüß. »Würde Percy mehr als drei Tänze mit meiner Nichte bei ihrem allerersten Ball tanzen, würde die gesamte Stadt erwarten, dass er ihr einen Heiratsantrag macht.« Sie legte das Herzass auf den Filz des Spieltischs.

»Ha ha, ich glaube, sie hat uns übertrumpft«, kicherte Mrs. Fairfax, woraufhin ihr Ehemann dem Diener ein Zeichen gab, das Sherryglas seiner Frau vom Tisch zu entfernen.

Die Familie Fairfax war zum Ballsaal aufgebrochen, und Lady Oliver hatte darauf bestanden, ihnen in ihrem eigenen Landauer zu folgen, in der Hoffnung auf eine Möglichkeit, vor dem Ball mit ihrem sturen Neffen unter vier Augen zu sprechen.

Lady Dalrymple stand in ihrem Wohnzimmer und sah durch ihr Teleskop in den düsteren Himmel, als C.J. herunterkam, um ihr neues Ballkleid zu präsentieren.

»Was sehen Sie, Tante Euphoria?«

Die Witwe drehte sich erschrocken um. »Um Himmels willen, Kind! Hast du mich erschreckt.« Sie betrachtete C.J. in dem zarten, weißen Kleid. »Aphrodite selbst wäre neidisch. Komm, gib deiner Tante einen Kuss.«

C.J. gehorchte und achtete darauf, nicht auf die kurze Schleppe des feinen Musselinkleides zu treten, während sie ihre zarten, neuen Schuhe ausprobierte. Sie war schockiert gewesen, als Saunders beim Ankleiden für ihren ersten Ball bemerkte, dass sicherlich ein Hund für ihre neuen Tanzschuhe sein Leben hatte lassen müssen, vielleicht ein Spaniel oder ein Terrier. Schuhe aus Hundeleder, einfach unglaublich! Es gab ganz offensichtlich ein paar Dinge in ihrer aktuellen Lage, mit denen C.J. sich nie anfreunden könnte.

»Ich meinte, was sehen Sie durch das Teleskop«, fragte C.J. ihre Tante.

Die Countess lächelte. »Die Zukunft, nehme ich an. Ich stelle mir vor, dass es da draußen so viel geben muss, das wir nie erfahren werden. Hast du ein solches Instrument schon einmal gesehen?«, fragte Lady Dalrymple.

»Nein, nicht direkt«, antwortete C.J. wahrheitsgemäß.

»Dieses wurde mir von William Herschel geschenkt, einem sehr, sehr guten Freund von mir, und Portly natürlich. So ein intelligenter Mann. Brillant. Ich glaube, er könnte *Jude* sein«, sagte sie flüsternd. »Das Teleskop ähnelt sehr dem Gerät, mit dem er 1781 Georgium Sidus von seinem Haus hier in der New King Street entdeckt hat.«

C.J. sah die Lady an, ohne zu begreifen. »Wen hat er entdeckt?«

»Georgium Sidus ist ein Planet, meine Liebe. Es gibt sieben, vielleicht weniger, ich erinnere mich nie. Die meisten sind natürlich nach römischen Göttern benannt. Venus und Mars, Saturn, Jupiter, Merkur und dann ist da natürlich Georgium Sidus und mein Liebling, obwohl ich glaube, dass es kein Planet ist: der Mond.«

C.J. fragte sich, welcher Planet Georgium Sidus war und sagte: »Warum die frühesten Astronomen sich wohl entschlossen, so viele der Planeten nach römischen Göttern zu benennen. Warum nicht nach griechischen? Oder den hebräischen Propheten? Oder den englischen Königen?«

»Nun«, antwortete die Countess, »Sir William entschied

seine Entdeckung, auch wenn es eine zufällige war, nach unserem Monarchen zu benennen, der natürlich sein königlicher Patron war. Georgium Sidus ist lateinisch und bedeutet, der ›Stern von George‹. Himmel! Was für eine intelligente Frage. Portly hätte dich sehr bewundert, Kind. Oh ja, er schätzte einen forschenden Geist sehr, besonders bei einer jungen Frau. Mit der Zeit wirst du lernen, dass es solche wie Augusta Oliver gibt, für die nur zählt, was sie sehen, riechen und schmecken können, obwohl sie nicht immer so war wie heute. Ihre Trauer, vom Skandal, der darauf folgte, ganz zu schweigen, hat sie für viele Jahre verbittert.«

C.J. wartete darauf, eine traurige Geschichte zu hören. »Aber das erzähle ich dir ein anderes Mal«, fügte Lady Dalrymple entschlossen hinzu. »Mein liebster Portly glaubte wie die Hindus an die Wiedergeburt der Seele. ›Der exzentrische Earl‹ wurde er genannt. Und ich glaube in meinem Herzen, dass sein Geist immer noch bei uns weilt.« Ihre Augen waren vor Tränen ganz feucht.

»Ich würde sagen, dass Sie Recht haben, daran zu glauben, Tante Euphoria«, fügte C.J. hinzu, während ihre eigenen Augen sich mit Tränen füllten. »Vielleicht leben Seelen tatsächlich für immer, sie bewohnen nur unterschiedliche Körper. Aber selbst wenn das nicht so sein sollte, glaube ich, dass es für die Lebenden eine Pflicht ist, das Andenken an die Verstorbenen aufrechtzuerhalten, sodass ihr Geist in unseren Erinnerungen und Gedanken tatsächlich weiterlebt. Auf diese Weise werden sie unsterblich.«

Euphoria umarmte ihre Nichte innig. »Ich hätte nie gedacht, dass ich mal jemanden treffen würde, der meine Vorstellungen nicht als Unsinn abtut. Du bist ihm in vielerlei Hinsicht sehr ähnlich.« Plötzlich griff sich Lady Dalrymple an die Brust.

»Was ist los, Mylady?«

»Mein Herz«, stöhnte sie heiser.

»Habe ich Sie aufgeregt? Oh Gott, haben Sie Schmerzen?« C.J. bemühte sich, ihre Panik zu verbergen. Sie lief zu dem bestickten Klingelzug, der neben der großen Flügeltür hing, und zog fest daran.

Lady Dalrymple schüttelte den Kopf. C.J. wusste nicht, ob es als ein Ja oder Nein zu deuten war.

»Darf ich Ihr Korsett lockern?« C.J. betrachtete das Abendkleid der Witwe, um herauszufinden, wie sie ihr das Atmen erleichtern könnte. Obwohl die schmalen, einfachen Kleider im Directoire-Stil modern waren, trugen viele modisch bewusste Frauen im Alter Lady Dalrymples Kleider eines konservativeren Stils. Lady Dalrymples Korsett aus steifem Fischbein hatte etwas von einem Insektenpanzer, der seine Trägerin fest umschloss und ihrem Brustkorb kaum Bewegungsfreiheit oder Flexibilität erlaubte. Kein Wunder, dass die Frauen stets Gefahr liefen zu hyperventilieren.

Collins betrat das Zimmer mit einem Krug Wasser und einem Kristallkelch. C.J. bat ihn, alles auf den kleinen Tisch neben dem gestreiften Sofa zu stellen. Sie goss ihrer Tante etwas ein, spritzte ein bisschen Lavendelwasser auf ihr Spitzentaschentuch und betupfte Lady Dalrymples Stirn damit.

Die Countess wehrte sich. »Da, jetzt hast du dein hübsches Leinentuch ruiniert, dabei brauchst du es heute Abend.«

»Unsinn, Tante. Madame Delacroix hat heute Morgen zusammen mit meinem Kleid mehr als ein Dutzend davon geliefert.« Sie drückte Lady Dalrymples Hand. Die Countess atmete schwer, was C.J. noch mehr beunruhigte.

Lady Dalrymple nippte leicht an dem Wasser. »Es war

nur ein kleiner Anfall«, versicherte sie. »Dr. Squiffers sagt, dass ich Aufregung so gut wie möglich vermeiden soll.«

»Es tut mir so schrecklich leid, Tante Euphoria. Ich hatte keine Ahnung, dass Sie eine Herzschwäche haben.« C.J. nahm die Hand der Lady und küsste sie zart. Sie bewunderte unwillkürlich den großen Smaragdring der Countess. Sie hatte noch nie einen Edelstein dieser Größe gesehen, und das Feuer, das aus dem grünen Stein strahlte, verlieh ihm außergewöhnliche Tiefe und Glanz.

»Denk nicht mehr daran«, bat die Witwe, ihre Stimme klang schwach. Sie zwang sich zu einem Lächeln. »Und jetzt sag mir, woran du denkst, abgesehen von meinem Gesundheitszustand. Ich kann mir nichts Langweiligeres vorstellen.«

C.J. strich Lady Dalrymples Rüschenhaube glatt und beugte sich nach vorne, um sie auf die Stirn zu küssen. »Ich glaube«, begann sie zögernd und fragte sich, ob es je einen passenden Zeitpunkt gab, ihrer Wohltäterin die Wahrheit zu erzählen. »Ich muss zugeben, ich mache mir ein wenig Gedanken um meinen ersten Ball. Ich habe furchtbare Angst, dass ich etwas falsch mache und Sie blamiere.« C.J. runzelte die Stirn.

»Das ist ein sehr unattraktiver Gesichtsausdruck für eine junge Lady«, ermahnte die Countess. »Er führt zu verfrühten Falten. Sich dir mein Gesicht an. Ich bin zweiundsechzig. Augusta ist zwei Jahre jünger und sieht wie meine Stiefmutter aus. Warum? Weil durch Stirnrunzeln mehr Falten entstehen als durch Lächeln und dein frischer Teint dann austrocknet wie eine verschrumpelte Pflaume. Wenn eine alte Frau darauf hoffen kann, einer jungen Frau etwas beizubringen, dann das Glück zu erkennen und sich ganz und gar darauf einzulassen. Das Leben wird immer voll von unausweichlicher Trauer und Verlust sein, und ich konnte mich wirklich glücklich schätzen: Ich habe einen Mann sehr tief, mit jeder Faser meines Körpers geliebt«, sagte sie mit einem kleinen Seufzer.

C.J. kniete neben Lady Dalrymple, und die beiden Frauen umarmten einander. Nach ein paar Minuten spürte C.J., wie die Atmung der Lady regelmäßiger wurde. Sie sah nicht auf, um sie nicht in Verlegenheit zu bringen, aber sie war sich sicher, dass sie gehört hatte, wie Lady Dalrymple ein Schluchzen unterdrückte.

»Komm jetzt, Kind, du darfst dein Kleid nicht vor deinem allerersten Ball verknittern«, schimpfte die Countess sanft und schob C.J. sanft von sich.

Kapitel Elf

*In dem unserer Heldin an ihrem ersten Ball teilnimmt,
bei dem sich ihre Erfahrungen mit dem englischen
Countrydance als Glücksfall erweisen und ihre gute
Meinung über den Adel grausam zerstört wird.*

C.J. HATTE DAS GEFÜHL in eine pistaziengrüne Praline zu treten, als sie und Lady Dalrymple die große Halle des Ballsaals betraten.
Die Stühle aus Walnussholz mit den steifen Rückenlehnen standen wie stille Wachen da, die darauf warteten, von zukünftigen Tänzern benutzt zu werden, die den gut gebohnerten Holzfußboden mit ihren ausgefeilten Tanzschritten beehren würden. C.J. war davon ausgegangen, eine große Menschenmenge vorzufinden, da sie sich doch mit ihrem Erscheinen Zeit gelassen hatten, aber es befanden sich nur fünf oder sechs Paare auf der Tanzfläche, die in dem hochherrschaftlichen Raum völlig verloren wirkten.

Lady Dalrymple bemühte sich gar nicht erst, ihre Enttäuschung zu verbergen. »Tja, die Saison nähert sich ihrem Ende«, erläuterte sie flüsternd ihrem jungen Schützling. »Es ist so schade, dass du nicht früher nach Bath gekommen bist.«

C.J. fielen mehrere junge Damen auf, die fast identische

Kleider aus dünnem, weißem Musselin trugen und von ihren Müttern begleitet wurden.

Obwohl sie mehrere Musikstücke wiedererkannte, wurde ihre Angst sofort geweckt, als sie den Paaren bei den komplizierten Schrittfolgen zusah, dass sie als Betrügerin entlarvt werden würde, sobald es zu der unausweichlichen Aufforderung zum Tanzen kam.

Die durchdringende Stimme von Mrs. Fairfax war gut über der Musik zu hören, sodass Lady Dalrymple kein Problem hatte, ihre Bekannte in einer Ecke des Saals zu finden. Die neureiche Matrone, die ihre beiden heiratsfähigen Töchter unbedingt noch vor Ende der Saison unter die Haube bringen wollte – und die Zeit dafür lief bald ab –, hielt ihr Lorgnon ans Auge und betrachtete die möglichen Heiratskandidaten.

»Was hältst du von der Art, wie Mr. Essex tanzt?«, sagte sie und betrachtete einen jungen Mann in einem laubgrünen Mantel und engen, weißen Kniebundhosen, der mitten auf der Tanzfläche ausgelassen in einem Kreis tanzte.

»Er hüpft zu viel«, erwiderte Mr. Fairfax lakonisch.

Mrs. Fairfax hob ihr Lorgnon wieder vor ihr rechtes Auge und blinzelte. »Nach näherer Betrachtung stimme ich dir zu, mein lieber Mr. Fairfax. Ja, du bist wirklich ein exzellenter Menschenkenner. Zu großer Überschwang auf der Tanzfläche deutet zweifellos auf ein jugendliches Temperament hin.«

»Und der Himmel weiß, dass unsere Töchter auch so schon albern genug sind«, seufzte ihr Ehemann.

Die beiden jungen Damen tranken Negus, den gesüßten, gewürzten und mit Wasser verdünnten Wein, der üblicherweise bei solchen Anlässen serviert wurde.

»Du bist wirklich eine Liebe, Harriet.« Mrs. Fairfax tätschelte die Hand eines sehr hübschen Mädchens, deren

Gesicht von goldenen Locken umrahmt wurde. Sie nippte und gab das Getränk an ihren Ehemann weiter. »Mr. Fairfax, probier das mal und sag mir, ob sie heute Abend Port oder Sherry benutzt haben. Ich schmecke das einfach nie. Lady Dalrymple, ich glaube, Sie haben meine älteste Tochter Harriet schon mal getroffen, und das«, fügte sie hinzu und deutete auf eine rotblonde junge Frau, die hinter ihr stand, »ist meine Jüngste, Susanne.« Die jungen Frauen knicksten vor der Countess und warfen dann der Neuen in ihrer Mitte einen Blick zu.

»Ach ja. Die arme Verwandte«, verkündete Mrs. Fairfax ein wenig zu laut und ließ jeglichen Takt vermissen. »Mädchen, erlaubt mir, Euch Lady Euphoria Dalrymples Nichte vorzustellen: Miss Cassandra Jane Welles.«

Die jungen Damen knicksten vornehm und grüßten die arme Verwandte, indem sie im Chor »Miss Welles« flöteten.

»Miss Fairfax, Miss Susanne. Es ist mir ein Vergnügen, Sie zu treffen.« C.J. fragte sich, ob ihr Kleid in diesem Licht ebenso transparent war wie die Festkleider der beiden jungen Ladys. Selbst auf Partys im einundzwanzigsten Jahrhundert, wo Frauen, die aufs Heiraten programmiert waren, tiefe Dekolletees trugen und lange Beine zeigten, würde niemand ein durchsichtiges Kleid tragen und dann auch noch so tun, als wäre es ein Zeichen von Sittsamkeit. C.J. schaute sich erneut um. Wirklich unfassbar! Ein Ballsaal voller Jungfrauen, deren Bekleidung der Vorstellungskraft nichts mehr übrig ließ.

»Tante Euphoria, darf ich Ihnen ein wenig Punsch holen«, bot C.J. an in der Hoffnung, außer Hörweite zu sein, wenn Mrs. Fairfax hinter ihrem Fächer mit ihren beiden Töchtern tratschte und sich über die vom Pech verfolgte Miss Welles ausließ.

Sie ging über den glänzenden Parkettboden ins Teezimmer, wo riesige silberne Tafelaufsätze voller Früchte standen: pralle, frische Trauben in drei verschiedenen Farben, Pflaumen, Feigen und duftende Pomeranzen. Dazu gab es zwei Sorten kalten Punsch, Limonade und den warmen Negus in riesigen Gefäßen, die bis an den Rand gefüllt waren. Der Tisch ächzte unter der Last und erinnerte an die Erfrischungen bei einem Bacchanal.

Die ganze Anordnung besaß allerdings einen Makel, und weil C.J. niemanden auf das Problem aufmerksam machen wollte und keine Ahnung hatte, wen sie um Hilfe bitten könnte, dachte sie, es sei die beste Idee, sich selbst darum zu kümmern. Gerade als sie ihren Mut zusammengenommen hatte, um zur Tat zu schreiten, kam ein außergewöhnlich altes Paar zum Tisch mit dem Punsch. Die beiden waren fast blind und bewegten sich nur mit Gottes Gnade und dicken Stöcken vorwärts. Dem Paar wäre wahrscheinlich nichts aufgefallen, hätten sie das störende Objekt geschluckt, aber C.J. konnte einfach nicht tatenlos dabei zusehen.

»Bleiben Sie zurück!«, warnte sie. Ihr eindringlicher und lauter Tonfall machte sofort mehrere Menschen auf sie aufmerksam. Zumindest hatte sie so viel Geistesgegenwart, ihren brandneuen, seidenzarten Ziegenlederhandschuh nicht zu ruinieren. Während sie die Zuschauer auf Abstand hielt, kämpfte C.J. mit dem hautengen, ellbogenlangen Handschuh, bis sie ihn schließlich ausgezogen hatte. Dann steckte sie ihren rechten Arm bis zum Ellbogen in die Bowle, sprang zurück, um sich nicht vollzuspritzen und ihr neues Kleid zu beschmutzen. Aber das Ding, eine stinknormale Stubenfliege, war nicht so leicht zu erwischen, wie sie zunächst gedacht hatte. Ihre Flügel flatterten nicht, sodass C.J. annahm, dass sich das arme Wesen zu Tode gesoffen hatte und sie nur noch die Rolle des Bestatters spielen musste.

In der Zwischenzeit bedeutete Mrs. Fairfax ihrem Gatten, er solle einen Stuhl finden, damit Lady Dalrymple es sich bequem machen könne, als ihr eine unruhige Bewegung im Eingangsbereich auffiel. »Harriet, Susanne, haltet den Rücken gerade. Lady Oliver und ihr Neffe sind gekommen. Macht euch hübsch für den Earl von Darlington.« Sie setzte sich mit übertriebener Höflichkeit und ließ ihr Lorgnon in den Schoss sinken.

Aber der Earl kam nicht auf Mrs. Fairfax und ihre Gruppe zu. Seine Schritte trugen ihn in eine völlig andere Richtung. »Ich würde es wagen, Ihnen zur Begrüßung die Hand zu küssen, Miss Welles, aber die scheint im Moment ... anderweitig beschäftigt zu sein.«

»Geschafft! Huch, mein Gott!« C.J. zuckte zusammen, als sie die Stimme hinter sich hörte. Ihr Arm flog aus dem Gefäß mit dem Punsch, und die Gesellschaft ging in Deckung. »Entschuldigen Sie, Mylord. Mein allererster Ball und ich scheine ihn auf dem linken Fuß begonnen zu haben.«

»Ach, das würde ich nicht unbedingt sagen. Vielleicht auf dem linken Arm«, fügte er hinzu und sah auf ihren nackten Arm und die geballte Faust. »Was haben Sie da?«

C.J. beugte ihren Kopf und machte eine Geste, er solle näher herankommen. »Im Punsch war eine Fliege!«, flüsterte sie. »Und ich dachte, es sei das Beste, sie selbst still und leise zu entfernen, anstatt den Majordomus zu holen oder wen auch immer man in einer solchen Situation ruft. Leider hatte ich dann doch ein Publikum.« Sie öffnete die Faust und sah neugierig auf den nassen, schwarzen Fleck auf ihrer Handfläche. »Das ist seltsam. Sie hat keine Flügel.«

»Das liegt daran, dass es keine englische Fliege ist.«
»Was zum Teufel ist daran so amüsant, Mylord?«
»Es ist eine französische Fliege. Eine *Mouche*. Und sollten Sie neugierig sein, das italienische Wort für Fliege lautet *Mosca*.«

C.J. wurde blass. Wie sie sich blamiert hatte! »Danke für die Lehrstunde in romanischen Sprachen, Sir. All das für eine *Mouche*?«, sagte C.J., die deutlich zeigte, wie peinlich ihr das alles war.

»Kommen Sie, Miss Welles. Lassen Sie uns durch den Saal spazieren, mal sehen, ob wir den wahren Verursacher dieses üblen Scherzes finden. Wir werden den Erstbesten mit einer leuchtend roten Pockennarbe aufs Rad binden, damit er gesteht.« Er schaute lächelnd auf ihren nackten Arm.

»Es war also nur ein Schönheitspflaster.« C.J. schüttelte sich, seufzte und sah sich nach einem Leinentuch um, mit dem sie ihren Arm abtrocknen könnte. Sie würde sich waschen müssen, bevor sie ihren Handschuh wieder anzog, ohne ihn würde man sie nicht auf die Tanzfläche lassen. »Bitte entschuldigen Sie mich, Sir«, sagte sie und fand einen Diener in Livree, der sofort veranlasste, dass ihr eine Wasserschüssel und ein sauberes Tuch gebracht wurden.

Nachdem sie ihre Katzenwäsche beendet hatte, schaute sich C.J. nach ihrem Anhang um. Sie versuchte, die schneidenden Blicke der wohl gekleideten Menge zu ignorieren, war aber unfähig, ihre Ohren vor dem fiesen Klatsch, der wegen ihres ungestümen Verhaltens im Saal kursierte, zu verschließen.

»Manieren vom Land«, zischte eine hübsche Frau mit einem Kopfputz voller Juwelen und spähte über ihren Fächer mit Pfauenfedern. »Aber was kann man schon von einer armen Verwandten erwarten?«

»Ich wage zu behaupten, dass meine Pferde besser erzogen sind«, lachte ein älterer Gentleman mit gelben Zähnen. Er nahm seine Goldrandbrille ab, um mit seiner Rüschenmanschette sein tränendes Auge abzutupfen.

Unzählige solcher Kommentare drangen an ihr Ohr, und sie versuchte, ihren Kopf hoch erhoben zu tragen, obwohl sie die verbalen Angriffe dieser Leute verletzten. Bevor C. J. allerdings Lady Dalrymple im Ballsaal erreichte, schnappte der ganze Raum gemeinsam nach Luft.

Könnte ihr Fehltritt von so enormem Ausmaß gewesen sein?

Als C. J. bewusst wurde, dass nicht sie damit gemeint war und alle Gäste sich zur Tür gewandt hatten, blieb auch sie stehen, um den Grund der Aufregung zu erfahren.

Eine junge Frau, von Kopf bis Fuß in Zitronengelb gekleidet, war gerade am Arm eines eleganten Begleiters eingetreten. Sie hatten nur Augen füreinander und taten so, als bemerkten sie den Effekt nicht, den sie auf die versammelte Gesellschaft hatten.

Gerade als das Paar zwei Stühle gefunden, die Dame sich gesetzt und der Gentleman zum Tisch mit den Getränken gehen wollte, trat Mr. King, der Zeremonienmeister, auf sie zu und verkündete lautstark: »Sie sind hier nicht willkommen, Mylord, Mylady.«

Erneutes Murmeln.

»Sie trägt sein Kind unter dem Herzen«, bemerkte eine Blondine mit einem zarten Gesicht. »Dabei hat sie kaum die Trauerperiode für ihren Vater hinter sich.«

»Ich habe gehört«, feixte ein Dandy, der so stark geschminkt war, dass er wie eine Porzellanpuppe aussah, »dass es bei der Beerdigung des Earls geschehen ist ... während die Gäste den Leichenschmaus einnahmen. Das

Fleisch war kalt, aber unser junger Lord Featherstone heiß. Es soll direkt hinter den Hecken passiert sein, auf dem Land des alten Earls. Er hing immer so an seinem Rosengarten.«

»Es scheint, als hätte Featherstone das Aufgebot nicht abwarten können«, flüsterte eine hochmütige Matrone, die mit dem Finger auf Lady Rose' ganz leicht gewölbten Bauch deutete.

»Verlassen Sie den Raum sofort, und lassen Sie sich auch in Zukunft nicht mehr bei öffentlichen Veranstaltungen blicken«, ließ Mr. King verlauten, sodass es alle hörten.

Es war unmöglich zu protestieren, und es gab kein Gericht, das man hätte anrufen können. Lord Featherstone bot Lady Rose seine Hand.

Die kollektive Reaktion der oberen Zehntausend hätte nicht eindrucksvoller ausfallen können. Während das Liebespaar den Saal verließ, ohne den Lästerzungen die Genugtuung zu geben, dies eiligen Schrittes zu tun, schien es, als würde jeder Adelige, egal welchen Alters oder Geschlechts, dem Paar demonstrativ den Rücken zukehren. Die Stille während dieser Vorstellung war ohrenbetäubend. Nachdem die illegitimen Liebenden verschwunden waren, kehrte man wieder zur Unterhaltung zurück.

Von diesem Erlebnis schockiert, ging C.J. zu ihrer Tante und setzte sich neben sie. Lady Dalrymple bemerkte den Gesichtsausdruck der jungen Frau und klopfte ihr mitfühlend auf ihre Hand. »Ich billige das Verhalten, dessen du gerade Zeuge geworden bist, nicht, aber das, meine Liebe, ist das typische Verhalten der Oberschicht. Von uns wird erwartet, dass wir für die sogenannten unteren Klassen ein Beispiel abgeben, und wenn der Anstand so heftig verletzt und dies dann noch öffentlich zur Schau gestellt wird, nun, da siehst du genau, wie weit die Toleranzgrenze geht.«

»Ist damit dann ›geschnitten werden‹ gemeint?«, fragte C.J.

»Ja, genau«, erwiderte die Countess. »Das Urteil der eigenen Klasse in dieser Weise zu ertragen, hat Lord Featherstone und Lady Rose sehr deutlich zu gesellschaftlichen Außenseitern gemacht. Bei Veranstaltungen wie dieser wird ihre Anwesenheit nicht toleriert, und jede Gastgeberin, die es wagen würde, sie zu sich nach Hause einzuladen, würde ein ähnliches Urteil für sich selbst riskieren, weil sie gegen dieses ungeschriebene Gesetz verstoßen würde.«

»Aber was, wenn Lord Featherstone Lady Rose heiraten würde?«

»Das wird er zweifellos, mein Kind. Jeder Narr sieht, dass sie sehr verliebt sind. Es ist jedoch nicht von Bedeutung. Der Fehler wurde begangen, und egal welche Anstrengungen unternommen werden, um die Situation in Ordnung zu bringen, der Verstoß bleibt derselbe.«

»Wie schrecklich. Und lächerlich. Mir ist aufgefallen, dass Lord Darlington sich nicht weggedreht hat, genauso wie ein paar andere auch nicht.«

»Percy war schon immer sein eigener Herr, und genau deswegen habe ich ihn so gern. Und«, erklärte die Countess und gestikulierte mit ihrem Fächer, »die anderen, die dir aufgefallen sind, gehören nicht zur Upperclass. Sie können Ranghöhere nicht verstoßen, egal wie diese sich benehmen. Deren Kreise überschneiden sich nur selten mit unseren, außer bei öffentlichen Veranstaltungen wie dieser.«

»Ich kann mir gar nicht vorstellen, dass ich mich im selben Raum wie diejenige, die mein Verhalten so vollkommen verurteilen, aufhalten *will*.«

Lady Dalrymple drückte ihre Hand. »Tja, aber ein Leben als Ausgestoßene kann sehr einsam sein. Man darf gespannt sein, ob Lord Featherstone und Lady Rose so ein Leben ertragen können, ohne verbittert zu werden.«

Mrs. Fairfax, die sich angestrengt hatte, das Gespräch zwischen C.J. und der Countess zu belauschen, musste aufgeben und versuchte die Unterhaltung in andere Bahnen zu lenken. Sie zeigte mit ihrem geschlossenen Fächer auf Lord Darlington und sagte: »Der Earl ist in dieser Saison einer der begehrtesten Junggesellen, Mylady. Vielleicht passt er zu einem meiner Mädchen. Dann würden sie vielleicht bezüglich der Offiziere mal auf andere Gedanken kommen.«

»Aber Mama«, jammerte Susanne, »er ist Witwer und über fünfunddreißig Jahre alt, das heißt, ungefähr doppelt so alt wie Harriet und ich.«

»Stell dir mal vor, mit so einem alten Mann verheiratet zu sein«, warf Harriet ein. »Wenn ich zwanzig bin, wäre er vierzig. Wenn ich dann so alt wäre, wäre er achtzig.«

»Außerdem«, fuhr Harriet fort, »hoffe ich, dass Captain Keats heute Abend kommt. Er sieht in seiner Uniform einfach fabelhaft aus«, vertraute sie C.J. an.

»Captain Keats ist ein armer Offizier, für den nichts Wesentliches spricht«, sagte ihre Mutter wegwerfend.

Die hübsche Blondine seufzte trotzig angesichts der Ignoranz ihrer Mutter. »Er hat einen Orden erhalten, Mama, was mehr ist, als die meisten Männer unserer Bekanntschaft von sich behaupten können.«

Wie aufs Stichwort näherte sich ihnen ein großer, junger Gentleman, der in seinem scharlachroten Rock mit den Goldtressen, den glänzenden Silberknöpfen und einem gewissen Etwas am Revers, das Mrs. Fairfax nur allzu schnell als bloße Blechbrosche abtun wollte, sehr schneidig aussah.

Harriet errötete. »Captain Keats! Wir haben gerade über Ihre Leistungen gesprochen. Trinken Sie doch ein Glas Punsch mit uns.«

»Da gehorche ich nur zu gern«, entgegnete der fesche Captain und stellte sich neben die verliebte Miss Fairfax. »Als ich auf Sie zukam, ließ es sich nicht umgehen, Madam, dass ich Zeuge wurde, wie Ihre Tochter meinen Orden erwähnte.«

Mr. Fairfax stellte Captain Keats Lady Dalrymple und ihrer Nichte vor, und der Offizier gab die Geschichte seiner Auszeichnung zum Besten. »Ich gehörte zu Sir Ralph Abercrombys Ägyptenexpedition vom letzten März, wissen Sie, und jedem von uns wurde der Orden der Sphinx verliehen. Wenn Sie sich die Auszeichnung etwas genauer ansehen, werden Sie bemerken, dass das Wort *Ägypten* darauf steht.«

Miss Fairfax kam der Aufforderung nur zu gern nach. »Ach, Gott! Tatsächlich. *Ägypten*«, entgegnete sie sinnierend. »Das muss schrecklich weit weg sein.«

»Das ist es wirklich, Miss Fairfax. Und ein sehr viel trockeneres Klima, als wir es in England gewohnt sind.«

C.J. verlor schnell das Interesse an einem Gespräch über das Wetter in Nordafrika und sah sich im Saal um. Sie bemerkte den Earl und Miss Austen in der Gesellschaft von Lady Oliver und einem älteren Paar. Darlington sah in ihre Richtung, als sie nach einem Stuhl suchten, da keiner seiner geschätzten Tante zu behagen schien.

Einige Momente später kam der Earl herüber und begrüßte jeden von ihnen herzlich. Er sagte, er erinnere sich an die beiden Töchter von Miss Fairfax, seinem Verhalten nach zu urteilen schien diese Erinnerung jedoch recht oberflächlich zu sein. Mrs. Fairfax würde eine aggressive und beharrliche Schlacht für ihre Töchter führen müssen, wenn sie den Earl dazu bringen wollte, sich auch nur der geringsten Neigung hinzugeben, eine der beiden zu heiraten.

Darlington lehnte sich unauffällig zu C.J. vor. »Ich würde gern mit Ihnen reden, Miss Welles, falls Sie mir heute Abend einen Moment widmen können.«

»Sie haben meine Neugierde geweckt, Mylord.«

»Es wäre mir eine Ehre, wenn Sie mit mir tanzen würden.« Er deutete mit einer Kopfbewegung zur Tanzfläche. »Wie Sie zweifellos wissen, verbietet es mir der Anstand, Sie öfter als zwei Mal heute Abend zu entführen, und meine Tante hat den sehr deutlichen Wunsch geäußert, selbst das noch zu halbieren, was mir bei Weitem nicht so viel Gelegenheit bietet, Ihre angenehme Gesellschaft zu genießen. Vielleicht wäre der Tanz vor dem Abendessen am besten, dann könnten wir danach freier miteinander reden.«

Anscheinend schien fast jeder hier um seine Absichten herumzutanzen, die hinter Nuancen, Rätseln und Understatement verborgen waren. Würde sie sich je daran gewöhnen?

»Es wäre mir eine Ehre, Mylord«, erwiderte sie und knickste höflich.

»Meine Cousine würde Sie gerne begrüßen, Miss Welles, falls Sie es mir erlauben, Sie Ihren Begleitern kurz zu entreißen.« Darlington nickte der Familie Fairfax und Lady Dalrymple zu und bat um ihr Verständnis. Sein Arm leicht an ihrem Ellbogen, führte er C. J. quer durch den Saal zu seiner Cousine.

»Der erste Ehemann von Miss Janes Cousine und meine verstorbene Frau waren Bruder und Schwester, falls Sie diesem recht verzweigten Stammbaum folgen können«, informierte der Earl C.J., die sich nicht daran erinnerte, jemals zuvor von Darlington direkt irgendetwas über seine erste Ehe gehört zu haben. Sie nahm an, dass jeder hier über den anderen Bescheid wusste, egal ob das Wissen aus erster Hand kam oder nicht.

Sie erreichten die gegenüberliegende Seite des Ballsaals, und der Lord stellte alle einander vor. »Miss Jane Austen, die Sie ja bereits kennen, Miss Welles. Und Onkel und Tante von Miss Jane, in deren Haus sie wohnt, Mr. und Mrs. Leigh Perrot.«

C.J. knickste leicht und bemühte sich, ihrer Freude, sie kennen zu lernen, Ausdruck zu verleihen. Sie fühlte sich furchtbar gehemmt und sozial so unbeholfen.

»Das ist Miss Welles' erste Saison«, sagte der Earl, den ihr ungewöhnliches Schweigen überraschte.

Zum Glück wurde C.J. von der redegewandten Miss Austen gerettet. »Wirklich schade, dass Sie nicht schon früher hier gewesen sind.« Jane sah sich im Saal um und schüttelte den Kopf. »Angesichts des Anlasses ist es schockierend und fast schon unmenschlich, wie wenig Leute sich hier eingefunden haben, obwohl es sicher genügend sind, um daraus fünf oder sechs sehr nette gesellige Abende in Basingstoke zu machen.«

»Ja, Jane wird nie müde, sich über die ländliche Abgeschiedenheit des armen, kleinen Basingstoke lustig zu machen«, stimmte Mrs. Leigh Perrot zu, dann entschuldigte sie sich und ihren Gatten, um mit einem anderen Paar einen der wenigen Volkstänze zu tanzen, die vier Teilnehmer verlangten.

Darlington zog für C.J. einen Stuhl heran. »Man glaubt es kaum, wenn man sie kennt, da sie immer so sanft ist, aber meine Cousine hat einen ganz außergewöhnlich bösen Hang zu Klatsch und Tratsch«, kommentierte er. »Letztens beim Tee haben Sie davon einen Vorgeschmack bekommen, Miss Welles. Cousine Jane, erzählen Sie doch Miss Welles, was Sie mir gerade gesagt haben.«

Miss Austen rutschte mit ihrem Stuhl näher zu C.J. und sprach in einem vertraulichen Tonfall. »Ich habe einen guten Blick für Ehebrecherinnen«, flüsterte sie, und ihr Blick fiel auf eine Frau am anderen Ende des Raumes, die ziemlich viel Rouge aufgetragen hatte und einen hübschen, gestreiften Seidenturban trug, in dessen Mitte sich ein Topas mit einer riesigen Reiherfeder befand. »Obwohl man mir mehrfach versichert hat, dass *diejenige welche* eine andere aus dem Trupp sein soll, habe ich von Anfang an auf die Richtige getippt.« Jane sah zufrieden mit sich aus.

»Sie haben eine große Beobachtungsgabe, Miss Austen, um auf fünfzig Schritte Entfernung die kleinsten Charakterfehler zu erkennen«, murmelte C.J. ihrer neuen Bekannten zu.

Die jungen Frauen lachten, und Jane, die in C.J. eine verwandte Seele vermutete, nahm ihre Hand. »Ich glaube, dass wir noch gute Freundinnen werden«, verkündete sie mit Überzeugung.

Kapitel Zwölf

In dem Miss Austen ihre Meinung über die Irrtümer beider Geschlechter preisgibt, Lady Dalrymple eine Showeinlage liefert, unsere Heldin im Mondlicht einen Kuss erhält, der einen überraschenden, jedoch nicht völlig unerwarteten Heiratsantrag nach sich zieht, und Lady Olivers bunte Vergangenheit enthüllt wird.

A<small>LS SIE VOM TANZEN</small> zurückkehrten, fragten die Leigh Perrots Darlington, ob er so nett sei, ihnen etwas Punsch zu holen. Lady Oliver verlangte nach einer genauen Auflistung aller verfügbaren Erfrischungen, bevor sie sich für eine davon entscheiden konnte. Sie beharrte darauf, dass heutzutage die besten Gesellschaften Orgeatwasser servierten, ein nichtalkoholisches Getränk, das aus Gerste und Orangenblütenwasser hergestellt wurde.

Miss Austen lenkte ihre Aufmerksamkeit auf zwei Mitglieder aus der Gruppe der Ehebrecherin. »Ich kann mich nicht erinnern, wann ich mich das letzte Mal bei einem Ball so amüsiert habe«, sagte sie mit einem schadenfrohen Lächeln zu ihrer Begleiterin. »Mrs. Busby vernachlässigt die beiden jungen Frauen, für die sie die Anstandsdame spielen sollte, um nach ihrem betrunkenen Ehemann zu suchen. Wie er versucht, ihr zu entkommen, und sie, wahrscheinlich auch nicht mehr ganz nüchtern, ihm auf den Fersen bleibt, das hat mir während der letzten Stunde vorzüglich die Zeit vertrieben.«

Der Earl kehrte zu ihnen zurück, wobei er Punsch für die Leigh Perrots und für seine Tante mitbrachte. Denn heute Abend gab es kein Orgeatwasser und keinen Ratafia-Likör.

Lady Oliver entging das Interesse ihres Neffen an Lady Dalrymples armer Verwandten natürlich nicht, und sie nutzte jede Gelegenheit, ihn zurechtzuweisen. »Hätte ich den Abend mit einem sabbernden, männlichen Wesen verbringen wollen, hätte ich meinen besten Pointer mitgebracht. Percy, dir ist klar, wie unmöglich diese Situation ist. Miss Welles solche unverdiente Aufmerksamkeit zu schenken, verträgt sich nicht mit deiner Stellung als Gentleman, und es wird der Familie zweifellos peinlich sein, um den Schaden für deinen bereits ramponierten Ruf gar nicht erst zu erwähnen.«

»Dann wird ein weiterer Fleck nicht auffallen, Tante Augusta«, entgegnete der Earl.

C.J. lächelte wohlwollend. »Lady Oliver, verzeihen Sie meine Unhöflichkeit. Obwohl zwischen uns noch fünf Personen sitzen, habe ich Ihre Bemerkungen, obwohl sie sicher vertraulich waren, zufällig mit angehört. Wenn meine Gegenwart für den Lord unerträglich ist, dann steht es ihm frei, seine Aufmerksamkeit auf jemand anders zu lenken.«

Das ziemlich laut hörbare Grunzen der Lady machte sowohl ihre Niederlage als auch ihr Missfallen deutlich. Sie veränderte ihre Position mit Hilfe ihres Gehstocks.

»Sie mag *Sie* anscheinend«, flüsterte C.J. Miss Austen zu.

Jane sah auf und lächelte Lady Oliver gelassen an, für den Fall, dass die alte Schachtel die Unterhaltung der jungen Frauen für eine mörderische Intrige hielt. »Ihre gute Seite«, sagte sie sarkastisch, »ist nicht Zärtlichkeit.« Miss Austen flüsterte nun und hob ihren Fächer. »Alles, was sie will, ist Klatsch und Tratsch, und sie mag mich nur, weil ich ihn ihr liefere.«

Darlington räusperte sich, was das Tête-à-Tête unterbrach. »Ladys, ich glaube, es ist Zeit für den letzten Tanz vor dem Abendessen. Miss Welles, wenn ich mich nicht täusche, hatten Sie ihn mir versprochen.« Er bot C.J. seinen Arm an und half ihr von dem harten Holzstuhl auf.

Ein gut aussehender, junger Mann, helle Haut und rötliche Haare, kam auf Miss Austen zu und forderte sie auf. Die jungen Damen wurden auf die Tanzfläche geführt, wo sich gerade alle formierten.

Plötzlich verschwand ihre Angst fast ganz, und sie fühlte sich sicherer. Dank ihrer Kurse, die sie im einundzwanzigsten Jahrhundert belegt hatte, wusste sie über die Gepflogenheiten der adeligen Herrschaften einigermaßen Bescheid, wie sie einander gegenüberstanden, Partner wechselten, unter erhobenen Armen durchgingen oder sich an den Händen fassten.

Sie hörte, wie Jane am anderen Ende lebhaft mit ihrem rothaarigen Partner sprach, dem Sohn eines Vikars namens Mr. Chiltern. Er wollte seine schlagfertige Partnerin nicht mit anderen auf der Tanzfläche teilen und argumentierte mit Nachdruck: »Für mich ist der Volkstanz das Symbol der Ehe. Treue und Gefälligkeit sind die wichtigsten Werte, und die Männer, die selbst nicht tanzen oder heiraten wollen, sollten die Partnerinnen oder Ehefrauen der anderen in Ruhe lassen.«

Miss Austen drehte sich von ihm fort, während sie weiter nach vorne tanzten. »Aber da irren Sie sich, Sir. Leute, die heiraten, können sich nie trennen, sondern müssen ihr Zuhause teilen. Leute, die tanzen, stehen sich nur in einem langen Raum für eine halbe Stunde gegenüber.«

C.J. und Darlington lachten. »Ich befürchte, Mylord, dass Ihre schlagfertige Cousine dem armen Vikarsohn überlegen ist. Trotz seiner Meinung über die Parallelen zwischen dem Tanz und der heiligen Ehe, wird er vielleicht doch noch die Partnerin tauschen wollen.«

Jane amüsierte sich ganz offensichtlich, und sie führte weiter aus: »Sie werden zugeben, dass in der Ehe vom Mann erwartet wird, dass er die Frau finanziell unterhält, während die Frau für ihn das Heim angenehm machen soll. Er soll liefern, und sie soll lächeln.« Jane strahlte triumphierend. »Aber beim Tanzen sind die Pflichten genau andersherum. Von ihm wird erwartet, angenehm zu sein und sich zu fügen, während sie für den Fächer und das Lavendelwasser sorgt.«

C.J. fiel es schwer, weiter ihren Partner anzuschauen und gleichzeitig dem Schlagabtausch zwischen Mr. Chiltern und Miss Austen zuzuhören. Sie wollte kein Wort, das Jane sagte, verpassen. »Hätte ich die Gelegenheit, Ihre Cousine näher kennen zu lernen«, sagte sie zum Earl, »würde ich enge Freundschaft mit ihr schließen. Es gibt da bereits so viel zu bewundern.«

»Miss Austen hat denselben Wunsch geäußert, nämlich Sie, Miss Welles, besser kennen zu lernen. Aber leugnen Sie nicht Ihre eigene Fähigkeit zu faszinieren. In Ihrem Geist ist eine unerschöpfliche Energie, eine Charakterstärke und, Sie mögen es mir verzeihen, ein gewisser Widerspruch, der mich dazu anregt, die Ursache zu ergründen. Vergeben Sie mir meine Direktheit, Miss Welles, aber von dem Augenblick an, an dem ich Ihre Bekanntschaft gemacht habe, haben Sie mich in Gedanken verfolgt. Ich bin nur ein armer Verehrer, ganz in Ihrem Bann.«

»Sie sind viel zu höflich, Mylord«, sagte C.J. errötend. »Wäre Ihr Gesichtsausdruck nicht so ernst, würde ich solch hübschen Worten gar nicht glauben!«

»Oh, aber das müssen Sie, Miss Welles! Sie können Ihre Tante als Leumundszeugin für mich befragen, sollten Sie meine Integrität anzweifeln.«

Die Musik kam zum Ende, die Musiker legten ihre Instrumente zur Seite, und die Paare gingen in Richtung der vergoldeten Türen des Ballsaals, um die Tanzpause für eine Stärkung zu nutzen.

»Ich liebe zu tanzen«, sagte Jane zu C.J., als sie sich wieder zu den anderen begaben. »Und, was die Gentlemen angeht«, fügte sie verschmitzt hinzu, »alles, was ich von einem Mann erwarte, ist, dass er gut reitet, wunderbar tanzt, kraftvoll singt, leidenschaftlich liest und dass sein Geschmack in jedem Punkt mit meinem übereinstimmt.«

Keine geringfügige Angelegenheit, genau betrachtet, dachte C.J.

»Und Sie haben ihn getroffen, Jane«, neckte der Earl. »Aber zum Glück für Miss Welles ist er Ihr Cousin.«

Im Foyer herrschte großes Gedränge, alle wollten ins Teezimmer, um Gläser mit kaltem Punsch oder warmem Negus, je nach Alter und Vorliebe, zu trinken. Im Laufe des Abends wurde der Ballsaal immer voller und wärmer, und vor allem viele der Damen benötigten eine kalte Erfrischung. Anscheinend war der Erfolg des Balls umso größer, je wärmer der Ballsaal war. Der Geruch von Schweiß und gefärbtem Leder vermischt mit den Aromen unterschiedlicher Parfums, von Hyazinthe über Jasmin und

Rose bis hin zu Geißblatt, war überwältigend und nicht wirklich angenehm. Tatsächlich dämpfte der Geruch ihren Appetit ziemlich.

Mrs. Fairfax, mit Miss Austen im Schlepptau, bahnte sich mit Ellbogeneinsatz ihren Weg durch diejenigen, die gerade erst von der Tanzfläche kamen und von ihren Anstrengungen ganz erhitzt waren. Der Ehemann der Neureichen war nirgends zu sehen. Er hatte beschlossen, der Menge aus dem Weg zu gehen, indem er gemütlich auf seinem Stuhl an der Wand des Ballsaals sitzen blieb und darauf vertraute, dass seine gute Ehefrau ihm noch früh genug ein Glas Wein bringen würde. Ihre Beschwerden über seine Trägheit zu ertragen, war akzeptabel im Vergleich zu der Strafe, die es für ihn bedeutet hätte, mit hunderten von anderen Gästen in ein Vorzimmer gedrängt zu werden.

»Wenn irgendetwas Unangenehmes vorfällt, dann schaffen Männer es immer, dem zu entfliehen«, bemerkte Miss Austen schelmisch.

Die beiden kleineren Gruppen taten sich zusammen, und nun trugen C.J., Lady Dalrymple und die Familie Fairfax ihre Stühle dorthin, wo die Leigh Perrots, ihre bemerkenswerte Nichte, Darlington und die gefürchtete Lady Oliver schon seit dem frühen Abend saßen. Der Drache tat sein Bestes, um eine gewisse Distanz zwischen ihrem adligen Neffen und dem Objekt seiner unpassenden Faszination zu schaffen. Wenn Darlington versuchte, sich C.J. zu nähern, gelang es seiner Tante jedes Mal, sich zwischen sie zu schieben oder seine Bewegung einzuschränken, indem sie diskret den Winkel ihres Stuhls veränderte.

Miss Austen schien ein böses kleines Vergnügen daran zu haben, Mrs. Fairfax zu necken, die nicht die leiseste Ahnung hatte, dass sie das Opfer der sanften Satire der Schriftstellerin geworden war. C.J. hörte zu, wie Miss

Fairfax Captain Keats irgendeinen unnötigen Quatsch erzählte. Das Mädchen schien nur über wenig Gesprächsstoff zu verfügen, und die Diskussion der militärischen Ehren ihres Beaus gab das Hauptthema jeder Unterhaltung ab, die sie begann. C.J. hätte es sehr vorgezogen, die Teepause mit der geistreichen Unterhaltung von Miss Austen zu verbringen. »Ich begreife einfach nicht, warum so viele Gentlemen dumme Frauen bevorzugen«, bemerkte sie gegenüber ihrer neuen Freundin.

Jane lächelte selig in Richtung ihres gut aussehenden Cousins. »Wenn eine Frau das Pech hat, etwas zu wissen, sollte sie das so gut wie möglich verbergen.« Miss Austen wollte, dass der Earl ihre Aussage bestätigte, und drehte sich zu ihm um. »Für den größeren und unbedeutenderen Teil Ihres Geschlechts bedeutet Dummheit bei einer Frau eine Verstärkung ihres persönlichen Charmes, dann gibt es da noch jene Männer, die selbst zu vernünftig und zu gebildet sind, um von einer Frau mehr als Ignoranz zu verlangen.«

Darlington jedoch war damit nicht einverstanden, und C.J. gelangte zu der Überzeugung, dass die beiden ihre Streitgespräche als eine Art von Sport genossen. »Ich gebe zu, dass recht viele Männer dem, was Sie gerade gesagt haben, zustimmen würden, Miss Jane, aber wie ich bereits Miss Welles gesagt habe, gehöre ich nicht zu diesen Gentlemen, die die Gesellschaft intelligenter Frauen missbilligen. Tatsächlich finde ich es oft stimulierender, Ansichten mit einer der klügeren Vertreterinnen des schönen Geschlechts auszutauschen, als in rein männlicher Gesellschaft, denen allen beigebracht wurde, denselben Credos zu folgen und dieselben Klubs zu frequentieren.«

C.J. lächelte. »Dann sind Sie *sui generis*, Mylord.«

Er stutzte, da sie eine lateinische Wendung benutzte. Sie

war zwar durchaus gängig, doch aus ihrem Mund klang sie wirklich ungewöhnlich. Was für eine außergewöhnliche Vertreterin der Weiblichkeit! Der Earl bemerkte, dass seine Tante in ein lebhaftes Gespräch mit Lady Dalrymple vertieft war und nutzte diese Chance. »Miss Welles, würden Sie mir freundlicherweise einen oder zwei Augenblicke Ihrer Zeit schenken?«

Mit der Ausrede, eine neue Runde Erfrischungen zu besorgen, stand er auf und deutete mit einem leichten Kopfnicken und einem durchdringenden Blick an, dass er mit C.J. allein zu sprechen wünschte. Die junge Dame stand ebenfalls auf, und die beiden entfernten sich ein paar Schritte von ihren Begleitern.

»Mylord?«

»Ich werde gleich zur Sache kommen, Miss Welles. Ich habe Sie schon zu oft kompromittiert. Darüber möchte ich mit Ihnen reden.«

»Kompromittiert? Was meinen Sie?«

»Es war sowohl dreist als auch gedankenlos von mir, Sie ohne Anstandsdame vor ein paar Tagen morgens zu Ihrer Tante zu begleiten.«

»Aber Sie hatten mir doch versichert, dass dem Anstand Genüge getan wurde.« C.J. war verletzt und sah zu Darlington hoch. Sie machte sich Sorgen, dass das vielleicht ein unmittelbares Ende ihrer Bekanntschaft bedeuten würde, die sie, auch wenn sie erst kurz währte, sehr genoss. »Ich war nicht beleidigt und fühlte mich auch in keiner Weise bedrängt«, fügte sie schnell hinzu.

»Ihr nachgiebiger Charakter, Miss Welles, entschuldigt meine Impertinenz und meine Unachtsamkeit nicht. Mein Übermut hätte Ihnen, einer unschuldigen und vertrauensseligen Frau, unwiderruflichen Schaden zufügen können. Sie tragen natürlich keinerlei Schuld, aber das würde einen Tadel nicht unterbinden. Ich allein bin der Schuldige. Wenn Sie und Ihre Tante es mir erlauben, Sie weiterhin zu besuchen, dann werde ich in Zukunft darauf achten, dass eine Anstandsdame anwesend ist. Miss Austen ist erst vor Kurzem in der Stadt eingetroffen und hat sich beschwert, dass sie hier kaum Freunde und Bekannte hat. Sie mag lange Spaziergänge und Einkaufsbummel so sehr wie jede andere junge Dame, und da Sie den Wunsch geäußert haben, sie näher kennen zu lernen, werde ich versuchen, mich ihrer Zustimmung zu versichern, damit Sie nicht zum Ziel von Tratsch und Spekulationen werden. Und ihre Tante, Mrs. Leigh Perrot, die genauso gern einkaufen geht, würde eine Möglichkeit, Ihnen die Sehenswürdigkeiten auf der Milsom Street zu zeigen, zweifellos begrüßen.«

»Percy.« Lady Olivers Befehl hatte den Effekt von kaltem Wasser an einem Wintermorgen. »Ich hätte gern etwas Punsch. Es sind doch sicher noch Erfrischungen da.«

»Mit Vergnügen, Tante Augusta«, entgegnete Darlington so freundlich, wie es mit zusammengebissenen Zähnen möglich war.

Der Wortwechsel war Miss Austen nicht entgangen. C.J. zog Jane zur Seite, um sie zu fragen: »Was habe ich denn nur getan, dass Lady Oliver eine Verbindung zu ihrem Neffen so sehr fürchtet? Ich habe ihr doch sicher nie einen Grund gegeben, sich über mich zu ärgern.«

Jane nahm die Hand ihrer neuen Freundin. »Wenn man jemanden nicht mögen will, findet sich immer ein Motiv.« Sie schüttelte den Kopf und stimmte zu, dass eine konkrete Ursache sicher eine Art Trost sein könnte. Zumindest wüsste man dann, wo man steht und warum.

Mr. King eröffnete die zweite Hälfte des Abends. Keiner der jungen Damen in C.J.s Gruppe fehlte für den Rest des Abends ein Partner, und einmal führte ein rotgesichtiger, aber liebenswerter Gentleman C.J. an den Kopf der Tanzformation. Sie war in einer so prominenten Position etwas nervös, erinnerte sich jedoch an ihren Unterricht in New York und besiegte ihr Lampenfieber. Zum Glück wurde das ihr bekannte Stück »Apley House« gespielt. Als es zu Ende war, gingen die Damen mit rosigen Wangen und ganz aufgekratzt über die volle Tanzfläche zu ihren Stühlen. In dem Gedränge trat ein Gentleman in seinem fröhlichen Überschwang auf das Kleid von Harriet Fairfax.

»Schwester, sieh nur!«, rief Miss Susanne und zeigte auf Harriets zerrissenen Saum.

»Oh nein!« Miss Fairfax betrachtete das Kleid. »Mutter! Mein bestes Kleid!«

Mrs. Fairfax stand auf, um den Schaden zu begutachten. »Was für ein Trampel von einem Tanzpartner tritt denn so unbeholfen auf den feinsten Musselin meiner Tochter? Finden Sie nicht, Miss Welles? Und doch, wäre der Schuldige ein reicher Mann, hätte es ein glücklicher Zwischenfall sein können«, verkündete sie laut und wandte sich ihrem Ehemann zu, der dem Geschwätz seiner Frau leicht amüsiert zuhörte. Dann fügte sie vorwurfsvoll hinzu: »Es ist deine Schuld, Mr. Fairfax, dass die passende Klasse Gentlemen vor unseren Mädchen zurückschreckt.«

»Mama, ich hätte gern, dass Miss Welles mich begleitet, damit man mein Kleid wieder in Ordnung bringt.« Miss Fairfax zeigte in Richtung eines Zimmers, das als Ruheraum gedacht war und in dem ein paar Näherinnen auf Abruf bereitstanden. Während ihr Saum geflickt wurde, erläuterte Miss Fairfax C.J., was die hervorragenden Eigenschaften von Captain Keats waren, nicht zuletzt sein prächtiger, scharlachroter Mantel mit den Knöpfen, die wie frisch geprägte Münzen strahlten.

Als sie in den Ballsaal zurückkehrten, wurde der Earl

von seiner Tante einer hübschen, jungen Erbin vorgestellt, die Miss Fairfax als Lady Charlotte Digby erkannte, sowie einem eleganten Paar von Mitte vierzig, die Lady Charlottes Eltern sein mussten. Lady Digby, groß, mit einem kantigen Gesicht, trug ein teures Kleid aus meergrüner Seide. Ihr modischer Turban, der hellgrün und rosa gestreift war, betonte ihre erlesenen Wangenknochen. Die Tochter, wenn auch mit hellerem Teint, glich ihr mehr als Lord Digby, einem etwas geröteten Gentleman mit lichtem, rotbraunem Haar. Der Earl schien Lady Charlotte recht freundlich anzulächeln. Sein Verhalten hatte nichts von der formellen Kühle, die er an den Tag gelegt hatte, als er früher am Abend den Töchtern von Mrs. Fairfax vorgestellt worden war.

C.J. wurde es plötzlich ganz übel, und sie bezweifelte, dass es am Negus lag, auch wenn sie zugegebenermaßen nicht daran gewöhnt war, den warmen Wein zu trinken. Vielleicht war es nichts anderes als ihre Intuition, aber irgendetwas ließ ihr Herz bang werden. Die unangenehme Szene behagte ihr nicht, und sie kehrte in Begleitung der älteren Miss Fairfax an ihren Platz zurück. Lady Dalrymple, die so tat, als hörte sie zu, wie Mrs. Fairfax ihre Missbilligung der neuesten Haubenmode erläuterte, beobachtete nichtsdestotrotz interessiert das Gespräch zwischen Darlington und den Digbys und spitzte beide Ohren.

Höchstens eine Minute später begann die Countess, wild mit ihrem Fächer zu wedeln. »Cassandra! Ich habe Schmerzen!«, verkündete sie laut und legte die Hand auf ihr Herz.

C.J. wurde blass. »Tante …?«

»Unsere Kutsche kommt frühestens in einer halben Stunde. Ich muss so schnell wie möglich nach Hause, damit ich mein Korsett lockern und mich bequem hinlegen kann.« C.J. beugte sich über ihre Tante und versicherte ihr, dass sie alles in ihrer Macht Stehende tun würde, um sie schnell und sicher nach Hause zu bringen. »Hier, Nichte«, rief Lady Dalrymple aus und presste C.J.s Hand an ihre Brust. »Fühl nur, wie mein Herz pocht.«

Im Durcheinander, das nun folgte, als die anderen sich bemühten, der Countess Luft zu verschaffen, hielt die Dame mit ihrer Hand das zarte Handgelenk ihrer Nichte fest umklammert. Sie zog sie näher zu sich heran, während sie ihr zuzwinkerte.

Die junge Frau schnappte nach Luft. »Ich bitte Sie, das nie wieder zu tun! Sie haben mich zu Tode erschreckt«, flüsterte sie. Die Countess begann eine weitere Darbietung, die ihrem ausgeklügelten Auftritt in Lady Wickhams Wohnzimmer ähnelte. Miss Welles fragte sich langsam, wer von ihnen die größere oder erfindungsreichere Schauspielerin war – sie selbst oder ihre exzentrische Wohltäterin?

Darlington entschuldigte sich hastig bei den Digbys und kam sehr besorgt auf C.J. und die Countess zu. »Miss Welles, kann ich irgendwie behilflich sein?«

C.J. sah zu ihm auf, ihre Augen voller Dankbarkeit, bis irgendwas an seinem Gesichtsausdruck ihr verriet, dass der Earl anscheinend eingeweiht war. Was war zwischen den beiden vorgefallen?

»Lady Dalrymple, darf ich Ihnen meine Kutsche anbieten? Ich selbst muss die Veranstaltung ebenfalls so schnell wie möglich verlassen, und es würde mir unendlich leidtun, sollte Ihnen irgendetwas passieren, während Sie darauf warten, dass Ihre eigene Kutsche eintrifft. Vom Royal Crescent zu meinem Stadthaus am Circus ist es ja keine große Entfernung, sodass Sie mir keine Umstände machen würden.«

Die Countess ergriff dankbar Darlingtons Hand. »Oh Mylord«, schwärmte sie. »Ich bin Ihnen für Ihre liebevolle Großzügigkeit sehr dankbar. Sind Sie sich absolut sicher, dass die Schmerzen und Wehwehchen einer alten Frau Sie nicht zu sehr belasten?«

C.J. fand, dass ihre Tante vielleicht ein wenig zu dick auftrug, aber die anderen schienen es überhaupt nicht verdächtig zu finden. Sie waren sich nicht im Geringsten der Scharade bewusst, die da vor ihren Augen gespielt wurde.

Die Digbys und Lady Oliver, ein paar Meter entfernt auf der anderen Seite des Ballsaals, schien Lady Dalrymples Leiden nicht weiter zu berühren. Trotz ihrer angeblichen Busenfreundschaft zog Darlingtons Tante es vor, nicht wie die anderen ihrer Sorge um die Gesundheit der Countess Ausdruck zu verleihen. Welches Thema sie auch immer mit den Digbys besprach, es war offensichtlich wichtiger.

Ihre Nichte und Lord Darlington halfen der Lady elegant aus ihrem Stuhl und geleiteten sie zu dem schwarzweinroten Landauer von Darlington. Seiner normalerweise adleräugigen Tante entging es ganz und gar, dass er die Veranstaltung verließ. Darlington wechselte ein paar Worte mit seinem Kutscher, dann half er Lady Dalrymple hinein und bot C.J. seine Hilfe an, bevor er selbst einstieg und gegenüber der Countess und ihrer Nichte Platz nahm.

Es war wirklich nicht weit bis zum Royal Crescent. Der Kutscher hielt vor Lady Dalrymples Tür an und klingelte mit einer Glocke, die er aus seinem voluminösen Mantel gezogen hatte. Folsom kam aus dem Haus, um die Kutsche für seine Herrin zu öffnen und ihr beim Aussteigen zu helfen, er reichte auch C.J. die Hand.

C.J. sah zu Darlington, der zu ihnen auf den Bürgersteig

getreten war. »Ich bin Mylord sehr dankbar für Ihre Liebenswürdigkeit gegenüber meiner Tante«, sagte sie leise.

Die Nachtluft duftete nach Jasmin. Wie wunderbar, dass er in Bath blühte! Lady Dalrymple betrachtete die jungen Leute. »Cassandra, im Haus ist es recht stickig. Wegen meines Zustandes habe ich die Zimmer nicht so oft gelüftet, wie es eigentlich meine Gewohnheit ist. Vielleicht solltest du noch einen Abendspaziergang machen, bevor du zu Bett gehst. Du bist sicher müde vom Tanzen, dem Gedränge und der Hitze im Ballsaal. Die Nachtluft wird deinen Geist erfrischen. Ich lasse mir von der Köchin einen Kräutertee kochen. Du kannst mir gute Nacht sagen, wann immer du möchtest.«

Der Kutscher rief ein kurzes Kommando, und die Pferde machten ein paar Schritte nach vorn, sodass zwischen dem Gefährt und dem Paar ein diskreter Abstand entstand.

»Ihre Tante schauspielert besser, als ihr Bruder es je getan hat«, bemerkte Darlington verschmitzt, während die Witwe das Stadthaus betrat. Er sah C.J. forschend an, bevor er nach ihrer Hand griff.

Im nächsten Augenblick lag sie in seinen Armen, atmete die berauschende Mischung aus süßer Nachtluft und dem würzigen Geruch des Earls. Das war nicht der Moment, die überraschte Jungfrau zu spielen. »Mylord«, flüsterte sie, als ihre Lippen seine mit demselben Verlangen berührten und ihre Zungen in brennender Leidenschaft zueinanderfanden. Sie gab sich seiner Begierde ganz hin und fühlte Darlingtons Körper hart und muskulös, als er ihren weichen Körper umfasste.

Seine Hände glitten erfahren über ihren Rücken, fuhren über ihre wohl geformte Figur hinauf in ihre Haare und ließen sie tief erschauern, während er ein paar ihrer Schildpattspangen löste, die ihre Locken festhielten, und sein

Finger umfasste spielerisch eine glänzende Strähne. C.J. hatte keinerlei Skrupel, ihrem Hunger nach seiner Berührung, nach dem Geschmack seines Mundes in ihrem und dem Bedürfnis, das sein Körper in ihr auslöste, nachzugeben. Sie spielte zwar die Tochter eines liederlichen Marquis', aber sie wollte nicht auch noch so tun müssen, als wäre sie prüde, was Sex anging. Nicht jetzt.

Darlington küsste zärtlich jedes Augenlid ... »Percy«, flüsterte sie und sprach ihn auf sehr intime Weise an. Es verstieß gegen alle Regeln des Anstands, seinen Spitznamen zu benutzen, aber in dieser Situation etwas anderes zu sagen, wäre lächerlich gewesen. In dem Moment hätte sie sich ihm ohne zu zögern ganz hingegeben.

»Süße, süße Miss Welles.« Darlingtons Hand glitt über ihre Wange. »So weich«, flüsterte er, »wie das Blütenblatt einer Rose. Ich gebe zu, manchmal verwirren Sie mich, aber Mr. King, der Zeremonienmeister, hatte Recht. Sie sind *wirklich* ein Original.«

»Ich kann Ihnen versichern, dass Mr. King und ich uns noch nie so geküsst haben«, neckte C.J. ihn. »Trotzdem nehme ich Ihre Bemerkung als Kompliment.«

Plötzlich schien es, als hätte jemand mit dem Finger geschnippt, denn der Earl wurde ganz förmlich, trat einen Schritt zurück und verwirrte C.J. vollkommen angesichts dieser tiefgreifenden Verhaltensänderung. »Miss Welles, in meiner gesellschaftlichen Stellung gibt es nur einen Weg, den ich als anständig erachte, um einen vertrauteren Umgang mit Ihnen zu pflegen, und dafür muss ich mit Ihrer Tante sprechen.«

»Ich bin volljährig, Mylord.« C.J. lächelte. »Sollten Sie darüber Zweifel gehabt haben.«

»In diesem Fall werde ich Sie über den Inhalt des Gesprächs, das ich mit Lady Dalrymple führen möchte, unterrichten.« Er schien eine bedeutungsvolle Pause zu machen. »Obwohl ich zugeben muss, dass wir uns erst sehr kurz kennen, habe ich doch genügend Stunden in Ihrer Gesellschaft verbracht, um eine fundierte Entscheidung treffen zu können. Es mag sein, Miss Welles, dass ich Ihnen als ein wohlhabender Privatier erscheine. Das ist in vielerlei Hinsicht sicher wahr, und doch bin ich auch stolz darauf, ein Mann der Tat zu sein. Und wie ich bereits in einem unserer Gespräche erwähnte, bin ich jemand, dem es immense Freude bereitet, etwas zu entdecken. Daher werde ich morgen früh Ihre Tante fragen, ob ich Ihnen den Hof machen darf.«

Warum nicht. Warum zum Teufel nicht?

Als Antwort erhielt er einen spontanen Freudenschrei und eine leidenschaftliche Umarmung, gefolgt von vielen Küssen, Seufzern und dem Versprechen eines ländlichen Spaziergangs am nächsten Tag. C.J. wollte sich am liebsten gar nicht von ihm trennen. Sie stand vor Lady Dalrymples Haus und beobachtete, wie der Landauer des Earls die recht kurze Brock Street entlangfuhr, bis sie am Circus um die Kurve bog und außer Sichtweite war. Hätte sie fliegen können, wäre sie sicher jubelnd bis zu Lady Dalrymples geliebtem Mond geschwebt.

Doch nur eine halbe Stunde später, ging C.J. in ihrem Zimmer auf und ab und überlegte sich, wie oder ob überhaupt, sie Owen Percival die Wahrheit erzählen sollte.

UM ZEHN UHR am nächsten Morgen frühstückte C.J, die eine schlaflose Nacht verbracht hatte, mit ihrer Tante im sonnigen, vorderen Wohnzimmer, als Collins, der ein Silbertablett trug, hereinkam. »Das ist gerade für Sie angekommen, Miss Welles«, verkündete der Butler.

»Danke schön, Collins.« Behutsam nahm sie das gefaltete Briefchen von dem Tablett und drehte es um, um das Siegel zu betrachten. Lady Dalrymple erkannte sofort das schwarz-weinrot geprägte Wappen mit dem goldenen Blatt des Earls von Darlington oben auf dem Bogen aus Pergament. Nachdem sie den Brief überflogen hatte, um zu sehen, ob er etwas außergewöhnlich Privates enthielte, las C.J. ihn der Countess vor:

Miss Welles,
es tut mir leid, unsere Verabredung, heute Nachmittag durch die Sydney Gardens zu spazieren, verschieben zu müssen. Miss Austen wäre jedoch erfreut, Sie zu begleiten, und ich hoffe, zu den beiden klügsten jungen Damen Baths hinzustoßen zu dürfen, wenn auch eine Stunde später, als ich geplant hatte. Bitte entschuldigen Sie, sollte ich Sie auch nur einen Augenblick lang enttäuscht haben.

Mit lieben Gedanken
Darlington

C.J. faltete den Brief zusammen und sah Lady Dalrymple an.

»Vielleicht hätte ich mit ›Percy‹ unterzeichnen sollen?«, fragte eine warme und tiefe Stimme neckend, und der Earl selbst betrat das Zimmer.

»Warum haben Sie Collins mit einer Nachricht vorgeschickt?«, fragte C.J.

»Ich hatte Angst, dass Sie über eine vorübergehende Änderung unserer Pläne vielleicht wütend werden könnten«, lächelte er. »Ich muss heute noch einiges erledigen, sodass die verabredete Stunde unseres Rendezvous nicht zu halten ist, aber der wichtigste Termin des Morgens konnte nicht verschoben werden.« Darlington begrüßte Lady Dalrymple, indem er sie auf beide Wangen küsste. »Darf ich sagen, Tante Euphoria, dass Sie tatsächlich wie das blühende Leben aussehen? Ich bin sehr zufrieden, Sie in so kurzer Zeit ganz wiederhergestellt vorzufinden.«

Lady Dalrymple errötete. »Also, Percy, nur du hast so eine Wirkung auf mich. Und angesichts der aktuellen Umstände, finde ich, solltest du dir für mich einen anderen Kosenamen zulegen. Es geht doch nicht, dass ihr mich beide Tante Euphoria nennt, oder?«

»Warum nicht. Aber wenn ich so forsch sein darf, dann hoffe ich sehr, dass es für Miss Welles bald akzeptabel sein wird, Lady Oliver Tante Augusta zu nennen.«

C.J. prustete in ihren Kaffee. Die zarte Wedgwood-Tasse wackelte auf ihrer Untertasse. »Ich glaube nicht, dass Ihre Tante mich mag«, sagte sie, fing sich wieder und hoffte, dass dem Lord ihre unhöfliche Reaktion nicht aufgefallen war.

»Unsinn«, Darlington lächelte ein wenig. »Sie mag niemanden.« Er sprach nur halb im Scherz. »Tante Euphoria, ich bin heute Morgen gekommen, um Sie aus einem ganz bestimmten Grund zu sprechen, und vielleicht wäre es angebracht, wenn Ihre Nichte sich aus dem Zimmer entfernte, damit ich unter vier Augen mit Ihnen sprechen kann.«

»Sei nicht albern, Percy. Cassandra ist kein Kind. Wenn du nicht etwas zu sagen planst, das eine von uns überraschen würde, sehe ich keinen Grund, nicht auf die Gepflogenheiten zu pfeifen. Lass meine Nichte ihre Eier und ihren Haferbrei zu Ende essen, bevor sie kalt und ungenießbar sind, sonst wirst du auch die Wut meiner Köchin auf dich ziehen!«

»Da Sie es so schön formuliert haben«, begann Darlington, »letzten Abend habe ich Miss Welles eine Andeutung gemacht, was ich zu Ihnen sagen möchte, für den Fall, dass sie mir nicht positiv gegenüberstehen würde, und es scheint so, als wäre Miss Welles durchaus ...« Darlington drehte seinen Siegelring. »Ich fühle mich wie ein Schuljunge. Hier stehe ich, ein Witwer, fast vierzig, und mir fehlen die Worte. Ich gestehe Ihnen beiden, liebe Damen, dass ich nicht damit gerechnet hatte, sprachlos zu sein, selbst unter diesen Umständen.«

»Soll ich es ihm leicht machen, Cassandra? Komm schon, Percy, ich nehme an, dass ich nicht falschliege, wenn ich hoffe, dass meine Nichte und ich eine recht gute Vorstellung davon haben, was du mir sagen willst.«

C.J. richtete sich zu einer möglichst eleganten Haltung auf. In ihren dunklen Augen konnte man spielerischen Triumph sehen, während sie Lady Dalrymple anschaute. »Ach nein, Tante«, beharrte sie schalkhaft. »Mein ganzes Leben habe ich darauf gewartet, solche Worte zu hören. Ich wage zu behaupten, dass sich jede Frau so fühlt. Sie wollen mich doch nicht um dieses Vergnügen *bringen*?«

Die Countess sah Darlington an. »Sprich, Percy. Das ist dein Stichwort.«

»Was Ihr Frauen uns Männern antut«, seufzte er.

Tante und Nichte wechselten einen schadenfrohen Blick.

Darlington verbeugte sich galant. »Lady Dalrymple, auch wenn ich sie erst kurz kenne, würde ich gern Ihrer Nichte, Cassandra Jane Welles, mit Ihrer lieben Zustimmung den Hof machen, in der großen Hoffnung, dass Sie alles Menschmögliche dazu beitragen werden, um mein Werben zu unterstützen.«

»Himmel, Percy! Warum hast du das nicht sofort gesagt?« Die Countess lachte aus vollem Hals. Darlington und C.J. fielen ein.

Nachdem er sich wieder gefangen hatte, entschuldigte sich der Earl bei seiner Gastgeberin, weil er ihre fröhliche Gesellschaft schon wieder verlassen musste und versprach, dass er sich bemühen werde, Cassandra und Miss Austen, sobald es seine Pläne erlaubten, in den Sydney Gardens zu treffen. Als er Lady Dalrymples zitronengelbes Wohnzimmer verließ, schien er fast zu hüpfen.

»Ich habe das Richtige getan, oder?«

»Ja, das haben Sie, Tante«, stimmte C.J. leise zu. »Und ich bin sehr, sehr glücklich. Aber hatten Sie das nicht von vornherein geplant?«

Lady Dalrymple seufzte dramatisch. »Und dabei dachte ich, dass ich trotz meines Alters immer noch eine geheimnisvolle Frau sei.«

C.J. umarmte ihre Tante fest. »Darüber brauchen Sie sich keine Gedanken zu machen.«

Die Frauen wandten sich wieder ihrem Frühstück zu. C.J. bewunderte den »Damen-Tisch« der Countess, der extra so gebaut war, dass zwei Damen gemütlich zusammen frühstücken und tratschen konnten. Dabei saßen sie einander gegenüber und genossen gleichzeitig den Komfort, den der großzügig ausgestattete Tisch dank seiner verschiedenen Fächer und Ablagen bot. Wie schade, dachte C.J., dass diesen Tisch und die damit verbundenen Gewohnheiten eines Tages das Schicksal der Dinosaurier ereilen würde. Irgendwie hatte die Köchin es geschafft, eine Melone zu besorgen, ein sehr exotische Ergänzung ihres Mahls. Wie anders sie schmeckte als die ausdruckslose Treibhausfrucht, die C.J. ihr ganzes Leben lang gekannt hatte. Der Saft der reifen Melone lief ihr übers Kinn, und sie fing ihn mit ihrem Finger auf, leckte ihn ab und genoss dabei die klebrige Süße. Sie nahm noch einen Löffel Melone und hielt dann inne. »Tante Euphoria, falls ich mich tatsächlich mit Lord Darlington verlobt habe, dann möchte ich gern alles über seine Familie und seine Verbindungen erfahren, wenn aus keinem anderen Grund, dann wenigstens, um meine Neugierde zu stillen. Sie haben erwähnt, dass Lady Oliver mit einem furchtbaren Skandal zu tun hatte. Ich habe mich oft über sie gewundert, da Sie sie trotz ihrer Ruppigkeit schätzen und sie Ihre Busenfreundin ist.«

Lady Dalrymple rührte die Sahne in ihrem Kaffee mit einem Silberlöffel um, dann legte sie ihn mit einer theatralischen Geste auf ihrer Untertasse ab, bevor sie zu reden begann. »Augusta Arundel hatte das Pech, die Erstgeborene einer Familie zu sein, die Schönheit vor allem anderen schätzte.« Die Countess knabberte an einem ihrer Lieblingskekse mit Rosinen, Rosenwasser und Sherry.

»Gustie war ein ernsthafter und nachdenklicher Mensch, und selbst als Freundinnen im Kindesalter bewunderte sie mich für meine fröhliche Natur, ebenso wie ich neidisch auf ihren scheinbar endlos ausgeprägten Hang zu allem Pragmatischen war. Abigail und Arabel, die unzertrennlichen Zwillingsschwestern, dunkelhaarige, blauäugige Schönheiten, zwei Jahre jünger als Gustie, waren lebhaft und laut, ganz im Gegensatz zu ihrer älteren Schwester. Gustie wurde eine hübsche junge Frau, obwohl sie nie die zarte Schönheit ihrer beiden Zwillingsschwestern hatte, auch war sie nicht der Liebling jedes Balls sowie jeden Mannes, ob er zu ihr gepasst hätte oder nicht, im weiteren Umkreis von Sussex. Natürlich war es eine große Überraschung, als Oliver um ihre Hand anhielt. Er war ein berüchtigter Lebemann und spielte wie der Teufel. Oliver konnte in ein und derselben Nacht ein Erbe gewinnen und verlieren. Viele Gauner fragten sich, was er bloß in Augusta Arundel sah. Es wurde darüber spekuliert, dass Olivers

Vater gedrohte hatte, ihn zu enterben, wenn er nicht bis zu seinem fünfundzwanzigsten Geburtstag ruhiger geworden wäre und sich niedergelassen hätte.«

C.J. spitzte die Lippen. »Kannte Augusta Lord Olivers Ruf?«

»Hätte sie das, hätte es keinen Unterschied gemacht. Arundel hielt streng an dem Brauch fest, dass die Erstgeborene auch zuerst heiratete, und er war wirklich schrecklich erleichtert, eine alternde Jungfrau loszuwerden, die weder eine Schönheit noch wirklich clever war. Beider Väter hatten die Hochzeit beschlossen. Die Wünsche der zukünftigen Braut und des Bräutigams wurden nicht in Betracht gezogen. Was gerade in diesem Raum geschehen ist, Cassandra, ist nicht die übliche Art der Werbung. Ich hatte so ein Gefühl, wenn du es so nennen willst, dass du und Lord Darlington gut zusammenpassen würdet, und es dauerte nicht lang, meine Intuition zu bestätigen. Percy hat viel Unglück und Umbrüche in seinem Leben erduldet und hat erst in letzter Zeit den Humor, für den er früher so bewundert wurde, wiedergefunden. Dein fröhlicher Blick auf die Welt, deine Stärke, dein Mitgefühl und deine rasche Auffassungsgabe zusammen mit deiner offensichtlichen Eleganz und Schönheit machen aus dir die perfekte Braut.«

»Ich werde alles tun, Tante, um den Lord nie zu enttäuschen«, sagte C.J., dabei war ihr schmerzlich bewusst, dass sie dieses Versprechen nicht würde halten können, sollte sie es schaffen, in ihr eigenes Jahrhundert zurückzukehren. Im wahrsten Sinne des Wortes war es nur eine Frage der Zeit.

Kapitel Dreizehn

In dem wir mehr über Lady Olivers Unglück erfahren, unsere Heldin mit Miss Austen durch die Sydney Gardens spaziert und im Irrgarten ein wunderbares Treffen hat und Lord Darlington gesteht, dass es in seiner Vergangenheit ein Geheimnis gibt.

IHRE PERSÖNLICHEN BEFÜRCHTUNGEN hielten C.J. nicht davon ab, Lady Dalrymple darum zu bitten, ihr weitere Details über das unglückliche Schicksal von Darlingtons Tante zu erzählen. »Was ist denn mit Augusta und Lord Oliver passiert? Sie haben offensichtlich geheiratet, da sie ja Lady Oliver ist.«

»Es war *die* Hochzeit der Saison«, erklärte Lady Dalrymple. »Aber die Kerzen auf dem Hochzeitskuchen waren kaum ausgeblasen, als Oliver verschwand und seine junge Braut verließ. Wäre die Verbindung nur aus pragmatischen Gründen geschlossen worden, hätte Augusta es vielleicht besser ertragen können, aber sie hatte sich ziemlich in den Gauner verliebt und glaubte ehrlich an seine leidenschaftlichen Liebeserklärungen. Da sie noch *nie* von einem Verehrer heftig umworben worden war, war Gustie völlig gutgläubig. Zu allem Übel war Oliver auch noch mit *beiden* jüngeren Schwestern Augustas durchgebrannt.«

»Nun, Sie haben ja gesagt, dass Abigail und Arabel *alles* teilten«, kommentierte C.J., in dem Versuch, zu verbergen, wie schockiert sie war. Sie hatte recht viel darüber gelesen, dass während der Regierungszeit von George III., im Vergleich zu späteren Epochen, ein äußerst freizügiger Umgang geherrscht hatte, doch ein Skandal dieses Ausmaßes hätte selbst Hollywood aus der Fassung gebracht.

»Ich nehme an, Cassandra, dass es das Letzte war, was sie miteinander teilten. Am Tag nach der Hochzeit flohen die drei in die Schweiz und ließen Augusta zurück, die über ihren Verlust trauerte und sich allein mit dem vernichtenden Urteil ihrer Umgebung auseinandersetzen musste.«

»Und ihre Schwestern?«

»Durch den Skandal vollkommen ruiniert.«

C.J. riss die Augen auf.

»Und Lord Oliver hatte seinen Vater wegen des Erbes in der Hand«, fuhr die Countess fort. »Er hatte tatsächlich vor seinem fünfundzwanzigsten Geburtstag geheiratet, die Zeremonie war legal, und der Vater konnte nichts tun, um die Abmachung mit seinem abtrünnigen Sohn rückgängig zu machen. Daher erbte Oliver das Land und den Titel, und seine Braut, mit der er eine einzige Nacht verbracht hatte, erhielt das Recht, sich Lady Oliver zu nennen.«

C.J. schüttelte den Kopf. »Und Owen Percival, Percy ist ...?«

»Abigails Sohn. Seine Mutter schickte ihn nach England zurück, damit seine strenge Tante ihn erzog, sodass er seinen Platz in der Gesellschaft einnehmen konnte. Sein jüngerer Bruder Jack genoss später dasselbe Privileg.«

»Aber Percy ist der Earl von Darlington. Dann war er nicht der Sohn von Lord Oliver?«

»Kurze Zeit glaubte man das. Nach der Ankunft der Arundel-Schwestern in der Schweiz verlor Oliver jedoch rasch das Interesse an Abigail und konzentrierte sich ganz auf Arabel, die seine Geliebte wurde. Lord Arundel war in der Zwischenzeit erfolgreich in London vors Kirchengericht gezogen, um eine Scheidung *a mensa et thoro* für seine älteste Tochter durchzusetzen. Die Zwillinge haben nie wieder miteinander gesprochen. Die extravagante Abigail erholte sich erstaunlich schnell von ihrem gebrochenen Herzen und heiratete Peregrine Percival, Lord Darlington, der Abenteurer, der sie wenige Monate, nachdem sie Olivers *Ménage* verlassen hatte, geschwängert hatte. Percy wurde nach der Heirat geboren. Seine Eltern erlaubten ihm, ihnen auf ihren archäologischen Exkursionen in so entfernte Länder wie Indien zu folgen, da sie der Meinung waren, dass die Erfahrungen dort seinen Bildungshorizont stärker erweiterten, als dies irgendein Lehrer hätte tun können. Während Percys früher Kindheit bereisten Peregrine und Abigail mit Begeisterung die Welt, während ihrem ältesten Sohn die besten Möglichkeiten geboten wurden und er unter dem wachsamen Auge seiner verlassenen Tante eine englische Erziehung erhielt.«

C.J. probierte einen Keks, der sehr parfümiert schmeckte. Vielleicht lag es am Rosenwasser. Sie hob die schwere, silberne Kaffeekanne und schenkte ihrer Tante ein, dabei füllte sie die Tasse nur zur Hälfte.

Die Witwe goss Sahne dazu. »Wie Portly und ich war der ältere Percival einer jener Aristokraten, die sich gern über die Konventionen hinwegsetzten. Manche fanden ihn äußerst exzentrisch, aber die meisten stempelten sein Verhalten als ungeheuerlich ab. Doch Peregrine war es egal, was andere von ihm dachten. Du musst wissen, Nichte, dass es typisch für die Männer der Familie Percival ist, dass, wenn sie sich einmal verliebt haben, unabhängig in welch widrigen Umständen sich das Objekt ihrer Begierde befindet, kein tollwütiger Hund ihre Sehnsucht, ihre Geliebte zu umwerben und für sich zu gewinnen, dämpfen oder verringern könnte. Es hat etwas Mittelalterliches!«, sagte Lady Dalrymple vergnügt. »Soweit ich mich erinnere, hatte jede Lady Darlington eine ›Vergangenheit‹, und trotzdem haben die Percivals jede wie den Heiligen Gral verfolgt.«

»Wo sind sie alle heute?«, fragte C.J. neugierig und dachte, dass *ihre* Vergangenheit alle anderen übertrumpfen würde.

»Verschwunden. Alle sind tot, außer Augusta und Percy. Arabel starb 1791 an einem Fieber. Ein Jahr später fiel Oliver eine Treppe hinunter und erholte sich nie von dem Sturz. Abigail und Peregrine starben beide während eines vernichtenden Monsuns in Indien. Der alte Earl, Peregrine, hinterließ sein Anwesen Delamere in einem ziemlichen Durcheinander.«

»Wie wurde Lady Oliver geschieden, haben Sie gesagt?«

»*A mensa et thoro*. Man kann sich nur scheiden lassen, wenn man das kirchliche Gericht anruft, das solche Dinge verhandelt. Lord Arundels Rechtsanwälte traten in seinem und im Namen seiner Tochter vor das Kirchengericht in London. Keiner der Ehegatten muss aussagen, und nur der Adel hat das Recht auf einen solchen Prozess. Es ist extrem kostspielig, aber da Arundel dem Erzbischof von Canterbury ziemlich nahe stand, weil er zusammen mit ihm im Oberhaus saß, wurden ihm einige besondere Dispensen eingeräumt, die, wie man sagt, ›nicht in den Büchern stehen‹.«

Lady Dalrymple lächelte spitzbübisch. »Natürlich hat

die plötzliche und extreme Großzügigkeit des Lords gegenüber der Kirche in Form einer recht großen Landschenkung nichts damit zu tun. Augustas Scheidung verbot es beiden Gatten, je wieder zu heiraten, bedeutete aber eine Trennung, die rechtlich von der anglikanischen Kirche anerkannt wurde.«

C.J. konnte nicht aufhören, sich über das Ausmaß des Skandals zu wundern. »Ich nehme an, dass Augusta nach diesem schicksalshaften Tag nie wieder mit ihrer Schwester gesprochen hat?«

»Nur soweit es um Abigails Sohn ging. Mit ihrem früheren Ehemann hat sie nie wieder ein Wort gewechselt. Alles wurde von den Rechtsanwälten der beiden Parteien geregelt.« Lady Dalrymple stellte ihre Kaffeetasse auf das große Silbertablett. »Das erinnert mich daran, dass ich einen Termin mit meinen Anwälten machen muss.«

»Und ich denke, ich sollte mich für meinen Spaziergang mit Miss Austen umziehen«, schlug C.J. vor. Sie strahlte vor Vorfreude auf ihr Abenteuer.

C.J. BETRACHTETE IHR Spiegelbild in dem goldgerahmten Spiegel, während sie ihre Toilette machte. Sie war daran gewöhnt, deutlich mehr Schminke zu tragen, als für junge Damen als schicklich galt, besonders in dieser Epoche, wo Natürlichkeit und Wirklichkeitstreue hoch im Kurs standen und Frauen entweder wie Mädchen vom Land oder klassische Statuen aussehen sollten. Außerdem wurde die Kosmetik auf der Basis von Blei hergestellt, sodass es wahrscheinlich am besten war, sie so weit wie möglich zu vermeiden. Was hätte sie für ein paar moderne Lippenstifte und Wimperntusche gegeben! Ihr Wangen zu kneifen, anstatt Rouge zu benutzen, hatte bisher eher zu blauen Flecken als zu rötlichen Bäckchen geführt. Während sie ihr Spiegelbild betrachtete, ließ sie noch einmal die Erlebnisse des Morgens Revue passieren. Sie ging an ihren Schreibtisch, unfähig, der Versuchung zu widerstehen auszuprobieren, wie »Cassandra Jane Percival, Lady Darlington« geschrieben aussähe. Dann streute sie Sand über die Unterschrift, damit die Tinte schneller trocknete und nicht verschmierte. Lächelnd stellte sie fest, dass sie schon viel besser mit Feder und Tinte umgehen konnte. Könnte sie das doch nur Lady Wickham unter ihre fiese Nase reiben.

»Meine Vorstellung von guter Gesellschaft ist die Gesellschaft kluger, gebildeter Leute, die über viele Gesprächsthemen verfügen.« Jane seufzte theatralisch, während sie Arm in Arm mit C.J. unter einem strahlenden Himmel voller zarter Cumuluswolken spazierte. Sie gingen am Sydney House vorbei, einem Hotel mitten in den wunderschönen Sydney Gardens, das über einen Ballsaal, ein Kartenzimmer, Kaffee- und Teeräume verfügte sowie über einen Schankraum im Keller, in dem müde Sänftenträger und Kutscher ihre freien Stunden verbringen konnten. Wie viele vertrauensvolle Seelen hatten wohl ihr Leben bei einem Kutscher aufs Spiel gesetzt, der den Nachmittag über gezecht hatte, fragte sich C.J.

Miss Austen genoss ihren ersten Ausgang in ihrem neuen Empirekleid, das ihr so gut gefiel, dass sie die Idee hatte, ein Kleid im selben Schnitt in einer helleren Farbe nähen zu lassen. C.J. amüsierte es zu entdecken, wie sehr ihre Begleiterin auf Mode achtete. Sie hatte vollstes Mitgefühl, als Jane sich über ihre finanziellen Beschränkungen beschwerte, die es ihr nicht ermöglichten, sich der Welt so modisch zu zeigen, wie sie es gern getan hätte.

C.J. versuchte vergeblich, ein Grinsen zu unterdrücken.

Dieser Nachmittag war die Erfüllung einer ihrer lebenslangen Fantasien. Allein mit *Jane Austen* zu sein (und mit ihr ausgerechnet über das Einkaufen mit knappem Budget zu sprechen!), und noch besser, zum Kreis der Verwandten, Freunde und Bekannten der Autorin zu gehören! Es war die pure, unverdorbene Seligkeit!

Jane fiel das Bernsteinkreuz auf, das C.J. um den Hals trug, und sie bemerkte, dass sie gerade einen Brief von ihrem Bruder Charles erhalten hatte, der sich als Marineoffizier auf der *Endymion* finanziell an dem Preisgeld für das Kapern der *La Furie*, einem französischen Freibeuterschiff, beteiligte. Sie hoffte, diese Information bald ihrer Schwester schreiben zu können, die übrigens denselben Vornamen trug wie Miss Welles.

Sie spazierten am Irrgarten vorbei, einem Heckenlabyrinth, und Jane erzählte C.J., dass es einer von Baths berüchtigten Orten für Rendezvous war. »Ich gebe zu, dass die schlichte Erwähnung des Wortes unerlaubt in mir die Lust erweckt, hineinzugehen«, sagte C.J. vertraulich und beschloss, es sofort auszuprobieren. Jane wollte nicht mitgehen, sie zog es vor, ruhig auf einer nahen Bank zu sitzen, da sie etwas notieren und vielleicht auch jenen Brief an ihre Schwester schreiben wollte.

C.J. betrat das Durcheinander von Blättern und bewegte sich immer tiefer hinein auf den Mittelpunkt zu. Die Hecken waren so hoch, dass man nicht darüber hinwegsehen konnte, was sie an die Irrgärten in Hampton Court und Leeds Castle erinnerte, und innerhalb weniger Minuten hatte sie sich vollkommen verlaufen. Frustriert rief sie mit wohl temperierter Stimme um Hilfe, sodass sie über ihr Blättergefängnis hinaus zu hören war.

»Miss Welles, sind Sie das?«, rief eine Stimme.

»Ja. Mylord?«

»Bleiben Sie, wo Sie sind. Ich komme und suche Sie«, verkündete Darlington, und es konnte nicht länger als zwei oder drei Minuten gedauert haben, auch wenn es sich wie eine Ewigkeit anfühlte, bis sein Arm ihre Taille schützend umschlang. »Ich bin beim Rätseln immer ziemlich gut gewesen«, vertraute er ihr mit einem Augenzwinkern an.

»Miss Austen hat mir gesagt, dass das ein recht beliebter Ort für romantische Rendezvous sei«, sagte C.J. und hob ihren Kopf, um den Adeligen anzusehen. »Haben Sie das hier mit ihr zusammen geplant? Ich hätte gedacht, dass sie sich für solch eine Komplizenschaft zu schade wäre.«

»Ich hoffe, Sie haben sich nicht mit meiner Cousine gestritten, Miss Welles. Mich trifft die alleinige Schuld. Ich habe Miss Austen nur vorgeschlagen, dass Ihnen der Irrgarten eventuell gefallen könnte.«

»Vielleicht ist es unter Damen der gehobenen Schichten nicht üblich, solch ein übermütiges Verhalten an den Tag zu legen, aber ich ziehe ein nettes Herumtollen stets einer mädchenhaften Reserviertheit vor, Mylord.«

»Ich nehme an, das bedeutet, Sie möchten, dass ich Sie küsse.«

C.J. war tatsächlich bereit, sich an Ort und Stelle völlig überrumpeln zu lassen. »Wenn Ihnen unser Treffen vor der Tür meiner Tante gestern Abend nicht gefallen hätte, dann würde es mir nie einfallen, Sie um eine Wiederholung zu bitten, Mylord.«

In diesem Moment bedeutete der Anstand beiden ziemlich wenig. Darlington brauchte nur wenig Ermutigung. Ein Blick von C.J. gab seinen Händen die Erlaubnis, jede ihrer Kurven zu erforschen. Die Gefühle, die er hervorrief, als er ihren Nacken küsste, waren einfach überwältigend. Wie er mit seiner Zunge in ihr Ohr glitt und seine warmen Lippen ihren Mund suchten und ihn mit hungrigen Küssen bedeckte, brachte ihren Puls zum Rasen und sie an den Rand der Ekstase.

Als sie sich schließlich voneinander lösten, befürchtete C.J., dass ihre unvermeidlich in Unordnung geratene Erscheinung unangenehm auffallen könnte, wenn sie den Irrgarten verließen. »Oh Gott«, seufzte C.J. zufrieden, »was müssen Sie nur von mir denken, Percy?«

»Ich denke, dass Sie die Frau sind, die mein Werben akzeptiert hat und daher ein Verlangen ausdrückt, in Zukunft mein Bett zu teilen. Hätten Sie meine Umarmungen eiskalt erwidert, hätte ich meine gute Meinung über Sie ändern müssen.«

»Ich nehme nicht an, dass viele adelige, junge Damen sich so verhalten, wie ich mich in den letzten vierundzwanzig Stunden benommen habe.«

Der Earl lächelte. »Sie wären überrascht, Miss Welles. Ihr Verhalten ist nicht nur völlig natürlich, es ist das, was Gott im Sinn hatte, sonst wäre die Welt nie bevölkert worden. Ich muss allerdings sagen, dass das, was hinter Hecken geschieht, nie bei öffentlichen Veranstaltungen geschehen sollte, wie Ihnen gestern Abend wohl sehr deutlich gemacht wurde.«

Der Earl führte sie geschickt aus dem Labyrinth, und das Paar ging auf Jane zu, die auf der Bank saß, wo C.J. sie zurückgelassen hatte und mit einem Bleistift winzige Notizen auf einen Zettel machte, den sie, als die beiden kamen, kommentarlos in ihren Ridikül steckte.

Jane begrüßte ihren Cousin, und als ihr Cassandras gerötete Wangen und ein oder zwei lose Haarsträhnen auffielen, bemerkte sie, dass, sollte es zwischen Miss Welles und ihrem Cousin eine Übereinkunft geben, sie sehr zufrieden sei, dort zu bleiben, wo sie sich befand, während die beiden die seltene Gelegenheit genießen sollten, ohne Anstandsdame durch den Garten zu spazieren. Lord Darlington bestätigte ihre Vermutungen und bot Miss Welles den Arm an. Miss Austen winkte ihnen fröhlich zum Abschied und nahm ihre Notizen wieder aus ihrem Ridikül.

Die Liebenden wanderten über den abschüssigen, gepflegten Rasen, und der Earl half C.J., wenn sie hin und wieder einen Stein oder unebenen Boden unter ihren zarten Schuhen spürte. Als sie sich einer Reihe von Steinbalustraden näherten, machten sie eine Pause. Darlington drehte verlegen an seinem Siegelring. »Das ist kein Thema, das mir leichtfällt, Miss Welles, ganz besonders mit Ihnen, aber gerade mit Ihnen muss ich über diese Gedanken und Gefühle sprechen.«

Sie lehnten an der Balustrade, und C.J. spürte, wie sich ihr Magen zusammenzog. Der Earl verstand ihren Gesichtsausdruck. »Ich hoffe, dass die Geschichte meines Unglücks Sie nicht erschrecken wird, sondern Ihnen eher einiges aus meiner Vergangenheit anschaulich vor Augen führt. Sie können selbst entscheiden, ob Sie meinen Charakter dann noch schätzen. Ganz ehrlich, ich hätte nie gedacht, dass ich eine junge Dame treffen würde, die mich so sehr interessiert. Bisher hatte ich angenommen, dass dieser Teil meines Lebens hinter mir liegt.«

C.J. biss die Zähne zusammen und bereitete sich auf das Schlimmste vor.

»Unser ... Verhältnis ... entwickelt sich eher nach den Theorien zur Romantik meiner Cousine Jane als nach meinen eigenen Vorstellungen, Miss Welles. Ich habe Sie gefragt, und Sie haben mir erlaubt, Ihnen den Hof zu machen, ohne dass Sie allzu viel über mich wussten. Ich nehme an, es ehrt Sie, mich für den zu halten, der ich zu sein scheine, aber ich kann mich des Gefühls nicht erwehren, dass es von mir egoistisch ist, Ihnen Informationen über meine Vergangenheit vorzuenthalten, wodurch Sie einen Nachteil haben, was, wie ich beschlossen habe, nachdem ich lange über diese Entscheidung gegrübelt habe, unfair ist.«

C.J. bemühte sich, ihre Ungeduld angesichts seiner nervtötenden Fähigkeit, so ausgesprochen wohl bedacht vorzugehen, nicht zu zeigen und einen Gesichtsausdruck ruhigen Interesses aufzusetzen, anstatt ihre Beklemmung zu verraten. Auf eine gewisse Weise war es schwierig, kein Mitleid mit Darlington zu haben, weil es ihm so schwerfiel, mit dem herauszurücken, was auch immer er ihr gestehen wollte.

»Miss Welles, es ist kein Geheimnis, dass ich einmal verheiratet war und nun Witwer bin. Meine Frau war ... nicht die Art von Frau, die in unseren Kreisen einen guten Ruf genoss und das aus zwei Gründen: aufgrund ihrer Geburt und ihres Berufs. Marguerite, wenn auch eine Aristokratin und die Schwester eines Grafen, war Französin.« Er senkte seine Stimme. »Und sie war eine Schauspielerin.«

Kapitel Vierzehn

In dem Darlington weitere Details seiner schmerzhaften Vergangenheit enthüllt und es zu einer zufälligen Unterbrechung sowie zu ziemlich sinnlichen Folgen aufgrund eines plötzlichen Regengusses kommt.

C.J. RISS DIE AUGEN AUF und schnappte leise nach Luft.

»Ich wollte Sie nicht schockieren, Miss Welles«, warf Darlington rasch ein. »Ich dachte, Sie seien eine etwas offenere, junge Dame. Verzeihen Sie mir, falls das nicht korrekt war.«

»Nein, nein, das stimmt schon«, bestätigte C.J. und hatte das Gefühl, man könnte ihr ihr eigenes Geheimnis vom Gesicht ablesen. »Fahren Sie bitte fort.«

»Meine verstorbene Frau Marguerite war eine der zwei Schwestern des Comte de Feuillide, des Mannes, der die Verwandte von Miss Austen, Eliza, geheiratet hat. Weil sie sehr unabhängig war, machte sich Marguerite einen Namen bei der Comédie Française. Ich war selbst einer der feurigsten Bewunderer ihres Talents und nahm schließlich allen Mut zusammen, um sie zu fragen, ob ich sie abends nach einem ihrer strahlenden Auftritte in *Tartuffe* in ihrer Garderobe besuchen dürfte.

Als die Schreckensherrschaft in Paris begann, bestand ich darauf, dass sie bei mir in England blieb. Wir waren zusammen sehr glücklich, aber Marguerite vermisste ihr Leben auf der Bühne. Sie beherrschte die englische Sprache nicht gut genug, um sich hier ähnlich zu betätigen. Außerdem missbilligte die britische Aristokratie ihren Beruf, da sie die Ehefrau eines Adeligen war.«

»Was ist passiert?«, fragte C.J. sanft.

»Wir haben zwei weitere Jahre in London gelebt, aber Marguerite bekam immer stärkeres Heimweh. 1794, gegen meine energischen Bitten, überquerte sie allein den Ärmelkanal, da mich Geschäfte in England hielten. Als mich die Nachrichten über das Blutvergießen in Frankreich erreichten, nahm ich ein Schiff nach Calais. Im Schutz der Dunkelheit ritt ich direkt bis nach Paris, da man auf dem Kontinent wusste, dass ich Marguerite de Feuillides Ehemann war und daher auch ein Aristokrat, obwohl die Republik offiziell keine Mitglieder des englischen Adels exekutieren konnte.«

Von Gefühlen übermannt, musste Percy eine kurze Pause einlegen. »Es gab einmal eine Zeit, lange bevor ich Marguerite traf – sie war fast noch ein Mädchen –, als ein idealistischer junger Heißsporn, ein Mitglied der *Sansculotten,* ihr den Kopf verdreht hatte. Emile LeFevre war schwer in sie verliebt, und sein gallischer Charme genügte fast, um sie dazu zu bringen, ihre eigene Familie zu verlassen und den Prinzipien der neuen Republik zu folgen. Marguerite ging so weit, die Überzeugungen LeFevres zu akzeptieren, sich über den aristokratischen Stammbaum der Feuillide hinwegzusetzen und ihrem Ehrgeiz, Theater zu spielen, nachzugeben. Ihrem Verehrer gefiel ihre offensichtliche Verwandlung von der Adeligen zur Bürgerin, aber sein Fanatismus für die republikanischen Ideale, der sich zu einer blutrünstigen Form der völlig überzogenen Rache an der Aristokratie entwickelte, führte schließlich dazu, dass Marguerite Angst vor LeFevre bekam, und sie versuchte, seinen Aufmerksamkeiten für sie ein Ende zu setzen.«

Nervös fuhr sich Darlington mit einer Hand durch sein dickes, dunkles Haar. Es strengte ihn verständlicherweise sehr an, die furchtbaren Erlebnisse seiner Vergangenheit noch einmal zu durchleben. »Marguerite und ich trafen uns bald nachdem sie LeFevre gebeten hatte, sie in Ruhe zu lassen. Der Franzose nahm fälschlicherweise an, dass ich mich zwischen sie gestellt hätte, und er hasste mich, weil ich Engländer war und ein Aristokrat und weil ich angeblich seine wahre Liebe gestohlen hatte. Von dieser Zeit an tat er alles in seiner Macht Stehende, um Marguerite und mich zu vernichten, und jedes Mitglied ihrer Familie. Als Marguerite nach Paris zurückkehrte, um an der Comédie Française aufzutreten, war es Emile LeFevre, der die Namen seiner früheren Liebe und ihrer gesamten, aristokratischen Familie, inklusive ihres Bruders, Elizas Ehemann, an Robespierres Komitee für die öffentliche Sicherheit weitergab.«

»Oh Gott«, flüsterte C.J. entsetzt.

»Marguerite und ihr Bruder waren schon zur Bastille gebracht worden, als ich in Paris eintraf. 1794 war die Schreckensherrschaft auf ihrem Höhepunkt angelangt. Meine Bemühungen, mit jedem Franzosen, vom geizigen Gefängniswärter über die kleinen Offiziere bis zu Robespierre selbst, zu verhandeln oder sie zu bestechen, wurde ausgelacht. Für den Fall, dass die Anstrengungen, ihre Freilassung zu erreichen, versagten, hatte ich mir einen Fluchtplan für sie ausgedacht, doch, das größte Unglück überhaupt war, er wurde entdeckt. Man konnte damals nicht einmal den Priestern trauen. Am Morgen der Hinrichtung wurde ich von bewaffneten Bürgern der Republik zum Place de la Concorde geführt, wo ich mit vorgehaltenem Bajonett gezwungen wurde zuzusehen, wie meine wunderschöne, talentierte Frau und ihr Bruder, der Comte de Feuillide, von Madame la Guillotine enthauptet wurden, aus einem einzigen Grund schuldig gesprochen, nämlich weil sie der Aristokratie angehörten. Vielleicht können Sie, Miss Welles, meine Abscheu gegenüber den Franzosen und deren fatalen Einfluss auf die amerikanischen Rebellen jetzt verstehen.« Darlington stieß wütend mit seiner Stiefelspitze eine Wurzel in den steinigen Boden. Es war ihm unmöglich, C.J. in die Augen zu sehen.

Zwischen ihnen lag ein Abgrund aus Schweigen.

»Es tut mir so leid«, sagte C.J. leise. Es war nicht der Moment für eine politische Rede oder eine weitere begeisterte Verteidigung der Demokratie.

»Sie sind mir nicht nur ans Herz gewachsen, weil Ihre Tante diese Verbindung wünscht, Cassandra. Die Frau, von der ich das Gefühl habe, dass sie mir das größte Glück bringt, hat ein Recht, meine Vergangenheit zu kennen. Sich auf mehr als eine Freundschaft einzulassen, während düstere Wolken eines Geheimnisses zwischen uns hängen, erscheint mir unaufrichtig.«

»Warum hatten Sie Angst, dass ich Charakterfehler bei Ihnen entdecken würde, auf Grund dessen, was Sie mir gerade verraten haben?«

»Vielleicht finden Sie, dass ich meine Frau hätte zwingen sollen, bei mir in England zu bleiben. Es hätte ihr das Leben gerettet«, sagte er bitter.

»Keine Frau kann wirklich glücklich sein, wenn sie mit einem Tyrannen verheiratet ist, der sie einsperrt, auch wenn er behauptet, es sei zu ihrem eigenen Besten. Vertrauen Sie mir, Percy. Sie *haben* das einzig Richtige getan.

Marguerite kannte das Risiko und ging es trotzdem ein, und obwohl ich nicht das Privileg hatte, sie kennen gelernt oder sie auf der Bühne erlebt zu haben, tut es mir für Sie beide leid.«

Der Earl nahm ihre Hände in seine. »Danke sehr«, murmelte er. Wie er gehofft hatte, erleichterte Miss Welles seine Last ein wenig. Vielleicht war es eine Art von Vergebung, die er bei ihr suchte, weil sie nicht seine erste Liebe war. Nachdem er nach England zurückgekehrt war, hatte er nicht vorgehabt, je wieder zu heiraten. Er hatte das Gefühl, dass seine Einsamkeit die verdiente Strafe dafür war, dass er es nicht geschafft hatte, die Ermordung von Marguerite und ihrer Familie zu verhindern. Dann hatte Lady Dalrymple ihm die bemerkenswerte Miss Welles vorgestellt, und er begann, sein Versprechen, das er sich gegeben hatte, zu überdenken.

Der Earl sprach weiter, und ihm wurde während des Redens klar, wie parallel einige Äste seines Stammbaums verliefen. »Miss Austens Cousine, Eliza, geborene Hancock, die heute mit Janes Lieblingsbruder Frank verheiratet ist, war Eliza de Feuillide, die Frau des Grafen, bis zu seiner Hinrichtung. Ihr wurde die Klinge erspart, weil sie Engländerin war. Sie sehen also, wir trauern, aber wir leben weiter. Wäre man nur zu einer einzigen großen Liebe fähig, wäre das eine Tragödie. Denn überlegen Sie nur, wie viele Menschen diese Liebe erleben, wenn sie noch sehr jung sind, enttäuscht werden und ihre restlichen Jahre allein, trauernd oder verbittert verbringen. Nehmen Sie zum Beispiel meine Tante Augusta.«

Oder nehmen Sie Jane, die sich nie wieder auf etwas eingelassen hat, nachdem sie Tom Lefroy verloren hatte. Sie ist eine tragische Heldin, wie Sie sie gerade beschrieben haben. Aber C.J. konnte das nicht laut sagen. Hätte sie doch nur die Macht, Janes romantischer Geschichte einen anderen Verlauf zu geben. Eines der schlimmsten Dinge ihrer Existenz im neunzehnten Jahrhundert war all das Wissen, ohne das sie glücklicher wäre. »Lady Dalrymple hat mir Lady Olivers unglückliche Geschichte gerade heute Morgen anvertraut. Ihre Tante schätzt mich nicht«, bemerkte C.J.

»Wie ich bereits erwähnt hatte, sie schätzt niemanden. Es ist ein Habitus, den sie vor Jahrzehnten angenommen hat, um sich vor weiteren Verletzungen zu schützen. Wenn man sie nicht kennt, glaubt man, sie sei unnahbar, dabei ist das Gegenteil der Fall. Sie ist so zerbrechlich wie ein Strohhalm. Sollen wir weitergehen?« Darlington bot C.J. seinen Arm an, als sie durch den üppigen Garten spazierten. Ein wenig später blieb der Earl stehen und beobachtete, wie eine fröhliche, junge Frau in die Hände klatschte, als sie erfolgreich den Ball eines Gentleman fortschlug und ihre eigene schwarze Kugel ein paar Zentimeter näher an den weißen Ball am Ende des Rasens brachte.

»Lady Charlotte Digby«, erklärte Darlington seiner Begleiterin. »Ihr Onkel, Admiral Henry Digby, ist ein hoch dekorierter Offizier in der königlichen Marine.«

»Ja, ich habe ihren Namen beim Ball gehört. Sie haben dort mit ihr und ihren Eltern gesprochen, glaube ich.«

»Die Digbys sind besondere Freunde meiner Tante. Lady Charlotte ist ihr Patenkind.«

»Ah ja. Die Schwarzen sehen ein bisschen wie Kanonenkugeln aus«, bemerkte C.J. und bemühte sich, einen Anfall von Eifersucht zu unterdrücken, während sie dem Spiel zusah. »Finden Sie nicht, Sir?«

»Tatsächlich«, sagte der Earl nachdenklich. »Ich habe noch nie darüber nachgedacht. Und ich wäre sehr froh, wenn ich nie wieder eine Kanonenkugel sehen müsste. Obwohl einige Explosionen recht spektakulär sein können. Haben Sie je ein Feuerwerk gesehen, Miss Welles?«

»Oh ja«, erwiderte sie begeistert, obwohl sie gern ihr früheres Gespräch fortgeführt hätte. Aber nach und nach gewöhnte sie sich daran, abzuwarten und gelassener zu sein, ein Gefühl eher untypisch für das einundzwanzigste Jahrhundert. Diese Verhaltensänderung war wirklich erfrischend.

Darlington sah irgendwie enttäuscht aus. »Wie dumm von mir zu glauben, Sie hätten noch nie ein Feuerwerk gesehen. Sie sind doch das Leben in London gewohnt. Ich muss zugeben, dass ich naiverweise gehofft hatte, Sie zu ihrem allerersten Erlebnis dieser Art begleiten zu können. Sie werden an Mittsommerabenden regelmäßig genau hier, wo wir stehen, abgehalten.«

»Nein ... ich meine ...«, *wär's abgetan, so wie's getan ist, dann wär's gut, man tät's eilig,* dachte C.J. »Mylord, wenn dieser Nachmittag der Moment für uns ist, ehrlich zueinander zu sein, dann ist es nur korrekt, wenn ...«

Lord Darlington nahm ihre Hand und sah C.J. eindringlich an. »Ich bitte Sie, sich keine Sorgen zu machen. Ich weiß, was Sie jetzt sagen werden, Miss Welles.«

Wie könnte er?, fragte sich C.J. Es war unmöglich. Und noch bevor sie ein Wort sagen konnte, kehrte der Earl zum eigentlichen Thema zurück. »Miss Welles, ich muss Ihnen noch etwas gestehen.« Er sprach schneller, als fürchtete er, sie könnte ihn jeden Moment unterbrechen. »Miss Welles, es stimmt zwar, dass wir beim Tee bei Ihrer Tante offiziell einander vorgestellt wurden, doch muss ich zugeben, dass ich Sie zuvor bereits gesehen habe ...«

C.J. rutschte das Herz in die Hose. Sie hatte das Schlimmste erwartet, aber noch nie hatte sie sich so entblößt gefühlt. Wie sollte sie ihm das alles erklären?

»Lady Cassandra, Ihre bemerkenswerten Talente faszinierten mich das erste Mal, als ich Sie vor Gericht sah. Durch die Prozesse weiß ich um die Sorgen der unteren Klassen.« Er blickte C.J. jetzt direkt an und sah, dass ihr Gesicht tränenüberströmt war. Er berührte mit einem Finger ihr Kinn, damit sie ihm in die Augen sah. »Sie befanden sich in einer so unglücklichen Lage, ohne einen Anwalt, der für Sie eintrat. Ihr Vergehen war für jede sensible Seele verständlich.« Darlington zog seinen Handschuh aus und wischte die Tränen sanft mit den Fingern weg. »Seien Sie versichert, Miss Welles, dass ich, nachdem ich Ihre wahre Identität erfahren hatte, versucht habe, so viele Abschriften Ihres Prozesses zu finden und zu zerstören wie möglich, und ich habe Mr. Cruttwell eine hübsche Summe geboten, um weitere Veröffentlichungen zu verhindern. Ich wollte sicherstellen, dass Ihrem Ruf nicht weiter geschadet wird. Die Öffentlichkeit liebt keinen Skandal mehr, als wenn einem Mitglied der Aristokratie ein Unglück geschieht.«

C.J. weinte noch mehr, teilweise aus Dankbarkeit für den ungewöhnlichen Akt der Ritterlichkeit des Earls, teilweise aus Verblüffung darüber, dass er immer noch glaubte, sie sei Lady Dalrymples Nichte, trotz der Umstände, unter denen er sie das erste Mal zu Gesicht bekommen hatte. Ihr wurde klar, wie leicht ihr Ruf hätte ruiniert werden können. Außerdem war sie erleichtert, dass Darlington nicht ihrer wahren Situation auf die Spur gekommen war.

Sie wusste, dass Skandalblättchen alle Einzelheiten berühmter Gerichtsprozesse veröffentlichten und für ein paar Shilling verkauften. Miss Austens eigene Tante war erst vor einem Jahr das Opfer eines solchen Vorgehens geworden, weil sie von ein paar gierigen Händlern beschuldigt worden war, ein Stück Spitze gestohlen zu haben.

Darlington betrachtete C.J., er wirkte verwirrt. »Miss Welles, ich dachte, diese Neuigkeit würde Sie freuen. Sie müssen jetzt keinerlei Nachteile durch dieses unglückliche Erlebnis bei Ihrer Ankunft in Bath befürchten.«

»Ich bin ... Ihnen, Mylord, sehr dankbar«, sagte C.J. und bemühte sich, ihre Fassung wiederzuerlangen. Sie nahm Darlingtons Hände. »Ich wünschte, ich könnte Ihnen Ihre Liebenswürdigkeit irgendwie vergelten ... und doch, um ganz ehrlich zu sein, ich habe das Gefühl, dass da noch viel mehr ist, das ich Ihnen sagen muss ...«

Plötzlich zerschnitt ein greller, riesiger Blitz den Himmel, blendete sie und verbrannte die Erde nur wenige Schritte von ihnen entfernt. Das Paar spürte den Schock der Elektrizität, die durch den trockenen Boden in ihre Körper drang. Sie fielen sich in die Arme und zitterten vor Erleichterung, dass sie noch einmal mit dem Leben davongekommen waren.

Es folgte ein ohrenbetäubender Donnerschlag. Ohne an den Anstand zu denken, packte der Earl ihre Hand. »Kommen Sie!«, rief er. C.J. musste sich anstrengen, um mit ihm Schritt zu halten, während sie über das offene Feld liefen und hofften, nicht von einem der zahlreichen Blitze, die über den Himmel zuckten, getroffen zu werden. Darlingtons einzige Sorge galt Cassandras Sicherheit, und er lockerte den Griff um ihre Hand nicht.

Der Regen schlug ihnen ins Gesicht, als sie Schutz vor der Sturmgewalt suchten. C.J.s dünne Schuhe saugten sich wie Schwämme voll Wasser. Der Boden platschte und spritzte unter ihren Füßen. Auf einem glatten Stück Rasen verlor sie fast den Halt, aber Darlingtons fester Griff verhinderte, dass sie hinfiel. Er zog sie keuchend in einen schützenden Pavillon, von dem sich einige in diesem Teil der Sydney Gardens befanden. Das kleine Gebäude war strohgedeckt, erinnerte ansonsten an einen marmornen, neoklassischen Tempel, der von ionischen Säulen umgeben war. Ein paar Augenblicke lang rangen sie nach Luft, während sie zusahen, wie die sintflutartigen Regenfälle um sie herum niedergingen.

Die Haare des Earls klebten in kleinen Löckchen an seinem Kopf, er sah aus wie Titus. Eilig zog er seinen dunkelblauen Mantel aus und wrang eine schwere, mit Seide gefütterte Manschette aus. Dabei sah er C.J. entschuldigend an, als fühlte er sich für den Regenguss verantwortlich.

C.J. betrachtete das ramponierte Äußere des Earls, das so gar nichts mehr von seiner ansonsten würdevollen Haltung ausstrahlte, und konnte ein Lachen nicht unterdrücken. »Ich bin mir ziemlich sicher, dass ich wie eine ertrunkene Ratte aussehe und mein Kleid nicht mehr zu retten ist«, sagte sie kichernd. Sie betrachtete den transparenten Musselin, der in nassen Falten an ihrer Haut klebte. Ihr wurde bewusst, dass das Kleid durch die Nässe komplett durchsichtig und ihr dünnes Unterhemd aus Baumwolle völlig nutzlos geworden war. Peinlich berührt errötete sie und legte die Arme über ihre Brust.

Im Hintergrund rauschte der dicht herabfallende Regen, reinigte die Luft und hinterließ einen süßen, sauberen Duft. Das Dach roch nach etwas Erdigem, Urwüchsigem.

Mit einem Mal wurde aus der Scham Lust. C.J.s Arme schlangen sich um den Hals des Earls, und sie presste ihren Körper so stark gegen seinen, dass es schien, als würden sie miteinander verschmelzen. Sie glitt mit ihrer warmen Hand durch seine feuchten Locken, massierte seine Schläfen und küsste seinen Mund. Geleitet von unbändiger Lust, übernahm C.J. die Führung, erforschte seinen Mund mit ihrer Zunge, saugte und knabberte.

»Cassandra«, sagte Darlington heiser, während sich ihre Hand fordernd zwischen seine Oberschenkel schob und ihn durch den gespannten Stoff berührte. Er ließ ihr nasses Kleid von den Schultern gleiten und zog an einem Band, um ihre Brüste zu entblößen. Er küsste sie gierig, sein Mund liebkoste ihren anmutigen Nacken, ihren weißen Hals und näherte sich langsam ihrem Busen. Dabei beugte sie sich, unterstützt von seinen starken Händen, nach hinten. Er schmeckte hungrig ihre Brustwarzen, biss zart in die rosigen Knospen, bis sie hart wurden, streichelte ihre perfekt geformten Brüste mit seinen erfahrenen Händen. Sie sah mit einem glasigen Gesichtsausdruck der Unersättlichkeit in seine tiefblauen Augen.

»Oh Gott!«, rief C.J. aus, als ihre Körper sich für einen Augenblick voneinander lösten. »Ich glaube, mein Kleid ist eingelaufen!« Es schien tatsächlich weniger Stoff da zu sein als vor dem trommelnden Regenguss.

Darlington zog sie an sich. »Cassandra Jane Welles, was zum Teufel soll ich nur mit Ihnen anfangen?«

Ihre Augen blitzten vor Übermut und Lust. Er spürte ihren Atem warm auf seinen Lippen. »Bringen Sie mich nach Hause«, murmelte sie heiser. »Zu Ihnen.«

Kapitel Fünfzehn

*In dem unsere Heldin die Vergnügen
des Tantras kennen lernt.*

AUS DEM REGEN in fast biblischem Ausmaß war ein feiner Nieselregen geworden, und der Earl fand, es war das Beste, wenn C.J. seinen Mantel trug, bis sie sicher vor jeglicher öffentlicher Aufmerksamkeit waren. Es war schon schlimm genug, dass Miss Welles keine Anstandsdame bei sich hatte. Dass der Earl in seinem klatschnassen Hemd und der tropfenden, verknitterten Krawatte nicht präsentabel war, spielte eine untergeordnete Rolle im Vergleich zu Miss Welles' Ähnlichkeit mit einer fast nackten Aphrodite bei der Toilette.

Es herrschte Ruhe auf den rutschigen Straßen, da alle bei dem plötzlichen Gewitter ins Haus geflohen waren, sodass Darlington und C.J. Glück hatten und ohne tadelnde Kommentare bis zu seinem Stadthaus am Circus gelangten.

»Wood fand, dass der Circus seine beste architektonische Leistung war. Er ist sowohl dem Kolosseum in Rom als auch Stonehenge in Wiltshire nachempfunden, falls Sie sich eine solche Kombination vorstellen können, Lady

Cassandra«, bemerkte der Earl in einem sehr neutralen Tonfall, während ihm gleichzeitig die Energie, die zwischen ihnen knisterte, sehr bewusst war.

Die Tür des eleganten Stadthauses wurde von einem älteren Majordomus geöffnet. Er war groß und mager und hatte einen weißen Haarschopf, der aussah, als könnte ein Kamm nicht viel ausrichten. Weder schien ihn aus der Ruhe zu bringen, wie sein Hausherr aussah, nämlich ungefähr so, als wäre er durch den Avon geschwommen, noch dass er sich in Begleitung einer knapp bekleideten jungen Lady befand, deren Würde nur durch den smaragdgrünen, feinen Mantel des Herren gewahrt wurde.

»Guten Tag, Davis«, begrüßte ein ebenfalls völlig entspannter Darlington den Majordomus. »Ich werde Miss Welles den Salon zeigen. Bitte sagen Sie Cooper, er soll uns heißen Tee bringen.« Die Selbstsicherheit des Earls beeindruckte seine Begleiterin sehr. Es war alles so wie in einem Kostümfilm. Trotz ihrer verwahrlosten Erscheinung bemühte sich C.J., ähnlich gelassen zu benehmen.

»Sehr wohl, Mylord«, erwiderte der Alte und schlurfte zum Klingelzug.

C.J. glaubte zu bemerken, wie er leicht eine buschige Augenbraue hochzog. »Ich nehme an, dass er dazu gezüchtet, ich meine, trainiert wurde, um die Exzentrizitäten der Aristokratie zu ignorieren«, schnaubte sie. Es entsetzte sie die Vorstellung, dass ein so alter Mann immer noch für seinen Lebensunterhalt arbeiten musste.

»Davis war Butler, als Tante Augusta ihre erste Saison in Bath feierte«, erklärte der Earl. »Ein Spaniel könnte einer Familie nicht treuer sein.«

»Wir sprechen nicht über einen Hund, Percy!«

»Das englische Klassensystem ist schon seit Jahrhunderten gesellschaftlich tief verwurzelt, Miss Welles, und jedermann kennt und akzeptiert seinen Platz bereitwillig. So funktioniert die Welt.«

»*Ihre* Welt«, korrigierte C.J. »Meinem Gewissen fällt es nicht leicht zu akzeptieren, dass ich einem anderen Menschen durch den schlichten Zufall der Geburt überlegen bin.«

»Diese Insel ist sehr viel fortschrittlicher als andere Nationen, *Lady* Cassandra«, entgegnete Darlington und benutzte, was er für ihren angemessenen, aristokratischen Titel hielt. »Die heidnischen Amerikaner praktizieren die Sklaverei! Da haben Sie Ihre barbarische Welt! Hier in England erhalten die Dienstboten einen Lohn für ihre Arbeit. Sie sind nicht Eigentum eines anderen Menschen.«

C.J. erinnerte sich lebhaft an ihre Erlebnisse am Laura Place und daran, dass Mary sie vor dem Schicksal aufsässiger Dienstboten oder Ausreißer gewarnt hatte.

Bevor sie jedoch nur darüber nachdenken konnte, ihre Worte zu mäßigen, war sie sozusagen bereits auf eine Seifenkiste gestiegen. »Es ist wirklich bedauerlich, dass einige, nämlich weiße, männliche Landbesitzer, von King George ihrer Freiheit auf Kosten von anderen beraubt wurden. Ich glaube, dass die Sklaverei gänzlich abgeschafft werden sollte, aber die wahren Prinzipien, auf denen Amerika gegründet wurde, basieren auf der Überzeugung, dass ›alle Menschen gleich erschaffen wurden‹, was der englischen Gesellschaftsstruktur diametral entgegensteht. Ihre, *unsere*, Dienstboten sind angeblich freie Männer und Frauen, weil sie keine Sklaven sind, aber viele sind zur Arbeit verpflichtet, was schon immer in England der Fall gewesen ist. Sollte sich ein Dienstbote in den Augen seiner Herren falsch verhalten, wer ist dann, um Shakespeare zu zitieren, ›vor Schlägen sicher‹? Wie können die Engländer es *wagen*, sich als zivilisierte Nation zu betrachten, wenn die kleinen Mary

Sykes von Eloisa Wickhams geschlagen und geprügelt werden, wegen des Vergehens, eine Tasse Tee verschüttet zu haben? *Sie* mögen das Klassensystem nicht nur notwendig, sondern natürlich finden. Ich finde es unerträglich.«

Die Intensität ihres Streits brachte C.J. den Tränen nah. Aber die Ungerechtigkeiten, die sie in dieser Epoche erlebt hatte und die Heuchelei oder Blindheit vieler der oberen Stände gegenüber der Notlage der arbeitenden Klasse, erzürnten sie. Sicherlich hatte ihr Erlebnis, verhaftet und wegen des Diebstahls eines Apfels eventuell für vierzehn Jahre in eine Strafkolonie deportiert zu werden, ihre Meinung über dieses Thema stark beeinflusst.

Darlington betrachtete sie einen Moment. Was für eine ungewöhnliche Frau, auch wenn sie manchmal schwierig sein konnte. Alle Fasern ihres Seins bebten und glühten durch ihre Leidenschaft. »Die Keltenkönigin Boadicea auf dem Kriegspfad«, sagte er nicht ohne Bewunderung. »Aber Sie haben Shakespeare aus dem Zusammenhang zitiert, Miss Welles, es sei denn, Sie wollten andeuten, dass die fraglichen Dienstboten immer zu Unrecht bestraft und nicht bloß ›nach ihrem Verdienst‹ behandelt wurden.« Seine Lippen formten sich zu einem warmen Lächeln. »Gibt es tatsächlich einen solchen Abgrund zwischen uns, Cassandra?«, fragte er sanft und legte seinen Arm um ihre schmale Taille.

Sie sah ihm in die Augen. »Ich glaube, es wäre ein schwerer Fehler, wenn einer von uns behaupten würde, wir wären bei diesem Thema derselben Meinung.«

»*Ich* glaube, dass ein Mann eine Verpflichtung hat, zu seinem Ehrenwort zu stehen, seine Familie zu beschützen und anderen Männern mit demselben Respekt und derselben Ehrerbietung zu begegnen, die er auch für sich wünscht.«

C.J. lächelte. »Und Frauen? Aber Sie wechseln das Thema, Mylord.«

Er schien einen Augenblick verwirrt. »Frauen? Sogar noch mehr«, antwortete er, während er in ihre dunklen Augen sah. Der Earl beschloss, dass es diplomatischer sei, über etwas anderes zu diskutieren. »Soll ich Ihnen zeigen, wie ich meine Kindheit verbracht habe, Miss Welles?«

Sie nickte, und er führte sie durch ein paar schwere Doppelflügeltüren in einen langen, rechteckigen Salon, der an drei Seiten mit Bücherregalen bis unter die Decke bedeckt war. Die vierte Wand war mit einem Fresko dekoriert, das Frauen zeigte, die sich am Rand eines anscheinend römischen Bades auszogen. C.J. trat näher, um es genauer zu betrachten.

»Das ist recht passend«, bemerkte sie und wurde leicht rot, bei der Vorstellung, dass der Earl so viel Zeit in diesem Raum verbrachte, überwacht von diesen nackten Grazien. »Das Wandgemälde wäre überall in der modernen Welt fehl am Platz, außer in Bath.«

»Es ist allerdings kein römisches Bad abgebildet«, erklärte Darlington. »Es ist ein griechisches Fresko, das einen dionysischen Mysterienkult darstellt. Man nimmt an, dass es um das Jahr fünfzig vor Christus gemalt worden ist. Meine Eltern haben es während einer ihrer kurzen Besuche in England anbringen lassen.«

»Was hält Lady Oliver von solchen Dingen?«

»Ich finde, das geht sie nichts an, und ihre Meinung, gut oder schlecht, ist bedeutungslos. Auch wenn mein Vater und nicht ich der Amateurarchäologe war, so sollte es genügen, wenn ich sage, dass nach einem gewissen unglücklichen Ereignis im Leben meiner Mutter, als sie noch jung war, nichts, was sie je tat, Tante Augusta noch hätte schockieren können. Jetzt schauen Sie nach oben und wünschen Sie sich etwas.«

Die Decke war in einem dunklen Aquamarin gestrichen, und auf dem glänzenden, blaugrünen Untergrund konnte man sämtliche Sternenkonstellationen in feinem Blattgold erkennen. C.J. war vor lauter Verwunderung sprachlos. Sie schaffte es nur, einen Seufzer von sich zu geben.

Eine nähere Betrachtung des Raumes mit seinen schweren, gemusterten, persischen Teppichen und den gestreiften Seidenvorhängen brachte eine sehr ungewöhnliche Präsentation antiker Artefakte zu Tage.

»Und was ist das, wenn ich fragen darf?«, wollte C.J. wissen, die vor einem seltsamen Gerät stand, einem Lederkubus mit Nieten auf einem Holzrahmen.

»Meinen ›Leberschüttler‹ meinen Sie?« Darlington trat an den Rahmen heran und setzte sich auf den Kubus. »Darin befinden sich Federn«, sagte er, packte die Griffe und begann zu hüpfen, das Ganze imitierte einen sehr rauen Ritt auf einem Pferderücken. »Es ist eine Trainingsmaschine für Gentlemen. Die perfekte Aktivität für einen regnerischen Tag.«

»Gibt es Platz für zwei?«, scherzte C.J. vieldeutig. Könnte Mylord ihre Gedanken lesen, wäre er wohl schockiert. Eine Aktivität für einen regnerischen Tag, aber sicher!

Darlington stieg von dem Trainingsgerät ab und deutete auf eine dreißig Zentimeter hohe, ziemlich primitiv aussehende Statue eines Mannes mit einem erigierten Phallus, der praktisch so lang war wie die Statue hoch. »Mein Vater hat ihn in Pompeji ausgegraben«, erläuterte der Earl angesichts dieser Kuriosität.

»Es ist so ... *erotisch*«, flüsterte sie.

Darlington nahm seinen Mantel von ihren Schultern und bemerkte, wie ihr Kleid, obwohl es trocknete, ihren üppigen Körper immer noch deutlich zu erkennen gab. »Genauso wie die Gestalt vor mir«, sagte er anerkennend, während seine Finger zart über ihre Arme glitten. Er hob ihre Hand an seine Lippen und küsste die Handinnenflächen. Sie spürten beide, wie die Hitze in ihrem Körper stieg.

C.J. räusperte sich. »Wäre es unpassend für eine anständige junge Lady, um ein Glas Sherry zu bitten, um gegen die Effekte der Feuchtigkeit anzukämpfen.«

Darlington zog an dem bestickten Klingelzug. »Schon geschehen«, lächelte er. Seine warmen, unergründlichen Augen brachten etwas in ihr zum Schmelzen. »Ich war mir nicht sicher, ob ich mit der Bitte um eine alkoholische Stärkung nicht Ihre zarte Sensibilität schockieren würde.«

»Da mein eigenes Verhalten bisher wirklich kein guter Beweis für meinen empfindlichen Charakter gewesen ist, hätte ich mir an Ihrer Stelle keine Gedanken gemacht.«

»Lady Cassandra, ich glaube, dass Sie es waren, die mich daran erinnert hat, dass man sich für den freien Ausdruck der eigenen Wünsche nicht schämen muss.«

»*Touché*, Mylord.«

Darlington gab C.J. seinen Mantel zurück. Im selben Augenblick betrat Cooper, der Butler, mit einer Teekanne das Zimmer und stellte einen kleinen Tisch für den Earl und seine hübsche Begleiterin auf. Ihm folgte ein Diener, der ein Tablett mit einer Kristallkaraffe mit einer bernsteinfarbenen Flüssigkeit und zwei zart geschliffene Gläser darauf abstellte. Auf das Nicken ihres Dienstherren zündeten die Diener die Bienenwachskerzen in den vielen, verzierten Kandelabern an.

Nachdem seine Angestellten gegangen waren, goss Darlington ihnen Sherry ein. Er schwenkte den Inhalt in seinem Glas und reichte C.J. ein zweites. »Darf ich Ihnen meinen wertvollsten Besitz zeigen?«, fragte er. Sie nickte stumm. »Haben Sie je eine Folioausgabe gesehen, Miss Welles?«

Sie verschluckte sich fast, als der Earl eine schützende Glasplatte anhob und aus einem der Bücherschränke eine riesige, ledergebundene Gesamtausgabe von William Shakespeare nahm. »Ich habe Marguerite daraus vorgelesen«, sagte er leise. C.J. erlaubte es sich, mit den Fingern über den Buchrücken zu streichen. Die Berührung einer solchen Ikone würde für immer ein Höhepunkt in ihrem Leben sein, egal was noch passierte.

Darlington trat zu ihr und schlang seinen Arm um ihren, wobei er sie beide elegant zu Boden zog, wo sie sich auf großen Seidenkissen mit Troddeln niederließen.

»›Denn wo euer Schatz ist, da wird auch euer Herz sein‹«, murmelte er und schmeckte den Sherry auf ihren Lippen.

C.J. wurde tiefrot. »Mein Kleid ist jetzt ziemlich trocken, aber der Alkohol«, bemerkte sie, »wärmt doch sehr.«

»Dagegen weiß ich etwas«, flüsterte Darlington. Er streifte ihr gleichzeitig den Mantel und ihr Kleid von den Schultern, wobei er sie innerhalb von Sekunden von ihrer halbtransparenten Hülle aus weißem Musselin und ihrer Unterwäsche befreite. Das Kleid lag zu ihren Füßen wie Meeresschaum um die schillernde Muschel von Botticellis Venus. Er legte sie auf die Kissen und streichelte ihren Körper mit federleichten Berührungen. »So weich«, flüsterte er. »So weich.« Er hob ihre Füße unendlich zart aus dem Kleid und befreite sie von ihren Schuhen. Bevor er ihre hübschen, weißen Strümpfe und die Strumpfbänder auszog, küsste er ihre Fußsohlen.

Verlegen, so sehr entblößt zu sein, wollte sie ihn zu sich

heranziehen, aber er widerstand der Kraft ihrer schlanken Arme. »Halt, nein, Liebes. Dafür ist noch früh genug Zeit.«

Sie war wirklich eine Augenweide. Seine Hände glitten erfahren über ihren nackten Körper, der unter seiner erotischen Berührung voller Verlangen erzitterte. C.J. hatte noch nie einen so aufmerksamen Liebhaber gehabt. Darlington zog sie in seine Arme, und sie spürte den weichen Batist seines Hemdes auf ihrer Haut. Sie knieten, und C.J. bedeckte seinen Mund mit hungrigen, feurigen Küssen. Sie wollte, dass sie nichts mehr voneinander trennte und zog dem Earl das Hemd über den Kopf, das ein paar Meter neben ihnen zu Boden fiel.

Sie berührte mit ihren Händen seine Brust, bemerkte die perfekten Konturen und wie seine bronzene Haut einen starken Kontrast zu ihrer eigenen Haut bildete, wie die dunklen Haare sich in perfekter Symmetrie über seine Brustmuskeln ausbreiteten. Sie wollte gerade seine Hose aufknöpfen, als ihr klar wurde, dass sie sie nicht ausziehen konnte, solange gewisse Hindernisse nicht beseitigt waren. »Deine Stiefel«, flüsterte sie und zog eines seiner muskulösen Beine zu sich heran. C.J. legte seinen Absatz auf ihren Oberschenkel und bemühte sich, eine Position zu finden, in der sie nicht beide umfielen.

Darlingtons kurzfristige Abscheu, den nicht gerade glänzenden Absatz seiner Stiefel auf ihre weiche Haut zu stellen, wurde von dem sinnlichen Anblick des hohen, schwarzen Reitstiefels, einem Symbol der Männlichkeit, auf der cremigen Weichheit der nackten Haut der jungen Frau zunichtegemacht. Cassandra, in ihrer ganzen Schönheit, zog geschickt beide Stiefel aus, ließ den steifen Lederschaft über seine Wade und ganz leicht über seinen Fuß gleiten. »Ich kann mich nicht erinnern, je einen so attraktiven Kammerdiener gehabt zu haben«, neckte er sanft.

Die Stiefel landeten mit zwei dumpfen Schlägen neben dem Batisthemd auf dem bunten Perserteppich.

Der Earl genoss es sehr, ausgezogen zu werden. Das hatte tatsächlich noch nie eine Frau für ihn getan, nicht einmal Marguerite, die eine ziemlich gute Liebhaberin gewesen war.

C.J., gekonnt seine gämslederne Hose aufknöpfend, sah zu ihm auf und war erstaunt, eine dunkle Wolke auf Darlingtons feinen Zügen zu entdecken. Gott, er war wunderschön im Licht des späten Nachmittags, verstärkt durch den Kerzenschein, aber sein sorgenvoller Blick ließ sie innehalten.

Es war nicht fair ihr gegenüber, dachte der Adelige.
»Hör auf«, hörte er sich sagen.
»Was ist los, Percy?«, fragte sie leise.
»Es ist nicht richtig«, murmelte er.
»Was ist nicht ...?«

Darlington sammelte seine gesamte Willenskraft und hob ihre Hand von seinen Lenden. Er missinterpretierte ihren erschütterten Gesichtsausdruck. »Cassandra, du faszinierst und erfreust mich unendlich, aber ich kann nicht von dir verlangen, dich zu kompromittieren, etwas zu tun ... zu ... wünschen, dass du dich auf eine bestimmte Art und Weise verhältst ... etwas für mich zu tun, das keine anständige ...« Ihm fehlten die Worte. Bei ihren Zärtlichkeiten hatten ihn Gedanken und Verstand verlassen. »Um Himmels willen!«, rief er schließlich aus. »Du bist Lady Dalrymples Nichte, und ich erwarte, dass du mir Vergnügen bereitest, wie eine ... wie eine Hetäre!«

C.J. zog sich zurück und lehnte sich gegen eines der großen Seidenkissen. »Verzeih mir«, sagte sie, die Augen voller Tränen. Ein paar Augenblicke herrschte schmerzhaftes Schweigen. Um ganz ehrlich über ihre Sexualität zu sein, müsste sie ebenso ehrlich mit Darlington über ihre Vergangenheit sprechen, sonst könnte sie nie enthüllen, wieso sie sexuell so erfahren war.

»Woran denkst du?«, fragte er sie.

»Dass ... es unmöglich, nicht ... passend sein kann, dem Ruf der Natur mit dem geliebten Mann zu folgen. Ja, ich bin Lady Dalrymples Nichte. Und Mylady, genau wie ihr verstorbener Ehemann ... und mein ... und mein Vater ... sind alle ›Originale‹. Angesichts meiner Herkunft kann ich nur sein, wer ich bin.« *Gott vergib mir diese Lüge,* dachte C.J.

»Du hältst mich nicht für ein Monster?«

»Ich halte dich für meine Liebe!«

»Meine Cassandra. Komm her.« Darlington öffnete die Arme, in die sich C.J. überschwänglich fallen ließ. Sie küssten sich leidenschaftlich und immer intensiver, wobei sie weiter ihre Körper erkundeten.

»Was nun?«, fragte C.J., als der Earl unter ihrer Berührung zu erzittern schien.

»Nein. N-Nichts«, erwiderte er, seine Stimme klang angespannt, während ihre Hand seine empfindlichste Stelle, abgesehen von seinem Herzen, fand und *dort blieb,* ihn streichelte. Er sehnte sich nach ihr, und er wusste, dass sie es fühlen konnte. C.J. zog ihn ganz aus dem Schlitz der weichen Lederhose.

Darlington stöhnte erwartungsvoll, ihren warmen Atem auf seiner Haut spürend. Ihre Finger bewegten sich in geübten, geschmeidigen Bewegungen, und als sie ihn in ihren weichen Mund aufnahm, kämpfte er, um nicht sofort durch das perfekte Gefühl der Erregung zu explodieren. Er konzentrierte sich darauf, nicht zu früh zu kommen und dachte, dass er ihr später auch ein Geschenk machen würde, um ihre gemeinsame Glückseligkeit zu verlängern, jeden Augenblick eine höhere Ebene auf der Reise zur vollkommenen Ekstase zu erreichen, eine völlige Vereinigung ihres Körpers, Geistes und ihrer Seele.

C.J.s Zunge war so geübt wie ihre Hände, sie variierte Druck und Geschwindigkeit und schickte elektrische Stöße bis ins Herz seines Wesens. »Cassandra«, stöhnte er heiser und zog sie noch näher, indem er ihre seidigen Locken umklammert hielt. »Meine Liebe.« Er brauchte sie *jetzt*. Er musste wissen, musste *fühlen*, wie es war, sich tief in ihre Weichheit zu vergraben. Aber er wusste auch, wie viel mehr Vergnügen sie einander bereiten könnten, wenn sie sich Zeit ließen. Darlington legte seine Hände um ihr Gesicht und zog sie langsam von sich weg, sodass er sich von der letzten Stoffschicht befreien konnte.

Er zog die hautenge Hose über seine Oberschenkel. Diese Begegnung war ja nicht die erste in den letzten sieben Jahren, weiß Gott, doch war es mit Sicherheit das zweite Mal in seinem Leben, dass er so tief für eine Frau empfand. Er gab zu, dass er sich sehr in diese außergewöhnliche, junge Lady verliebt hatte, die gerade seine Hose über seine Knöchel streifte. Alles, was sie sagte oder tat, war für ihn wahrlich eine unerwartete und höchst genussvolle Überraschung. Die Lust, die sie ihm mit ihren weichen Händen, den feuchten Lippen und ihrer geübten Zunge bereitet hatte, hatte ihn in absolute Verzückung versetzt, einen Zustand, den er so noch nie erlebt hatte.

»Ich war immer davon überzeugt«, flüsterte C.J und half Darlington dabei, die restlichen Kleider auszuziehen, »dass, wenn die Zunge es schafft, die jambischen Pentameter Shakespeares wiederzugeben, sie zu allem im Stande ist.«

Er war immer noch für sie bereit, obwohl das Ausziehen seiner Hose fast etwas Komisches hatte. Als er C.J. an sich drückte und sie zum ersten Mal die Möglichkeit hatten, solch unbeschränkte Wärme zu spüren, stöhnten die Liebenden leise, kamen ganz außer Atem und hungerten danach, den Körper des anderen zu erforschen. Darlington legte seine Hände um C.J.s volle, runde Brüste, spürte deren Gewicht und einzigartige Weichheit. Im gedämpften Kerzenlicht erschien ihre Haut mal rosa und apricot, mal rotgelb und pfirsichfarben.

C.J. bog den Rücken nach hinten. »Bitte«, flüsterte sie. »*Bitte*, Percy. *Jetzt.*«

»Noch nicht«, erwiderte er sanft.

Er legte ihren Körper so auf die Kissen, dass sie nebeneinanderlagen. Ihre Hand strich über seinen festen, muskulösen Körper, von der zarten Kehle über sein Brustbein über seinen Nabel bis zu seiner Männlichkeit, wo sie ihn weiterstreichelte und neckte. Seine Fingerspitzen spielten zart auf ihren Lippen, und sie öffnete ihren Mund, um erst an einem und dann an einem zweiten Finger zu saugen, mit derselben Gewandtheit, die sie vor ein paar Minuten demonstriert hatte.

Sie fühlte seinen heißen Atem in ihrem Ohr. »Ich werde dir etwas ganz Besonderes beibringen, Cassandra.« Seine geschickten Hände spielten routiniert Arpeggios über ihren Busen und ihren flachen Bauch und hielten zwischen ihren Oberschenkeln an, dort war sie vom Augenblick seiner ersten Berührung an feucht vor Erwartung gewesen. »*Das*«, sagte er leise, er bemerkte, wie feucht sie war, als er in die tiefsten Tiefen ihrer Vagina vordrang, »ist deine *Yoni*.« Er nahm ihre weiche Hand und legte sie zart auf seinen voll erigierten Penis. »Und das ist mein *Lingam*. Sieh mir in die Augen, Cassandra, während ich dich berühre. Nein, schäme dich nicht«, sagte er, als sie ihr Gesicht abwandte. Seine Finger begannen sich zu bewegen, bis sie seinen Namen schrie, heiser vor Lust, sie wollte mehr. Brauchte die Erlösung.

C.J. griff nach unten und berührte sanft Percys Hand. »Percy?«, begann sie vorsichtig. »Ich glaube, du solltest wissen, dass ich keine Jung...«

Er steckte einen, dann zwei Finger in sie, spürte ihre Nässe, ihre uneingeschränkte Bereitschaft. »Ruhig, Liebes. Ich weiß«, erwiderte er leise und streichelte sie weiter. »Sieh mich weiter an, Cassandra. Der Rhythmus deines Atems wird sich meinem angleichen«, flüsterte er. Und als Percy ihren sensibelsten Punkt direkt hinter dem Schambein berührte, schrie C.J. auf. Tränen, die aus den Tiefen ihrer Seele kamen, flossen wie Sommerregen über ihre geröteten Wangen. Es war, als hätte sie die Kontrolle über ihren eigenen Körper verloren und wäre nicht länger ein Mensch, sondern eine Farbe – pure Farbe. Zuerst Rot, dann Orange und dann vibrierendes Hellgrün. »Alles ist grün«, sagte sie atemlos vor Erstaunen, während die Tränen weiterflossen.

»Das ist das *Tantra*«, flüsterte Percy. »Das Durchdringen von Energien. Eine östliche Technik, die fast viertausend Jahre alt ist. Alle Energien des Körpers werden in Harmonie gebracht und stellen die höchste Form möglichen Genusses her. Grün ist die Farbe des Herzens«, fügte er hinzu und malte Kreise über ihre rosigen Brustwarzen.

C.J. wollte ihre peinlichen Tränen wegwischen. Percy streichelte ihre Vagina von außen, neckte sie, indem er sanft an ihren Schamhaaren zog. Das leichte Ziehen verstärkte ihr Begehren nach ihm. »Es ist in Ordnung zu weinen«, beruhigte er sie. »Als ich dich tief in deiner Yoni berührt habe, haben deine Tränen deine Ängste gelöst und dein Herz geöffnet.« Er setzte fort, sie rhythmisch zu streicheln. »Es ist die erfüllendste Art, miteinander zu schlafen. Deine Augen, die Fenster zur Seele, dein Herz und deine Yoni sind alle zur selben Zeit für mich geöffnet, wie eine wundervolle Blüte. Du gibst und empfängst vollkommen zur selben Zeit.«

Er küsste ihre Augenlider, zuerst mit seinen weichen Lippen, dann berührte er ihre Lider, Wangen und Lippen, indem er seine Wimpern gegen ihre Haut erzittern ließ, was kleine elektrische Stöße auslöste. Percy knabberte an ihren Lippen, zog ihre Unterlippe in seinen Mund und wanderte dann geschickt auf ihrem Körper nach unten, biss zärtlich in ihren Hals, ihre Brüste, ihren Bauch, ihren Venushügel und ihre Oberschenkel. Jedes Mal, wenn Darlington den Mund von ihrem Körper löste, wollte C.J. mehr. Jede Zäsur war ein exquisiter Augenblick, reich und erfüllt, von der Zeit losgelöst, die Belohnung, die jeder Pause folgte, wurde so zu einer Offenbarung.

»Ich markiere dich als zu mir gehörig, Cassandra. In Indien wurden diese antiken, sinnlichen Techniken im fünfzehnten Jahrhundert im Kamasutra von Vatsyayana niedergeschrieben. Es ist nie ins Englische übersetzt worden. Stell dir nur vor, wie viel Genuss ich dir bereiten könnte, wenn ich fließend Sanskrit könnte!«

Bevor C.J. antworten oder ihn fragen konnte, wie er Teile des heiligen, sexuellen Textes kennen gelernt hatte, sie war sich nicht sicher, ob sie die Antwort tatsächlich hören wollte, hatte Percy seinen Mund auf ihre Schamlippen gelegt und erforschte die weichen Falten ihrer Vagina mit seiner Zunge. Er brachte sie von einer Welle der Ekstase zur nächsten, bis sie hätte schwören können, dass sie über ihrem Körper schwebte.

Sie kam weiterhin in Farben, während er sie mit jedem, immer stärker werdenden Orgasmus immer näher ans Nirwana brachte. Klebriges Amrita, ihr eigener, natürlicher Liebessaft, floss über ihre Oberschenkel, und sie fühlte sich innerlich völlig frei.

Jetzt. Jetzt war es an der Zeit.

Darlington legte sich auf C.J., küsste sie, während er mit einem Schrei der Erlösung und der reinsten Ekstase in sie eindrang.

Sie kam ihm entgegen, ihr Körper reagierte auf seinen, als wären sie füreinander bestimmt. Sie spürte, wie sie voller Entzücken erschauerte und explodierte, und als seine Hände die Haare in ihrem Nacken ergriffen, wurde sie zu etwas Wildem, gab sich einem noch ursprünglicheren Genuss hin, während er sie höher und höher brachte. Es war, als wäre C.J. in schneller und rotierender Abfolge jedes Element geworden, zuerst ganz erdiges Begehren, dann ein unlöschbares Feuer von unbefriedigter Begierde, darauf die Luft selbst, in immer neue Ebenen der Glückseligkeit schwebend, und Wasser, als ihr Körper flüssig wurde und in seinen und um seinen herumschmolz.

Darlington weinte vor Glück und bedeckte ihre zarten Augenlider mit Küssen, ihre roten Wangen, ihren Hals und ihren suchenden Mund.

Es war eine himmlische Erfahrung. C.J. war sich sicher, dass sie Sterne sah. Es hatte zu dämmern begonnen, und die schlanken Kerzen beleuchteten nun den Himmel über ihnen, während sie befriedigt eng umschlungen dalagen. Im Kerzenlicht strahlten die goldenen Sternkonstellationen und hatten einen verwirrenden Effekt. C.J. stöhnte vor vollkommener Zufriedenheit tief auf. Sie spannte ihre Muskeln an und ließ locker, spannte sie erneut an. Er war immer noch steif in ihr, während ihre sanften Kontraktionen jeden Tropfen aus ihm sogen. »*Mulabandha*«, flüsterte er heiser.

»Was?«

»Was du da unten tust. Es heißt *Mulabandha*. Sehr fortgeschritten.«

Darlington betrachtete seine wunderschöne Frau. Vermutete er, dass die Gedanken, die durch ihren außergewöhnlichen Geist rasten, vor allem darin bestanden, dass ihr bewusst wurde, dass das hier um Lichtjahre besser gewesen war, als jede Liebesbegegnung, die sie je erlebt hatte? Nicht nur das, aber hätte es vorher einen Zweifel gegeben, dann war sie sich jetzt wirklich sicher, dass sie sehr, unwiderruflich, unerschütterlich in Owen Percival verliebt war.

Einander umarmend lagen sie ruhig da und genossen ihre Körperwärme. Percy griff nach einem Sherryglas, tunkte einen Finger hinein, strich über ihren Mund und küsste die aromatische Flüssigkeit von ihren Lippen. Er war zweifellos der sinnlichste Mann, den C.J. je gekannt hatte. Ihr war schwindlig vor befriedigtem Begehren. Draußen klang es so, als würde der Sturm zurückkehren. »Ein *coup de foudre*«, flüsterte sie und streichelte seine Brust.

»Was?«, fragte er erschrocken.

»Ein *coup de foudre*«, wiederholte sie. »Nicht bloß ein Donnerschlag wie heute Nachmittag und jetzt«, erklärte sie und fügte hinzu, »sondern das, was zwischen uns passiert ist, als wir uns trafen.«

»Ich weiß, was ein *coup de foudre* ist«, sagte er leise. »Was ich bis jetzt nicht wusste, war, wie gut du Französisch beherrschst.«

»*Merci*«, antwortete C.J. Sie umarmte ihn und lächelte, dann küsste sie seine Lippen. »Ich weiß keinen besseren Ausdruck für das, was ich gefühlt habe, als wir uns das erste Mal im Wohnzimmer meiner Tante gesehen haben. Es war wie ein Donnerschlag, und innerhalb eines Augenblicks war ich Hals über Kopf in dich verliebt.«

»Das ging mir genauso«, murmelte Darlington und wickelte eine Haarsträhne um seine Finger.

Sie betrachtete ihn im Licht des Feuers. »Percy?«, begann sie angespannt. »Ich muss nach Hause.« Ihre Stimme war leiser als ein Flüstern. »Ich war viel länger weg, als ich geplant hatte, sodass ich befürchte, Lady Dalrymple wartet besorgt auf meine Rückkehr.«

»Ich werde meine Kutsche rufen und dich selbst hinbringen.« Darlington zog sie näher zu sich heran. »Versprich mir, dass du wieder zu mir kommst.« Sie streichelte seine Wange mit ihrem Handrücken. Er umfasste ihr Handgelenk und drehte es, um ihren Puls zu küssen. Sie sah ihm in die Augen. Im Kerzenlicht glitzerten seine Augen wie indische Saphire. Er küsste sie zärtlich. »Was ist deine Lieblingsfarbe?«

»Meine Lieblingsfarbe? Warum?«

»Ich würde dir gern mehr von Bath zeigen, aber das geht nicht gut zu Fuß. Daher schlage ich vor, dass wir zusammen ausreiten.«

Ihre Augen wurden größer. »Ich liebe Reiten.«

»Nun dann muss ich mit Madame Delacroix sprechen, damit sie dir einen Reitdress näht, da ich bezweifle, dass deine Tante ein solches Ensemble als wichtigen Teil deiner Garderobe angesehen hat. Lady Dalrymple mag Pferde nicht besonders.«

»Ist es zu warm für jagdgrünen Samt?«

Er streichelte ihre weiche Wange, fuhr mit den Händen über ihre Lippen, wofür er mit einem zarten Kuss auf seine Finger belohnt wurde. »Ich werde mich darum bemühen, dass meine Lady jeden Wunsch erfüllt bekommt.«

»Ja«, flüsterte sie. »Davon bin ich bereits überzeugt.«

Darlington betrachtete das Spiel des Kerzenlichtes auf ihrem Gesicht. Gott, sie war wundervoll. So anschmiegsam und süß, so willig und enthusiastisch als Partnerin. Woher sie ihr sexuelles Wissen hatte, machte ihn eher neugierig als besorgt. Sie entstammte offensichtlich der Oberschicht. Und auch wenn es für junge Damen ihrer Herkunft ungewöhnlich war, lustvolle Begierde zu äußern, geschweige denn Erfahrungen in der körperlichen Liebe zu haben, zumindest in seiner Generation, so war so etwas auch nicht völlig unbekannt. Wie Cassandra ja erwähnt hatte, war es in ihrer Familie üblich, seinem Herzen zu folgen, und von dort, überlegte er, bestand nur ein kleiner Schritt, bis die Natur ihren Lauf nahm. »Nun denn«, seufzte er. »Jetzt kannst du dich auf etwas freuen.« Er fuhr mit seinen Fingern durch ihre Haare, was ihr wieder Schauer über den Rücken laufen ließ.

Meinte er den Tantrasex oder den Ausritt? »Du hättest mich nicht mit dem Versprechen eines grünen Reitdress bestechen müssen«, scherzte C.J. »Ich wäre auch freiwillig zurückgekommen, um mehr über das Kamasutra zu lernen.«

»Ich werde dir alles beibringen, was ich weiß, mit dem größten Vergnügen.«

»Ich verspreche, eine sehr aufmerksame Schülerin zu sein.« C.J. strich durch Darlingtons weiche, glänzende, braune Locken. Plötzlich hatte sie eine Idee: »Ich habe mich gefragt, ob du mir vielleicht ein ... Andenken gewähren würdest«, sagte sie und wand eine Strähne um ihren Finger. Zu ihrer Freude verstand der Earl sofort und holte eine kleine Schere. Er gab sie C.J. und beugte seinen Kopf. »Such dir eine aus.«

Die widerspenstige Locke, die über seine Stirn fiel, als

er sich zu ihr nach vorne neigte, verlieh dem Earl ein noch ungestümeres Aussehen. »Könntest du dich bitte hinstellen, Mylord? Ich bevorzuge einen etwas gewählteren ›Lockenraub‹.«

»Was so freudig gegeben wird, kann man schlecht Raub nennen«, erwiderte Darlington, als C.J. diskret eine perfekte Locke abschnitt. »Und du wirst einen angemessenen Aufbewahrungsort für deinen Schatz brauchen.« Er ging zu seinem Schreibtisch und öffnete eine kleine Schublade. »Das gehörte meiner Mutter«, sagte er und legte ein kleines Silbermedaillon in ihre Hand. »Ein Geschenk von meinem Vater. *Omnia vincit amor*«, las er ihr die Gravur vor. »Liebe siegt über alles.« Er nahm die Locke und legte sie in das Medaillon, dann legte er ihre und seine Hände um das Geschenk.

C.J. küsste ihn ganz zärtlich. »Es ist mehr wert als Juwelen«, flüsterte sie. »Danke schön, Mylord.«

Sie zogen sich langsam an, wollten ihren Abschied so lang wie möglich hinauszögern. Hierauf brachte Darlingtons Landauer C.J. in allzu kurzer Fahrt zu Lady Dalrymples Stadthaus am Royal Crescent.

Dritter Teil

Kapitel Sechzehn

*In dem dieses Mal Lady Dalrymple keinen blinden
Alarm schlägt, unsere Heldin einige Schmarotzer aus
dem Haus vertreibt und verzweifelt versucht,
die Sache selbst in die Hand zu nehmen.*

*D*AS HAUS AM Royal Crescent lag dunkel und still da, und C.J. fragte sich, ob man sie vermisst hatte, als Folsom, der ihr die Tür öffnete, sie besorgt ansah. Sie trat ein und ging auf Zehenspitzen die glänzend polierte Holztreppe hinauf und nahm vor dem blauen Zimmer den Schlüssel aus ihrem Ridikül. Sie schaute rasch in den Standspiegel, um sicherzustellen, dass nichts an ihrer Erscheinung auffallend oder unpassend war. Ein oder zwei lose Strähnen waren alles, ansonsten hatte ihr dünnes Musselinkleid den Regenguss trotz aller Befürchtungen erstaunlich gut überstanden.

Es war zu ruhig. Irgendetwas stimmte nicht. Sie beschleunigte ihre Schritte und stieß vor Lady Dalrymples Schlafzimmer fast mit Saunders zusammen, die gerade den abgedunkelten Raum verließ. »Miss Welles! Sie haben mir aber einen Schrecken eingejagt«, rief sie aus und sah sie angsterfüllt an.

»Saunders, was ist denn passiert?«, fragte C.J. Sie hatte

den Charakter der mürrischen Zofe gut genug kennen gelernt und wusste, dass sie nichts erzählen würde, solange man sie nicht direkt fragte, obwohl Saunders Gesichtsausdruck, genau wie der des Dieners Folsom, deutlich verriet, dass in den letzten paar Stunden etwas sehr Gewichtiges geschehen sein musste.

»Es ist das Herz von Mylady, Miss Welles«, flüsterte Saunders, unfähig ihre Angst und ihre Sorge zu verbergen. »Dr. Squiffers ist jetzt bei ihr.«

»Wie schlimm ist es?«, fragte C.J. und erriet die Antwort bereits angesichts des von Tränen überströmten Gesichts der Zofe.

Im Eingang zu Lady Dalrymples Schlafzimmer blieb C.J. stehen, um sich zu sammeln, sie wollte ihre Tante mit ihrem Auftauchen nicht weiter aufregen.

Die schweren, bestickten Vorhänge waren um das große Bett der Countess zugezogen. Der schmächtige Dr. Squiffers, der einen schlichten, schwarzen Wollrock trug, stand neben ihr, beleuchtet von der Flamme einer einzigen Kerze.

Lady Dalrymple sah überraschend klein und erschreckend dünn aus, wie sie da auf den vielen Damastnackenrollen und Federkissen lag. Hinter den geschlossenen Vorhängen war es furchtbar warm, und der Geruch von Krankheit lag in der Luft. Die weiße Spitzenhaube der Witwe saß schief, und ihre grauen Locken klebten vor Schweiß an ihrer glänzenden Stirn. Sie streckte ihre Arme nach C.J. aus.

»Meine Nichte. Meine liebe Nichte. Komm zu mir.«

C.J. gehorchte sofort. Sie nahm die Hand ihrer Tante, die sich ganz klamm anfühlte.

»Sag Dr. Squiffers, er soll die Vorhänge zurückziehen. Ich will Portly sehen.«

»Es ist nicht ratsam für die Patientin, so viel Licht ausgesetzt zu sein«, wies der Arzt nüchtern an und rang seine knotigen, arthritischen Hände.

»Unsinn. Erfüllen Sie den Wunsch von Mylady.« C.J. beschloss, die Führung zu übernehmen. Sie küsste Lady Dalrymples feuchte Stirn. »Bringen Sie ihr ein kühles, feuchtes Tuch«, befahl sie dem Arzt, der daraufhin den samtenen Klingelzug betätigte. Dann zog sie ihn zur Seite und fragte den Mediziner nach dem Zustand der Countess.

Die Antwort war nicht sehr ermutigend.

»Wir tun alles, damit sie sich wohl fühlt, Miss Welles, aber Ihre Tante scheint ein stark vergrößertes Herz zu haben«, sagte der Doktor und legte seine Finger in Form eines Dreiecks zusammen. Er hatte festgestellt, dass diese Geste das Zittern stark reduzierte, an dem er litt, seit er beschlossen hatte, seinen Alkoholkonsum einzuschränken. Wie lange war das jetzt her? Zwei Wochen? Zwei Monate?

Er sah Lady Dalrymples junge Nichte an und spitzte die Lippen. Wie die meisten Mediziner mochte Dr. Squiffers hartnäckige Leute, die seine Autorität in Frage stellten, nicht. Emporkömmlinge. »Wir wissen nicht, wie lange Mylady noch bei uns sein wird. Es könnte sich um Monate oder Wochen handeln ... oder auch nur um Tage.« Was erwarteten die Leute von ihm? Der Tod war unausweichlich. Seine Patienten und deren Familien forderten immer Wunder von ihm, die kein Mensch, nicht einmal ein gebildeter Mediziner, leisten konnte. Was würden sie als Nächstes von ihm verlangen, dass er übers Wasser laufen würde?

Saunders erschien mit einem Glas, mehreren feinen, irischen Leinentüchern und einem weißen Emaillebecken. Der Doktor holte eine kleine Metalldose aus seiner abgetragenen, schwarzen Ledertasche und öffnete den Schnappverschluss. Dann nahm er das Trinkglas von der Kammerzofe entgegen. Seine Hände zitterten, als er es über die Kerzenflamme hielt, um es zu sterilisieren. Er bat Saunders darum, den Morgenmantel von Mylady zu öffnen, um die betroffene Stelle zu freizumachen. Sie nahm die schmale Delfter Schüssel, die neben Lady Dalrymples Bett stand, und wandte sich dem Arzt zu.

»Gesüßte Milch, Sir. Wie Sie befohlen haben.« Die Kammerzofe tunkte ein kleines Tuch in die Schüssel mit der Milch, die C.J. als Mitternachtssnack für eine Katze passender erschien, und tupfte dann die klebrige Flüssigkeit auf die Brust von Mylady. Es war wirklich ein merkwürdiges Ritual. Was sollten Saunders' Vorbereitungen bewirken, außer Käfer anzulocken?

Neugierig spähte C.J. in die kleine Dose des Doktors. Sie schnappte nach Luft und würgte fast. Leider wurden ihre Befürchtungen bestätigt. Sie hatte Blutegel noch nie von Nahem gesehen. Sie war zu allem bereit, um den Doktor daran zu hindern, Lady Dalrymple zur Ader zu lassen, und wenn sie ihn zu Boden werfen und aus dem Haus zerren musste.

Nicht nur, dass Squiffers sich nicht die zittrigen Hände gewaschen hatte, bevor er die Patientin berührte, er war kurz davor, die Sache noch zehnfach zu verschlimmern, indem er die sich windenden, braunschwarzen Würmer, die in der Dose vor ihm austrockneten, anfasste.

»Haben Sie das Salz mitgebracht, Saunders?«, fragte der Arzt, und als Antwort auf C.J.s entsetzten Gesichtsausdruck erläuterte er: »Die Blutegel müssen auf der Haut verbleiben, um die größte Effektivität zu erzielen. Wenn sie von selbst abfallen, muss man sie in einen Teller voller Salz legen, damit sie das Blut erbrechen können.«

C.J. war selbst kurz davor, sich zu übergeben. »Und die gesüßte Milch?«, brachte sie gerade noch stammelnd hervor.

»Ein bisschen süße Milch auf die betroffenen Stellen aufgetragen stimuliert die Blutsauger zuzubeißen. Das ist die gängige Praxis, Miss Welles. Es gibt nichts zu befürchten.«

Vielleicht nicht, wenn man ein Blutegel ist. C.J. warf sich zwischen Dr. Squiffers und die Countess und schlug seinen Arm weg. Dem Mediziner fiel das Glas aus der Hand, das auf den Teppich landete und ein paar Meter weiterrollte. Er bückte sich, um es aufzuheben, und C.J. nutzte den Augenblick, um den Deckel der Dose mit den ekligen, sich windenden Blutegeln schnell zu schließen. »Raus! Raus, Sie Schmarotzer!«, schrie sie und schubste den Doktor aus dem Zimmer, eine entsetzte Saunders stand hilflos daneben.

Die Zofe trat ans Bett von Mylady, während C.J. die schwarze Tasche des Doktors und die Dose mit den Blutegeln an sich nahm und ihm aus dem Zimmer folgte. Die schwere Schlafzimmertür schloss sie hinter sich. Der Arzt stand da und zitterte vor Wut.

»Miss Welles, Sie müssen mich alles tun lassen, was in meiner Macht steht, um Ihre Tante zu heilen. Ich habe einen Eid geleistet!«, beharrte er. Seine Hände zu wringen half dabei, das Zittern zu unterdrücken, aber wenn ihn Zorn oder Angst überwältigte, konnte er seine Gliedmaßen nur mit äußerster Konzentration kontrollieren.

»Ich spreche Sie von Ihrer hippokratischen Verantwortung frei«, sagte C.J. mit angespannter Stimme.

»Ohne mein Wissen wird Lady Dalrymple sehr wahrscheinlich *sterben*«, flüsterte der Doktor eindringlich, damit man ihre Stimmen nicht durch die geschlossene Tür hörte. Er wusste, dass die Chancen zu überleben in jedem Fall gering waren. Dann nahm er ihre Hand und sagte tröstend: »Ich verstehe, dass Sie nicht akzeptieren wollen, dass die Zeit Ihrer Tante bald gekommen ist, aber wenn Sie ihren Abschied verlängern wollen, so dürfen Sie Mylady nicht die bestmögliche, medizinische Hilfe verweigern. Ich werde mich bemühen, ihre Schmerzen zu lindern und ihr das Unausweichliche erträglicher zu machen. Daraus können Sie sicher selbst Trost schöpfen, Miss Welles.«

C.J. zog ihre Hand zurück. »Nein, Sir, das kann ich nicht. Und das werde ich nicht. Und ich akzeptiere auch nicht, dass Lady Dalrymples ›Zeit‹ gekommen ist, wie Sie mit solch lächerlicher Sicherheit behaupten. Die Zeit kann man verändern, wie ich erfahren habe ...« Sie schwieg, da sie merkte, dass sie es nicht vermochte, seine Meinung zu ändern. Vielleicht war der Aderlass mit oder ohne Blutegel zu dieser Zeit die Standardbehandlung für alles von Fußpilz über Hundebisse bis zur Beulenpest.

Welche Wirkung der Aderlass auf das vergrößerte Herz der Countess haben konnte, abgesehen davon, dass es ihre Haut verletzte und ihr Blut verdünnte, hätte man C.J. genau beweisen müssen, um sie von der Effektivität der Prozedur zu überzeugen. Wenn sie einen Augenblick nachdachte, musste sie zugeben, dass man Blutverdünner wie Aspirin auch in ihrer eigenen Zeit Herzpatienten verschrieb.

Sie sah Squiffers tief in seine blassen, blauen Augen, die jetzt rot umrändert und leicht blutunterlaufen waren und sagte herausfordernd: »Ich biete Ihnen einen Handel an, Doktor. Ich enthebe Sie von jeglicher Verantwortung, medizinisch, ethisch und gesetzlich, was die Gesundheit von Lady Euphoria Dalrymple angeht. Von nun an liegt das Leben meiner Tante in meinen Händen, und ich werde die Konsequenzen tragen, sollte sie sich erholen ...«, ihre Stimme wurde zu einem unmerklichen Flüstern, » ...oder nicht.« Sie holte tief Luft und schüttelte dem Doktor die Hand. »Sollten wir Ihre Dienste noch benötigen, werde ich den Diener Willis zu Ihnen schicken.« Dr. Squiffers' Blick war unergründlich. Sie legte dem Mediziner eine Hand auf den Rücken und führte ihn zur Treppe. »Gute Nacht, Doktor. Und vielen Dank.«

C.J. wartete oben auf der Treppe, bis sie die Schritte des Arztes nicht mehr hören konnte. Dann ging sie wieder ins Zimmer ihrer Tante. »Mary. Mary Sykes wüsste wahrscheinlich, was zu tun ist«, murmelte C.J. und wünschte sich jetzt mehr als je zuvor, dass Lady Wickhams kleine Küchenmagd hier wäre, um ihr durch diese Krise zu helfen. Mary war einfallsreich und pragmatisch und wusste, wie man in dieser Welt zurechtkam. Sie würde zweifellos effiziente und weniger barbarische Hausmittel und deren Zubereitung kennen. Noch entscheidender war, dass Mary, die eine kranke Dienstherrin hatte, wahrscheinlich wusste, wo man einen besseren Arzt als Dr. Squiffers auftreiben konnte.

C.J. bemerkte, dass auch ihre Stirn schweißnass war. Vielleicht hatte sie überreagiert. Schließlich verglich sie ihr Wissen über moderne Medizin und Technologie mit dem Stand der medizinischen Wissenschaft des Jahres 1801, über den sie zugegebenermaßen nichts wusste.

Sie wischte sich über die Stirn und trocknete sich die Hände an ihrem Kleid, das heute schon so viel mitgemacht hatte, dass es darauf nicht mehr ankam.

Also, was sollte sie wegen Lady Dalrymple unternehmen? Jetzt war keine Zeit, sich Gedanken über ihre schlechte Behandlung von Dr. Squiffers zu machen. Sie befürchtete, dass ihre Weigerung, es dem Arzt, der an dauerhaftem Delirium tremens zu leiden schien, zu erlauben, die Countess zur Ader zu lassen, deren Ableben tatsächlich eher beschleunigen als herauszögern würde. Sie hatte völlig impulsiv gehandelt, und auch wenn sie normalerweise nicht betete, hoffte sie, dass es irgendwo im Universum eine allwissende, göttliche Kraft gab, die sie geleitet hatte, die richtige Entscheidung zu treffen.

Lady Dalrymples Augen waren halb geschlossen, um ihren Unterarm war eine feuchte Kompresse gewickelt, die Saunders aus einem zarten Taschentuch gemacht hatte. C.J. zog die bestickten Gardinen zur Seite und befestigte sie an den Bettpfosten, sodass die Countess direkt auf das Porträt ihres verstorbenen Ehemanns, das an der gegenüberliegenden Wand hing, sehen konnte. Hierauf stellte C.J. einen Stuhl neben das Bett. Sie richtete die Leinenkompresse und streichelte Lady Dalrymples Stirn.

»Nun, anscheinend hattest du Recht, Cassandra. Es scheint, als hätte meine Schwäche für Ratafia-Kekse mich doch noch erledigt. Und danke, meine Liebe«, flüsterte die Countess schwach, »dass du gerade Dr. Squiffers hinausgeworfen hast. Ich hasse Blutegel.«

»Ich hätte es dem Doktor nie erlaubt, sie anzulegen, keine Angst, Tante.«

»Außerdem«, fuhr die Patientin geflissentlich fort, »gibt es keinen Grund, mich zur Ader zu lassen, wenn ich sowieso nicht mehr lange hier sein werde.« Lady Dalrymple griff nach ihren Händen und zog C.J. zu sich heran. »Es tut mir so schrecklich leid, Kind, dass unsere gemeinsame Zeit so kurz gewesen ist. Ich wollte so viel mehr für dich tun.«

C.J.s Angst machte sich in einer Reihe von Schluchzern Luft, die ihren Körper durchzuckten. Egal, auch wenn die stoische Saunders wie eine Wache an der Tür stand. Vielleicht würde das Zeigen von Gefühlen die Dienerin dazu bringen, die Menschlichkeit in ihrer eigenen Seele auszuloten. »*Mir* tut es leid, Tante. Ich sollte mich dir nicht so zeigen«, sagte sie und versuchte, die Tränen zurückzuhalten. Sie sah vom Bett auf und schaute aus dem Fenster. Der tiefblaue Himmel wurde von einem Vollmond erleuchtet und war so voller Sterne, dass es schien, als wäre er mit einem überirdischen Glitter überzogen.

Und dann, als sie beide die bleiche Scheibe betrachteten, die wie ein Silbermedaillon direkt vor ihrem Fenster hing, hatte C.J. eine Eingebung. Wenn sie so bald wie möglich ins einundzwanzigste Jahrhundert zurückkehren könnte, könnte sie eine Medizin für Lady Dalrymple besorgen. Sie bemühte sich, ihre Sorgen herunterzuspielen, um die Countess nicht zu beunruhigen.

»Ich werde Ihnen jetzt gute Nacht sagen, Mylady, aber ich weigere mich, mich auf Nimmerwiedersehen zu verabschieden«, murmelte C.J., während sie die Spitzenhaube der Kranken glatt strich und die Kissen aufschüttelte, damit sie bequemer lag. Dann löschte sie die Kerze.

Als sie aus dem Zimmer schlich und Saunders wegschickte, hörte C.J. Lady Dalrymples schwache Stimme, wie sie zu dem Porträt gegenüber ihrem Bett sagte: »Ich bin bald bei dir, Portly.« C.J. ließ die Tür einen Spalt offen und wartete vor dem Schlafzimmer, bis sie Lady Dalrymples unregelmäßiges Atmen hörte, ein Zeichen, dass die Witwe schlief.

Sie ging in ihr Schlafzimmer und verriegelte die Tür von innen. Intuitiv wusste sie, dass man der Kammerzofe mit den Adleraugen nicht trauen durfte. C.J. zog ihr Kostüm aus *Eine Lady in Bath* an und ergriff ihre Haube. Sie hielt den Atem an, als sie die Treppe hinunterging.

Von C.J. unbemerkt, beobachtete Saunders ihr Verschwinden. Das Mädchen hatte sicher nichts Gutes im

Sinn. Ihre Garderobe war Beweis genug. Anständige Damen, besonders adelige, zogen sich mehrmals täglich um. Es gab Morgenkleider, Spazier- und Nachmittagskleider, Teekleider, Abendkleider und Ballroben. Doch trotz all ihrer neuen Kleidung hatte die Nichte eine Vorliebe für dieses schreckliche, gelbe Musselinkleid und den genauso schäbigen Schal und die Strohhaube. Die Kammerzofe war sich nicht sicher, ob dieses seltsame Verhalten es wert war, Lady Oliver gemeldet zu werden, doch sie notierte sich pflichtbewusst die Zeit, wann Miss Welles nachts das Haus verließ und steckte den Zettel in die Tasche ihrer Schürze. Vielleicht würde sie eine noch größere Belohnung erhalten, wenn sie herausfinden könnte, was die junge Miss vorhatte.

C.J.s ERSTE IDEE WAR, es an der Vordertür des Theatre Royal in der Orchard Street zu versuchen. Schließlich, überlegte sie, wobei sie gegen die langen, verzierten Griffe drückte, ohne dass etwas geschah, wäre es ziemlich lächerlich, sich herumzuschleichen, wenn die Möglichkeit bestünde, einfach auf dem offiziellen Weg das Gebäude zu betreten.

Vergeblich. Jetzt blieb ihr nichts anderes übrig, als es auf die altbewährte Methode zu versuchen. Sie sah sich um, ob auch keine geschwätzigen Bühnenarbeiter in ihrer Lieblingsgasse in Bath herumlungerten, aber es war niemand zu sehen. C.J. ging auf den Bühneneingang zu und packte den Türgriff. Nichts passierte. Sie zog kräftiger daran. Die Tür bewegte sich nicht. Nun war moderner Einfallsreichtum gefragt. C.J. nahm die Haube ab und ließ sie auf den Rücken fallen, während sie eine Haarnadel aus ihrer Frisur zog.

Sie versuchte das schwere Eisenschloss mit der schmalen, Schildpattspange zu bearbeiten. Aus irgendeinem Grund dachte sie bei dieser Kombination an die fleischliche Vereinigung eines minder bestückten Mannes mit einer alten Puffmutter. Dieser lüsterne Gedanke lenkte sie einen Augenblick lang ab, und sie schob das zerbrechliche Accessoire zu tief hinein. Es brach in der Mitte entzwei, beide Enden waren für ihren Zweck nicht mehr zu gebrauchen.

C.J. unterdrückte einen genervten Aufschrei. Sie hatte keine Munition mehr, wusste momentan einfach nicht mehr weiter. Ihr großer Plan würde bis zum Morgen verschoben werden müssen. Sie konnte nur noch beten, dass Lady Dalrymple so lange durchhielt.

Kapitel Siebzehn

*In dem unsere Heldin der Gefahr nicht bloß einmal,
sondern gleich dreimal ein Schnippchen schlägt und
schließlich im Haus der berüchtigten Mrs. Lindsey
etwas zu lernen und zu sehen bekommt.*

*E*INE NIEDERGESCHLAGENE C.J. machte sich auf den Rückweg zum Royal Crescent, als sie hinter sich Schritte hörte. Als gebürtige New Yorkerin spürte sie, wie sich ihre Reflexe im Nu einstellten, und sie lehnte sich flach gegen eine Steinfassade, um abzuwarten, ob der Urheber an ihr vorbeigehen würde. Aber es herrschte Stille. Zu nervös, um sich umzusehen, beschloss sie zu überprüfen, ob derjenige, wer auch immer, dies nur tat, weil er denselben Weg hatte oder er sie tatsächlich verfolgte. Zu ihrem Entsetzen schien ihr spontanes Experiment ihre Ängste zu verstärken.

Sie ging schneller und hörte, wie sich die Schritte hinter ihr ebenfalls beschleunigten. Auch wenn sie gut hörbar waren, so waren sie leicht genug, um zu einer Frau zu gehören, vielleicht jemandem aus der unteren Klasse, denn ihre eigenen Schritte in den teuren Ziegenlederschuhen waren fast geräuschlos. Von einer leichten Neigung des Pflasters begünstigt, bewegte sie sich noch rascher fort und bog an einer dunklen Ecke in eine schlecht beleuchtete Straße ein. Sofort bemerkte sie, dass es sich um eine Sackgasse handelte. Ihr Herz begann laut zu pochen. Würde sie jetzt umkehren, dann würde sie auf die keuchende Person treffen, die sich jetzt nur wenige Meter hinter ihr befand. Angesichts der aktuellen Ereignisse rund um Lady Dalrymples Krankheit hatte C.J. einen Verdacht, wer ihr Verfolger sein könnte, wagte es aber nicht, sich umzudrehen. Eine Konfrontation wollte sie nicht riskieren. Sie lief los und entdeckte eine Tür, die ungefähr in drei Meter Entfernung geöffnet wurde. Wie eine Katze, die aus der Kälte ins Haus will, schoss C.J. an einem aufgeregten Gentleman vorbei.

Die schwere Eichentür schloss sich hinter ihr, verriegelte sich automatisch und ließ eine fluchende Saunders auf der Türschwelle zurück.

Nass geschwitzt lehnte C.J. sich gegen eine Mauer und legte die Hände auf die Brust, um Luft zu holen. Flammen flackerten in barocken Wandkerzenleuchtern, warfen Schatten wie gierig leckende Zungen auf die rote Velourstapete. Der enge schwarz-weiß gekachelte Eingang glänzte im Kerzenlicht.

Es war nicht ratsam, das Haus jetzt zu verlassen. Saunders könnte nahe der Tür darauf warten, dass sie herauskam. Als ihre Atmung regelmäßiger geworden war, beschloss C.J., sich einen Überblick zu verschaffen und zog langsam den schweren Golddamastvorhang zur Seite, der das Foyer vom restlichen Haus abtrennte.

C.J. bekam große Augen. Hinter dem goldenen Vorhang lag eine Welt, die eines Hogarth würdig war: bunt, hell erleuchtet, laut und fröhlich. Zahlreiche Gentlemen genossen Brandys in übergroßen Kristallgläsern, ein paar spielten Billard, einer schwang sein Queue lüstern, als wäre es ein Phallus. Andere ergingen sich im Liebesspiel mit teilweise fast völlig entkleideten jungen Damen. C.J. war von diesem Anblick überhaupt nicht schockiert, sondern fasziniert. Wie eine Glucke lief eine stattliche Frau in einem tief dekolletierten lila Satinkleid und ungewöhnlich hoch aufgetürmten silbernen Haaren und einem violetten Schönheitsfleck auf ihren stark roten Wangen durch die Menge.

Ein begeisterter Kunde, der ziemlich betrunken war, warf sich vor der Puffmutter auf den Boden. »Mrs. Lindsey, ich stehe für immer in Ihrer Schuld«, sagte er mit fast religiösem Eifer, bevor er das Bewusstsein verlor, einen Arm um Mrs. Lindseys mit Amethyst besetzten Schuhe geschlungen. Die Chefin musste nur einem großen Mann mit Perücke sowie einem kleinen afrikanischen Pagen in Haremshosen und einem mit Edelsteinen verzierten, gestreiften Turban einen Blick zuwerfen, und schon wurde der reglose Kunde geräuschlos entfernt.

Plötzlich spürte C.J., dass jemand sie am Ärmel zog. Der Page wollte ihre Aufmerksamkeit erregen und geleitete sie zu einem dünnen, o-beinigen Kerl mittleren Alters. »Ja, die soll meine Geliebte sein!«, rief der Kunde fröhlich. »Sie soll heute Abend meine Jungfrau spielen! Keine andere soll es sein!«

Bevor C.J. protestieren konnte, dass sie nicht zu Mrs. Lindseys Stall der Schönheiten gehörte, führte der dunkelhäutige Diener mit dem netten Gesicht sie und Mr. O-Beine, der sich als Sir Runtcock vorstellte, einen mit Kerzen beleuchteten Korridor entlang und an einer nur einen Spalt geöffneten Tür vorbei, durch die C.J. eine ziemlich seltsame Szene sah. Ein extrem fetter Gentleman mittleren Alters mit einem roten Babygesicht war als junges Schulmädchen verkleidet. Er steckte in einem einfachen, weißen Kleid mit hoher Taille und einem breiten, rosa Gürtel. Sein nackter, korpulenter Hintern wurde von einer Dirne, die als strenge Gouvernante verkleidet war, heftig geprügelt. Der kostümierte Kunde, der seine »Bestrafung« offensichtlich genoss, schrie danach, mit größerer Härte vermöbelt zu werden.

Als sie ihr Ziel erreicht hatten, nahm der exotisch aussehende Page einen Schlüsselring von seinem Gürtel und öffnete die Tür, um C.J. und ihren »Kunden« in ein Schlafzimmer von gigantischen Ausmaßen einzulassen. C.J. bemühte sich, es sich nicht anmerken zu lassen, dass sie von ihrer Umgebung so dermaßen überrascht war. Gleichzeitig dachte sie die ganze Zeit über einen Fluchtweg nach, der sie nicht direkt in die Arme der spionierenden Kammerzofe oder eines anderen von Mrs. Lindseys Kunden führte. Das riesige Himmelbett stand auf einer erhöhten Plattform, als wäre es ein Altar der Liebe. Über ihnen tummelten sich gemalte Nymphen und Satyrn, die sich in allen möglichen, sexuellen Stellungen wanden. Die übergroßen Phalli leuchteten grellrot, wobei die Gesichter der Lüstlinge ekstatisch verzerrt waren.

Die schwere Holztür schloss sich hinter ihnen, und C.J. hörte, wie der Schlüsselbund immer leiser klirrte, während der Page den Korridor entlangging und sich entfernte.

»Ach, meine Hübsche«, rief Runtcock aus und rieb sich seine Hände vor Freude, dabei hüpfte er von einem Fuß auf den anderen. »Wie heißt du, meine Süße?«

C.J. schaute auf das bemalte Gipsfirmament, und ihr Blick fiel auf ein Paar muskulöser Arme, die sich aus einem schattigen Abgrund einer jungen, barbusigen Frau mit Blumen und knielangen, blonden Zöpfen entgegenreckten. »Proserpina, Sir«, erwiderte sie und spielte schüchtern ihre Rolle.

»*Ahh,* du teuflisch süße Proserpina, komm zu deinem Hades!«, rief Runtcock. Er öffnete rasch seine Hose und ließ sie fallen, wodurch hinter dem Leinen der kleinste Pimmel sichtbar wurde, den C.J. je gesehen hatte. Er wand sich aus seiner Hose, seiner Leinenhose und den Strümpfen und zeigte seine blassen O-Beine. Nun, von der Taille abwärts nackt, begann er, seine Beute um das riesige Bett herumzujagen. »Oh, wie gern Proserpina sich fangen lässt!«, quietschte er, als C.J. auf die Matratze sprang und über sie hinüberkletterte. Runtcock blieb plötzlich stehen. »Etwas stimmt nicht«, verkündete er. »Dein Kleid, meine teure Jungfrau, passt nicht zu deinem unberührten Tempel. Meine Jungfrau sollte in reinstes Weiß gekleidet sein!«

C.J. befürchtete, dass ihr »Kunde«, so wie er war, hinausstürmen und sich bei Mrs. Lindsey beschweren würde, dass sie ihm keine echte »Jungfrau« gegeben habe und sie als Betrügerin entlarven würde, wohlmöglich ein triftiger Grund, um hinausgeworfen zu werden und in die Hände der misstrauischen Saunders zu geraten. Sie musste jetzt schlagfertig sein.

»Aber nein, lieber Sir«, sagte sie leichthin, »Ihre Proserpina ist wie die Jungfrau des Frühlings gekleidet, was zu ihrem Namen und ihrem Charakter passt!«

»Oh, du cleveres, cleveres Mädchen!«, rief Runtcock aus, sprang vom Bett und griff nach C.J., die dem Mann geschickt auswich, sodass er mit dem Gesicht nach unten auf einem dicken Bärenfell landete.

Runtcock setzte ungestüm seine Jagd fort. Er war beharrlicher, als C.J. erwartet hatte. »Diese appetitlichen Oberschenkel«, rief er aus und griff nach ihrem Bein, während sie an einem der lüstern verzierten Bettpfosten eine Pause machte, um Luft zu schöpfen. Der O-beinige klammerte sich wie ein Blutegel an C.J. und warf sie auf die

Matratze, seine knöchrige, klauenartige Hand rutschte an ihrem Oberschenkel immer höher. »Ja, meine Süße! Es ist an der Zeit, deinen jungfräulichen Honigtopf deinem Hades zu vermachen!«, keuchte er, sein kleiner Onkel, so hart wie er eben werden konnte, erweckte richtig Mitleid, wie er da so herumwackelte.

Obwohl C.J. versuchte, ihn auszutricksen, war Runtcock erstaunlich stark. Sie rollten über die Matratze, der Lord schwang ein kräftiges Bein über ihre Hüfte, bis sie schließlich auf den Teppich rollte und schamhaft hinter dem Vorhang verschwand.

»Süße Proserpina, ich muss deine üppigen Formen sehen, diese prächtigen Möpse und deinen jungfräulichen Wald.« Runtcock, der sich inzwischen auch seiner Oberkleidung entledigt hatte und einen Brustkorb präsentierte, der dringend eine gute Mahlzeit benötigte, streckte sich nach dem sinnlichen und vollständig bekleideten Ziel seiner Wünsche aus.

C.J. spähte hinter dem weinroten Samtvorhang hervor und zog ihren roten Schal fester um ihre Schultern, dann rief sie dem erlahmenden Runtcock zu: »Sie beleidigen meinen Anstand, Sir. Lassen Sie uns mit einem Spiel die Zeit vertreiben: Verstecken. Verstecken Sie sich irgendwo in diesem Zimmer, und zählen Sie bis fünfzig, dann suchen Sie nach meinem Versteck. Sollten Sie mich finden, dürfen Sie mir die Jungfräulichkeit rauben.«

Der O-beinige rieb sich die Hände. »Ein Spiel! Wie bezaubernd! Ja, ja, wo kann ich mich verstecken, meine kleine Füchsin?«

»Sir Runtcock, wie wäre es mit dem Schrank?«, schlug C.J. fröhlich vor und machte eine Kopfbewegung in Richtung eines Schranks mit Doppeltüren, groß genug für mindestens zwei erwachsene Menschen.

»Eine fantastische Idee!«, stimmte der nackte Kunde mit Begeisterung zu. Er öffnete die Türen und stieg hinein.

C.J. kam hinter den Vorhängen vor. »Jetzt, Sir«, erinnerte sie ihn, »werde ich die Türen schließen, und Sie werden bis fünfzig zählen, währenddessen werde ich meinen gefügigen Jungfrauenkörper irgendwo im Zimmer verbergen.«

»Ich werde die Augenblicke zählen, Proserpina!«

Sie schloss den Schrank und verriegelte ihn. Eine gedämpfte Stimme zählte: »Eins ... zwei ... drei ...«. Sie nahm ihre Haube und schlich durch das Zimmer. Als C.J. nach dem gusseisernen Ring griff, der als Türklinke diente, hörte sie vom Flur Schritte und Lachen und wie jemand gegen die Tür stieß.

Sie lief gerade noch rechtzeitig wieder zurück zu ihrem Versteck hinter dem Samtvorhang. Ein betrunkenes Trio stolperte ins Zimmer, jeder mit einer Doppelmagnumflasche Champagner bewaffnet, aus der sie zwischen hysterischen Lachanfällen, große Schlücke tranken.

Plötzlich blieb der Gentleman taumelnd mitten auf dem Bärenfell stehen. »Ich dachte, dieses Zimmer ist leer«, sagte er mit einem verdutzten Gesichtsausdruck und sah auf die verknitterte Bettwäsche.

»Es *ist* leer, Dummkopf«, rülpste eine üppige Rothaarige, die sich im leeren Schlafzimmer umsah.

»Hier ist niemand außer uns drei Hübschen«, fügte die Blonde hinzu, die von der Taille aufwärts nackt war. Ein wenig unsicher auf den Beinen, packte sie den Gentleman und in einer einzigen Bewegung rutschte das Paar kichernd zu Boden.

»Lasst mich auch mitmachen!«, beschwerte sich die Rothaarige, die sich auf das liegende Paar stürzte und begann, an der Krawatte des Gentlemans herumzufummeln, während die blonde Dirne am Mieder der Rothaarigen zog und ihre großen Brüste befreite.

»Perfekt!«, rief der Gentleman aus, der in null Komma nichts nackt war, da die beiden hübschen Mädchen ihn geschickt auszogen. Seine linke Hand griff nach dem Busen der Rothaarigen, während er mit der rechten Hand an der Blonden herumspielte. »Eine rosa«, sagte er und saugte an den Brustwarzen der Rothaarigen, »und eine braun«, während er sich der Blonden zuwandte.

Das Trio schaffte es irgendwie gemeinsam ins Bett und begann mit einer Reihe extravaganter Handlungen, wobei der Gentleman versuchte, beiden Gespielinnen gleichzeitig gerecht zu werden. Da die Ménage à trois vollauf beschäftigt war, trat C.J. aus ihrem Versteck und ging auf Zehenspitzen durch das Zimmer, als der Gentleman plötzlich ausrief: »Was haben wir denn hier?«

Ihr war nicht bewusst, dass er sie im Spiegel entdeckt hatte, der kunstvoll an der Decke über dem Bett hing. Ebenso wenig ahnte sie, dass der Schrank ein Guckloch besaß, das genau für diese Art von Voyeurismus gedacht war. C.J. blieb abrupt stehen.

»Eine von jeder Sorte!«, rief der Gentleman ekstatisch. »Eine Blonde, eine Rothaarige und jetzt noch eine Brünette!«

Seine Gespielinnen schien es auch nicht weiter zu tangieren, wie C.J. in dieses Zimmer geraten war. Camilla griff nach unten und hob eine der Champagnerflaschen hoch. »Komm, mach mit, Süße!«, lallte sie fröhlich.

C.J. machte einen oder zwei Schritte auf das Bett zu.

»Umnhnhmn!«, von irgendwoher war ein gedämpfter Schrei zu hören.

Die vier sahen sich um.

»Mnuhmnmn!«, wiederholte die Stimme laut. »Das ist meine Proserpina! Meine jungfräuliche Proserpina!«

»Das kommt aus dem Schrank«, folgerte die scharfsinnige Rothaarige.

»Proserpina. Was für ein hübscher Name«, bemerkte die freundliche Blonde. »Wann hast du angefangen?«

»Vielleicht sollten wir ihn rauslassen«, sagte die Rothaarige, streckte ihre langen Beine und ging zum Schrank hinüber. Sie ließ den Riegel langsam zurückgleiten und sah den Gentleman lüstern an. Ein kleiner, dürrer Mann purzelte heraus.

»Meine Proserpina«, keuchte er und griff nach C.J.

»Oh mein Gott, wir haben euer Spiel gestört«, wurde der Blonden plötzlich klar.

»Nein, wir waren eigentlich schon fertig«, erwiderte C.J.

Der Gentleman packte C.J. unversehens am Handgelenk. »Dann komm und mach bei *uns* mit«, beharrte er und gab ihr einen weinseligen Kuss hinters Ohr.

Die Blonde rettete sie unfreiwillig. »Proserpina gehört für heute Abend Sir Runtcock und kann nur aus seinen Diensten entlassen werden, wenn Mrs. Lindsey das erlaubt.«

»Da hat sie Recht«, stimmte C.J. zu. »Ich wage es nicht, meine ... Stelle zu riskieren, bis ich die Erlaubnis bekommen habe. Aber falls Sir Runtcock für den Abend ... genug hat, werde ich sehen, ob es mir vielleicht erlaubt wird, mich zu euch zu gesellen.«

»Niemals!«, rief Runtcock und nahm sein Gemächt in die Hand. »Du bist meine kleine Jungfrau!«

»Da habt ihr es«, sagte C.J. fröhlich, während sie die Tür öffnete und schnell in den Flur hinausging.

Nackt wie ein gerupftes Huhn, begann Sir Runtcock

aufs Neue seine Jagd. Am Ende des Korridors befand sich eine Wendeltreppe. C.J. lief geschickt die kalten Marmorstufen hinunter. Sie blieb kurz stehen und bemerkte, dass ihr »Kunde« nirgendwo zu sehen war. Es war ihm offensichtlich doch zu peinlich, sich so in der Öffentlichkeit zu zeigen.

C.J. schaute sich um. Eingelassen in die Steinwände des Kellers glitzerten winzige Stücke Glimmer im flackernden Licht der dicken Bienenwachskerzen, die in schweren, gewundenen eisernen Haltern steckten. Mrs. Lindsey sparte offensichtlich an nichts, wenn sie in ihrem Keller so teure Kerzen benutzte.

C.J. ging durch einen weiteren düsteren Korridor und um eine dunkle Ecke. Auf einem geschnitzten Schild über der Ebenholztür vor ihr stand *Stygische Höhlen*. Sie drückte gegen die Tür, die ganz leicht aufging. Sie hörte das Geräusch lüsternen Lachens und wie Messingbecher und Gläser bei einem Toast gegeneinanderstießen und dann heftig auf Holztische geknallt wurden.

Sie duckte sich hinter einer breiten Säule nahe der Tür und betete, dass die Gentlemen, zumindest waren sie als solche geboren worden, sie nicht entdeckten. Einige waren modisch angezogen, andere trugen braune, mönchsartige Kutten mit Kapuze und einem Seil als Gürtel. C.J. hatte vom *Hellfire Club* und ähnlichen Geheimgesellschaften gelesen, die in der Mitte des achtzehnten Jahrhunderts populär geworden waren. Sie hatte angenommen, dass diese Brüderschaften verboten worden waren, aber anscheinend wurden die Geheimbünde in den Kellern eines Bordells immer noch willkommen geheißen.

Durch den Dunst des brennenden Weihrauchs beobachtete C.J., wie die »Mönche« mit großer Feierlichkeit schwarze Masken aufsetzten, dann schoben sie mit ihrer linken Hand die Kapuzen nach hinten auf ihre Schultern.

Einer der »Mönche« nahm ein Widderhorn von einem Haken an der Wand hinter ihm, setzte es an seine Lippen und blies einmal lang, dann achtmal kurz und noch einmal lang hinein. Der Rest der Bruderschaft stand um den Tisch in der Mitte herum. Zwei Frauen, die als Nonnen in schwarz-weiße Ordenstrachten und ebensolche Schleier gekleidet waren, führten eine Frau, als Novizin ganz in Weiß, an das Kopfende des Tisches. Die Anonymität der »Opferjungfrau« war durch eine Maske gewährleistet: Sie war weiß und bedeckte ihr Gesicht von der Stirn über die Wangenknochen, auf die eine blutrote Träne gemalt war, als würde sie vom linken Auge tropfen. Der Mund der Frau war knallrot.

In einer sorgfältig inszenierten Prozession deklamierte jeder »Mönch« den Satz »In Liebe und Freundschaft und in Luzifers Namen!«, bevor er zum lauten Gebrüll seines Publikums in sie eindrang. Einer war sogar noch dreister als seine »Brüder« und schob ihr die Maske vom Gesicht bis über den Haaransatz.

C.J., die hinter der Säule einen relativ guten Blick auf die Geschehnisse hatte, schnappte völlig schockiert nach Luft, als ihr die Identität der »Novizin« klar wurde. Die »Jungfrau«, die diese Defloration wiederholt über sich ergehen lassen musste, war niemand anderes als Lady Rose, die damals beim Ball so grausam mit Verachtung gestraft worden war, weil sie die kaum sichtbaren Anzeichen ihrer unehelichen Schwangerschaft gezeigt hatte. Konnte das Mädchen so schnell, so tief gefallen sein? Was, fragte sich C.J., war mit Lord Featherstone geschehen, dem Kindsvater, der so verliebt gewesen zu sein schien?

Obgleich sie an diesem Abend Zeugin einiger ausschweifender Handlungen geworden war, war das Einzige, was C.J. wirklich aus der Fassung brachte, das Schicksal von Lady Rose. In diesem Fall war sie machtlos. Angesichts dieser Ungerechtigkeit und der Gefühllosigkeit der Gesellschaft, in der sie lebten, blieb ihr nichts anderes übrig, als vor Wut in ihrem eigenen Saft zu schmoren. Wegen einer bedauerlichen Indiskretion war die unglückselige, aristokratische Schönheit zum Schicksal einer Hure verdammt. Während die einzelnen Mitglieder des Geheimbundes weiterhin Lady Rose in ihre heiligen Riten initiierten, ging C.J. wieder zur Tür hinaus und zurück in Mrs. Lindseys lauten Salon, wo die Feier immer noch in vollem Gange war. Sie öffnete die Haupttür des Etablissements und spähte vorsichtig auf die Straße hinaus. Nachdem sie sich versichert hatte, dass die Luft rein war, seufzte C.J. erleichtert auf und machte sich auf den Heimweg. Allerdings musste sie sich erbittert eingestehen, dass sie noch nicht außer Gefahr war, solange jemand Saunders als Spionin auf sie angesetzt hatte.

Kapitel Achtzehn

In dem unserer Heldin ein paar wirklich aufregende Details Theatergeschichte zuteilwerden und sie sich selbst improvisierend betätigt, Saunders' Misstrauen weiter Nahrung erhält und ein Traum in Erfüllung geht, der ein paar albtraumhafte Wahlmöglichkeiten zu bieten hat.

Als C.J. sicher das Stadthaus der Countess erreicht hatte, dachte sie über die Auswirkungen nach, Lady Wickham am nächsten Morgen eine Notiz zukommen zu lassen, mit der Bitte Mary Sykes aus ihren Diensten zu entlassen. Die resolute kleine Küchenmagd war die einzige Person, der C.J. die Pflege der Countess anvertrauen wollte. Gleichzeitig wollte sie versuchen, in ihre eigene Zeit zurückzukehren, um moderne Medikamente zu besorgen, die Lady Dalrymple das Leben retten könnten. Aber nachdem sie sich mehrere Stunden lang den Kopf darüber zerbrochen hatte, beschloss C.J., keinen solchen Brief zu schicken. Je weniger Lady Wickham oder sonst jemand von außerhalb über ihre Pläne wusste, umso besser.

Bei ihrem nächsten ehrgeizigen Versuch stand C.J. ganz hinten im dunklen Theatre Royal, beobachtete die Nachmittagsprobe und suchte nach einer Möglichkeit, durch die Zeit zu reisen. Erst dachte sie, sie sehe *De Monfort,* da die Statisten mehr oder weniger dieselben mittelalterlichen Kleider trugen, aber als die weibliche Hauptrolle die Bühne betrat, war klar, dass es sich um ein ganz anderes Stück handelte.

Siddons trug das teuerste »Nachthemd«, das C.J. je gesehen hatte, ein zartes Kleid aus Goldbrokat mit einer Schleppe, die wie mehrere Meter weißer Spinnweben wirkte. Mit der Kerze in der Hand gab sie eine überirdische Lady Macbeth. Obwohl sie keine Zeit zu verschwenden hatte, wie konnte C.J. diese einmalige Chance, Zeugin der legendären, »innovativen« Interpretation der Schlafwandlerszene durch die Schauspielerin zu werden, nicht genießen?

Genau wie Darlington es beschrieben hatte, verweilte Siddons ganz in ihrem entrückten Zustand, steckte die lange Kerze in den Messinghalter in den Steinmauern von Dunsinan, sodass ein überraschter Arzt und eine erstaunte Kammerfrau verwundert mit ansehen konnten, wie sie ihre Hände aneinanderrieb, in dem hilflosen Versuch, die Erinnerung an Lady Macbeths blutige Taten auszulöschen.

C.J. war ebenfalls wie verzaubert. Und das hier war nur eine Probe. Diese außergewöhnliche Frau besaß wirklich eine auffallend majestätische Wirkung. Sie hatte echte »Starqualitäten«. Nur sehr wenige Bühnenschauspielerinnen strahlten solch eine Stärke, solch ein Selbstvertrauen aus. Leider wusste C.J., dass sie sich losreißen musste, um sich hinter die Kulissen zu schleichen. Sie drückte sich an die Wände des Orchestergrabens, um keine Aufmerksamkeit auf sich zu ziehen.

Der Theaterdirektor selbst applaudierte Mrs. Siddons brillanter Vorstellung und entließ sie, um an der ersten Szene des Stücks zu arbeiten. Die Schauspielerinnen, die die drei Hexen spielten, wurden auf die Bühne gerufen, und die Schauspieler, die Duncan, Malcolm, Donalbain und Lenox darstellten, sollten sich, zusammen mit den Statisten, für ihren Auftritt bereithalten.

Der Souffleur rief: »Musik, Nebel, Blitz und Donner«. Damit konnten die Hexen ihre Arbeit auf der Bühne beginnen. Sie hatten kaum angefangen, als ein Schauspieler in Strumpfhosen und einem bewusst zerrissenen und fleckigen Gewand, einer riesigen Kopfbedeckung, die sein Gesichtsfeld einschränkte, und einer riesigen Schüssel in der Hand, randvoll mit widerwärtig aussehenden Tierteilen, stolperte und hinfiel. Wie eine Reihe von Dominosteinen fielen die Statisten, die darauf warteten, gemeinsam mit dem schottischen Adel aufzutreten, übereinander, in einem lauten Durcheinander aus scheppernden Hellebarden, Schwertern und runden Schilden. Für C.J. sah es aus wie eine Szene von Monty Python.

»Stopp!«, brüllte der Theaterdirektor. »Komm raus, du!«, befahl er dem »bösen Geist«, der seinen schweren, in Schieflage geratenen Kopfputz gerade rückte. »Wer ist das?«, fragte der Direktor die versammelte Besetzung. Der junge Mann, der als Kobold verkleidet war, trat vor. »Nimm deine Maske ab. Ich kann dein Gesicht nicht sehen. Ich will mich an dieses Gesicht erinnern!«, donnerte der wütende Theaterdirektor. Mit einigen Schwierigkeiten löste der Neuling die Lederriemen, die die aufwändige Kopfbedeckung um sein Kinn befestigten. »Wer bist du?«, wollte sein Arbeitgeber wissen.

»Kean, Sir. Edmund Kean«, antwortete der kräftige, junge Mann.

»Zeit ist Geld, und du hast beides verschwendet, Master Kean. Ohne deine Dienste würde die Truppe den Nachmittag im Black Swan verbringen, anstatt in einem bierlosen Theater zu proben.«

»Es tut mir leid, Sir. Es ist das erste Mal, dass ich in einer Tragödie auftrete.«

»Nun, Ned«, sagte der Direktor äußerst herablassend. »Wenn es nach mir ginge, dann wirst du auch nie wieder in einer auftreten! Alle zurück an die Arbeit!«, befahl er.

C.J. könnte wetten, dass die Zeit die Erinnerung an den Namen des Theaterdirektors von Baths Theatre Royal von 1801 ausgelöscht hatte, aber Edmund Kean, der jetzt nur ein unerfahrener Jüngling war, am Beginn einer glänzenden, wenn auch stürmischen Karriere als einer der großen tragischen Schauspieler der englischen Bühne, würde, trotz seines unglücklichen Debüts, die Vorhersage seines Arbeitgebers Lügen strafen.

Einfach wunderbar, genau jetzt genau an diesem Ort zu sein! Und sie musste ihn so schnell wie möglich wieder verlassen! Gab es denn keine Gerechtigkeit?

Der Tumult, der dem unheilvollen Auftritt Master Keans folgte und das Geschrei des Theaterdirektors boten C.J. die Chance, hinter die Kulissen zu gelangen. Sie wollte gerade die Ständer mit den mittelalterlichen Roben nach einer passenden Verkleidung durchsuchen, als sie plötzlich eine Hand auf ihrer Schulter spürte.

»Wen haben wir denn hier?«, fragte ein stämmiger Bühnenarbeiter, zum Glück war es weder Turpin noch Twist. C.J. bekam Panik. Das Erste, was ihr in den Sinn kam, war, völlige Unwissenheit zu markieren. Und wie ginge das besser, als so zu tun, als verstünde sie kein Wort Englisch.

»*Pardon?*«, fragte C.J. mit aufgerissenen Augen. »*Je ne comprend pas l'anglais.*«

Der Bühnenarbeiter sah sie düster an. »Hör mal, du Welsche, ich weiß nicht, wie du hier hereingekommen bist, aber das ist kein Museum.«

»*Je suis ... perdue?*«, erwiderte C.J. so jammervoll wie möglich.

»Na, verschwinde einfach«, riet der Bühnenarbeiter ihr und führte sie in Richtung der ihr nur allzu bekannten Hintertür. »Wenn der Direktor dich hier hinten sieht, dann ist der Teufel los. Er ist schon außer sich, weil dieser verdammte, ungeschickte Narr Kean so ein Chaos anrichtet.«

C.J. nickte und lächelte wie ein Depp, der nichts verstand, und als sie in der schmalen Gasse vor dem Theater stand, sah sie sich wie ein verwirrter Hase um, nur für den Fall, dass der Bühnenarbeiter sie beobachtete, was er auch tat. »Die Gasse entlang, Mamselle«, brüllte er, als hätte ihre Unfähigkeit, seine Worte zu verstehen, etwas mit Taubheit zu tun und nicht mit einer Sprachbarriere. Er gestikulierte wild in Richtung der Orchard Street, doch C.J. ging bewusst in die andere Richtung, wo sie direkt in eine weiße Steinmauer gelaufen wäre. Sie befürchtete, ihre Rolle zu übertreiben, sah sich um, grinste ihn dämlich an und flitzte dann zurück zur Straße.

Der Aushang am Theatereingang kündigte die letzte Vorstellung von *De Monfort* für diesen Abend an, ihre zweifellos letzte Möglichkeit, Medikamente aus der Moderne für Lady Dalrymple zu beschaffen.

Mit der Ausrede, sich schlecht zu fühlen, und der Überzeugung, dass die kühle Abendluft ihr guttun würde, überredete sie die Countess, ihr einen frühen Abendspaziergang zu erlauben. C.J. küsste ihre Tante zum Abschied und stellte sicher, dass sie genug Geld in ihrem Ridikül hatte, um eine Eintrittskarte zu kaufen, falls sich keine

Möglichkeit bot, einfach so durch die Bühnentür zu gelangen.

Saunders notierte diskret, dass Miss Welles das Haus zum zweiten Mal an diesem Tag verließ, ohne ein bestimmtes Ziel genannt zu haben.

Der seitliche Eingang zum Theatre Royal war an diesem Abend bewusst offen, um ein wenig für Durchzug zu sorgen. Daher schlich sich C.J. unbemerkt in das übliche Durcheinander in den Kulissen, das während der großen Szenenwechsel immer ausbrach. Aufwändige Kulissen wurden angehoben, ausgetauscht und heruntergelassen, und die Bühnenbilder rumpelten an ihren Platz, während sich dutzende von Schauspielern umzogen.

Wieder schaffte es C.J., gerade noch rechtzeitig vor Siddons' dramatischem Auftritt als Jane de Monfort die Bühne zu überqueren und sich in den dunklen Sog zu begeben, von dem sie hoffte, dass er sie nach Hause bringen würde.

Sie trat aus der Dunkelheit und stolperte wieder auf die Bühne, vollkommen durcheinander. Ralph, der Bühnenbildausstatter von *Eine Lady in Bath*, der während C.J.s Abwesenheit bezüglich des Wohnzimmers von Steventon große Fortschritte gemacht hatte, war der Erste, der ihr zu Hilfe kam. »Heilige Scheiße, was ist denn mit dir passiert!«, rief er aus, den Hammer immer noch in der Hand. Er sagte es laut, und das gesamte Produktionsteam eilte herbei.

»Wir haben die letzten anderthalb Tage damit verbracht, einen möglichen Ersatz für Sie zu finden. Harvey war sich sicher, dass die Erde Sie verschluckt hat. Haben Sie meine Nachrichten erhalten? Ich habe überall nach Ihnen gesucht!«, sagte Beth.

»Wo sind Sie gewesen?«, fragte Humphrey.

»Ganz woanders« antwortete C.J., immer noch etwas benebelt. Die Theaterscheinwerfer waren so hell, dass es schwierig war, etwas zu erkennen, geschweige denn, einen vernünftigen Gedanken zu fassen. »Ich ...« C.J. schüttelte den Kopf, sie wusste nicht, was sie noch sagen sollte, das sie vor weiteren Nachfragen bewahren würde. »Persönliche Dinge«, murmelte sie.

Beth klappte ihr Handy auf und tippte eine Nummer. Sie hob einen Finger in Richtung von C.J., während sie auf eine Antwort wartete. »Harvey«, sagte sie nach einem Moment, »wir haben sie gefunden.« Beth ging von der Bühne, um für den Rest des Gesprächs mit dem Produzenten etwas Privatsphäre zu haben. »In Ordnung!«, sagte sie und kehrte zum Produktionsteam zurück, das immer noch um C.J. herumstand. »Wir sind alle bereit, morgen mit den Proben zu beginnen, wenn Sie ...« Sie hörte abrupt zu sprechen auf und starrte C.J.s schäbige Kleidung an. »Was zum Teufel ist mit Ihnen passiert?«, fragte sie, eher besorgt als entsetzt. »Warten Sie! Bevor Sie es uns erzählen, sagen Sie bitte, bitte, dass Sie die Rolle von Jane Austen annehmen, sonst begehe ich noch hier auf offener Bühne Harakiri.«

»Nun ...«, C.J. zögerte.

»Bitte verarschen Sie mich jetzt nicht«, bat Beth, »und das meine ich ganz freundlich.«

Als sie klarer denken konnte, bekam C.J. das Gefühl, als läge ihr gesamtes Leben in der Waagschale. Auf der einen Seite, der Seite des dritten Jahrtausends, bot man ihr die Rolle ihres Lebens an und die Chance, endlich die Karriere ihrer Träume zu machen. Auf der Seite des neunzehnten Jahrhunderts spielte sie *bereits* in vielerlei Hinsicht die Rolle ihres Lebens. Noch dringlicher war die Tatsache, dass sich in der Vergangenheit eine sterbende Frau befand, die ihre Wohltäterin gewesen war und die ihr sehr viel bedeutete. Für sie musste C.J. das Risiko eingehen, ihr Leben im einundzwanzigsten Jahrhundert zu opfern, um eine Heilung in einer anderen Zeit überhaupt möglich zu machen. Darüber hinaus war der Grundstein gelegt für eine wundervolle Freundschaft mit der echten Jane Austen, der Frau, die sie ihr ganzes Leben über so sehr verehrt hatte. Und dann war da noch Lord Darlington und die starke gegenseitige Anziehung zwischen ihnen. Sie hatte sich ihm mit Leidenschaft hingegeben und musste eingestehen, dass dabei nicht nur ihr Körper, sondern auch ihr Herz im Spiel gewesen war. Warum passierte alles auf einmal? Und in beiden Welten spielte Zeit die entscheidende Rolle.

»Sie sehen aus, als wären Sie durch den Wolf gedreht worden«, bemerkte Humphrey Porter. Er packte das gelbe Musselinkleid. »Haben Sie darin geschlafen?«

C.J. betrachtete ihr Kleid. »Das muss ich wohl«, entgegnete sie. »Ich nehme an, ich muss Milena einiges erklären, auch was den Hut und den Schal angeht. Ich weiß nicht, was passiert ist.«

»Sie waren zweieinhalb Tage lang verschwunden«, informierte Beth sie. »Und Sie sprechen mit einem britischen Akzent.«

Himmel! Nach so langer Zeit hatte sie ganz vergessen, auf ihren eigenen umzuschalten. Wie peinlich.

»Hm, ja, falls ich es noch nicht gesagt habe«, fuhr sie fort und berührte den Arm der Regisseurin, »natürlich möchte ich Jane spielen. Ich würde diese Rolle *lieben*.«

Beth sah gen Himmel, auf den Bogen über der Bühne. »Na, Gott sei Dank.« Sie schüttelte C.J. begeistert die Hand, umarmte sie leicht und warf ihr Handy einem Assistenten zu. »Ruf Harvey zurück«, sagte sie, »und sag ihm, er soll die Verträge sofort schicken.« Beth ließ ihre neue Hauptdarstellerin Platz nehmen und sagte zu ihr: »Miss Welles, Sie bewegen sich nicht von diesem Stuhl, bis Sie den Vertrag unterzeichnet haben.« Sie zog an einer Locke ihrer flachsblonden Haare. »Sehen Sie das? Grau. Ich bin grau geworden, während Sie verschwunden waren!«

Zwei Stunden, zwei Tassen Kaffee und ein Tunfischsandwich später unterschrieb C.J. Welles ihren ersten Broadwayvertrag. Es hätte eigentlich einer der aufregendsten Augenblicke ihres Lebens sein sollen, aber sie dachte an das Schicksal von Lady Dalrymple. Die Theaterleute gratulierten ihr, und C.J. nahm ihre Glückwünsche mit nicht gerade großer Begeisterung entgegen. »Es tut mir leid, ich weiß, ich sollte mich etwas enthusiastischer zeigen«, sagte C.J., »und Sie können mir glauben, ich bin außer mir vor Freude über all das«, fügte sie schnell hinzu. Schließlich hatte sich vor allem Beth für sie weit aus dem Fenster gelehnt. »Aber ich nehme an, ich bin im Moment ... einfach zu erschöpft, um meine Situation mit der gebotenen Begeisterung würdigen zu können.«

Milena wurde ins Theater gerufen, um sie, falls nötig, noch einmal für die Kostüme auszumessen. Sie schüttelte etwas bestürzt den Kopf, als sie den Zustand des gelben Musselins sah, des inzwischen vergammelten und eingelaufenen mohnroten Schals und der Strohhaube, die aussah, als hätte ein Pferd sie zu Mittag gegessen. C.J. bat vielmals um Entschuldigung. »Wenn ich für den Schaden aufkommen soll, dann tue ich das natürlich«, sagte sie und ging in die Garderobe, um ihre zeitgenössischen Straßenkleider anzuziehen.

»Mach dir keine Sorgen wegen des Geldes«, versicherte Milena ihr, »aber bevor du dich umziehst, möchte ich, dass du das hier anprobierst.« Sie zog ein hellblaues Kleid von einem rollenden Kleiderständer und betrachtete es. »Das hat keinen Reißverschluss, es ist also einfacher anzupassen. Falls es dir passt, habe ich den Schnitt in meinem Studio und kann damit dann deine Tageskleider nähen.« Die Kostümbildnerin zog C.J. das blaue Sarsenettkleid an und veränderte es geringfügig.

»Das hier kratzt ein bisschen«, beschwerte C.J. sich und zog an der kleinen weißen Halskrause.

Milena sah auf den Kragen und zog ein bisschen daran. »Das nennt sich Duttenkragen«, erklärte sie der Schauspielerin. »1801 sehr modern.«

»Sehr hässlich«, murmelte C.J. enttäuscht und dachte, dass das blaue Sarsenettkleid, das die modische Madame Delacroix für sie gemacht hatte, so viel hübscher war und nur die dämlichen Mädchen 1801 Halskrausen trugen. Sollte es ihr Schicksal sein, im heutigen Amerika zu bleiben, dann wollte sie auf der Bühne ein bisschen, na ja, sexy aussehen, falls das in diesen altmodischen Kleidern, die an Omanachthemden erinnerten, überhaupt möglich war.

»Ich befürchte, dass Jane Austen sich nicht sehr für Mode interessiert hat«, seufzte Milena.

Mehr als du ahnst, hätte C.J. fast laut gesagt. Stattdessen sagte sie: »Ist es dir recht, wenn ich das bei der Probe trage? Ich gehöre zu diesen Schauspielerinnen, denen es leichter fällt an der Rolle zu arbeiten, wenn sie ein einigermaßen passendes Kostüm tragen, besonders bei einem Stück wie diesem, wo meine gesamte Körpersprache von den Kleidern und den Verhaltensregeln der Epoche diktiert wird.«

Milena seufzte. »Na ja, es spricht nichts dagegen. Solange Beth keine Einwände hat. Aber bitte sorg dafür, dass es nachher nicht auch so aussieht, als hätte eine Katze damit gespielt. Ich werde dir noch einen anderen Ridikül und eine neue Haube geben«, fügte sie hinzu und verließ die Garderobe.

Wow. Wie seltsam es war, eine Jeans und einen Pullover anzuziehen nach all der Zeit in dünnen Kleidern mit Empiretaille. Irgendwie engte sie die Hose mehr ein, als es ihre Korsagen getan hatten. *Erstaunlich, an was sich ein Körper alles anpassen kann,* überlegte C.J., während sie die Treppe zum Theater hinunterging.

Sie hatte jede medizinische Behandlung wegen ihres verwirrten Verhaltens abgelehnt. Also wurde sie nach Hause geschickt, damit sie sich ausruhte und für die Proben vorbereitete, die morgen früh um zehn Uhr begannen. C.J. ging noch einmal hoch in die Garderobe, um ihren Mantel zu holen. Dabei fiel ihr eine mittelgroße Reisetasche auf dem untersten Kostümregal auf. Perfekt, um Medikamente zu transportieren. Was war ein kleiner Diebstahl schon im Vergleich zum Leben einer guten Freundin? Morgen würde sie ein paar Betablocker zur Probe mitbringen und versuchen, sie nach Bath mitzunehmen. War es möglich, das Schicksal eines Menschen zu verändern? War es richtig? Sollte das Leben eines geliebten Menschen zu retten nicht über allem anderen stehen?

Es fühlte sich sehr seltsam an, von Autos, Lastwagen, Bussen und viel Gedränge und Lärm umgeben zu sein, ein modernes Hochhaus zu betreten und den Schlüssel im Schloss ihrer Wohnung umzudrehen. C.J. berührte das Bernsteinkreuz, das immer noch um ihren Hals hing und seufzte, nicht erleichtert, sondern verwirrt. Nach einer solch merkwürdigen Reise war sie wieder zu Hause. Oder vielleicht doch nicht?

Kapitel Neunzehn

*In dem Lady Dalrymple in den Genuss einer neuen
Krankenschwester kommt, sich unsere selbst ernannte
Apothekerin nachts herumtreibt und eine unangenehme
Überraschung das Schicksal unserer Heldin ein
weiteres Mal zu ändern droht.*

OBEN ANGEKOMMEN, GING C.J. schnurstracks auf das Medizinschränkchen im Badezimmer zu. Ihr Herz pochte, während sie nach den Medikamenten suchte, die geholfen hatten, das Unausweichliche für ihre Großmutter so lange wie möglich hinauszuzögern.

Das Innere des Medizinschranks ähnelte einer gut bestückten Apotheke. C.J. fand eine große, bernsteinfarbene Plastikflasche mit grünen und gelben Nitroglyzerinkapseln. Sie war fast voll. Sie ging die Fläschchen durch, die achteckige Inderal-Tabletten enthielten, jede Bonbonfarbe stand für eine andere Dosierung. Nanas lange Krankheit hatte C.J. dazu gebracht, selbst über die Wirkungen unterschiedlicher Medikamente nachzuforschen. Im Internet hatte sie Unmengen von Informationen gefunden, und die Medikamentenliste für Ärzte war zu ihrer Bibel geworden. Das Wenige, was C.J. von dem inkompetenten Dr. Squiffers erfahren hatte, ließ sie vermuten, dass Lady

Dalrymple an einer Art von Angina litt, dann würde das Nitroglyzerin ihr helfen oder zumindest ihr Leben verlängern. Im besten Fall quälten die Countess nur Brustschmerzen, schlimmstenfalls konnten die Pillen sicherlich nicht gefährlicher sein als Dr. Squiffers' vorsintflutliche Behandlungsmethoden.

Sollte die Behandlung erfolgreich sein, dann lag eine weitere große Aufgabe vor C.J., weil sie Lady Dalrymples Köchin davon überzeugen musste, die Ernährung ihrer Dienstherrin komplett umzustellen. Schwarzer Tee mit Tein war wahrscheinlich auch keine gute Idee. Es würde schwierig werden, die Lady dazu zu bringen, auf ihren Nachmittagstee zu verzichten. Ach ja, und der Alkohol. Kein nachmittägliches Gläschen Sherry mehr, kein abendliches Glas Portwein. C.J. fragte sich, ob ihre Tante eine Heilung angesichts der Aufgabe so vieler einfacher Freuden ihres Lebens überhaupt als erstrebenswert ansehen würde. Zumindest hatte die Countess eine positive Lebenseinstellung, und das war angeblich sehr gut, wenn es um die vollständige Genesung einer sogenannten Stress-Angina ging.

C.J. hoffte nur, dass die Zeit mitspielte. Sie dachte gar nicht daran, bis zur Probe zu warten. Sie musste sofort wieder zurück ins Theater. Sie warf den Inhalt der verschiedenen Plastikpillenfläschchen in unterschiedliche Papierumschläge und beschriftete sie sorgfältig mit einem Füller. Dann ging sie ein letztes Mal durch ihre Wohnung und vergoss ein paar Tränen über das, was sie freiwillig hinter sich ließ. Während das Windspiel klimperte, schloss sie die Wohnungstür ab und fühlte sich, als würde ihr Körper auf ein eine Folterbank gespannt, die sich über einen Zeitraum von mehr als zweihundert Jahre erstreckte.

Lady Dalrymple lag gemütlich da, während Mary Sykes wachsam bei ihr saß und mit einer einfachen Kreuzsticharbeit beschäftigt war. »Ich habe Cassandra noch gar nicht gesehen«, bemerkte Mylady besorgt. Ihre Nichte besuchte sie doch allabendlich.

»Ich glaube, sie war sehr erschöpft«, log Mary, die sehr genau wusste, dass Miss Welles bei ihrer Ankunft im Royal Crescent gar nicht im Haus gewesen war. »Aber sie hat Ihnen eine gute Nacht gewünscht, bevor sie ... zu Bett gegangen ist«, fügte sie schnell hinzu. »Haben Sie noch Schmerzen, Mylady?«

In den letzten Stunden hatte sie schwer geatmet, und Mary hatte entschlossen versucht, ihre Sorgen vor ihr zu verbergen. »Nur wenn ich atme«, antwortete die Countess tapfer.

An der Vordertür des Bedford Street Playhouse hing ein Vorhängeschloss. C.J. bemühte sich, die Hintertür, die anscheinend von innen abgeschlossen war, zu öffnen. Die Zeit rann ihr durch die Finger. Sie rüttelte an dem abgenutzten Eisengriff. Nichts. Verzweifelt sah sie nach oben. Ein Lichtstrahl drang aus einem der oberen Zimmer. Jemand hatte im zweiten Stock ein Fenster offen gelassen.

Zum Glück bemerkte niemand die schlanke Brünette, die sich sehr anstrengte, eine Fassadenkletterin zu werden, indem sie die rostige, wackelige Feuerleiter emporzusteigen versuchte. C.J. verlor den Halt, rutschte ein paar Sprossen hinunter und kratzte sich dabei das rechte Bein auf. Blut sickerte durch ihre Hose. In ungefähr fünf Minuten würden sich die langen, rosa Kratzer auf ihrer blassen Haut in rote, geschwollene Streifen verwandeln. Sie kämpfte gegen den stechenden Schmerz und kletterte weiter.

Verdammt! Farbschichten aus mehreren Jahrzehnten auf einem sowieso schon verrottenden Fensterrahmen machten es fast unmöglich, ihn zu bewegen. Ihre Hände taten weh, und sie musste all ihre Kraft aufwenden.

C.J. machte sich flach wie eine Kakerlake und quetschte sich durch das offene Fenster, dann landete sie im Handstand auf dem Linoleumboden. Ihre Schultertasche schlitterte über den Fußboden.

Sie lehnte sich an die Wand und schnappte nach Luft. Nachdem sie ihre Wunden mit einem bisschen warmem Wasser ausgewaschen hatte, nahm sie das neue, blaue Sarsenettkleid vom Kleiderständer und zog es an.

Ihre Garderobe im großen Spiegel betrachtend, führte C.J. eine rasche Bestandsaufnahme durch: Unterwäsche, Unterrock, Kleid, Strümpfe, Schuhe, Haube, Handschuhe, Ridikül ... Reisetasche. C.J. steckte die Umschläge mit den Medikamenten in die Requisitentasche, die zum Kleid passte, deckte sie mit einem gefalteten, blauen Samtjäckchen ab und lief nach unten zur Bühne.

Mist! Seit sie das Theater vor ein paar Stunden verlassen hatte, war die Bühne verändert worden. Sie sah jetzt aus, als hätte ein Abrisstrupp hier gewütet. Requisiten waren umgedreht oder von ihren markierten Plätzen geräumt worden.

Das Wohnzimmer der Austens in Steventon war wieder mal eine Baustelle. Die Tür war weg. *Ihre* Tür, diejenige, die sie durch die Jahrhunderte hin und her transportiert hatte, war abgebaut worden.

Sie fand sie schließlich auf der Seite liegend, ohne die hölzernen Keile, die es ermöglichten, dass sie frei stehen konnte, wenn man sie in den Kulissen mit Sandsäcken sicherte. Von dem Ausgang auf der linken Bühnenseite war nichts geblieben, außer vier kleinen L aus rotem Klebeband, die den richtigen Winkel und die richtige Position des Türrahmens markierten.

C.J. betrachtete die einzelnen Teile, rief sich alles in Erinnerung und erschuf innerlich das Bühnenbild für das Ende des Aktes, den Beth sie während des Vorsprechens hatte spielen lassen, dieses Mal gehörte noch die Reisetasche dazu. Hierauf ging sie über die Stelle am Boden, die von den roten L markiert wurde.

Nach einem weiteren verzweifelten, erfolglosen Versuch war es offensichtlich, dass C.J. nirgendwohin gelangen würde, außer hinter die Kulissen des Bedford Street Playhouse. Sowohl seelisch als auch körperlich erschöpft, schlurfte sie in das grüne Zimmer, legte sich aufs Sofa und schlief ein.

NACHDEM SIE AUFGEWACHT war, in einem verknitterten Kleid, mit einem steifen Nacken und ein paar Schürfwunden von der kratzigen Halskrause und mit einer verkrampften Hand, die im Schlaf die Reisetasche fest umklammert hatte, duschte C.J. in ihrer Garderobe. Sie bügelte das blaue Sarsenettkleid und zog es an. Wie sollte es nun weitergehen? Ralph müsste lange vor der ersten Probe heute kommen, um das Bühnenbild wieder aufzubauen, es sei denn, Beth würde zu ihrem Entsetzen nur um einen Tisch sitzen und das Manuskript lesen wollen. Das war bei der ersten Probe üblich, obwohl ihre Erfahrungen mit *Eine Lady in Bath* bisher alles, nur nicht üblich gewesen waren.

Um halb zehn trudelte das Produktionsteam ein, mit Kaffee, Bagels und Donuts. Ralph erschien, er schwitzte wie ein Ringer und trank Wasser aus einer Sportflasche. Er hatte seinen riesigen Metallwerkzeugkasten dabei, den er nicht über Nacht im Theater lassen wollte.

Der Bühnenbildner sah auf seine Uhr und wandte sich dann an C.J.: »Die Probe fängt erst in einer halben Stunde an.«

»Ich weiß. Ich dachte, ich könnte mich schon mal umziehen. Zeit sparen.«

Ralph wischte sich mit etwas, das in einem früheren Leben wohl mal ein royalblaues Taschentuch gewesen war, die Stirn ab. »Ich wüsste nicht, warum.« Er deutete auf das Chaos auf der Bühne. »Ich muss mich noch um all das kümmern und aufräumen, bevor wir anfangen können«, fügte er, offensichtlich gestresst, hinzu.

»Glaubst du, dass die Tür wieder aufgebaut wird, weil ...?«

»Alles wird wieder genauso aufgebaut, wie es war, als du es gestern gesehen hast. Ich habe versucht, ein paar Sachen zu reparieren, wie die Keile an der Tür links auf der Bühne und am Kamin, und das Sofa hat ein wackeliges Bein, das mir Sorgen macht. Ich wollte eigentlich alles gestern Abend erledigen, aber als ich gerade am Bohren war, habe ich Migräne bekommen, und Beth hat vorgeschlagen, dass ich lieber erst einmal aufhören sollte.«

»Weil du dich ruinierst, Darling, und ich kann es mir nicht erlauben, meinen Bühnenbildassistenten am Anfang der Proben zu verlieren.« Beth betrat die Bühne, um Ralph eine Dose eiskalte Cola Light zu geben. »Genieß dein Frühstück«, zog sie ihn auf.

Ein junger Schauspieler mit lockigen, blonden Haaren, in Jeansjacke, schwarzer Jeanshose und mit einem Rucksack lief den Gang entlang und ließ seine Tasche auf einen Stuhl in der ersten Reihe fallen. Beth begrüßte ihn sogleich mit einer Umarmung. »C.J.«, rief sie, »hier ist dein Tom. C.J. Welles, unsere Jane, Frank Teale geradewegs von der Royal Shakespeare Company.«

»Mit dem Umweg über das Cleveland Playhouse«, fügte Frank hinzu. Er war ein echter Brite. Oder er beharrte noch mehr als C.J. darauf, seine Rolle wirklich ernst zu nehmen. »Ich habe dort gerade *Hedda* gespielt.«

»C.J. Welles«, sagte die Schauspielerin und hielt ihrem Partner die Hand hin. »Zeitarbeitsfirma und Arbeitslosigkeit. Ich wette, Sie waren eine wunderbare Hedda Gabler«, scherzte sie.

»Wahrscheinlich«, entgegnete Frank. Er schüttelte C.J. die Hand und strahlte sie an. »Aber sie haben mich leider als Eilert Løvborg besetzt. Unkonventionelle Besetzungen sind noch nicht so weit in den mittleren Westen vorgedrungen.«

So, so, dachte C.J. und fragte sich, warum ihr dieser scharfe Typ während der langen Vorsprechen nie begegnet war. Sollte sich herausstellen, dass sie für immer im einundzwanzigsten Jahrhundert bleiben müsste, hätte sie einen sehr hübschen und charmanten Schauspielpartner, und laut Manuskript waren ein paar leidenschaftliche Küsse vorgesehen.

Als Humphrey endlich eintraf, entschuldigte er sich tausendmal. Beth rief Frank und C.J. zum Bühnenrand, um kurz die Änderungen im Manuskript zu besprechen. »Natürlich ist es beim Theater ein Gesetz, dass in dem Moment, in dem man glaubt, seine Schäfchen im Trockenen zu haben, eines wieder ausbüxt. Deshalb müssen wir uns zuerst ein paar Änderungen im Manuskript vornehmen, bevor wir alles mit der, ich wage kaum es zu sagen, *vollständigen* Besetzung durchgehen. Ich hoffe, dass wir bei den Proben zusammenarbeiten und uns weiterentwickeln.« Sie zwinkerte Humphrey zu. »Aber man schließt wohl einen Pakt mit dem Teufel, wenn man mit einem lebenden Theaterautor zusammenarbeitet.« Beth überließ dem Dramatiker die Bühne, als würde sie einen Staffelstab übergeben.

»Ich habe das Gefühl, dass wir Jane als *Autorin* vernachlässigen, das, was sie als Frau ausmacht«, sagte Humphrey eindringlich und putzte seine Schildpattbrille. »Es ist meine Schuld, weil ich es ja geschrieben habe, aber ich habe das Gefühl, dass, so wie es jetzt ist, sie die Veränderung in ihrem Leben zu leicht hinnimmt.«

»Das bedeutet ...?«, fragte C.J.

Der Autor kaute nachdenklich an einem Brillenbügel. »Ich würde Janes Zeilen nach Toms Abgang gern kürzen, ihr wisst schon, ›Bath, ich gehe nach Bath.‹, sie soll die Bühne nicht verlassen, sondern *stattdessen* zum Schreibtisch gehen, sich hinsetzen und mit dem Schreiben beginnen, während der Vorhang fällt. Ich möchte zeigen, dass sie Trost im Schreiben findet, trotz des erzwungenen Umzugs nach Bath, weil es ihre Seele vor einer schmerzhaften Begegnung mit Tom bewahrt.«

C.J. presste ihre Nägel in die Handinnenflächen. Diese Änderung könnte ein riesiges Hindernis bedeuten, wieder ins neunzehnte Jahrhundert zurückzukehren. »Sie wollen sie am Ende des Aktes auf der Bühne nicht abgehen lassen?«

»Und noch so ein eigensinniges Schäfchen.« Beth bemerkte sofort, dass ihrer Hauptdarstellerin die neue Anweisung augenscheinlich nicht gefiel. »C.J., du wirst in dieser Rolle sehr gut sein. Deswegen habe ich mich so für dich eingesetzt. Und ich bin mir sicher, dass du mit jeder Anweisung zurechtkommst und so spielen kannst, dass es wunderbar rüberkommt. Lass uns Humphreys Vorschlag mal ausprobieren. Triff einfach eine andere, aber genauso überzeugende Entscheidung am Ende des Aktes.« Sie sah eindeutig irritiert aus, als bereute sie bereits, sich für eine

Schauspielerin engagiert zu haben, die sich als unkooperative Diva entpuppte.

»Während ihr quatscht, baue ich schon mal alles zusammen«, verkündete Ralph in den Raum hinein. Er ging nach links auf die Bühne und begann mit der Reparatur des Keils an der Tür.

Die erste Probe ihres Broadwaydebüts war wahrlich nicht der richtige Augenblick, Theater zu machen anstatt zu spielen. Aber wie sollte C.J. Beth und Humphrey alles erklären, ohne dass sie überlegen mussten, was sie als Erstes tun sollten: Sie feuern oder in die Psychiatrie einweisen lassen?

»Ich weiß, dass das wahrscheinlich wie eine alberne Bitte klingt«, versuchte C.J. auf gut Glück, »aber ich würde gern organisch arbeiten, von Anfang an alle Elemente zusammenbringen, daher ... na ja, stört es irgendwen, wenn ich ausprobiere, wie ich mit alldem zu Rande komme, mit dem Ablauf und dem Dialog?« Sie zupfte an ihrem blauen Kleid. »Und den Kostümen. Ich bin da eben eigen. Aber es hilft mir, in die Rolle zu finden und von Anfang an drinzubleiben. Milena hat mir dieses Kleid für die Proben gegeben, daher dachte ich ...«

Beth seufzte leise auf und nickte C.J. nachsichtig zu. »Ach, was soll's. Warum nicht?«

C.J. lächelte die Regisseurin dankbar an. »Vielen Dank! Gib mir nur eine Minute, in Ordnung?« Sie trat in eine dunkle, ruhige Ecke hinter den Kulissen, wo sie die Reisetasche mit den Medikamenten abgestellt hatte. Der einzige Weg, Humphrey davon zu überzeugen, dass sein ursprünglicher Instinkt richtig gewesen war, bestand darin, die veränderte Szene so zu spielen, wie sie sie sehen wollten und dabei gleichzeitig ihre geringere Wirkung zum Ausdruck zu bringen. »Dann los«, rief C.J.

energisch. »Ich weiß, in dieser neuen Version gibt es keinen Text, aber ich will einfach mal sehen, wie es sich anfühlt.« C.J. ging zum Schreibtisch und setzte sich ein paar Augenblicke dorthin, tat so, als würde sie schreiben. Dann überquerte sie die Bühne und griff die Reisetasche, während sie an derselben Stelle abging, an der sie früher in ein anderes Jahrhundert gelangt war. Aber alles, was sie im düsteren Licht auf der anderen Seite der Bühne fand, waren staubige Bühnenbilder, die gegen die Ziegelwand des Theaters lehnten.

Humphrey betrat die Bühne und setzte sich im Schneidersitz und mit dem Gesicht in den Händen hin. »Ich weiß nicht. Irgendwie bin ich froh, dass C.J. das neue Ende sofort ausprobieren wollte, denn jetzt wird mir klar, dass es der Spannung, die sich während der ganzen Auseinandersetzung über zwischen Jane und Tom aufgebaut hat, die Energie aus den Segeln nimmt. Ich dachte, die neue Variante sei ein dramatischer Augenblick.« Er seufzte theatralisch auf. »Es tut mir leid, wenn ich eure Zeit verschwendet habe.«

»Mach dich nicht lächerlich, Humphrey.« Beth zerzauste dem Autor die Haare und strich ihm kurz über die Schultern. »Das Gute daran, mit einem lebenden Autor zu arbeiten, ist, dass alles noch im Fluss ist, bis der Vorhang nach der letzten Vorstellung fällt.«

Elsie räusperte sich demonstrativ. »Improvisiert mir bloß nicht so viel, wenn wir einmal losgelegt haben«, warnte sie und warf den Schauspielern einen drohenden Blick zu. »Dann wärt ihr der Albtraum jedes Inspizienten.«

Humphrey und Beth steckten ihre Köpfe für eine kurze Konferenz zusammen.

»In Ordnung«, sagte Beth und tauchte wieder aus ihrem Tête-à-Tête auf. »Humphrey glaubt, dass sein Vorschlag doch nicht funktioniert. Zumindest vorläufig nicht. Und ich stimme ihm im Moment zu.«

C.J. hob die Hand, um noch etwas vorzuschlagen. »Ich denke mir das gerade aus, während ich rede. Ihr wollt nicht, dass die Zuschauer den Umzug als zwingenden Umstand für Jane ansehen, ihr Schreiben aufzugeben. Denn sie konnte ja nicht ahnen, dass sie an einer Schreibblockade leiden würde, nachdem sie in Bath angekommen war. Also Folgendes«, fuhr C.J. fort, ihr Drang, den Autor und die Regisseurin zu überzeugen, wurde mit jedem Wort stärker. »Tom geht. Ich sage meine Zeilen allein auf der Bühne, mir wird das Ausmaß der Veränderung in meinem Leben bewusst. Dann schaue ich mich im Zimmer um, sehe mir ein letztes Mal das an, was ich hinter mir lassen werde. *Dann* fällt mir ein, dass ich packen muss, und die ersten Dinge, die ich einpacken würde, denn schließlich bin ich Jane Austen, sind meine Schreibutensilien, die genau hier auf dem Tisch stehen. Also nehme ich eine Reisetasche und gehe zum Tisch, öffne die Tasche und lege meine Schreibutensilien, das Manuskript, die Stifte sowie die Stickerei, an der ich arbeite, in meine Tasche. Ich hole tief Luft, während ich am Tisch stehe, sage den Satz, dass ich nach Bath gehe, leise, anstatt in einem resoluten Tonfall, als hätte ich meinen Frieden damit geschlossen, dann gehe ich quer über die Bühne und trete ab.«

Der Autor und die Regisseurin sahen sich an. »Probieren wir's«, verkündete Beth.

»Sofort vielleicht?«, fragte C.J. und versuchte, beiläufig zu klingen. »Ich will sehen, ob das Timing stimmt.«

Elsie sah erst auf ihre Uhr, dann schaute sie die Regisseurin an. »Das liegt an dir, Boss. Es ist Viertel vor elf, und in fünfzehn Minuten haben wir eine Pause.«

»Gut, dann los«, sagte Beth. »C.J., mal sehen, wie dein Vorschlag auf der Bühne aussieht.«

C.J. überprüfte ihre Requisiten und dass alle Medikamentenumschläge sich in der Reisetasche befanden. Daraufhin stellte sie die Tasche neben Janes Schreibtisch. Sie ging sicher, dass sie alle Kleideraccessoires bei sich hatte, die sie für ihre Reise nach Bath brauchte.

Dieses Mal war es kein seltsames Spiel des Schicksals, kein surrealer Unfall. Sie wählte bewusst zwischen ihrer eigenen Welt und 1801. *De Monfort* war abgesetzt, somit gab es keinen Weg mehr zurück. Falls C.J. es schaffte, nach Bath zu kommen, dann blieb sie dort. Kein Broadway-Debüt, keine Bühnenkarriere, keine Mietwohnung in Manhattan mit drei Zimmern und zwei Bädern, weder Toiletten noch Tampons oder Fernsehen. Kein Internet, und es hieß, endgültig Abschied zu nehmen von ihren Freunden und Kollegen im einundzwanzigsten Jahrhundert. Sie opferte unwiderruflich alles, was sie je gekannt und gewollt hatte, um das Leben der Frau zu retten, die ihres gerettet hatte. In diesem Jahrhundert zu bleiben, mit dem Wissen, dass sie etwas für Lady Dalrymple hätte tun können, war undenkbar. Sie würde sich bis an ihr Lebensende schuldig fühlen.

C.J. entschied sich bewusst für die ausgehende Aufklärung und gegen das Informationszeitalter und eine Karriere als Broadwaystar. Im Jahr 1801 gab es neue Freunde, eine neue Liebe und jemanden, der sie mehr brauchte als jeder andere.

Sie sagte den letzten Satz des Aktes. Und als sie dieses Mal die Bühne verließ und durch Ralphs neu reparierte Tür trat, wurde C.J. von Dunkelheit eingehüllt. *Endlich*, dachte sie, zitternd und erleichtert. Die Magie funktionierte.

Kapitel Zwanzig

*In dem unsere Heldin gerade noch rechtzeitig nach
Bath zurückkehrt und eine alte Freundin wiedertrifft,
obwohl sich im feindlichen Lager viele Spione befinden,
es Lady Dalrymple gesundheitlich immer besser geht
und ein morgendlicher Ausflug von einem Gerücht
überschattet wird.*

LADY DALRYMPLES SCHLAFZIMMER bot einen traurigen Anblick.
C.J. drängelte sich auf eine für eine anständige, junge Dame höchst unpassende Weise an den Besuchern der Witwe vorbei. Die Countess, blass und schwach, lag auf einem Meer aus weißem Leinen, die Augen halb geschlossen. Aber als sie C.J. sah, fand sie neue Energie. »Komm zu mir, Nichte«, bat sie.

C.J. trat ans Bett und umarmte ihre Tante herzlich. Wie viel zerbrechlicher die Countess geworden war. Die früher üppige Figur der Lady schien nun nicht viel mehr als ein schlaffer Sack zu sein, der an ihren schwachen Knochen hing. Durch ihre Krankheit zeigte die Countess langsam Zeichen ihres wahren Alters. »Ich verspreche, dass ich dieses Zimmer nicht verlassen werde, bis Sie geheilt sind«, versicherte sie ihrer Wohltäterin.

»Unsinn«, entgegnete Lady Dalrymple, ihre Stimme war ein heiseres Flüstern. »Du musst zu Bällen und Festen und mit dieser wunderbaren Miss Austen spazieren und einkaufen gehen. Kümmere dich nicht um eine alte Dame wie mich. Das Leben ist für die Lebenden da. Außerdem«, fügte sie hinzu und deutete auf eine schmale Person, die sich schüchtern im Hintergrund hielt, »kann Mary bei mir bleiben. Ich habe vollstes Vertrauen in ihre pflegerischen Fähigkeiten.«

Mary? Mary Sykes?

Lady Wickhams früheres Küchenmädchen trat ins Kerzenlicht. In der Livree, die ihr wie auf den schlanken Leib geschneidert zu sein schien, und mit ihren sauberen, glänzenden, dunklen Haaren, die unter ihrer weißen Haube hervorschauten, war sie überhaupt kein unattraktives Mädchen mehr. Ohne sich Gedanken über ihr Benehmen zu machen, lief C.J. zu ihr, um sie zu begrüßen. Einen Augenblick lang hielten sie sich wie lange getrennte Schwestern in den Armen, Tränen rannen über ihre Wangen.

»Ich habe mein Bestes getan, um Mylady zu helfen«, schluchzte Mary entschuldigend und schaute auf den zittrigen Arzt, der durch das Zimmer kam.

Dr. Squiffers wirkte unsicher, als C.J. ihn zur Rede stellte. »Weil Sie darauf bestanden haben, Miss Welles, habe ich Mylady nicht zur Ader gelassen«, versicherte er ihr.

Sie sah ihn warnend an. »Sagen Sie mir lieber die Wahrheit, sonst werden Sie erfahren, was es bedeutet, meinen Unmut zu spüren zu bekommen.«

Plötzlich bemerkte C.J., dass zwei weitere Augenpaare auf sie gerichtet waren, seit sie das Zimmer ihrer Tante betreten hatte. Lady Oliver saß an der anderen Seite des Bettes wie ein Zerberus, der die Tore der Hölle bewachte. Falls sie ihren Missmut über Miss Welles' Umarmung des neuen Dienstmädchens geäußert hatte, hatte C.J. es nicht gehört. Lady Olivers Neffe stand zurückhaltend am Fenster. Er drehte entweder an seinem Siegelring oder kaute nervös und so gar nicht passend für einen Gentleman an seinem Daumennagel.

C.J. hatte ihn nicht mehr gesehen, seit sie das erste und einzige Mal miteinander geschlafen hatten.

»Ich habe nach Ihnen gesucht, Miss Welles«, gab er zu, als er C.J. an sich zog. Nicht einmal Lady Oliver konnte gegen diese Art von Mitgefühl in solch einer Krise etwas einwenden. Seine Wärme und die Sicherheit seiner Umarmung waren ein Gottesgeschenk.

»Was macht Dr. Squiffers hier?«, flüsterte C.J. misstrauisch.

»Was er für seine Pflicht hält, nehme ich an.«

»Ich habe seine Anwesenheit ausdrücklich verboten.« Sie bemerkte, dass jemand sich in die Ecke des Schlafzimmers herumdrückte. *Saunders.* Nur die misstrauische Kammerzofe konnte für Squiffers' Rückkehr verantwortlich sein.

»Keine Angst«, beruhigte Darlington. »Er hat nichts getan, außer die Hände zu ringen und mit seinem ständigen Hin-und-her-Gerenne den Teppich abzunutzen.«

»Ich wünsche, dass alle den Raum verlassen«, bat C.J. den Earl. Ihr Wunsch wurde durch seine Anwesenheit in die Tat umgesetzt, und ohne Widerspruch verließen die Besucher der Countess rasch das Schlafzimmer.

C.J. füllte ein Glas mit kühlem Wasser aus der Karaffe auf dem Nachttisch. Dann öffnete sie die Reisetasche, entfernte die blaue, samtene Spencerjacke, nahm die unterschiedlichen Umschläge mit den Tabletten heraus und legte sie auf den Tisch neben dem Bett. Sie konnte nicht ahnen, dass Saunders Mary mit einer Ausrede in die Küche geschickt hatte und durch das Schlüsselloch spähte. Lady Oliver, die sich weigerte, wie gewöhnliche Leute im Flur zu warten, schlug vor, Dr. Squiffers solle mit ihr im Salon ein Glas feinsten Portwein trinken.

C.J. nahm eine Nitroglyzerintablette und beschloss, der Countess eine niedrige Dosis des Betablockers zu verabreichen. »Tante, ich werde Sie jetzt um etwas höchst Ungewöhnliches bitten: Ich bitte Sie, mich nicht danach zu fragen, von welchem Apotheker dieses Medikament stammt oder wie ich es bekommen habe.«

Lady Dalrymple sah ihre Nichte an. Ihre Augen waren groß und vertrauensvoll wie die eines kleinen Kindes. Sie betrachtete das bunte Etwas in C.J.s Hand. »Ich finde, es sieht wie eine Pastille aus«, sagte sie lachend. »Glaubst du wirklich, dass diese magische Pille mich heilen wird?«

»Wenn Sie sie *nicht* nehmen, dann kann ich nicht versprechen, dass Sie je wieder gesünder werden, als Sie es im Moment sind«, riet C.J. mit finsterer Miene.

»Na dann«, seufzte die Countess zweifelnd, »wenn ich durch deine Therapie in der Lage sein werde, an deinem Hochzeitsfrühstück teilzunehmen«, fuhr sie verschmitzt fort, »sehe ich keine Alternative. Gib mir das Glas, Cassandra.«

An der Tür klopfte es leise. C.J. verbarg die Umschläge, dann öffnete sie Mary die Tür, die mit einer Tasse Tee das Zimmer betrat.

»Für Mylady.«

»Danke, Mary. Aber du musst so spät keinen Tee mehr kochen.«

»Doch, das musste ich«, korrigierte das Dienstmädchen. »Saunders hat mir gesagt, dass Mylady ihn braucht. Und dass ich mich beeilen soll, sonst setzt es was.« Sie stellte die dampfende Tasse mit duftendem Kamillentee auf den Nachttisch neben Lady Dalrymples Bett.

Schon wieder Saunders.

»Dich beeilen?«, C.J. war entsetzt. »Mary, aus deiner Anwesenheit hier schließe ich, dass du nicht mehr für Lady Wickham arbeitest. Und du empfängst ganz sicher keine Befehle von Saunders. Sie hält sich nicht an ihre Stellung, wenn sie dir Anweisungen erteilt, und ich versichere dir, dass meine Tante davon erfahren wird. Und Mary, in diesem Haus ›setzt es‹ nie was, verstehst du?«

»Aber ich bin erst seit gestern Morgen hier. Und Saunders ist schon so viel länger im Dienst von Mylady«, protestierte das neue Dienstmädchen. »Außerdem ist sie eine richtige Kammerzofe, während ich einfach nur Glück habe, überhaupt eine Stellung zu bekommen.«

C.J. zog Mary sanft zur Seite. »Du süßes, vertrauensvolles Mädchen. Wir drohen hier niemandem mit Rauswurf oder Kündigung. Wir sind diejenigen, die Glück haben, dass du in unseren Diensten stehst. Erinnere dich daran, Mary. Ich habe zwar keinerlei Beweise«, flüsterte sie dem früheren Küchenmädchen zu, »es ist nur so ein Gefühl, das ich habe«, sie legte ihre Hand aufs Herz, »aber ich traue Saunders nicht. Nicht dass sie meiner Tante etwas Böses will, aber ich glaube, dass wir ein wachsames Auge auf sie werfen sollten.«

»Also ist besondere Vorsicht geboten?«, fragte Mary.

C.J. lächelte zum ersten Mal seit ihrer Rückkehr. Das Mädchen brauchte nur ein bisschen Öl, um ihren unverbrauchten Verstand von Rost zu befreien. Sie hatte so lange unter der schlechten Meinung anderer gelitten, dass sie selbst glaubte, dumm und inkompetent zu sein. Dabei besaß sie eine schnelle Auffassungsgabe.

»Ich kann Ihnen nicht genug danken, Tante Euphoria,

dass Sie Mary aus den Diensten von Lady Wickham erlöst haben. Sie werden es ganz sicher nicht bereuen, denn sie ist lieb, tapfer und sehr ergeben. Wie haben Sie das nur geschafft?«

»Wirst du mich weniger schätzen, Nichte, wenn ich zugebe, dass ich nichts damit zu tun hatte?«

»Aber ...?« C.J. war verdutzt. »Wenn *Sie* Lady Wickham nicht dazu überredet haben, Mary gehen zu lassen, wer dann ...?« Schweigen. Offensichtlich wollte die Countess den Namen des Helden oder der Heldin, die für Marys Ankunft im Royal Crescent verantwortlich war, nicht nennen. Die Betroffene selbst enthüllte die Identität des Samariters, als sie schüchtern ein paar Worte über den so gut aussehenden und großzügigen Lord murmelte.

»Percy!«, flüsterte C.J. Anscheinend hatte er ihre Tirade an diesem regnerischen Nachmittag in seinem Salon nicht vergessen. War der Mann, der das kleine Dienstmädchen vor einer aristokratischen Herrin, die ihre Dienstboten regelmäßig prügelte, gerettet hatte, derselbe Darlington, der die Effektivität und die Unerschütterlichkeit des englischen Klassensystems so heftig verteidigt hatte? Sie bat Mary, den Earl zu rufen und ihn in Lady Dalrymples Schlafzimmer zu bringen.

»Wie kann ich nur unsere unendliche Dankbarkeit zum Ausdruck bringen?«, sagte C.J. leise. »Mylord hat uns allen große Güte widerfahren lassen.« Sie zupfte leicht an seinem Ärmel, damit er näher herantrat. »Was hast du gemacht? Die alte Schachtel ausbezahlt?«, flüsterte sie. Sie war neugierig zu erfahren, ob es irgendeine Art von sensationeller Rettung gegeben hatte, durch Bestechung, Erpressung oder ähnlich zwielichtige Mittel.

»Miss Welles, wenn Sie und Ihre Tante zufrieden sind, dass Mary Sykes nun unter Lady Dalrymples Dach wohnt und in ihren Diensten steht, dann ist mir das Dank genug. Bitte vergeben Sie mir, aber ich möchte nicht näher darüber sprechen.« Miss Welles brauchte nie zu erfahren, dass er die gierige, alte Kuh mit hundert Pfund in Banknoten ordentlich abgespeist hatte, was die Schulden, die schwer auf seinem Besitz lasteten, noch weiter erhöhte.

»Sehr einfallsreich, Saunders. Sehr einfallsreich«, lobte Lady Oliver und drückte der gierigen Kammerzofe eine goldene Guinee in die Hand. Saunders betrachtete ihre Wohltäterin misstrauisch und biss in die Münze, bevor sie sie mit der Geschwindigkeit eines Taschenspielers in ihrer Schürze verschwinden ließ. Saunders kniff ihre kleinen, grauen Augen zu einem Ausdruck schweigenden Danks zusammen, im vollen Bewusstsein, dass noch weitere Guineen die Besitzerin wechseln würden, im Austausch gegen ähnliche, wertvolle Informationen. Sie machte sich keine Sorgen, dass es Verdacht erregen könnte, wenn sie so ein großes Geldstück ausgeben würde. Saunders hatte keine Verwendung für weiblichen Schmuck. Wenn sie genügend Goldmünzen von Lady Oliver bekäme, konnte sie den Dienst quittieren.

Lady Oliver spitzte nachdenklich die Lippen. »Wie klug von Ihnen, stets einen kleinen Bleistift und ein Stück Papier zur Hand zu haben, um diese Dinge direkt vor Ort festzuhalten. Sie waren sehr hilfreich, Saunders. Und ziemlich aufmerksam.« Sie klopfte an die Schlafzimmertür. »Ich werde mich von Ihrer Dienstherrin verabschieden und meinen Neffen mitnehmen. Seine Verliebtheit ist offensichtlich viel schlimmer, als ich befürchtet hatte. Aber«, seufzte sie, »dagegen lässt sich etwas unternehmen, und wenn es nach mir geht, dann je früher, umso besser.«

»Ich fühle mich gut genug, um allein zu gehen!«, verkündete Lady Dalrymple einige Tage später und schickte ihre Sänfte kurz vor der Trinkhalle fort. C.J. bemühte sich, jeden Morgen mit ihrer Tante spazieren zu gehen. Um Lady Dalrymples weitere Genesung zu gewährleisten, hatte C.J. sich Mary anvertraut, die jetzt die Einzige der Hausangestellten war, auf die sich C.J. verlassen konnte, denn Mary hielt sich, was die pflichtgemäße Verabreichung der »magischen Pillen« für die Countess anging, mit ihrer Meinung zurück.

Die Countess hatte neuen Lebensmut gefasst und folgte den Anweisungen, nicht nur bezüglich der merkwürdigen, kleinen Tabletten, sondern auch, was die regelmäßige, wenn auch gemäßigte Bewegung anging, die hauptsächlich aus täglichen Besuchen der Trinkhalle bestand und der Wasseranwendung, sowohl innerlich als auch äußerlich, gefolgt von extravaganten Einkaufsbummeln.

C.J. stellte sicher, dass Lady Dalrymple die ihr verschriebenen täglichen drei Gläser Wasser trank, und sie selbst gewöhnte sich allmählich auch an den Schwefelgeruch und -geschmack des wohltuenden Getränks, das aus der Quelle direkt in die elegante Trinkhalle gepumpt wurde, um den Gästen warm serviert zu werden.

Wenn wenig los war, konnte C.J. die Atmosphäre des Raumes so richtig genießen, das helle Blau, das Cremeweiß und das Gold wirkten beruhigend und waren schön anzusehen. Aber vom späten Vormittag an und den Nachmittag hindurch wimmelte es von Mitgliedern der wohlhabenden Oberschicht von Bath, die jeden Tag in die Wandelhalle kamen, um dieselben Freunde und Feinde zu sehen und die neuesten sozialen Skandale zu erfahren, alles im Namen der Gesundheit. Die täglichen Ausflüge boten Paaren zudem die Möglichkeit, unter den schützenden Blicken der Anstandsdamen der jungen Ladys zu flirten.

Für die Töchter von Mrs. Fairfax war der Gang in die Trinkhalle ein integraler Bestandteil ihrer täglichen Routine, stets in der Begleitung ihrer Mutter, die die ganze Zeit wie ein Huhn über Lady Soundso oder Countess Soundso gackerte, als wären es enge Freunde. Tatsächlich schien Mrs. Fairfax eine Quelle des Tratsches zu sein, obwohl niemand wusste, woher sie ihre Informationen bezog. Es kursierten wilde Gerüchte, dass sie das Taschengeld von ihrem netten und ruhigen Ehemann dafür verwendete, ein paar Dienstboten der einflussreichsten Mitglieder der Gesellschaft zu schmieren.

Die siebzehn Jahre alte Miss Susanne schämte sich immer wieder wegen des Verhaltens ihrer Mutter. Einmal bemerkte sie in C.J.s Anwesenheit, wie ungerecht es doch sei, dass das Benehmen ihrer Mutter und auch ihrer älteren Schwester, die ganz der Matriarchin nachgeschlagen war und bei Veranstaltungen ihre Ignoranz zur Schau stellte, einen starken Einfluss auf das öffentliche Bild ihres Vaters und ihrer selbst habe.

Mrs. Fairfax winkte C.J. und Lady Dalrymple zu, um zu signalisieren, dass sie und ihre Töchter sich zu der Countess gesellen wollten.

»Fühlen Sie sich heute Nachmittag stark genug für ihre Gesellschaft?«, fragte C.J. fürsorglich.

»Um Himmels willen!«, entgegnete Lady Dalrymple. »So wie diese Frau einem an den Nerven zerrt, wirkt das sehr stimulierend auf meinen Zustand. Ohne einen ordentlichen Streit hin und wieder habe ich das Gefühl, dass mein Gehirn zu verfaulen beginnt. Du musst es als Sport ansehen, Kind. Und obwohl sie sich manchmal recht ordinär verhält, sollte man sich in Erinnerung rufen, dass sie eine Frau mit guten Absichten ist und eine ergebene Mutter.«

Die Töchter Fairfax waren gerade mitten in einer lebhaften, äußerst privaten Diskussion, die ihrer Mutter überhaupt nicht behagte.

»Nun, es ist gut, dass Lord Digby anscheinend meine Einstellung zu den schlechten Auswirkungen von Bildung auf junge Frauen teilt.«

»Was meinen Sie bloß, Mrs. Fairfax?«, fragte C.J., die bereits spürte, wie sie einen Kloß im Hals bekam, bei der bloßen Erwähnung von Lord Digby.

»Ach du meine Güte, ich dachte, dass jeder die Neuigkeiten schon gehört hat, besonders Sie, Lady Dalrymple, da sie Lady Oliver so nahe stehen.«

Dieses Mal zog die Countess fragend eine Augenbraue hoch. »Augusta Oliver mag Fehler haben, aber ein Klatschmaul ist sie sicher nicht«, erwiderte Lady Dalrymple ruhig und verbarg ihre besorgniserregenden Befürchtungen, die der ihrer Nichte ebenbürtig waren.

»Nun«, plapperte Mrs. Fairfax, »Ich weiß aus sicherer Quelle, dass Lord Darlingtons Anwesen völlig überschuldet ist, und der einzige Weg, Delamere zu retten, ist eine sehr vorteilhafte Heirat zwischen dem Lord und einer heiratsfähigen, jungen Erbin. Nach allem, was man weiß, hat sich Lady Oliver für ihr Patenkind Charlotte Digby entschieden.«

C.J. hatte das Gefühl, ihr Herz würde auf den Marmorboden fallen und zu ihren Füßen zerbrechen. »Aber sie kennen sich doch kaum!«

»Wohl wahr, wohl wahr«, stimmte Mrs. Fairfax zu, wobei sie Miss Welles' Bestürzung überhaupt nicht wahrnahm. Sie war überglücklich, sozial Höherstehenden das Neueste vom Neuesten berichten zu können. »Die Digbys sind aus Dorsetshire. Ihr Sohn, Lady Charlottes älterer Bruder, ist Henry Digby, besser bekannt als der ›silberne Kapitän‹, wegen des Goldschatzes, den er 1799 von dem spanischen Schiff *Santa Brigida* erbeutete.«

»Und warum heißt er dann der ›silberne Kapitän‹, wenn es Goldmünzen waren?«, fragte die findige Miss Susanne, die den Geschichten ihrer Mutter nicht so leicht glaubte.

»Weil die Royal Navy ihm einen Anteil von vierzigtausend Pfund Sterling zugestand, meine Liebe.«

C.J. rechnete schnell. Wow, zwei Millionen Dollar! Sie beging den Fehler und stieß auf vollkommen undamenhafte Art und Weise einen Pfiff aus.

»Dem verstorbenen Robert Digby, Henry und Charlottes Onkel, gehörte Minterne in Dorset, welches er 1768 von den Churchills gekauft hatte. In seinem Testament überließ er das Anwesen seinem viel jüngeren Bruder, dem jetzigen Lord Digby. Henry ist ganz verrückt nach seiner Schwester und hat keinerlei Hemmungen, Lady Charlottes Mitgift aus seiner eigenen Kasse aufzustocken.« Eine strahlende Mrs. Fairfax gratulierte sich selbst, weil sie solch lebenswichtige Dinge wusste.

Lady Dalrymple und ihre Nichte tauschten besorgte Blicke aus. C.J. fehlten die Worte. Mrs. Fairfax' Enthüllung hatte sie bis ins Mark getroffen. Könnte es wirklich wahr sein, dass Lady Oliver eine Verbindung zwischen ihrem Neffen und ihrem Patenkind arrangierte? Und mal angenommen, dass die Gerüchte, die Mrs. Fairfax verbreitete, stimmten, wusste Darlington von den Machenschaften seiner Tante?

Und falls der Lord über Lady Olivers Pläne Bescheid wusste, warum hatte er dann C.J. die Ehe versprochen? Das *hatte* er doch, oder etwa *nicht*? Der Nachmittag, an dem sie miteinander geschlafen hatten, war die leidenschaftlichste, zärtlichste, vertrauteste und wirklich schönste Erfahrung gewesen, die sie je gemacht hatte. Und er hatte ihr nicht nur freiwillig eine Locke seines Haars überlassen, sondern ihr auch ein Medaillon geschenkt, in dem sie das Andenken aufbewahren konnte, ein Anhänger, der seiner eigenen Mutter gehört hatte. Nach einer solch intimen Geste hatte C.J. allen Grund, sich der Gefühle des Earls sicher sein zu können. Es hatte jedenfalls nie einen Grund gegeben, an ihnen zu zweifeln. C.J. blinzelte die Tränen fort und drehte sich weg, damit man ihren Gefühlsausbruch nicht bemerkte, denn dann würde sie bestimmt nicht von Kommentaren und Schlussfolgerungen verschont bleiben.

»Ich würde nicht so schnell etwas weitererzählen, dessen Sie sich nicht absolut sicher sind, Madam«, erwiderte Lady Dalrymple etwas angespannt. Sie würde sich wie ein Esel vorkommen, sollten sich die Gerüchte über eine bevorstehende Verlobung zwischen Lady Digby und Lord Darlington als wahr erweisen.

Mrs. Fairfax richtete sich mit ihren ein Meter vierundfünfzig auf und packte ihre beiden Töchter am Handgelenk. Es gefiel ihr nicht, wenn man den Wahrheitsgehalt ihrer Erzählungen anzweifelte. »Wir haben heute viel zu erledigen und nur sehr wenig Zeit zu verschwenden. Kommt Mädchen. Mylady, es ist ein großes Vergnügen, Sie wieder in so guter gesundheitlicher Verfassung zu wissen.« Sie nickte C.J. höflich zu. »Ihnen einen schönen Tag, Miss Welles.«

Miss Fairfax trottete pflichtbewusst neben ihrer Mutter her, obwohl C.J. nicht entging, dass die junge Blondine ihren Fächer an ihre Lippen legte, als sie an Captain Keats vorbeigingen, der seine Geliebte mit einer leichten Verbeugung des Kopfes und dem Hauch eines Lächelns ehrte. Miss Susanne drehte sich noch einmal um und sah C.J. mitfühlend an.

»Oje, Cassandra!« Lady Dalrymple machte ein Gesicht, als würde sie gleich eine Ecke ihres Seidenfächers abbeißen.

»Wie könnte Mrs. Fairfax die Wahrheit sagen? Verzeihen Sie mir, wenn ich etwas falsch verstanden habe«, begann C.J. flüsternd, sie formulierte es bewusst mit Understatement, »aber ich hatte es absolut so verstanden, dass Lord Darlington und *ich* verlobt sind.«

Großer Gott, sie hatte mit dem Mann geschlafen, und sollte das bekannt werden, würde sie aus der Gesellschaft ausgeschlossen werden, sofern sie überhaupt ein Teil davon war. Der rasche Abstieg von Lady Rose war Beweis genug, wie wenig Spielraum eine Frau hatte. Auf jeden Fall würden die Folgen ihrer Wohltäterin schaden. Lady Dalrymple hatte ihren Ruf riskiert, indem sie eine, soweit sie es wissen konnte, frühere Gesellschafterin als Verwandtschaft mit einem Titel und als Mitglied der Aristokratie ausgegeben hatte.

Ein bekanntes Gesicht mit einer neuen Haube aus weißem Musselin kam ins Blickfeld. »Bath wird so leer, dass ich keine Angst habe, zu wenig zu tun.«

»Ah, Miss Austen.« Die Countess begrüßte ihre Besucherin mit großer Herzlichkeit. Ihre Miene verriet nichts von der Wirkung der Fairfax'schen Neuigkeiten. »Immer geistreich.«

Jane küsste Lady Dalrymple auf die Wange. »In jeder Nachbarschaft sollte es eine große Dame geben«, empfahl sie C.J. augenzwinkernd.

»Meine Tante hat gerade Mrs. Fairfax sehr geschickt einen Dämpfer versetzt. Vielleicht haben Sie gesehen, wie sie eilig den Rückzug angetreten hat mit ihren beiden Töchtern im Schlepptau, die ihr wie Küken im Gänsemarsch folgten«, sagte C.J. zu Jane.

Lady Dalrymple bat Miss Austen mit einer Geste, näher zu kommen. »Abgesehen von ihrer üblichen, lautstarken Zurschaustellung ihrer Ignoranz die Bildung von Frauen betreffend, hat sie uns gerade frech mit einem Gerücht konfrontiert, bezüglich Ihres Cousins, Lord Darlington. Ich muss sagen, es war mir neu.«

Jane verzog angewidert das Gesicht. »Sie ist erst dann zufrieden, wenn sie sich in der Öffentlichkeit lächerlich gemacht hat«, bemerkte sie trocken, was C.J. einen unter diesen Umständen stark benötigten Lachanfall bescherte.

»Wie ausgesprochen aufmerksam Sie sind, Miss Austen«, keuchte sie.

»Ich muss sagen, dass ich die Wahrheit ihrer Erzählung angezweifelt habe, woraufhin sie, schwer empört, den Rückzug angetreten hat. Ich hoffe, dass die Informationen dieser albernen Frau genauso falsch sind wie die Schildkrötensuppe von Lady Wickham. Oh, mein Herz«, sagte Lady Dalrymple und legte eine Hand auf ihre Brust. C.J. machte sich Sorgen, dass Mrs. Fairfax' unangenehme Neuigkeiten einen gesundheitlichen Rückschlag bei ihrer Tante auslösen könnten. Sie sah ihre Beschützerin besorgt an, aber die Countess wischte ihre Angst mit einem gezwungenen Lächeln und einer Handbewegung fort. »Vielleicht hätte sie uns als glücklichere Frau verlassen, hätten wir ihrem Geschick, im Besitz solcher Gerüchte zu sein, geschmeichelt, anstatt deren Wahrheitsgehalt anzuzweifeln, aber ich wage zu behaupten, dass sie keineswegs irgendein lobendes Wort verdient hätte.«

»Eine Frau, die wegen eines Vorwurfs beleidigt ist, aber von Komplimenten beeinflusst werden kann, ist wirklich ein Narr«, bemerkte Miss Austen.

»Meine Beine werden schwer«, verkündete Lady Dalrymple. »Ich hatte Cassandra heute Morgen einen Spaziergang durch die Milsom Street versprochen, doch ich befürchte, ich bin zu erschöpft.« C.J. organisierte sofort eine Sänfte und kümmerte sich darum, dass ihre Tante nach Hause gebracht wurde.

Jane sagte, sie habe ein oder zwei Stunden zur freien Verfügung, die sie unbedingt für die Besichtigung eines angeblich freien Hauses genau gegenüber den Sydney Gardens nutzen wolle, über das ihre Familie in einer Anzeige im *Bath Chronicle* gelesen hatte. Die Aussicht, in der Nähe eines so ruhigen und grünen Ortes ihren Wohnsitz zu nehmen, gefiel ihr.

C.J. drückte Janes Hand. »Ihre Gesellschaft ist mir ein großes Vergnügen«, strahlte sie. Dann zog sie ihre Freundin näher heran und flüsterte: »Bitte schenken Sie mir ein wenig Ihrer Zeit. Ich muss etwas sehr Spezielles mit Ihnen besprechen, und es kann nicht aufgeschoben werden.«

Kapitel Einundzwanzig

*In dem Miss Austen unsere liebeskranke Heldin
berät, und ein Einkaufsbummel fast in eine
unausweichliche Katastrophe führt.*

DIE JUNGEN FRAUEN hakten sich unter und verließen die Trinkhalle. Unter den Arkaden blieben sie stehen, da der Schatten ein wenig Privatsphäre bot. »Mrs. Fairfax hat uns ziemlich aus der Fassung gebracht«, begann C. J. »Ich bin mir bewusst, dass diese Frau wirklich klatschsüchtig ist, und doch schien sie absolut davon überzeugt, die Wahrheit zu sagen, nämlich dass es bald zu einer Verbindung zwischen Ihrem adeligen Cousin und Lady Charlotte Digby kommt.«

Jane war sehr ruhig. Sie wählte sorgfältig ihre Worte. »Ich habe es noch nicht in der Zeitung gelesen. Und solange man die Hochzeit nicht schwarz auf weiß vor Augen hat, kann man ebenso gut ledig bleiben.«

»Sie wissen genauso gut wie ich, Miss Austen, dass es das letzte Mal, als wir zusammen in den Sydney Gardens waren, zwischen dem Lord und mir eine Übereinkunft gab. Sie hatten es vermutet. Sie hatten es *gesehen*.« Mit einem Batisttaschentuch tupfte sie die Tränen ab, die langsam über ihre Wangen liefen.

Miss Austen seufzte mitfühlend. »Oh ja, Frauen glauben, dass Bewunderung mehr bedeutet, als es tatsächlich der Fall ist. Und Männer achten darauf, dass sie dies glauben.« Ihr Tonfall klang etwas bitter. Sanft legte Jane eine Hand auf C.J.s Arm. »Es muss furchtbar für Sie sein, dass Leute darüber reden. Ich finde, je weniger über so etwas gesagt wird, umso besser, umso schneller ist es vorbei und vergessen.«

»*Vergessen*? Ich verstehe Sie nicht. Sie sind sich doch sicherlich bewusst, dass das hier über schlichte *Bewunderung* hinausgeht.« C.J. suchte fieberhaft nach einem anderen Ansatzpunkt. »Der Lord kennt Charlotte Digby nicht einmal. Wie könnte er sie dann lieben? Ich wette, er hat noch nie einen Augenblick ohne Anstandsdame mit dem Mädchen verbracht. Wie kann er ihren Geist kennen? Ihre Vorlieben und Abneigungen? Ihren Geschmack?« Ihr armes Batisttuch war nur noch ein nasser Fetzen.

Jane seufzte. »Zufriedenheit in der Ehe ist eine Frage des Glücks. In vielerlei Hinsicht ist es besser, so wenig wie möglich über die Fehler der Person zu wissen, mit der man sein Leben verbringen wird.«

»Aber das können Sie doch unmöglich meinen! Wo Sie doch selbst immer daran geglaubt haben, aus Liebe oder gar nicht zu heiraten. Wenn man vermeidet, irgendetwas Wichtiges über den Mann, den man heiratet, zu erfahren, bedeutet das, dass man nie die Chance erhält, ihn aus Liebe zu heiraten.«

Jane war auf einmal ganz weiß im Gesicht.

Schlagartig wurde C.J. klar, dass sie sich mit diesen Worten zu weit aus dem Fenster gelehnt hatte. Sie hatte nicht nur die persönlichste Überzeugung von Miss Austen preisgegeben, sondern sie hatte unvorsichtigerweise Informationen enthüllt, über die die Cassandra Jane

Welles des Jahres 1801 nicht verfügen konnte. Sie wurde tiefrot.

»Ich bitte Sie um Verzeihung, Miss Austen. Ich bin im Augenblick etwas durcheinander«, C.J. schluchzte in ihr Taschentuch. »Meine Bemerkung war absolut unpassend und unangebracht. Es überschritt die Grenzen des Anstands, so forsch zu sein und meine eigenen Schlüsse über Ihre Meinung zu Liebe und Ehe zu ziehen. *Natürlich* kenne ich Ihre Geschichte nicht«, flunkerte C.J., »aber ich bin zu der Annahme gelangt, dass Sie, da Sie bereits eine gewisse Reife erlangt haben und unverheiratet sind, größeren Wert auf zärtliche Gefühle legen, anstatt auf das Bedürfnis, eine Ehe einzugehen, bei der auf beiden Seiten keine Liebe herrscht, oder zumindest nicht auf Ihrer.«

Miss Austens Antwort war eine Bestätigung. »Ich kann Menschen nicht nur zur Hälfte lieben«, sagte sie lächelnd. »Und ich gebe zu, dass meine Zuneigung immer sehr stark ist. Das einzige Privileg, das ich für mein eigenes Geschlecht in Anspruch nehme, ist, länger zu lieben, wenn die Existenz oder Hoffnung bereits verschwunden sind.« Ihr Gesichtsausdruck wurde einen Augenblick lang melancholisch.

C.J. dachte an Jane und Tom Lefroy. »Ich glaube tatsächlich, dass Männer ihre Zuneigung leichter und mit derselben Intensität von einem Objekt auf ein anderes übertragen können, während wir dazu neigen, unseren Verlust über einen längeren Zeitraum zu beklagen«, erwiderte sie leicht verbittert. Sie beide, C.J. und Jane, hatten solch ein Pech, wenn es um Männer ging. »Darlington kann nicht aus Liebe heiraten, sondern wegen des Geldes, falls er Charlotte Digby überhaupt heiraten wird«, fügte sie betont hinzu, da ihr bewusst wurde, dass Miss Austen die Wahrheit von Mrs. Fairfax' Behauptung bisher nicht bekräftigt hatte.

Jane widersprach ihr jedoch nicht, und ihre Einschätzung des Verhaltens ihres Cousins war recht pragmatisch. Der plötzliche Gewinn von zehntausend Pfund sei das Attraktivste an der jungen Lady, gegenüber der er sich jetzt gefällig erweise, sagte sie und bestätigte, dass Delamere bis unters Dach verschuldet war und Darlington von Lady Oliver unter Druck gesetzt wurde, eine gute Partie zu machen, um den Familiensitz zu retten.

»Nach dem, was ich gehört habe, könnte ihre Mitgift weit mehr als zehntausend Pfund betragen«, fügte C.J. düster hinzu. Tränen traten erneut in ihre Augen. »Sagen Sie mir ehrlich, Miss Austen ... liebt er sie?« C.J. hielt den Atem an.

»So wie ich ihn kenne, muss ich zugeben, dass seine Zuneigung aus nichts anderem als Dankbarkeit erwächst«, entgegnete Jane und betonte das Wort *Zuneigung* sehr sarkastisch.

»Ich bin mir sicher, dass er der jungen Lady Charlotte wirklich uralt erscheinen muss. Ein aristokratisches Relikt«, erwiderte C.J. verdrießlich. In ihrer eigenen Epoche wäre der Mann gerade erst in seine besten Jahre gekommen. Dennoch war der Earl sehr gefragt, obwohl Harriet Fairfax ihn als wirklich steinalt bezeichnet hatte, und trotz der Tatsache, dass viele über seine finanziellen Probleme Bescheid wussten. Wie ein Schwarm ehrgeiziger Schauspielmütter hatten auf dem Ball einige ältere Damen – Lady Digby war nur eine von ihnen – mit ihren Töchter den Earl umgarnt und versucht, seine Aufmerksamkeit zu erregen. Darlington hatte sich höflich verhalten, allerdings, soweit C.J. erkennen konnte, schien er an keiner der jungen Damen besonders interessiert zu sein. Er benahm sich so, als hätte er nicht den Wunsch, sich noch einmal auf den Heiratsmarkt zu begeben, zumindest bis er *sie,* C.J., getroffen hatte. Genau das hatte er zumindest *gesagt*. Oder war das nur ein raffinierter Trick gewesen, um sie zu verführen?

Das hatte Lady Oliver also beim Ball vorgehabt. Die alte Schachtel spielte die Kupplerin.

»So auf die Ehe aus zu sein, nur hinter einem Mann her zu sein wegen seiner Stellung, ist etwas, das schockiert mich«, sagte Jane und bezog sich auf Lady Charlottes Tausch von mehreren tausend Pfund gegen das Recht, Herrin von Delamere zu werden.

»Ich hatte Darlingtons Charakter nicht für so schlecht gehalten«, schluchzte C.J. »Ich habe Ihren Cousin völlig falsch eingeschätzt.«

Miss Austen legte einen schützenden Arm um die zitternde Schulter ihrer Begleiterin. »Es gibt Menschen auf der Welt, die Sie und ich für perfekt halten, in der sich Eleganz und Geist zu hohem Wert vereinen, in der das Verhalten dem Herzen und dem Verstand gehorcht«, sagte sie und wischte die Tränen mit ihrem Daumen fort. »Aber so jemand wird vielleicht nie Ihren Weg kreuzen, oder falls doch, ist er möglicherweise nicht der älteste Sohn eines wohlhabenden Mannes«, fügte Jane hinzu und nahm sich unter diesen Umständen, recht untypisch, die Freiheit, ihre eigene Beziehung anzusprechen.

»Ich wünschte, der Lord wäre Ihnen ähnlicher als seiner Tante«, erwiderte C.J. wehmütig und nahm Janes Taschentuch entgegen. »Die Frau ist eine wahre Xanthippe.«

»Es tut mir furchtbar leid, dass mein Cousin Sie so verletzt hat«, sagte Jane. »Ist Ihr Verlust so groß, dass er keinen Platz für Trost lässt? Sosehr Sie auch jetzt leiden«, fügte sie hinzu und drehte Miss Welles sanft in ihre Richtung, damit sie ihrer Begleiterin in die Augen sehen konnte, »überlegen Sie nur, wie sehr Sie gelitten hätten, hätten Sie seinen Charakter erst später erkannt, hätte Ihre Verlobung«, Jane wählte das Wort sorgfältig, »Monate angedauert, wie es durchaus üblich ist, bevor er sie beendet hätte. Jeder zusätzliche Tag voller unglücklichem Vertrauen auf Ihrer Seite hätte den Schlag schlimmer gemacht.«

»Das tröstet mich nur wenig.« C.J. wischte eine weitere Träne weg und gab ihrer Begleiterin ihr Leinentuch zurück. Sie war enttäuscht, dass der Ratschlag, den sie von der so scharf beobachtenden Schriftstellerin erhielt, nicht der war, den sie erhofft hatte. »Es tut mir leid, Miss Austen, dass ich Sie so lange von der Besichtigung Ihrer eventuellen neuen Wohnung abhalte.«

Doch Jane weigerte sich, ihre Freundin in diesem Zustand allein zu lassen, und die jungen Frauen gingen weiter die Milsom Street entlang.

»Wenn ein Mann wirklich liebt, dann sollte Geld keine Rolle spielen. Wie viele Liebesaffären wurden beendet, weil eine der Parteien über nicht genügend Mittel verfügte, um die Ehe einzugehen?«, jammerte C.J., während sie vor dem Schaufenster von Moore's Warenhandel stehen blieben.

»Armut ist ein großes Übel.« Miss Austen sah in die Ferne. *Dachte sie an Tom Lefroy,* fragte C.J. sich.

Nachdem sie bei Moore's eine Pflanzenseife gekauft hatte, von der der Hersteller behauptete, dass die Hände nicht spröde würden, die Seife Sommersprossen entfernen und die Haut heller machen würde, nahmen die Damen ihren Morgenspaziergang wieder auf.

Madame Delacroix' kleiner Salon war voller Kundinnen. Durch das Fenster konnte man die Fairfax-Töchter mit ihrer Mutter beobachten, die mit der Kauffrau über den Preis für gestreifte Seide, die keiner der beiden Töchter stehen würde, handeln wollten. Als sie jedoch Miss Welles und Miss Austen sah, hob Mrs. Fairfax ihr Doppelkinn an und scheuchte ihre Töchter aus dem Laden, als wollte sie Miss Welles im Augenblick auf keinen Fall begegnen.

Als sie an dem brandneuen Schaufenster von Traver's vorbeikamen, war Jane völlig begeistert und packte aufgeregt den Arm ihrer Freundin. Sie bestand darauf, dass Miss Welles sie hineinbegleitete, während sie ihrer Leidenschaft für Hauben frönte. Sie gab flüsternd zu, dass sie es sich nicht leisten könne, solch extravagante, ausländische Kreationen. Sie verbrachte trotzdem gute fünf bis zehn Minuten damit, alle möglichen Hüte aufzuprobieren.

Schließlich hatte sie sich für zwei Hauben entschieden und begann, in immer schnellerem Wechsel zuerst die eine, dann die andere aufzusetzen. Hierauf nahm sie jeweils eine in jede Hand und hielt die aufwändigen Kreationen von sich weg, damit Miss Welles die passendere auswählen konnte. Dabei bemerkte Miss Austen völlig trocken: »Ich weiß nicht, irgendwie finde ich es natürlicher, wenn anstatt Früchte Blumen aus meinem Kopf wachsen.« Da bekamen die jungen Damen einen ziemlichen Lachanfall. Sie konnten sich einfach nicht zurückhalten, sehr zum Missfallen der eleganten Kundschaft.

Auf einmal erklang die Türklingel, und Mrs. Leigh Perrot trat ein.

»Was für eine schöne Überraschung!«, rief sie aus, als sie ihre Nichte sah. Sie begrüßte sie auf kontinentale Weise, indem sie Jane rechts und links auf die Wange küsste.

»Tante, du erinnerst dich doch an Miss Welles«, sagte Jane, und C.J. wurde genauso herzlich begrüßt.

»Ich muss mir die Spitze ansehen«, verkündete Mrs. Leigh Perrot, während sie die Auswahl in der Vitrine bestaunte. »Ich habe gehört, dass Mr. Travers gerade ein neues Muster aus Belgien bekommen hat, das perfekt zum Verzieren einer meiner Hauben geeignet wäre. Und vielleicht gibt's ja ein oder zwei Meter für ein altes Teekleid.«

Die jungen Frauen legten ihre Ridiküls auf die Theke, wobei sie weiter verschiedene Hauben anprobierten, vor dem Standspiegel posierten und gleichzeitig einen Handspiegel benutzten, um sich in Gänze betrachten zu können. Jane war von den unterschiedlichen, französischen Parfümzerstäubern begeistert, mit ihren exotischen Formen, die an Flaschen für Flaschengeister erinnerten. »Ich weiß nicht, wann ich einen Einkaufsbummel mehr genossen habe«, bemerkte Miss Austen und schaute neidisch auf einen elfenbeinfarbenen Abendridikül aus Satin. Sie hoffte, dass sie eines Tages, wenn ganz England *Elinor and Marianne* und *First Impressions* lesen würde, sich all den Luxus, den Mr. Travers so verführerisch anbot, würde leisten können.

Wenn sie doch nur ihre Schreibblockade überwinden könnte, unter der sie litt, seit ihre Familie gezwungen war, sich einzuschränken. Sie hatte Bath nicht besonders attraktiv gefunden, bis sie die Bekanntschaft von Miss Welles gemacht hatte. Vielleicht könne sie jetzt ihre Leidenschaft für das Geschichtenerzählen wiederfinden.

»Ich muss mich beeilen, dein Onkel erwartet mich«, sagte Mrs. Leigh Perrot zu ihrer Nichte, während sie rasch auf die Ladentür zumarschierte. Aber ihre Hand lag kaum auf dem Messinggriff, als Mr. Travers sie aufhielt. »Verzeihen Sie, Madam, bitte kommen Sie zur Theke.«

Die Frau sah sich um.

Der Händler machte eine Geste, dass Mrs. Leigh Perrot zurückkommen solle. »Ich bitte um Verzeihung, falls ich mich irre«, fügte der hochnäsige Mr. Travers hinzu und griff nach Mrs. Leigh Perrots Ridikül, »aber ich glaube, dass einer Ihrer Käufe nicht ... in unseren Büchern ... verzeichnet wurde.« C.J. bemerkte, wie die Unterlippe der Frau leicht zuckte. »Würden Sie mir bitte Ihren Ridikül überreichen«, bat Travers und ließ Janes Tante keine Wahl. Er öffnete die Kordel und fand ein kleines, braunes Papierpäckchen, in dem sich zwei Meter Mechlin-Spitze befanden und noch ein weiterer Meter, elfenbeinfarben, der in eine Innentasche im Futter gesteckt worden war. Der Kurzwarenhändler kniff die Augen zusammen und sah Mrs. Leigh Perrot an. »Bartholomew«, rief er seinen Boten, »hol den Constable.« Der kleine, blonde Junge sprintete los, preschte durch die Tür und ließ sie dabei wie wild klingeln.

»Sie werden so nett sein und hier warten, Madam«, sagte der Händler zu Mrs. Leigh Perrot.

Die ältere Frau war leichenblass. Zweifellos kehrten die Erinnerungen vom vorigen Jahr an die Monate im Gefängnis und den anschließenden Prozess wegen Ladendiebstahls, bei dem sie freigesprochen worden war, wie ein Friedhof voller Gespenster zurück.

»Ich bin mir sicher, das alles ist ein schrecklicher Irrtum«, sagte Jane und tröstete ihre Tante.

»Ladys«, sagte Travers und meinte damit Miss Welles und Miss Austen, »bitte Ihre Ridiküls.«

Die jungen Frauen übergaben ängstlich ihre Taschen.

»Es ist schlimmer, als ich gedacht hatte!«, rief der Händler aus, als sein schneller Botenjunge mit einem verärgerten Constable Mawl im Schlepptau den Laden betrat. Er schwenkte einen Haarkamm aus Perlmutt und zwei mit Edelsteinen besetzte Hutnadeln, die er aus Miss Austens Ridikül gefischt hatte. Die beiden jungen Damen schnappten nach Luft. Wäre Mrs. Leigh Perrot überrascht gewesen, hätte sie die Gegenstände schockiert angesehen und sich nicht abgewandt.

Mr. Travers breitete das Diebesgut vor dem Constable aus.

»Und woher stammt *das* hier?«, fragte Mawl und hielt die Spitze zwischen seinem schmutzigen Daumen und Zeigefinger, als wäre es ein Stück ekliger Spinnweben.

Der Händler wurde blass, als er den dreckigen Daumenabdruck auf seiner noch nicht bezahlten Ware sah. »Das fand sich in der Tasche von Madam«, erwiderte er verächtlich. »Und die Hutnadeln und der Kamm wurden in dem Ridikül gefunden, das der jungen Lady gehört«, er deutete mit einem Finger auf Jane, die zitternd mitten im Laden stand und, ganz untypisch für sie, sprachlos war.

Mawl betatschte die zarten Gegenstände und murmelte dabei Zahlen vor sich hin. Er ließ den Meter Spitze vor dem ängstlichen Gesicht von Mrs. Leigh Perrot baumeln. »Wie viel kostet dieses Stückchen, Mr. Travers?«

»Drei Pence der Meter, Constable«, antwortete der Händler. »Irische Spitze kostet zwei Pence pro Meter, aber die Ware, die wir aus Frankreich und Belgien bekommen, sind eine ganz andere Klasse …«

»Mich interessieren keine Klassen oder Spitze, Mr. Travers. Mich interessiert der Preis. Also, Madam, da das hier weniger als einen Shilling kostet, haben Sie Glück gehabt. Wenn es mehr als einen Shilling wert ist, kann Ihnen das vierzehn Jahre in Botany Bay einbringen, wie Sie sich vielleicht erinnern werden, an den kleinen Zwischenfall, der kaum ein Jahr her ist. Sie werden zwar nicht nach Australien deportiert für dieses Vergehen, aber Sie werden bei der nächsten Gerichtssitzung erscheinen müssen, dann wird der Richter Ihre Strafe festlegen. Ich schreibe eine Vorladung«, sagte er und nahm ein offiziell aussehendes Lederbuch aus seiner Manteltasche. »Ich warne Sie jedoch«, fügte er hinzu und wedelte mit dem Zeigefinger vor Mrs. Leigh Perrots Nase herum, »sollten Sie nicht auftauchen, wird Ihr Glück Sie verlassen.«

»Und *Sie,* Missy«, sagte er und wandte sich Jane zu, »ich denke, Sie sollten sich schon mal auf Australien vorbereiten und das noch als Glücksfall ansehen. Ich brauche den guten Mr. Travers nicht nach dem Gesamtpreis dieser Gegenstände zu fragen, da ich sicher annehmen kann, dass solche Luxusartikel so einiges kosten«, bemerkte er und überprüfte die Spitze jeder Hutnadel.

»Sie wurden aus Frankreich importiert«, warf der Händler ein. »Vor dem Krieg.« Er spähte zu seiner Ware, die im Augenblick von Mawls riesiger Pranke beschmutzt wurde, um sie in allen Einzelheiten überprüfen zu können. »Mal sehen ... der mit dem Cabochon kostet ...« Er rechnete schnell und murmelte vor sich hin. »Alles in allem zwölf Pfund sechs Pence.«

»Wie heißen Sie, Miss?«

»Jane. Jane Austen, Sir«, antwortete die blasse, junge Frau mit zitternder Stimme.

»Miss Austen, auf den Diebstahl von Ware mit diesem Wert steht die Todesstrafe, falls Sie allerdings das Glück haben, einen einflussreichen Anwalt zu kennen, könnten Sie mit der Deportation nach Australien und vierzehn Jahren Arbeitslager davonkommen.«

Jane hielt sich an der Mahagonivitrine fest. Sie sah aus, als würde sie jeden Augenblick in Ohnmacht fallen.

»Sollte Ihr Anwalt jedoch ein Taugenichts sein, dann brauchen Sie die gute englische Erde gar nicht zu verlassen, das heißt, erst wenn Ihre Füße den Boden nicht mehr berühren!« Er lachte laut über seinen eigenen Witz, sein

Publikum hingegen konnte seinem Humor nichts abgewinnen.

Ihre Erfahrung mit dem Rechtssystem hatte bei C.J. den Eindruck hinterlassen, dass es mit der Annahme der Schuld, nicht der Unschuld, arbeitete, was sie dazu veranlasste, für Jane zu sprechen. Nicht nur, dass Miss Austen unschuldig war, sollte sie schuldig gesprochen werden, dann würde die Jane Austen, die die Welt als eine der größten Chronisten ihrer Zeit kannte, niemals das Licht der Welt erblicken. Die Frau, die vor C.J. stand, würde ihr Leben entweder an einem Hanfseil lassen oder durch das verheerende Urteil von mehreren Jahren Arbeitslager in einer australischen Strafkolonie völlig verändern. Sie erinnerte sich, gelesen zu haben, dass Mrs. Leigh Perrot eine Art Kleptomanin gewesen und dank eines ausgezeichneten Anwalts sowie einer Reihe von Leumundszeugen einem Urteil entgangen war. Und in Mrs. Leigh Perrots Fall half es ihrer Verteidigung, als herauskam, dass es sich bei den Anklägern um berüchtigte Erpresser handelte. Aber was würde mit Jane passieren, wenn C.J. sie nicht verteidigte?

»Miss Austen hat die fraglichen Gegenstände nicht in ihren Ridikül getan«, verkündete C.J. »Das ist mein Ridikül, in dem Mr. Travers die Hutnadeln und den Kamm gefunden hat.«

»Ihrer?«, alle staunten.

Mawl kniff seine scharfen Augen zusammen und betrachtete die sich selbst Beschuldigende. »Sie! Jetzt erkenne ich Sie.« Er schlug sich mit seiner riesigen Hand an die Stirn. »Sie sind die Diebin des ...«

Als C.J. klar wurde, worauf der Constable hinauswollte, übertönte sie ihn: »Die fraglichen Objekte sind ...«

Dann unterbrach Miss Austen sie. Sie wollte gerade

»tatsächlich meine« sagen und wühlte in C.J.s Ridikül nach Geld, um sie zu bezahlen, sodass Mr. Travers den Eindruck bekam, dass Miss Austens Tasche die von C.J. sei.

Aber C.J. konnte nicht zulassen, dass der leiseste Verdacht auf Jane fiel. »Bei den Gegenständen, die Sie in dem Ridikül gefunden haben, Mr. Travers, geht es um einen speziellen Auftrag für meine kranke Tante, die Countess von Dalrymple. Weil sie regelmäßig in ihrem Geschäft einkauft, habe ich angenommen, und mir ist die Schwere meines Fehlers jetzt bewusst, dass meine geschätzte Tante ihre Käufe in diesem Laden auf Rechnung tätigt. Mir war nicht klar, dass Sie es unterlassen haben, sie in Ihren Büchern zu notieren.«

Mawl betrachtete das Gesicht des Händlers. »Stimmt das?«

»Es stimmt, dass die Countess ein Konto bei uns für Kurzwaren und Hüte aus dem In- und Ausland unterhält«, sagte der Eigentümer und kämpfte darum, seine Würde zu behalten.

»Und ich werde die Spitze bezahlen«, sagte Jane und holte eine Münze aus C.J.s Tasche, »da ich mir sicher bin, dass es ein Versehen war und meine Tante einfach nur die weiße von der cremefarbenen Spitze unterscheiden wollte.« Ihre Stimme nahm einen vertraulichen Tonfall an. »Sie ist schon über sechzig, wissen Sie, und Sie sieht die leichten Farbnuancen nicht mehr so gut wie früher.« Sie gab Mr. Travers das Geld und sah Mrs. Leigh Perrot streng an.

Der Constable fand es jetzt angebracht, seine Autorität ins Spiel zu bringen. »Dann, Sir, überlasse ich es Ihnen: Sind Sie bereit, das Geld für die Spitze anzunehmen sowie die Bitte der jungen Lady zu akzeptieren, die Waren auf die Rechnung für Lady Dalrymple zu setzen?«

Aus Angst, weitere Kunden zu verlieren, nickte der Händler.

Constable Mawl lächelte, offensichtlich zufrieden. »Dann wünsche ich Ihnen allen noch einen guten Tag.« Er drehte sich auf dem Absatz um, spazierte aus dem Laden und ging pfeifend die Milsom Street entlang.

Die drei Frauen waren schwer erleichtert und verließen das Geschäft, woraufhin Mrs. Leigh Perrot in ihr sicheres Heim in Paragon Buildings eilte.

Jane nahm C.J.s Hände, während sie das Gesicht ihrer Freundin betrachtete. »Ich bin mir sicher, Sie hätten für jede andere dasselbe getan«, sagte sie ruhig.

»Nein«, entgegnete C.J. leise, »das hätte ich nicht.« Sie drückte die Hände ihrer Freundin und bemerkte Miss Austens unausgesprochene Dankbarkeit.

Plötzlich überkam C.J. starke Übelkeit.

»Miss Welles!« Eine erschrockene Miss Austen hielt den Arm ihrer Freundin, und da nichts anderes in der Nähe war, führte sie C.J. wieder zum Kurzwarenladen zurück und setzte sie auf einen Stuhl direkt neben der Tür. Sie bat Mr. Travers um ein Glas Wasser, das C.J. langsam trank, sie fühlte sich erhitzt und sehr schwindlig.

Minuten später stürmte sie wieder aus dem Laden. Jane stand ihrer Begleiterin bei. Mit einer kühlen Hand auf ihrer Stirn hielt sie die Locken zurück, während C.J. unkontrolliert würgte, was ihr unendlich peinlich war. Eine weitere Welle der Übelkeit zwang sie auf die Knie. »Helfen Sie mir«, jammerte sie. »Ich muss nach Hause.«

Kapitel Zweiundzwanzig

*In dem unsere Heldin endlich Thermalwasser trinkt,
und Lady Dalrymple mit einem nicht eingeladenen und
nicht sonderlich willkommenen Gast einen
Handel abschließt.*

IM LAUFE DER Zeit bekämpfte C.J. die wiederkehrenden Übelkeitsanfälle mit kandiertem Ingwer. Sie erinnerte sich daran, dass sie, als sie in Lady Wickhams Stadthaus angekommen war, sich gefragt hatte, was sie tun sollte, wenn sie ihre Periode bekäme. Aber nur einmal musste sie von den Lappen Gebrauch machen, die Mary in einem Beutel im Schrank aufhob. Sie war am fünften April 1801 in Bath angekommen, wegen Constable Mawl würde sie dieses Datum nie vergessen. Jetzt war es Juni. C.J. zählte an ihren Fingern ab, berechnete die Zeit. Vielleicht wurde das alles dadurch ausgelöst, dass sie stark verunsichert war. Andererseits war sie noch nie schwanger gewesen und wusste nicht genau, was sie in diesem Fall erwartete. Mary, die keine Ahnung von C.J.s Geheimnis hatte, war sich sicher, dass ihr Zustand etwas mit ihrem Darm zu tun hatte und dass es ihr helfen würde, wenn sie zusammen mit Lady Dalrymple ins Thermalbad ginge. Bestimmt würde ein langes, heißes Bad im Kings

Bath, gefolgt von einem kurzen Aufenthalt in kaltem Wasser im Queens Bath alle Unpässlichkeiten vertreiben. Und daher zog C.J. dreimal wöchentlich das hässliche, braune Leinenhemd an, das vom Bad gestellt wurde, und unterzog sich dieser Kur. Jedes Mal hatte sie die Hoffnung, Darlington dort zu sehen, aber er hatte C.J. gegenüber nie erwähnt, dass er der heilenden Wirkung des Wassers bedurfte. Wie sehr sie sich wünschte, ihm zu erzählen, warum sie glaubte, es nötig zu haben! Wie sie sich nach ihm sehnte! Sie sah viele Paare, die sich einander zuwandten, ohne auf das schaulustige Publikum Rücksicht zu nehmen. Was für ein furchtbarer Platz für eine Verabredung! Die Bäder selbst, die an kleine, moderne Swimmingpools erinnerten, waren nichts anderes als öffentliche Brutstätten für Keime, in denen Kranke beiderlei Geschlechts sich ungeachtet ihres Leidens mischten. Leute mit offenen Wunden und Infektionen teilten sich das Wasser mit denen, die einfache Erkältungen, Fieber oder ansteckende Krankheiten wie die Schwindsucht hatten. C.J. fragte sich, ob das Wasser je ausgetauscht oder gefiltert wurde. Der Geruch wäre unerträglich gewesen, hätten die Angestellten nicht versucht, ihn durch schwimmende Lavendelsträußchen und Kupferschalen voller Duftöle zu verbessern. Die Countess glaubte, dass ihre Nichte sie in letzter Zeit einfach deshalb begleitete, um ihre Genesung im Auge zu behalten. Sie hatte keinen Grund zu vermuten, dass irgendetwas mit dem Wohlbefinden des Mädchens selbst nicht stimmte, und C.J. tat nichts, um Lady Dalrymple von dieser Meinung abzubringen.

IN DER ZWISCHENZEIT schien es, als hätte Cassandra Jane Welles Wohltäter an den unwahrscheinlichsten Orten. Es war die Idee von John Palmer dem Älteren, der in Bath lebte, ein neues Theater in der Orchard Street zu bauen, um die alte Spielstätte, die ganz in der Nähe zur Zeit von Beau Nashs Ankunft vor einigen Jahren errichtet worden war, zu ersetzen. Das ursprüngliche Theater aus dem Jahre 1705 war 1737 wegen schlechter Besucherzahlen abgerissen worden, um Platz für das Mineral Hospital zu machen. Aber Palmer glaubte, wenn ein neues Theater gebaut werden würde, würden sich Bewohner wie Gäste drängeln, um die Stücke der Iren Richard Brinsley Sheridan und Oliver Goldsmith, seinen Nachbarn in Bath, zu sehen. Palmer sollte Recht behalten. Sein neues Theater wurde immer beliebter, nicht nur beim Publikum, sondern auch unter den Schauspielern, die gern ein Engagement in der Bäderstadt annahmen. Bath war eines der glitzernden Juwele in der georgianischen Krone. 1768 verlieh ihre Majestät dem Orchard Street Theater eine Lizenz, und von da an genoss John Palmers Theater den Ruf als Theatre Royal, Bath. Dieses Prestige war bis dato nur an Londons berühmte Drury Lane verliehen worden.

Als Sarah Siddons 1778 dort in Sir John Vanbrughs Komödie *Der provozierte Ehemann* zum ersten Mal auftrat, feierte das Theatre Royal schon große Erfolge. C.J. Welles, hätte sie von John Palmer gewusst, wäre ihm wirklich dankbar gewesen, weil er eine außergewöhnliche Zeitmaschine erschaffen hatte.

Im Augenblick fuhr ein völlig anderes Fortbewegungsmittel vor Leake's Buchhandlung neben dem Postamt vor, eine Gründung des Brauers und Theaterdirektors John Palmer dem Jüngeren, der es auf sich genommen hatte, die Post zu reformieren. Seine Bemühungen führten dazu, dass die Bewohner der goldenen Stadt von Bath Briefe und Päckchen aus London einen ganzen Tag früher als üblich erhielten. Diese Reise, mit Päckchen und bis zu vier Passagieren, dauerte dreizehn Stunden, und man brauchte zwei Pferde, die alle sechs oder acht Meilen gewechselt wurden. Jeder Halt wurde mit derselben Schnelligkeit erledigt, da die Postsäcke bei der Ankunft schon bereitstanden und der Wachmann, der mit dem Kutscher auf dem Kutschbock fuhr, die Säcke von überall her in dem Gepäckraum verstaute, sodass der Kutscher sitzen bleiben konnte.

Aus der Kutsche mit dem königlichen Wappen stieg nun ein Gentleman mit rotem Gesicht, der auf eigenwillig altmodische Weise gekleidet war: Sein kunstvolles, weißes Jabot schäumte wie ein Baiser über seinem hellgrünen Rock und der gestreiften Seidenweste. Er keuchte von der simplen Anstrengung, aus der königlichen Postkutsche auszusteigen. Er machte den Eindruck, früher einmal ein hübscher Mann mit einer guten Figur gewesen zu sein. Sein ehemals üppiger, weizenblonder Haarschopf hatte sich sehr ausgedünnt, während sein Körper ziemlich dick und stämmig geworden war. Zweifellos wollte er wegen der Gicht in seinem linken Fuß die Bäder aufzusuchen.

»Hierher! Achtung, Junge!«, donnerte er einem der Jungen entgegen, die sich ein, zwei Pence verdienten, indem sie den Reisenden der Royal Mail mit dem Gepäck halfen. Der Bursche gab dem keuchenden Passagier seine Tasche, ein wettergegerbtes, braunes Lederding, das für den jungen Helfer so aussah, als hätte es genauso viel mitgemacht wie sein rotgesichtiger Eigentümer, der, wie er bemerkte, als er nur einen Shilling Trinkgeld bekam, nach Gin, Tabak und Knoblauch roch.

»Sehr schön. Sehr, sehr schön«, lallte der Mann, und man hätte glauben können, dass er die fantastische, gotische Architektur der Abtei von Bath bewunderte, wäre da nicht das Mädchen aus der Molkerei gewesen, deren Formen fast genauso deutlich ausgestellt waren. Der Marquis von Manwaring streckte seine Hand nach der knackigen, jungen Frau aus, das Mädchen jedoch war zu schnell für den vernarrten, alten Trunkenbold.

»Was glauben Sie, was Sie da tun, Sir«, fragte sie entrüstet. »Ein armes Mädchen auf offener Straße anzufassen!«

»Manwaring. Ich bin ein Marquis«, rülpste der Möchtegerngrabscher.

»Und wenn Sie der verdammte Prinz von Wales wären, wäre es mir egal!«, rief die Magd aus. »Sie sind ein alter Perverser mit Gicht, das sind Sie. Ich wäre Ihnen dankbar, wenn Sie Ihre Hände bei sich behielten.«

Der Marquis spürte eine schwere Hand auf seiner Schulter. »Das ist mein guter Mantel«, protestierte er. »Und ich wäre Ihnen dankbar, wenn Sie *Ihre* Hände bei *sich* behielten!«

»Sie sprechen mit einem Constable, Sir.« Constable Mawl stellte sich mit seiner Größe von weit über einem Meter achtzig in Positur. Er liebte es, vor einer Menschenmenge aufzutreten.

»Wissen Sie denn nicht, mit wem Sie sprechen, Constable Mawl?«, donnerte der Mann mit dem Gichtfuß theatralisch. »Ich bin der Marquis von Manwaring.«

»Und außerdem sind Sie betrunken und benehmen sich auffällig, Mylord«, bemerkte Mawl etwas gedämpfter, weil ihm klar geworden war, dass der Marquis eventuell ein oder zwei einflussreiche Freunde hatte, die leicht etwas gegen ihn vorbringen könnten, sodass er seine Stelle als Constable schneller verlöre, als er es schaffte, ein Ale an einem heißen Sommernachmittag zu trinken.

»Ich bin ein Schauspieler!«, verkündete der kräftige Mann.

»Und kein schlechter«, murmelte einer der Passagiere der Royal Mail zu einem der Schaulustigen, die sich versammelt hatten. »Ich habe ihn in Newcastle Bob Acres spielen sehen. Er ist zwar nicht Garrick, aber Sheridan wäre stolz gewesen.«

»Sein Dogberry in Bristol kam gut an«, warf jemand anders, der gerade vorbeikam, ein. »Eine Schande, dass seine eigene Familie ihn nicht in dieser Rolle gesehen hat. So gut war er weder vorher noch danach.«

Constable Mawl, der stolz darauf war, auch am Hinterkopf Ohren und Augen zu haben, wandte sich an die Menge. »Sie haben also von diesem stinkenden Kerl gehört?« Er wedelte mit seiner riesigen Hand vor seinem Gesicht, als wollte er die Atmosphäre reinigen. »Wenn er so bekannt ist, wie Sie behaupten, und da er ein Marquis ist und so weiter, bin ich bereit, ihn unter Auflagen laufen zu lassen, wenn er über eine Unterkunft in Bath verfügt. Aber wenn ich Sie noch einmal dabei erwische, wie Sie sich wie ein stadtbekannter Säufer benehmen, Mylord, dann bedeutet das Gefängnis für Sie. Geh jetzt nach Hause, Maude«, sagte er der aufgebrachten Magd, als hätte sie die betrunkenen Avancen des Marquis' unterstützt.

Albert Tobias Lord Manwaring brauchte erst einmal einen stärkenden Drink oder zwei, bevor er sich auf den Weg zum Besuch bei seiner Schwester am Royal Crescent machte. Als er schließlich ihre Schwelle erreichte, fiel er praktisch über seinen eigenen Gichtfuß und verfluchte die Steinstufe.

»Bitte schön, mein Mädchen«, rülpste er und drückte der erstaunten Mary Sykes, die ihm die Tür geöffnet hatte, eine Handvoll bunter Bänder in die Hand. Das Geschenk für das junge Dienstmädchen, die er nach dem ersten Blick für recht hübsch, wenn auch für seinen Geschmack für zu dünn befand, war nur das erste einer Reihe von Präsenten, mit denen er die Großzügigkeit seiner Schwester gewinnen wollte. Als Collins ihn in Lady Dalrymples vorderes Wohnzimmer führte, hatte der Marquis und Schauspieler, der dem Gepäckträgerjungen vor dem Postamt einen erbärmlichen Shilling gegeben hatte, dem Butler der Countess eine Handvoll Münzen überreicht und wollte nun seiner Schwester eine Sammlung pastellfarbener, belgischer Leinentaschentücher schenken, deren Spitzenrand von den Beginen in Brügge angefertigt worden war.

Lady Dalrymple trank Tee mit Lady Oliver, als Collins ihr leichtes Mahl unterbrach, um sie zu unterrichten, dass der Marquis von Manwaring sie sehen wollte. Euphorias Wut über den Versuch von Lady Oliver, ihr Patenkind anstelle von Miss Welles in die Arme ihres Neffen zu treiben, hatte dem ausdrücklichen Wunsch Platz gemacht, auf Kollisionskurs mit der unerschrockenen Widersacherin zu gehen. Im Augenblick schien der Graben zwischen den früheren Busenfreundinnen unüberbrückbar. Lady Dalrymple warf ihrer alten Spielkameradin aus Kindertagen Verrat vor und appellierte an deren Verständnis, wobei sie es wagte, Lady Olivers unaussprechliche Vergangenheit zu erwähnen. Da Augustas eigene unglückliche Geschichte nicht ganz unschuldig war, wie konnte sie es da wagen, Miss Welles zu verurteilen, weil es in deren Familie einen Skandal gab!

Aber Lady Oliver war noch nicht bereit, ihre Karten ganz auszuspielen und all die Informationen preiszugeben, die ihre eifrige und wachsame Spionin Saunders ihr verschafft hatte. Sie beharrte einfach darauf, dass eine Verbindung zwischen dem Earl von Darlington und Lady Dalrymples verarmter, angeblicher Nichte unpassend war.

»Das Mädchen verfügt weder über Vermögen noch über einen guten Ruf. Du kannst doch nur in deiner ausufernden Fantasie übersehen, dass es für meinen Neffen unratsam wäre, eine Verbindung mit einer jungen Frau einzugehen, die weder eine ordentliche Erziehung und Ausbildung noch eine Einführung und Stellung in der Gesellschaft genossen hat.«

»Es spricht für meine Nichte, dass sie kein blasser, verwöhnter Schwächling ist, der nichts kann, außer Handarbeiten und über Hauben zu plappern«, entgegnete die Countess. Da sie merkte, dass sie mit ihrer Sache nicht weiterkam, beschloss Lady Dalrymple auf den wunden Punkt ihres Gastes zu sprechen zu kommen. »Sei versichert, Cassandra wird nicht die Art von Ehefrau werden, die einem Mann von der Erziehung und Intelligenz des Earls schnell langweilig wird und ihn dazu treibt, Glück an faszinierenderen Orten zu suchen.«

Die Countess hätte sich auf eine ganze Reihe von arrangierten Ehen innerhalb des Adels beziehen können, doch wegen ihrer eigenen dramatischen und unglücklichen Vergangenheit war Lady Oliver schmerzhaft bewusst, dass Lady Dalrymples Bemerkung genau auf sie abzielte. Sie richtete sich auf und sah ihre Gastgeberin düster an. »Bitte lassen Sie meine Kutsche rufen, Lady Dalrymple. Wir haben uns nichts weiter zu sagen. Komplimente an Ihre Köchin für einen ausgezeichneten Tee.« Lady Oliver stieß fast mit Lady Dalrymples Bruder zusammen, so eilig hatte sie es, das Wohnzimmer zu verlassen.

Eine bühnenerprobte Stimmte donnerte: »Der Einfluss der Frauen ist nur dann erfolgreich, wenn er indirekt ist. Solange sie sich auf Landhäuser, Esszimmertische, das Boudoir und das Schlafzimmer beschränken, habe ich keine Einwände. Je besser eine Frau spricht, umso peinlicher finde ich es. Es macht mich richtig verlegen.«

»Dann hättest du nicht am Schlüsselloch lauschen sollen«, sagte die Schwester des Marquis' scharf. Ihr Gesichtsausdruck war so sauer wie der Zitronensaft in ihrem Tee. »Charmante Worte für einen Mann, der in seinem Beruf als Schauspieler viel Zeit in Gesellschaft des schöneren und nüchterneren Geschlecht verbringt. Was führt dich nach Bath, Albert?«

Der zum Mimen mutierte Marquis nahm eine klassische Pose ein und deklamierte schmetternd ein sinnenfrohes Gedicht auf das glanzvolle Bath, das wie kein anderer Ort auf dieser Welt mit seiner einzigartigen und hochherrschaftlichen Atmosphäre die Menschen zu verzaubern vermag.

»Ich bevorzuge die schriftliche Form, wie Anstey sie gedichtet hat«, kommentierte Lady Dalrymple.

Manwaring spitzte die Lippen und warf seiner Schwester einen belustigten Blick zu. »Selbst wenn ich es versuche, komme ich bei dir nicht an.« Als er einen nachlässigen Kuss auf die rote Wange der Countess drückte, konnte sie seine Ginfahne riechen.

»Ich sitze ein wenig in der Klemme, Euphie«, hickste der Marquis und goss sich eine Tasse Tee ein. Er holte eine silberne Flasche aus seiner Manteltasche und peppte das Getränk mit einem Schuss Whisky auf, den er sich heimlich über einen Freund aus der neu eröffneten Chivas-Distillerie besorgt hatte.

Die Countess war nicht in der Stimmung, sich mit ihrem saufenden Bruder auseinanderzusetzen, besonders nicht nach dem Streit mit Augusta Oliver, und nahm ihm einfach einen leckeren Keks aus der Hand und fütterte den dankbaren Newton damit. »Nichts Gutes. Er will nichts Gutes«, warnte der hellseherische Papagei.

»Danke, Newton.« Lady Dalrymple öffnete die Tür des vergoldeten Käfigs und fasste hinein, damit der Vogel auf ihren Finger hüpfen konnte. »Als dieser Quacksalber Dr. Cleland dir vor fast fünfundzwanzig Jahren geraten hatte, mit dem Spielen anzufangen, um dich von deiner Gicht abzulenken, hat er versäumt, dich darüber aufzuklären, dass diese ›Therapie‹ abhängig machen könnte. Deine letzte Episode an den Spieltischen ist jedermann in Bath zu Ohren gekommen«, bemerkte die Countess. »Ein Mann namens Newman, glaube ich.«

»Hätte er nicht beim Pharao betrogen, hätte er sich danach auch nicht erhängt«, bemerkte Albert lakonisch. »Ich war nicht derjenige, der versucht hat, mit unehrlichen Mitteln zu gewinnen.«

»Nein, *dieses* Mal nicht«, erwiderte Lady Dalrymple. »Trotzdem hat Mr. Newmans frühzeitiger Abgang einen ziemlichen Skandal verursacht, ohne auf die Umstände näher einzugehen. Über deine Rolle bei seinem plötzlichen Abschied von dieser Erde wurde viel spekuliert. Wieder einmal hat dein Verhalten unsere Familie, die durch Blut und Pflichtgefühl dazu angehalten ist, deine Handlungen zu verteidigen, auf eine harte Probe gestellt.«

Der Marquis trank direkt aus seiner Flasche und wischte sich den Mund mit einer der gelben Damastservietten seiner Schwester ab. »Ich nahm an, dass der Mann beim Kartenspiel betrog. Ich habe nur seine Hand mit einer Vorlegegabel an den Tisch geheftet und sehr deutlich gesagt: ›Sir, falls Sie unter dieser Hand keine Karte verstecken, entschuldige ich mich.‹ Ich glaube, das unglückliche Resultat klärte diesen Zweifel.«

Normalerweise verurteilte Lady Dalrymple niemanden schnell. Aber Lady Olivers Einwände gegen den Marquis als einen potenziellen, neuen Schwiegervater für Lord Darlington, verstärkte Euphorias Entschluss, alle Hindernisse, die der Hochzeit ihrer Nichte im Weg standen, zu entfernen. Mehr als jeder andere war sie bereit zuzugeben, dass Manwaring nichts in der höflichen Gesellschaft verloren hatte, doch Albert war ihr Bruder und musste daher in Schutz genommen werden.

Der Marquis von Manwaring legte seinen Kopf in seine Hände. »Ich bin am Boden, Euphie«, gestand er, dann begann er, unkontrolliert zu schluchzen. »Und es spricht nicht der Alkohol aus mir. Meine Schulden ... Ich habe sie nicht länger im Griff. Die Gläubiger rennen mir die Tür ein.« Er deutete mit einem kurzen Stummelfinger auf seinen unmodischen, grünen Mantel. »Sogar meine Schneider. Ich muss vielleicht auf den Kontinent fliehen, um ihnen zu entwischen.« Albert wollte gerade ein weiteres Mal in seine Tasche nach seiner Silberflasche greifen, als ihm der missbilligende Blick seiner Schwester auffiel, und er ließ die Flasche wieder in die Tasche zurückgleiten. »Ich dachte, wenn ich eine Tournee durch die Provinz mache, bin ich lange genug von London weg, damit sie vergessen. Aber sie wollen mich nicht mehr.«

»Wer will dich nicht mehr, Albert?«

»Bristol. Newcastle. York. Leeds. Nicht, solange ich nicht nüchtern werde, sagen sie. Also verfüge ich nicht über ein Einkommen, wie du siehst.«

»Dann könntest du vielleicht eine lukrativere Arbeit annehmen, um deine Schulden zu bezahlen«, riet die Countess. »Vor drei Jahren befand Rowlandson sich in ähnlichen Schwierigkeiten, als er keine Porträtaufträge mehr bekam, also begann er mit Karikaturen. Seine Aquarellserie über die *Annehmlichkeiten von Bath* haben ihn recht wohlhabend gemacht. Ich habe selbst Drucke. Sie sind ziemlich amüsant, wenn der eigene Sinn für Humor so bunt ist wie seine Illustrationen.«

Albert sah auf den Teppich und bewegte unruhig seine Füße. Lady Dalrymple fiel der schäbige Zustand seiner braunen Lederschuhe auf.

Sie seufzte entnervt auf. »Erwartest du, dass ich deine Schulden für dich begleiche? Portly und ich haben dich jahrelang immer wieder gerettet, und du hast nie auch nur den Funken von Dankbarkeit gezeigt. Du verkörperst alles, was am Adel falsch ist, Bertie: Du bist ein Vorteilsnutzer. Du nimmst und nimmst und erwartest, dass alles, was du bekommst, dir rechtmäßig zusteht.«

»Na ja, im Augenblick ersticke ich an diesem Silberlöffel, Euphie.«

»Ich kann nicht behaupten, dass du es nicht verdient hättest.«

»Ich werde es dir dieses Mal vergelten«, bettelte Albert und schnäuzte schwerfällig in eine der Leinenservietten. »Wenn du mir nur ein paar Tausend leihen könntest ... dann werde ich alles tun, was du verlangst.«

Die Countess sah ihren Bruder lange und fest an. In ihrem Kopf nahm ein Projekt Gestalt an, das sie noch nicht ausformulieren konnte. Also räusperte sie sich stattdessen, setzte sich an ihren Schreibtisch, stellte einen Wechsel über eine bescheidene Summe aus und trocknete die Tinte, bevor sie ihn ihrem Bruder überreichte. »Damit kannst du in einem der besseren Hotels in Bath wohnen«, sagte sie zu ihm. »Versuch es zuerst beim White Hart Inn nahe der Abtei. Du wirst so nett sein und dort bleiben, bis du wieder von mir hörst.«

Der Marquis drückte seiner Schwester dankbar einen feuchten Kuss auf ihre rote Wange. »Du wirst es nicht bereuen, Euphie.«

Lady Dalrymple berührte mit ihren Taschentuch ihr Gesicht, es war dieselbe Geste, mit der sie die Tinte auf dem Scheck getrocknet hatte. »Ich werde sehen, was ich tun kann, damit dein schauspielerisches Talent noch einmal von Nutzen sein kann«, sagte sie. »Auf Wiedersehen, Bertie.«

Vierter Teil

Kapitel Dreiundzwanzig

*In dem unsere Heldin ihren zweiten Ball besucht,
eine schockierende Ankündigung gemacht wird, die eine
noch katastrophalere nach sich zieht, was zu einem
extrem provokanten Benehmen führt, und unser
widerstrebender Held um etwas Außergewöhnliches
gebeten wird.*

»Es tut mir leid, Miss Welles. Es kam keine Antwort«, informierte ein etwas verärgerter Collins Lady Dalrymples Nichte. Nachdem sie von Lord Darlingtons angeblichem Arrangement mit den Digbys erfahren hatte, hatte C.J. ihm nicht weniger als vier Briefe mit der Bitte um ein Gespräch geschickt. Jedes Mal, wenn es an der Tür klingelte, rannte C.J. die Treppe hinunter, in Erwartung einer Antwort von Mylord auf ihre immer dringenderen Briefe, doch stets wurde sie grausam enttäuscht. Ihr Bedürfnis, ihm die Neuigkeit mitzuteilen und zu erfahren, wem die Gefühle des Earls wirklich galten, ihre Aufregung und Angst wie auch das Leben, das in ihr wuchs, alles fühlte sich so an, als würde es mit erschreckender und exponentieller Geschwindigkeit immer größer.

Lady Dalrymple, die gern einen Tapetenwechsel haben wollte und sagte, dass ihre Gesundheit sich deutlich verbessert hatte dank Cassandras »vorbildlicher Pflege«, schlug vor, dass sie das abendliche Gesellschaftsereignis, den Ball, nicht versäumen sollten, wo sie heute Abend zweifellos den Lord treffen würden. C.J. stimmte begeistert zu, und sie planten, früh am Abend hinzugehen, um den Earl nicht zu verpassen, sollte er beschließen, nur ganz kurz aufzutauchen.

C.J. tanzte gern, und Mr. King, der hoch respektierte Zeremonienmeister hatte es sich beim letzten Ball nicht nehmen lassen, Lady Dalrymple anzusprechen und sie wegen der Einführung ihrer Nichte in die Schickeria von Bath zu beglückwünschen. Trotzdem fühlte sich C.J. wie eine Betrügerin, als sie sich wie eine jungfräuliche Vestalin für den Ball ankleidete, mit einem dünnen, weißen Kleid, das, wie Madame Delacroix versichert hatte, nach der gewagten, französischen Mode geschnitten war und sicher Aufsehen erregen würde. Ihre Hormone schwirrten wie Elektronen herum, und ihr heißes Blut und noch erregteres Temperament würden sie früher oder später in der Öffentlichkeit überwältigen.

Inzwischen waren ihr die Gewohnheiten der Hautevolee etwas mehr geläufig, und alles, was C.J. über den brutalen Heiratsmarkt gelesen hatte, verblasste im Vergleich mit der Wirklichkeit. Perfekt zurechtgemachte Mütter, die immer noch attraktiv waren, führten ihre heiratsfähigen, wohlhabenden Töchter wie Sirenen in einem Harem vor. Obwohl diese Jungfrauen alle in zurückhaltenden Farben wie weiß oder pastell gekleidet waren, bestand die Ironie darin, dass all diese Kleider oft so gewagte Schnitte besaßen, dass ein paar der besser ausgestatteten Mädchen Gefahr zu laufen schienen, einen Skandal zu verursachen, weil ihr Dekolletee ihre Üppigkeit nicht mehr verbergen konnte, besonders bei einigen der lebhafteren Volkstänze.

C.J. hatte noch nie so viele Federn gesehen. Der Kopfputz der Damen bei früheren Veranstaltungen war bescheiden gewesen im Vergleich zu heute. Manche hatten modische Seidenturbane auf, oder kurze »Brutus«-Löckchen lugten aus den Leinen- und Spitzenhauben hervor, die die älteren Damen bevorzugten. C.J. fragte sich, ob es einen plötzlichen Run auf Straußenfedern gegeben hatte, denn viele der Frauen trugen diesen Schmuck, der von ihrer Stirn emporragte, entweder an Bändern oder an Turbanen, befestigt mit prachtvollen und erschreckend großen Broschen aus Edel- und Halbedelsteinen. Die Hälfte der Schätze südafrikanischer Edelsteinminen war an diesem Abend im Ballsaal versammelt.

Um sieben Uhr begann das Tanzen. Beim vorherigen Ball waren sie ja dem Trend entsprechend spät eingetroffen, deshalb wusste C.J. nicht, was sie jetzt erwartete. Heute Abend herrschte eine ganz andere, außergewöhnliche Atmosphäre.

Der Zeremonienmeister eröffnete den Ball, und das Orchester spielte das übliche Menuett.

»Seit Beau Nash die Verhaltensregeln bei öffentlichen Veranstaltungen in Bath formalisiert hat, fangen sie mit dem Menuett an«, flüsterte Lady Dalrymple C.J. zu. »Ich war gegen Ende von Beaus Zeit noch ein Kind. Ganz im Vertrauen«, fügte sie hinzu, während sie über ihren Fächer spähte,« er war damals ein wenig verlebt, nur noch ein Schatten seiner selbst, wie meine Mutter zu sagen pflegte.«

Murmelnd führte Mr. King den Earl von Darlington in die Mitte der Tanzfläche.

Lady Dalrymple fuhr damit fort, ihrer Nichte die ihr unbekannten Gepflogenheiten zu erklären. »Am Anfang eines jeden Balls führt der Zeremonienmeister zwei Personen des höchsten Standes nach vorn. Der Gentleman, den der Zeremonienmeister ausgesucht hat, tanzt mit der ebenfalls von ihm auserwählten Lady, und wenn das Menuett zu Ende ist, wird er sie zu ihrem Platz zurückbringen, und dann wird das Ganze ein zweites Mal wiederholt. Diese Zeremonie wird mit jedem Gentleman durchgeführt, der verpflichtet ist, mit zwei Damen zu tanzen.«

Ein Gesellschaftsmischer, dachte C.J. amüsiert. Ihre gute Laune wurde sofort auf die Probe gestellt. Mr. King bot Lady Charlotte Digby seinen Arm an und führte sie zum Earl, der ganz allein und steif mitten im geräumigen Ballsaal stand.

Lord Digby folgte den kleinen Schritten seiner Tochter und gesellte sich zu dem Paar auf der Tanzfläche. »Mylords, Myladys, darf ich um Ihre Aufmerksamkeit bitten ...«

Das Wedeln mit den Fächern, an diesem warmen Sommerabend durchaus nötig, hörte auf.

»Es erfüllt mich mit großer Freude, Ihnen die Verlobung meiner einzigen Tochter, Lady Charlotte Digby, mit Lord Owen Percival, Earl von Darlington, zu verkünden. Wir hoffen, dass Sie an diesem Abend ihr Glück teilen werden.«

C.J. hatte das Gefühl, als befänden sich ihr Hals und ihre Innereien in einem Schraubstock, der fest angezogen wurde. Bevor sie das Gleichgewicht verlor und ohnmächtig zu Boden sank, erhaschte sie einen kurzen Blick auf das angeblich glückliche Paar mitten im Saal und hatte überraschenderweise die Geistesgegenwart festzustellen, dass sie nicht besonders erfreut wirkten. Trotz seiner stattlichen Haltung, die keine Regung verriet, sah Darlington unangenehm berührt und extrem verlegen aus. Die arme Charlotte, die wirklich hübsch war, frisch erblühend wie eine englische Rose, musterte ihren Verlobten mit einem eher zwiespältigen als verliebten Blick. Sie erinnerte an einen unschuldigen Hasen mit rosa Augen und einem flauschigen Schwänzchen, der zur Schlachtbank geführt wurde.

Für Miss Welles, von ihrem aktuellen medizinischen Zustand ganz abgesehen, war die Hochzeit mit dem Earl etwas, das sie sich von ganzem Herzen wünschte. Für Lady Charlotte schien es nicht viel mehr, als die Pflicht einer Tochter zu sein.

C.J. glaubte zu sehen, wie Darlington in ihre Richtung schaute, als ihr plötzliches, wenn auch elegantes, Niedersinken auf den Fußboden Aufsehen erregte und die Aufmerksamkeit von Lady Charlotte ablenkte. Hatte sie sich eingebildet, dass ein so zartes Pflänzchen wie die junge Lady den Ausdruck größter Sorge auf dem hübschen Gesicht des Earls bemerkt hatte und eine Hand fest auf Darlingtons Ärmel presste, um ihn davon abzuhalten, zu ihr am Rande des Saales zu eilen?

Durch ein paar Schnäpse und ein Glas Punsch wieder hergestellt, saß C.J. auf einem Stuhl und war überrascht, dass das Menuett immer noch andauerte. Während des nicht enden wollenden Tanzes biss C.J. sich auf die Unterlippe, bis diese blutete und sie ein Taschentuch benötigte, um sie abzutupfen. Ihrer Tante entging ihre Verzweiflung nicht. Sie warf dem Zeremonienmeister einen Blick zu. Das Hauptpaar hatte gerade das Menuett beendet.

Lady Charlotte wurde zu ihrer sie über alles vergötternden Familie zurückgebracht, und Mr. King trat vor Lady Dalrymple und ihre Nichte. Der Zeremonienmeister bot einer erstaunten Miss Welles seinen Arm an. Während alle Augen auf sie gerichtet waren, konnte sie ihrer Neugier nicht nachgeben und sich umdrehen, um herauszufinden, ob Lady Dalrymple etwas mit dieser Wende zu tun hatte.

Was könnte sie denn bloß zu Darlington sagen? Sicherlich verlangte der Anstand ...

Verdammter Anstand! Verdammt sei er!

Als Mr. King C.J. dem Earl übergab, machte sie sich von ihm los, lief auf den langen Tisch nahe des Eingangs zu, und ein verdatterter Percy blieb zurück. Sie ließ es sich nicht nehmen, der reichen Versammlung einen weiteren Schock zu versetzen, indem sie das Wasser aus den schweren Silberkaraffen, das zur Erfrischung der ausgetrockneten Lippen der Gäste gedacht war, über ihren Körper goss. C.J.s dünnes, weißes Musselinkleid, das nun klatschnass war, klebte an ihrem zitternden Körper wie die Toga einer antiken, griechischen Karyatide. In Paris wäre ihre Erscheinung völlig à la mode gewesen, da dort eine solche Methode unter den Modefans der Jahrhundertwende angewandt wurde, doch selbst die weltläufigeren Mitglieder der englischen Aristokratie waren von ihrer Vorstellung entsetzt.

»Um Himmels willen! Für wen hält sich das Mädchen ... für Sulis Minerva?«, sagte zynisch ein Dandy, der in seinem quer gestreiften Gilet und längs gestreiften Jackett so festlich wie eine riesige, weihnachtliche Zuckerstange aussah. Er zog ein frisches Spitzentaschentuch aus seinem Ärmel und tupfte mit einer höhnischen Geste eine Freudenträne von seinem Auge.

»Ich finde, sie würde Sue Em alle Ehre machen«, kicherte sein Begleiter und bezog sich darauf, dass Miss Welles im Augenblick der Göttin ähnelte, der Bath geweiht war, der keltischen Sulis, Göttin der Quelle des Heilwassers und ihrem römischen Gegenstück, Minerva, der Göttin der Gesundheit wie auch der Weisheit.

»Himmel hilf, sie hat sich zum Gespött gemacht!«, bemerkte eine schockierte Mrs. Fairfax, ein wenig zu laut zu ihren zwei Töchtern, die sich um das Opernglas ihrer Mutter stritten und neugierig darauf warteten, was die exzentrische Miss Welles wohl als Nächstes tun würde.

»Sie haben noch gar nichts gesehen«, entgegnete C.J. dem alten Klatschweib. Sie ging zum Orchester und bat den Leiter, näher zu kommen, was der nur zu gern tat, um ihre spektakuläre Figur besser beäugen zu können. Sie bat um eine Allemande.

Die Musiker, die froh über die Abwechslung waren und spürten, dass etwas ziemlich Ungewöhnliches passierte, begannen mit einem lebhaften Stück im Dreivierteltakt.

»Nun, Mylord«, sagte C.J. und trat auf einen völlig verdutzten Darlington zu, der wie ein Verurteilter mitten im Saal stehen geblieben war. »Sollen wir tanzen?«

Der verwirrte Aristokrat wollte Miss Welles nicht vor den Kopf stoßen, obwohl ihr eigenes, ziemlich erstaunliches, unverschämtes Verhalten in den letzten paar Minuten sie schon genug diskreditiert hatte, also brachte er seine Arme in die für die Allemande passende Haltung.

C.J. spürte, wie eine perverse Aufregung sich ihrer bemächtigte. Sie wusste sehr genau, dass all die der Inzucht entstammenden Aristokraten im Ballsaal den Tanz erst in einigen Jahren kennen lernen würden. Sie legte Darlingtons Arme so, wie sie es in einem ihrer Tanzkurse in ihrem eigenen Jahrhundert gelernt hatte.

Ihre Hüften berührten sich fast, ihre linken Arme trafen sich in einem ballettartigen Bogen, während ihre rechten Arme einander um die Taille fassten. C.J. erklärte ihrem Partner die einfachen Schritte des frühen Walzers. Die Nähe ihrer Körper zusammen mit den intensiven Blicken in die Augen des anderen, bei diesem Tanz ging das nicht anders, führte zu den entsetzten Aufschreien, die spätere Historiker notieren würden, als die mutige Countess Lieven 1812 den Walzer in die Londoner Gesellschaft einführte.

Die Ladys, die nicht in Ohnmacht fielen oder so taten, um ihre männlichen Begleiter von diesem Spektakel abzulenken, wedelten wild mit dem Fächer und versuchten, die Augen ihrer jungfräulichen Töchter vom Anblick der klatschnassen Miss Welles, die Hüfte an Hüfte mit einem anscheinend erstarrten Earl von Darlington tanzte, zu bewahren. Er sollte ebenfalls Teil des Skandals werden, dachten viele der adeligen Männer, die, hätte man sie dazu gedrängt, zugegeben hätten, dass sie ihn um seine augenblickliche Lage beneideten.

Lord Digby wurde noch röter als üblich. Seine Frau versuchte erfolglos, eine gute Miene zu ihrer abgeschmackten Verlegenheit zu machen. Lady Charlotte hingegen war irgendwas zwischen leicht eifersüchtig, peinlich berührt und unerklärlich fasziniert. Ein Teil von ihr wollte ihren Verlobten aus den Armen der Sirene reißen, ein anderer Teil wollte, dass die Sirene ihr die Schritte beibrachte.

Darlington kam nach ein paar Drehungen über die Tanzfläche wieder zu Sinnen, als die entsetzten Gesichter um ihn herum langsam deutlich wurden. »Miss Welles, Sie müssen mit diesem kindischen Verhalten aufhören«, ermahnte er sie in einem Tonfall, der ihm selbst unbekannt war. »Ich akzeptiere die Verantwortung für meine eigene Kränkung unter diesen Umständen, aber sehen Sie denn nicht, welch irreparablen Schaden Sie Ihrem eigenen Ruf zufügen?« Er bemühte sich, leise zu sprechen, musste seine Stimme jedoch stärker erheben als geplant, damit man ihn über der Musik hörte.

»Mylord, *ich* bin nicht diejenige, die an der Zerstörung

meines Rufs Schuld trägt«, entgegnete C.J. schrill. »Sie machen sich ziemliche Sorgen über meinen Ruf, wenn es gerade schön passt, aber was sagt Ihre wertvolle Gesellschaft über den Charakter eines Adeligen, der eine junge Frau dazu verführt, mit ihm das Bett zu teilen, ihr Dinge versichert, die sie und ihre geschätzte Tante an sein Eheversprechen glauben lassen und der sie dann plötzlich verlässt, ohne Warnung oder Entschuldigung und sich sofort mit einer wohlhabenden Frau verlobt, ohne zu wissen oder ohne sich darum zu kümmern, dass seine verführte und verlassene Geliebte nun sein Kind erwartet?«

Sie hatte sich voll auf ihre Schimpftirade konzentriert, weshalb ihr das Ende der Allemande nicht aufgefallen war. Nun saßen die schockierten Musiker da, die Bogen noch in der Luft, und warteten neugierig auf Darlingtons Reaktion.

Als ihr mit Schrecken bewusst wurde, dass aufgrund der Totenstille ihre Enthüllung von allen gehört worden war, und ihr plötzlich wieder die Verbannung von Lady Rose und Lord Featherstone einfiel, drängte sich C.J. mit Ellbogeneinsatz durch die Menge und rannte aus dem Ballsaal.

Das allgemeine Nach-Luft-Schnappen klang, als würde plötzlich die Luft aus einem der Heißluftballons der Gebrüder Montgolfier gelassen.

Nach einer schockierten Stille war der Saal schon bald von dem Gerede der Lästerzungen erfüllt. »Was kann man schon von einer armen Verwandten erwarten? Eine Kirchenmaus?« Und Lady Oliver schnaubte: »Zweifellos wurde sie von ihrer Tante in ihrer ungestümen Hemmungslosigkeit ermutigt.«

Niemals zuvor hatte Lady Dalrymple sich gewünscht, Beau Nash hätte bei gesellschaftlichen Anlässen Waffen zugelassen. Dann hätte die Countess jetzt ein Schwert gezogen und mit ihrer früheren Busenfreundin kurzen Prozess gemacht. »Ich habe noch nie einen solchen Unsinn gehört, Augusta!«, verkündete sie. »Und während mir deine Meinung über meinen eigenen Charakter völlig egal ist, werde ich dich als nichts weiter als eine intrigante Taktikerin entlarven, die es darauf abgesehen hat, den guten Ruf meiner liebsten Verwandten zu zerstören.«

Wegen Darlingtons Verrat hatte das Mädchen jedes Recht, ein gebrochenes Herz zu haben. Schließlich hatte er auf gefühllose Art und Weise ihre Versuche ignoriert, ihn zu kontaktieren, um die Wahrheit über seine bevorstehende Ehe mit Lady Charlotte zu erfahren. Zwischen Percy und Cassandra war es zu einer offiziellen Verlobung gekommen, daran gab es keinen Zweifel. Ob Cassandras ungewöhnliches Verhalten an diesem Abend zu wünschen übrig ließ, darüber konnte Lady Dalrymple nicht spekulieren. Ihre Nichte verkörperte das, als was sie selbst einst angesehen wurde: ein Original. Und Euphoria war auf diesen Beinamen stolz und stolz auf die, die sich durch ihr Verhalten über die Konventionen hinwegsetzten.

Auf der anderen Seite, was wenn Cassandra sich tatsächlich in anderen Umständen befand? War es dann ihr besonderer Zustand, dem ihr empörender Auftritt heute Abend geschuldet war? Die Countess musste dem Mädchen helfen. Aber wie?

G ANZ VON DEM Gefühl der Scham und Erniedrigung angetrieben, war C.J. durch den Ballsaal und den Vorraum geschossen, blind an den entsetzten Schaulustigen vorbei und in die Nacht hinaus. Der Mond stand als silberne Sichel am Himmel, und sie konnte in der Dunkelheit nichts erkennen. Schon stolperte sie über einen losen Stein auf der Straße. Sie fiel hin, mit dem Gesicht nach unten. Ihre zarten Ziegenlederhandschuhe gingen dabei kaputt, ihre Hände und Unterarme waren blutig, sie verlor einen Schuh und zerriss das Vorderteil ihres Kleides. Sie fluchte ausgiebig, während sie den Schaden begutachtete. Ihre Korsage und das Oberteil ihres Kleides waren nicht mehr zu retten. Sie hatte weder Schal noch Mantel, mit dem sie ihren nun fast nackten Oberkörper bedecken konnte. Sie würde auf keinen Fall in den Ballsaal zurückkehren. Das Einzige, das sie tun konnte, bestand darin, den verlorenen Schuh zu suchen und nach Hause zu humpeln.

Darlingtons Versuch, Miss Welles zu folgen, war augenblicklich von seiner Tante und Lord Digby vereitelt worden. Als er schließlich in die frische Abendluft hinaustrat, war Miss Welles nirgendwo zu sehen. Nach einer Weile hatten sich seine Augen an den schwachen Schein der Straßenlaternen in der Albert Street gewöhnt, und er glaubte, eine Person zu erkennen, die schnell den Hügel hinablief. Er beschleunigte seine Schritte. Falls seine Intuition ihn täuschte und es sich nicht um Miss Welles handelte, dann begab er sich in die peinliche Situation, eine völlig Fremde anzusprechen. Schließlich war die Demütigung im Ballsaal vor wenigen Augenblicken das Mindeste dessen, was er verdiente.

Die Nacht war ruhig. Er vernahm den Klang seiner eigenen Schritte, die in der engen Gasse von den Fassaden aus Quadersteinen widerhallten, während seine Stiefel auf das Kopfsteinpflaster trafen.

Zum Glück nahm es Mr. King nicht so genau wie sein Vorgänger, Mr. Nash, wenn er die Gäste beim Ball nach

Waffen durchsuchte. Darlington legte seine Hand auf den Griff seines Dolchs, den er in einer eigens dafür geschneiderten Tasche im Futter seines Mantels hatte verstecken können. Soweit es Darlington anging, galten Regeln für andere. Es gab immer Ausnahmen, immer mildernde Umstände. Sollte Miss Welles ganz ohne Begleitung zum Beispiel auf ihrem Weg zum Royal Crescent angegriffen werden, dann könnte er sie beschützen. Glaubte er, über dem Gesetz zu stehen? Zweifellos. Er sah dies als Privileg der Aristokratie an.

Der Adelige überlegte, warum er in diesem Fall seiner Tante erlaubt hatte, ihn davon zu überzeugen, dass Miss Welles seiner nicht würdig war? Dass sie keine Mitgift zu erwarten hatte und Delamere um jeden Preis gerettet werden musste? Lady Oliver hatte an seine Ehre appelliert, sollte es notwendig werden, dutzende von Pächtern mit ihren Familien entlassen zu müssen. Sie hatte mit seiner Eitelkeit gespielt, wenn es darum ging, der Schande des Konkurses und der Beschlagnahmung seiner Ländereien durch die Bankiers von Coutt's zu entgehen. Sich einzuschränken, war für jemanden in seiner prominenten Position undenkbar. Unter den aktuellen, unglücklichen Umständen gab es nur eine Möglichkeit, und zwar mit einer wohlhabenden, jungen Lady eine respektable Verbindung einzugehen, einer Erbin, deren Mitgift nicht nur die Zukunft von Delamere als sein Besitz sicherte, sondern die auch noch die notwendigen Erben produzieren würde, um die Familie weiterbestehen zu lassen.

Sicherlich, es gab dabei ein Opferlamm, wie Lady Oliver so bissig wie ungeniert einräumte. Aber Miss Welles würde ihre Enttäuschung schon bald überwinden und könnte, sollte es nötig sein, dazu überredet werden, Trost in Form einer bescheidenen finanziellen Zuwendung zu finden. Der Drache war vollkommen davon überzeugt, dass der exzentrische Blaustrumpf, der ihrem Neffen den Kopf verdreht hatte, nicht nur entbehrlich, sondern mit einer Abfindung anstelle einer Heirat vielleicht sogar zufriedener war.

Und seine Tante, die ihn aufgezogen hatte und der er sehr dankbar war, eine Frau mit solch einer unglücklichen und beschämenden Vergangenheit, hatte seinen pflichtbewussten Gehorsam immer verdient, auch wenn viele seiner Bekannten fest daran glaubten, dass nun, da Darlington fast vierzig war, der schuldige Respekt, den er Augusta Olivers Meinungen und Handlungen bisher gewährt hatte, schon lange genügte und er bereits seit Langem mit ihr quitt war. Ob dies nun der Fall war oder nicht, der Earl fühlte sich seiner Tante gegenüber immer noch verpflichtet, obwohl sie ihn schlecht behandelte. Es lag nicht in seiner Natur, sich auf ihr Niveau herabzubegeben oder eine Art von familiärer Rache zu verüben, nur weil sie sich schrecklich benommen hatte.

Und doch hatte Darlington sich bisher als einen Mann gesehen, der Risiken einging. Er entstammte einer Familie voller Männer, die sich über die Konventionen hinwegsetzten, die nach ihrer eigenen Pfeife tanzten. Der zweite Earl war in die Ferne gereist, um seiner Begeisterung für die Antike zu frönen, nachdem er seiner zweiten Leidenschaft für ungewöhnliche und gefallene Frauen nachgegeben hatte. Doch seine lange Abwesenheit von Delamere war der Grund für den Niedergang des Anwesens, behauptete Augusta Oliver. Dass sein Vater seine Verantwortung ignoriert hatte, machte seinen Sohn nun zum Sklaven. Jetzt musste der dritte Earl sowohl seinen Familiensitz als auch den Namen retten. Es gab keine Alternative, bestimmte seine Tante.

Darlingtons Schuldgefühl saß unaussprechlich tief. Und der Anstand gebot, dass er der formellen Verlobung, die gerade öffentlich verkündet worden war, seine Ehre erwies. Das allerdings hielt ihn nicht davon ab, sich weiterhin große Sorgen um das Wohlergehen von Miss Welles zu machen. Er erwartete nicht, dass sie ihm jemals vergab. Sie war derartig erniedrigt worden.

Das volle Ausmaß von Miss Welles Vorwurf wurde ihm plötzlich bewusst. Die junge Frau hatte mitten im Ballsaal verkündet, dass sie sein Kind erwartete. War das wirklich möglich? Natürlich. Während dieses einen Nachmittags, an dem sie auf so magische Art und Weise miteinander geschlafen hatten, konnte Cassandra ein Kind empfangen haben. Miss Welles war ihm nie als hinterlistig erschienen. Ganz im Gegenteil, ihre Offenheit überraschte ihn häufig. Tatsächlich war Miss Welles die ehrlichste junge Frau, die der Earl je getroffen hatte.

Wenn ihr Ausbruch keine Wutfantasie gewesen war und sie die Wahrheit gesagt haben sollte, setzte sich das Mädchen der schlimmsten öffentlichen Kritik aus. Lady Dalrymples Exzentrik traf nicht immer auf Verständnis. Falls ihre Nichte ein Kind erwartete, würden beide Frauen ganz sicher von der Gesellschaft ausgestoßen werden.

Und was bedeutete das für ihn?, fragte sich der Earl. Würde Lady Charlotte ihn trotzdem heiraten, egal ob Miss Welles' Ankündigung stimmte oder nicht? Die junge Erbin stünde wie eine Närrin da. Ihre Eltern würden zweifellos versuchen, sie vor der bevorstehenden Katastrophe zu retten. Und er wäre auch für Miss Welles' Bastard verantwortlich. *Seinen* Bastard. Ihren gemeinsamen Bastard. Noch ein dunkler Fleck auf dem Wappen Percivals.

Er bemerkte eine zusammengekauerte Gestalt am Fuß eines Baums mitten auf dem Platz, und als er näher kam, erkannte er Lady Dalrymples Nichte. Schluchzend, blutend und nur halb bekleidet, starrte C.J. auf die Fassade seines Stadthauses. »Nehmen Sie das, Miss Welles.« Darlington zog seinen Mantel aus und legte ihn sanft über ihre Schultern. Er trat ein Stück zurück und streckte förmlich die Hand aus. »Kommen Sie. Ich bringe Sie nach Hause.«

Ihr Gesicht war nass vor Tränen. »Ist das alles? Ich gebe zu, dass mir die gesellschaftlichen Gepflogenheiten nicht geläufig sind und ich das Protokoll nie verstehen werde. Aber ich hatte geglaubt, dass wir verlobt seien. Ich bin große Risiken eingegangen, das tue ich jetzt noch, um in Ihrer Gesellschaft zu sein.« Sie legte eine zitternde Hand auf ihren noch flachen Bauch. »Ich trage dein Kind, Percy!«

Er sah aus wie ein verdutzter Vater. Jetzt, da sie allein waren, hätte er eigentlich diese Frau in die Arme nehmen und ihr süße Versprechen für eine wunderbare, gemeinsame Zukunft machen sollen. Aber das konnte er nicht. Und nicht, weil er es nicht wollte, sondern weil er die Entscheidung getroffen hatte, sich an diese verdammten, kodifizierten, sozialen Diktate zu halten, nachdem er sie jahrzehntelang ignoriert hatte. »Mir ... ist bewusst, dass alles, was ich sage, mich als einen Narren erscheinen lässt, Cassandra ...«

»Das Spiel verwirrt mich immer noch. Verzeihen Sie mir«, entgegnete C.J. bitter. »Ich hätte gedacht, dass es Ihnen nicht länger erlaubt ist, mich mit meinem Vornamen anzusprechen, jetzt, da Sie einer anderen die Ehe versprochen haben.«

Das stimmte natürlich. Er konnte sich nicht einmal korrekt an *diese* simple Konvention halten. Darlington hasste sich, weil er gezwungen war, dieser bemerkenswerten Frau sein Dilemma verständlich zu machen. »Ich liebe

Sie, Miss Welles. Ich bitte Sie, an meiner Zuneigung für Sie nicht zu zweifeln. Und läge es noch in meiner Macht, Sie zu meiner Frau zu machen, wie ich es vorhatte, dann würde ich das schnellstmöglich tun. Es tut mir furchtbar weh, so grausam offen zu sein, aber im Augenblick verfüge ich nicht über das Kapital, aus Delamere wieder ein voll funktionsfähiges Anwesen zu machen. Falls es verkauft werden muss, wer weiß dann schon, was aus denen wird, die auf meinen Ländereien leben und arbeiten, die von meiner Verwaltung abhängen, um zu überleben? Getreide muss angebaut, Felder bestellt werden. Die Pächter leben von einem Teil dessen, was sie säen und ernten. Die Läden im nächsten Dorf sind darauf angewiesen, dass die Pächter über genug Geld verfügen, um dort einzukaufen, sonst muss das Geschäft schließen, und auch der Händler ist mittellos. Dasselbe gilt für den Gerber, den Sattler, sogar für die Gasthäuser.«

Er sah in ihr verzweifeltes Gesicht und verfluchte die Jahre der Misswirtschaft und Vernachlässigung, gab sogar seinem geliebten Vater die Schuld daran, seinen Sohn zu dieser furchtbaren Entscheidung gebracht zu haben, die ihn dazu zwang, so unbarmherzig zu Miss Welles zu sein, der ersten Frau, die er geliebt hatte, seit er Marguerite verloren hatte, und sie und ihr Kind, sollte es tatsächlich eines geben, den Schrecken der öffentlichen Missbilligung und Ausgrenzung auszusetzen. Darlington sah C.J. hilflos und gequält an. »Ich wünschte, ich könnte Sie in dieser Minute nach Delamere bringen, damit Sie die hart arbeitenden Männer und Frauen selbst treffen könnten und die Kinder mit den rosigen Wangen, deren Gesichter jetzt, in diesem Augenblick wegen Mangelernährung blass werden.«

»Warum haben Sie denn dann nicht wenigstens auf meine Briefe geantwortet?«

»Weil ich wie ein Verrückter darum gekämpft habe, meine Pflicht zu erfüllen, Miss Welles. Es wäre nicht anständig gewesen, mit einer früheren Geliebten zu korrespondieren, wenn ich meine Hand einer anderen versprochen habe. Leider scheren sich die strikt formulierten Gesellschaftsregeln nicht um das Herz, und deswegen kann ich mich nicht völlig ihrem Diktat unterwerfen. Die Pflicht verlangt, dass ich Ihrer Gesellschaft abschwöre, aber die Ehre zwingt mich, mich um Ihr Wohlergehen zu kümmern. Glauben Sie mir, Miss Welles, ich habe unter dieser Entscheidung sehr gelitten. Und jede Faser meines Körpers tut mir weh, weil ich Ihnen und Ihrer Tante so viel Schmerzen bereitet habe. Doch meine Absichten wurden von mehreren Anwälten, die mir den Ernst meiner finanziellen Situation ins Bewusstsein riefen, vereitelt. Das volle Ausmaß der Misswirtschaft in Delamere ist nun deutlich geworden. Ich hatte gewusst, dass es ... Probleme gab, bis Lady Oliver das Treffen mit unseren Bankiers und Anwälten organisiert hatte, die mich über den Ernst der aktuellen Lage und die unmittelbare Gefahr informierten. Ich gebe zu, ich hatte geglaubt, dass sich alles noch irgendwie von selbst regeln würde. Daher muss ich, mit dem größten Bedauern, eine reiche Dame heiraten, deren Mitgift, zusammen mit meinem eigenen, schwindenden Vermögen, Delamere retten wird.«

»Warum habe ich nur vermutet, dass Ihre Tante etwas damit zu tun hatte?«

Darlington schien nicht zugeben zu wollen, dass die Machenschaften seiner Tante genauso sehr darauf abzielten, Miss Welles kaltzustellen, wie darauf, das Familienanwesen zu retten. »Als Lady Oliver verstanden hatte, dass ich mich darauf vorbereitete, noch einmal zu heiraten, hat sie so gehandelt, wie sie es während der letzten Jahrzehnte getan hat: mit absolutem Pragmatismus.«

»Wie typisch für Ihre Tante«, sagte C.J. und wischte sich die Tränen von der Wange, »dass Liebe keine Rolle spielen sollte.«

»Miss Welles, Sie müssen tatsächlich wenig über die englische Aristokratie wissen, obwohl Sie in sie hineingeboren wurden. In den meisten Ehen ist Liebe weder die Triebfeder noch das Leitmotiv. Da ist etwas viel, viel Stärkeres.«

»Pflicht, ja. Und haben Sie *mir* gegenüber keine Verpflichtung, nachdem ...?« C.J. schluckte fest. »Nach der Zeit, die wir miteinander verbracht haben ... und ... dem Ergebnis? Wenn nicht Verpflichtung, was könnte stärker sein als Liebe, es sei denn, Sie meinen Hass?«

»Geld.« Darlington half C.J. auf. »Es tut mir auch leid, dass ich Sie nach Hause begleiten muss, Miss Welles. Ich bin mir sicher, dass Lady Dalrymple sich Sorgen macht, wegen Ihres plötzlichen Aufbruchs, und in diesem Moment auf dem Weg in ihr Stadthaus ist.«

»Bringen Sie mich dorthin«, forderte C.J.

»Wohin?«

»Nach Delamere. Erst vor wenigen Augenblicken äußerten Sie den Wunsch, es mir zu zeigen. Ich muss sehen, was dort vor sich geht, Mylord. Wie die Leute leben.«

»Sie glauben mir nicht? Ich gebe Ihnen mein Ehrenwort ...«

»Bringen Sie mich jetzt dorthin, Mylord. Ich will es sehen. Ich muss mit meinen eigenen Augen sehen, was nötig ist, um solch ein Anwesen zu leiten.«

»Ich kann es vielleicht arrangieren, Sie in meiner Kutsche nächste Woche mit einer Anstandsdame hinzubringen, Miss Welles. Es ist relativ weit von Bath entfernt.«

»Jetzt.« C.J. war unnachgiebig. Wenn sie Darlington für immer verlieren sollte und ihr Kind allein großziehen musste, dann wollte sie sich wenigstens von dem Grund ihres unausweichlichen Schicksals ein eigenes Bild machen.

»Ich kann Sie nicht mitten in der Nacht dorthin bringen, Miss Welles, besonders nicht, wenn man bedenkt, wie ihre Garderobe im Augenblick aussieht. Sie müssen, selbst in Ihrer momentanen Verzweiflung, zugeben, dass es unschicklich wäre. Und außerdem macht sich Ihre Tante bestimmt Sorgen.«

»Ja, das sagten Sie bereits. Bitte, Mylord«, beharrte C.J. und wischte mit ihren schmutzigen Handschuhen die Tränen weg. »Wenn sonst nichts, dann gewähren Sie mir diese letzte Bitte, und ich werde nie wieder etwas von Ihnen fordern. Nach dieser Nacht können Sie vergessen, dass es in Ihrem Leben je eine Miss Welles gegeben hat.«

Darlington brach es das Herz. Er konnte es nicht über sich bringen, Miss Welles heute Nacht noch weitere Schmerzen zuzufügen. Er fühlte sich von ihrer ungewöhnlichen Bitte an seiner Ehre gepackt.

Eine Stunde später, zwischen Pflicht und Wunsch zerrissen und wider besseren Wissens, lenkte der Earl seine eigene Kutsche und machte sich mit C.J., immer noch fest in seinen Mantel gewickelt, auf den Weg nach Delamere.

Kapitel Vierundzwanzig

*In dem ein erhellender Ausflug aufs Land stattfindet,
unsere Heldin danach den Wölfen zum Fraß
vorgeworfen wird und kein Retter in Sicht ist.*

Es war immer noch dunkel, als Darlingtons Kutsche auf einer Auffahrt vor einer imposanten Villa im venezianischen Stil Palladios anhielt. Weil kein Diener zu sehen war, half der Earl C.J. aus der Kutsche. Im Mondlicht konnte sie die perfekt geschnittenen Hecken und den manikürten Rasen erkennen.

»Folgen Sie mir, Miss Welles.« Darlington ging auf dem Kiesweg zur Haustür voraus und klopfte mit seinem Gehstock scharf an.

Es dauerte ein paar Minuten, bis die Tür geöffnet wurde. Die Matrone mit der Spitzenhaube, die sie begrüßte, rieb sich den Schlaf aus den Augen. »Um Gottes willen, Sir, ist mit Mylord alles in Ordnung?« Sie drehte sich um, um auf die riesige Standuhr zu sehen, die in diesem Augenblick drei schlug. »Es ist mitten in der Nacht.«

»Ich entschuldige mich, Mrs. Rivers. Meine ... Begleiterin ... wünschte, Delamere zu sehen und bestand darauf, dass ihr Besuch nicht verschoben werden könne.«

Mrs. Rivers war entweder kurzsichtig oder diskret, denn

sie sagte nichts über die derangierte Erscheinung der jungen Frau. Sie dachte einen Moment über die Bemerkung ihres Dienstherren über die Dringlichkeit seines Besuches nach, dann zeigte sich ein Lächeln in ihren blauen Augen. »Ah, ist das dann also die zukünftige Mylady?«

Darlington und C.J. wechselten einen Blick.

Mrs. Rivers senkte ihren Kopf und knickste leicht. »Verzeihen Sie mir, Mylord, aber da zurzeit auf Delamere so wenig los ist, befürchte ich, dass das Personal nicht viel zu tun hat, außer zu tratschen.«

»Ich bin Cassandra Jane Welles, Mrs. Rivers.« C.J. reichte der Haushälterin die Hand, die, inzwischen ganz wach, den seltsamen Aufzug der jungen Frau betrachtete und sich fragte, warum sie wohl den Mantel des Earls trug. »Das ist ganz allein meine Schuld. Mylord hat meiner gedankenlosen Laune gnädig nachgegeben. Es tut mir leid, Sie Ihres Schlafes beraubt zu haben.«

»Eine charmante, junge Lady, Sir, wenn ich das sagen darf. Wird sie also die neue Herrin von Delamere?«

Darlington seufzte. »Leider nein. Ich ... habe Miss Welles eine Führung über das Anwesen versprochen«, begann der Earl.

»Nicht ohne eine Tasse Tee«, erwiderte die mütterliche Haushälterin. »Und Sie können doch nicht den ganzen Weg aus der Stadt kommen, ohne Miss Welles ein paar der Zimmer zu zeigen.«

Mrs. Rivers' sanfte Überredungskunst zeigte bei Darlington ihre Wirkung, und er stimmte zu, Miss Welles das Haupthaus zu zeigen. C.J. dachte an Catherine Morland, als sie Northanger Abbey besuchte. Mit Kerzen in der Hand stiegen sie die geschwungene Treppe hinauf, an lebensgroßen Porträts der früheren Earls von Darlington und ihren Frauen vorbei, inklusive zweier Gainsboroughs von Percys Eltern und eines wunderbaren Romney, der Percy gehörte. Auf der zweiten Etage öffnete Darlington ein paar Flügeltüren zu einem Ballsaal, der es in Größe und Pracht mit dem in Bath aufnehmen konnte.

»Ich kann das hier nicht gerade als Beweis für finanziellen Ruin ansehen«, sagte C.J. und bewunderte die Kronleuchter aus österreichischem Kristall und das auf Hochglanz polierte Parkett.

»Die einzigen Besucher, die dieser Raum seit vielen Jahren hat, sind die Dienstmädchen«, entgegnete der Earl. »Wir können uns Einladungen wie früher nicht mehr leisten. Der Ballsaal ist jetzt nicht mehr von Nutzen als ein brachliegendes Weizenfeld.«

Sie kehrten zum Treppenabsatz zurück und betraten das Zimmer gegenüber dem Ballsaal. Wo die Wände nicht vom Fußboden bis zur Decke voll mit Bücherregalen standen, hingen farbige Gobelins.

»Sie haben aber eine große Bibliothek, Mylord«, staunte C.J. atemlos.

»Von meinem Vater. Griechisch, Latein, Hebräisch«, sagte Darlington und zeigte auf verschiedene, ledergebundene Ausgaben. »Sie waren Delamere sehr nützlich.«

»Warum so zynisch? Sicher schätzen Sie seine Bücher immer noch sehr, da Sie sie so liebevoll aufbewahrt haben.«

»Im Augenblick wären sie als Feuerholz am nützlichsten.« Der Earl seufzte wehmütig. »Die geliebten Bücher meines Vaters bringen kein Brot auf den Tisch meiner Pächter, Miss Welles. Diese gebildeten Werke werden vielleicht eines Tages einem Museum nutzen, doch mir bieten sie im Moment wenig. Kommen Sie, ich werde Ihnen die ... weniger glamourösen Aspekte meines Anwesens zeigen.«

Als sie den Fuß der Haupttreppe erreichten, hatte Mrs. Rivers bereits ein gemütliches Feuer im Salon neben dem großen Foyer gemacht und zwei dampfende Tassen Tee für ihren Herren und seinen Gast eingeschenkt, die sich, nachdem sie sich gestärkt hatten, daranmachten, das restliche Anwesen zu besichtigen.

Wenn man die makellose Umgebung des Herrenhauses und dessen grüne Parklandschaft mit den Terrassen hinter sich gelassen hatte, wurde die Welt düster und eintönig grau. Der Kutscher fluchte, als die Pferde scheuten, da es ein schwieriges Unterfangen darstellte, die Kutsche über den rutschigen Grund mit den Spurrillen zu ziehen. Nachdem sie, wie es schien, meilenweit gefahren waren, blieben sie vor einem Cottage stehen.

Darlington deutete durch das Kutschfenster auf die Fassade voller Efeu. »Das ist das Haus meines Verwalters.«

»Ziemlich hübsch.«

»Mr. Belmont verdient jeglichen ländlichen Charme, den wir ihm bieten können. Er arbeitet wie ein Wahnsinniger, um uns über Wasser zu halten. Nachdem Huggins entlassen worden war, war eine starke Autorität vonnöten, um die Geschicke des Anwesens in die Hand zu nehmen. Sie werden sehen, was ich meine, Miss Welles, wenn wir weiterfahren.«

Rechts und links der Straße fielen C.J. riesige, offene Felder auf. Im Mondlicht sahen sie wie gigantische, silberne Teppiche aus.

»Sehen Sie?«, bemerkte Darlington und deutete hinaus. »Das dort war Weizen, und das rechts Roggen.«

»Beide brachliegend?«, fragte C.J.

»Lägen die Felder brach, würden sie gepflügt und geeggt, und wir könnten den Boden nächstes Jahr benutzen. Nein, Miss Welles, das Land, das Sie jetzt sehen, ist unfruchtbar. Belmont hat mir gesagt, dass der Boden nicht genug Nährstoffe enthält.«

Bald näherten sie sich einer Ansammlung von Häusern. Die Straßen, wenn man sie so nennen konnte, waren nicht gepflastert. C.J. roch das feuchte Stroh der Cottagedächer, die angesichts der Größe der Ländereien überraschend eng zusammenstanden. Das Geräusch des sich nähernden Landauers erregte Aufsehen. Kerzen, Fackeln und Lampen wurden angezündet, und ein paar neugierige Pächter wagten sich vor die Tür.

Darlington gab dem Kutscher ein Zeichen, er solle halten. Er und C.J. stiegen aus der Kutsche und klopften an die Tür eines Cottages.

Eine sechsköpfige Familie begrüßte sie: Der Herr des Hauses schwang ein Jagdgewehr in der Hand, seine Frau, mit einem schreienden Baby im Arm, wurde bewusst, dass es ihr Herr war, der mitten in der Nacht zu Besuch kam; dann waren da noch drei Kinder, alle wohl nicht älter als zwölf. Keiner von ihnen roch so, als badete er regelmäßig. Ihre nackten Füße waren voller Schwielen und dreckig. C.J. spähte durch die Tür ins Haus. Im einzigen Raum des Hauses entdeckte sie ein Durcheinander aus selbst gebauten Möbeln, hölzernen Schneidbrettern und Zinnbechern, die ungespült auf einem rauen Holztisch standen, und mitten im Zimmer lagen ein selbst gemachtes Steckenpferd und eine beinlose Flickenpuppe.

»Mein Gott, Sie haben mich und die Frau fast zu Tode erschreckt!«, rief der Bauer aus und deponierte sein Gewehr wieder in einer Halterung über dem steinernen Kamin. Er zog an seinem Bart.

»Entschuldigt, dass ich euch um diese Uhrzeit störe.«

»Himmel, es ist ja noch nicht mal hell!«, warf die Frau ein. Sie wandte sich dem weinenden Baby zu. »Ganz ruhig, mein Liebes«, gurrte sie. »Mama bringt dir was zu essen.«

»Du armes Kind«, sagte C.J. Als ihr klar wurde, dass sie nichts bei sich hatte, was sie dem hungrigen Baby geben könnte, streichelte sie mitfühlend das Kind, das sofort mit seiner klebrigen, kleinen Hand nach ihrem kleinen Finger griff.

»Ist irgendetwas passiert, Mylord?«, fragte der Bauer, der sich erfolgreich den Schlaf aus den Augen gerieben hatte.

»Meine ... Begleiterin wünschte, Delamere zu sehen«, sagte Darlington. »Ich entschuldige mich noch einmal dafür, dass es so früh ist, Mr. und Mrs. Midge.«

»Ich allein trage die Schuld an dieser Störung«, fügte C.J. hastig hinzu und zog Darlingtons Mantel noch etwas enger um sich. »Es war meine Idee, ohne Voranmeldung nach Delamere zu kommen. Ich musste das Anwesen einfach mit eigenen Augen sehen. Mylord hat damit überhaupt nichts zu tun.«

Mrs. Midge betrachtete C.J. »Ich würde Mylord ja etwas zu essen anbieten, aber wir hatten selbst nur ein leichtes Abendessen und die Speisekammer ist ... ungewöhnlich ... leer.« Sie sah ihrem Mann in die Augen, und C.J. wurde klar, dass Mrs. Midge zu liebenswürdig war, zu sagen, dass die Familie sich ihr Essen einteilen musste.

Midge zog den Herrn zur Seite. »Auf ein Wort, Sir, wenn ich es wagen darf.« Darlington nickte zustimmend. C.J. spitzte ihre Ohren. Der Bauer deutete auf die Reste auf seinem Tisch. »Es ist so weit gekommen, Sir, dass es sozusagen darum geht, entweder meine Familie oder die Schweine«, sagte er. »Belmont ist ein guter Mann, es braucht allerdings sehr viel Arbeit, so viel Vernachlässigung wettzumachen. Ich habe meiner Familie das Getreide gegeben, das für die Hühner gedacht war. Meine Frau ist eine richtige Zauberin in der Küche, woraus sie alles Essen macht! Und die Kinder dazu zu bringen, es zu essen, nun das ist ein weiteres Zauberkunststück. Pferdefleisch zäh wie Leder, Knochen von verhungerten Hühnern für die Suppe. Aber meine Delia ist abergläubisch. Sie isst kein Fleisch von einem Vogel, der verhungert ist.«

Darlington fühlte das schwere Gewicht seiner Verantwortung. Er schüttelte den Kopf und erklärte, dass Maßnahmen ergriffen werden würden, um in Delamere den ehemals herrschenden Wohlstand wiederherzustellen.

C.J., die nicht mehr länger so tun konnte, als hätte sie nicht zugehört, öffnete ihren Ridikül und gab ihrem verarmten Gastgeber den gesamten Inhalt ihres kleinen Ledergeldbeutels.

Darlington schluckte und versuchte zu verbergen, wie sehr ihn ihr Mitleid rührte.

»Gott segne Sie, Miss.« Als hätte er plötzlich eine Eingebung, trat der von Ergriffenheit überwältigte Mr. Midge ein oder zwei Schritte zurück und betrachtete Darlingtons Begleiterin. »Sie haben gesagt, dass Sie daran schuld sind, dass Sie uns noch vor Morgengrauen aus unseren Betten gezerrt haben, weil Sie Delamere sofort sehen wollten?«, fragte er.

»Ich befürchte, so ist es, Mr. Midge«, erwiderte C.J. und wünschte, sie könnte mehr für diesen Mann und seine Familie tun, nein für alle Pächter von Darlington, läge dies in ihrer Macht.

»Wenn ich dann so forsch sein darf, Sir«, sagte Midge und zwinkerte, »überall auf dem Anwesen spricht man darüber, dass Mylord sich eine neue Frau nehmen will. Darf ich es wagen zu fragen, ob diese warmherzige junge Frau unsere neue Herrin werden soll?«

Der Earl sah C.J. noch einmal an. »Leider nein«, antwortete er ehrlich. Die eifrige Sorge seines Personals und seiner Pächter gegenüber Lady Cassandra amüsierte ihn ein wenig. Indes sorgte hauptsächlich ihr sofortiger Respekt für Miss Welles dafür, dass seine eigene Bewunderung für sie bestätigt und verstärkt wurde, und das war eine sehr schmerzhafte und schuldbeladene Erinnerung daran, dass sie nicht heiraten würden.

EINIGE STUNDEN SPÄTER dankte Darlington Lady Dalrymple, weil sie ihn so gnädig empfing, nachdem er ihre Familie beim Ball so peinlich bloßgestellt hatte. Miss Welles' Verschwinden hatte eine Erklärung gefunden, und Mylady war dankbar, dass Cassandra sicher wieder nach Hause gekommen war.

C.J. hatte viel bei ihrer Reise nach Delamere gelernt. Genug, um zu wissen, dass Armut in dieser Gesellschaft ganz anders war, als sie es sich vorgestellt hatte. Keine rustikale Idylle, sondern Elend, Entbehrungen und Schmutz, selbst die Ehrlichsten und Ernsthaftesten konnten sich nicht darüber erheben. Die hygienischen Zustände in den Cottages waren entsetzlich, obwohl Darlington ganz sicher alles für seine Pächter tat, was möglich war. Weil er wegen seines Anwesens so unter Druck stand, konnte der Earl wahrscheinlich keinen guten Ehemann oder Vater für ihr Kind abgeben, und C.J. hatte keine Hoffnung mehr, dass er seine Meinung noch einmal ändern würde. Er war in diesem Punkt ziemlich deutlich gewesen. Ihr Wunsch, sich von seiner Situation selbst zu überzeugen, hatte ihren Horizont erweitert. Ihre eigene Zukunft sah jetzt eher düster aus. Wenn sie und ihr Baby die Geburt überlebten, warteten endlose Kämpfe auf sie. Von der Gesellschaft gemieden, falls sie es schaffte, aus finanzieller Not nicht in die Fänge einer Mrs. Lindsey zu geraten, so würde sie doch nie mehr sein als eine Verkäuferin oder eine Kellnerin in einem Gasthaus. Vielleicht könnte sie als Schauspielerin arbeiten. Schauspielerinnen waren sowieso schon gesellschaftlich Geächtete. Sie wagte es nicht, sich darauf zu verlassen, dass Lady Dalrymple ihr wieder helfen würde. Das war mehr, als man selbst von der großzügigsten Seele fordern oder erwarten könnte. Und sie könnte nicht mit dem Wissen leben, dass sie die arme Witwe mit sich ins Elend gezogen hatte. Alles war so schnell so falsch gelaufen. In ihrer eigenen Welt hätte C.J. in kürzester Zeit ein Star am Broadway werden können, und sie hätte modernste medizinische Hilfe für sich und ihr Kind bekommen. Sie könnte ein unabhängiges Leben führen, relativ frei von gesellschaftlicher Kontrolle. Stattdessen hatte sie all das wissentlich aufgegeben, in dem Glauben, geliebt zu werden. Sie wusste, dass solche Gedanken in ihrem Zustand nicht gut waren, also versuchte sie, sich stattdessen damit zu trösten, dass Lady Dalrymples Gesundheit sich durch die Kombination der »magischen Pillen«, einer besseren Ernährung und regelmäßiger Bewegung enorm verbessert hatte.

NACH EINEM KURZEN, unruhigen, albtraumartigen Schlaf beschloss C.J. nach dem Frühstück einen Spaziergang zu machen. Durch ihre Anfälle von morgendlicher Übelkeit waren die Mahlzeiten keine schöne Angelegenheit. Sie hätte zur Trinkhalle gehen können, aber sie nahm an, dass ihr Auftritt beim Ball heute das Hauptgesprächsthema sein würde. Es war mehr, als sie ertragen konnte. Darum ging sie den ganzen Weg bis zu den Sydney Gardens und zurück in der Hoffnung, Miss Austen zu treffen, die ihr mit ihrer stets pragmatischen Perspektive und einem freundlichen Ohr ein Trost gewesen wäre.

Der normalerweise herzliche Folsom sah C.J. merkwürdig an, als sie zurückkehrte. Die Tür von Lady Dalrymples Stadthaus öffnend, wich er vor ihr zurück, als hätte sie Lepra oder Läuse.

Collins führte sie sofort ins Wohnzimmer und informierte sie, sie würde erwartet. *Natürlich werde ich erwartet, ich wohne hier,* dachte C.J.

Was sie sah, ähnelte einem Erschießungskommando. Lady Dalrymple trug eine Spitzenhaube, durch die sie bedeutend älter und kränker aussah, sie wirkte erschöpft und verwirrt. Sie lag auf dem Diwan, während ihre zwei Pekinesen zu ihren Füßen hechelten und eine ärgerliche Mary Sykes ihr mit ihrem Lieblingsseidenfächer Kühlung verschaffte. Dr. Squiffers spitzte seine Lippen und legte seine Finger auf eine sehr scheinheilige Art zusammen. Saunders und Lady Oliver berieten sich in einer Ecke. Darlington stand mit einem bedrückten Gesichtsausdruck am Fenster. Und ein ruppig aussehender Constable Mawl ließ den Sessel, auf dem er versuchte, wie ein Gentleman zu sitzen, wie einen Puppenstuhl aussehen.

Sie war sprachlos.

Endlich brach Lady Dalrymple das Schweigen. »Oh Cassandra«, jammerte sie.

»Oh Cassandra«, wiederholte Newton, »oh Cassandra.«

»Was ist geschehen?«, fragte die junge Frau.

Die wie üblich düstere Saunders lächelte.

Schließlich trat Squiffers vor. »Miss Welles«, begann er und sprach langsam, als wäre sie begriffsstutzig. »Während der letzten Wochen ist es den Menschen in ihrer Umgebung immer klarer geworden, dass Sie ein ungewöhnliches, ja sogar abnormales Verhalten an den Tag gelegt haben.«

»Abnormal?«, fragte C.J. Sie begriff tatsächlich nicht.

Der Doktor nahm ein kleines, in Leder gebundenes Notizheft aus einer Innentasche seines schwarzen Mantels und begann, eine eng hingekritzelte Liste vorzulesen. Er sah zu Saunders, die nickte und den Mediziner durchdringend ansah. »Vielleicht sollte ich ganz von vorn beginnen. Constable?«

Mawl stand auf und trat vor, als hätte man ihn aufgerufen, vor Gericht eine Zeugenaussage zu machen. Er nahm eine aufgeblasene Haltung an. »Die angebliche Miss Welles wurde von mir nahe Stall Street direkt nach Ostersonntag aufgegriffen. Sie war beim Stehlen erwischt worden und schien keinen festen Wohnsitz zu haben. Die Diebin wurde daraufhin ins Gefängnis gebracht, wo sie dem Wächter Jack Clapham übergeben wurde.«

»Constable, hat diese angebliche Miss Welles Ihnen damals, als Sie sie verhafteten oder während ihrer Zeit im Gefängnis gesagt, dass sie die Nichte einer Adeligen sei, genauer gesagt von Lady Dalrymple, die vor Ihnen sitzt?«

»Worum geht es hier eigentlich?«, wollte C.J. wissen, sie fühlte sich immer schlechter und hatte Angst vor der Antwort. »Warum habe ich das Gefühl, hier vor Gericht zu stehen?«

»Weil Sie das auf eine gewisse Weise auch tun«, erwiderte Squiffers. »Sind Sie mit Lady Dalrymple verwandt oder nicht? Was für eine junge Frau treibt sich ohne Begleitung in den Straßen von Bath herum, ohne einen Ort zum Schlafen? Was für eine junge Frau muss für ihr Mittagessen stehlen?«

»Frühstück«, korrigierte C.J. trotzig. In welchem Albtraum befand sie sich bloß?

»Wäre Lady Wickham gesund genug, um sich fortzubewegen, dann säße auch sie hier, um die geistige Gesundheit einer jungen Frau anzuzweifeln, die Wochen für sie gearbeitet und doch vergessen hat zu erwähnen, dass sie die Nichte einer Countess ist, die nur ein paar Minuten entfernt wohnt.« Dr. Squiffers blätterte sein kleines Notizbuch durch.

»Die alte Schnepfe ist gesund genug. Sie ist nur zu geizig, eine Droschke zu bezahlen.«

»Mary!«, rief Lady Oliver aus, entsetzt über die Unverschämtheit des Dienstmädchens.

Lady Dalrymple war irgendwie ziemlich stolz auf Marys Wagemut.

»Miss Welles ist die teuerste, beste Freundin, die ich je gehabt habe«, verkündete Mary, ließ den Fächer in Lady Dalrymples Schoß fallen und lief zu ihrer Angebeteten, um sie zu schützen. Sie legte ihre Arme um Cassandra und hielt sie fest. »Miss Welles ist nicht verrückt. Und wer immer das behauptet, ist selbst verrückt!«, beharrte sie und unterdrückte ein Schluchzen.

Also *darum* ging es. Dr. Squiffers, fühlte sich, mit Ausnahme von Mary und Lady Dalrymple, durch die Unterstützung der anderen dazu berechtigt zu behaupten, sie sei mental gestört. C.J. berührte reflexartig ihren Bauch, als wollte sie ihr Kind davor bewahren zuzuhören, wie seine Mutter derart verleumdet wurde. Was dachte Darlington? Sah der Mann, in den sie sich verliebt hatte, sie jetzt als Verrückte?

Squiffers begann, seine Notizen vorzulesen. »Miss Welles betritt und verlässt das Haus zu allen Uhrzeiten, oft ohne Begleitung. Miss Welles wurde beobachtet, wie sie dasselbe Kleid zu jeder Tageszeit getragen und sich nicht umgezogen hat. Sie scheint besonders an einem billigen, gelben Musselinkleid zu hängen sowie an einem blauen Sarsenettkleid, obwohl Mylady ihr viele Kleider nach ihrem Geschmack und ihren Maßen bestellt hat. Miss Welles hat Mylady anlässlich einer schweren Herzkrankheit behandelt, wozu sie irgendein Medikament besorgt hat, das keinem Apotheker, dem eine Probe gezeigt wurde, bekannt war.« Mary sah schockiert aus und wollte protestieren, dass sie Miss Welles oder Mylady niemals verraten hatte, und dass man ihr eine der kleinen Tabletten gestohlen haben musste, als der Doktor die Hand hob, um sie zum Schweigen zu bringen. Er fuhr mit seiner Auflistung ihrer »Verbrechen« fort. »Miss Welles hat dem Arzt von Mylady verboten, sie zu behandeln und eine angemessene Therapie zu verschreiben, dieses Verhalten ist ein Beweis für einen gestörten Geist.«

Die arme Lady Dalrymple, die so viel in sie investiert hatte. Immer hatte sie ihrer Kammerzofe vertraut und nie den Verdacht gehegt, dass die Hexe ihre gierigen Hände im Portemonnaie von Lady Oliver hatte.

»Mary, klingle nach Collins«, sagte die Countess ruhig. »Saunders, Sie sind aus meinen Diensten entlassen. Collins wird darauf achten, dass Sie innerhalb einer Stunde gepackt und mein Haus verlassen haben. Sie werden keine Abfindung bekommen, und ich werde Ihnen auch keine Referenz ausstellen.«

Die mürrische Kammerzofe sah verbittert zu Lady Oliver und erwartete ganz offensichtlich Unterstützung von ihr, wenn nicht gar sofort eine neue Stellung angeboten zu bekommen, doch Lady Oliver war viel zu gerissen, um sich in die Karten schauen zu lassen.

Dr. Squiffers beruhigte seine eigenen Nerven, indem er seine Zeigefinger so fest wie möglich aneinanderpresste. »Lady Dalrymple, unter den gegebenen Umständen habe ich keine andere Wahl, als Miss Welles nach St. Joseph von Bethlehem bringen zu lassen.«

Mary schnappte nach Luft: »Bedlam?«

Die Countess fiel in Ohnmacht.

Es war Darlington, der zu Lady Dalrymple eilte und einige Tropfen kaltes Wasser aus einer Karaffe auf sein Batisttaschentuch mit Monogramm goss und daraus eine Kompresse für Lady Dalrymples schmerzende Schläfen machte. C.J. sah ihn flehend an. »Mylord?«, flüsterte sie. Ihre Lippen zitterten. Sollte sie betteln oder anklagen?

»Neffe, wir haben hier nichts mehr zu suchen«, bemerkte Lady Oliver streng. »Ich würde gern nach meiner Kutsche rufen lassen.«

Der Earl sah seine Tante an. »Jahrelang war ich bereit gewesen, dich durch eine rosarote Brille zu betrachten, wegen der furchtbaren Dinge, die du als junge Braut erleiden musstest. Du hast mir nie erlaubt, dein eigenes Elend zu vergessen, und deine Bitterkeit wuchs wie ein Geschwür auf einer Blüte und zerstörte jede Hoffnung auf Schönheit. Meine Scheuklappen sind verschwunden, Tante Augusta. Oder sollte ich sagen, ich habe die rosarote Brille unter meinem Absatz zertreten. Wir haben uns nichts mehr zu sagen.«

»Das wirst du bereuen, Percy«, warnte Lady Oliver. »Du wirst diesen Tag noch bereuen.« Sie senkte ihr Lorgnette und rauschte majestätisch aus dem Zimmer.

»Nicht halb so sehr, wie ich es bereue, den Rest der Welt durch deine verbitterten Augen zu sehen«, erwiderte ihr Neffe. Er machte eine beschützende Bewegung auf Cassandra zu, aber der Arzt hob die Hand, um ihn aufzuhalten.

»Miss Welles wird nach Bethlehem gebracht, Mylord. Die Dokumente sind unterzeichnet worden.« Squiffers holte ein paar gefaltete Papiere hervor und zeigte dem Earl die Unterschrift, die sie ins Irrenhaus verbannte.

»Sie Bastard.« Darlington war ausgetrickst worden. Alles, was nötig war, war die Unterschrift eines Arztes, und diese hier war legal. Er wünschte, er könnte den Arzt erwürgen und Cassandra mit aufs Land nehmen. Pfeif auf die Konventionen. Vergiss den Anstand. Weg mit den Digbys! Er würde seine Julia, Miss Welles, heiraten, und sie würden überleben, und wenn sie das Land selbst bestellen müssten.

Darlington hasste den triumphierenden Blick des Arztes. »Miss Welles wird mit mir kommen«, sagte der Arzt mit Nachdruck.

Kapitel Fünfundzwanzig

In dem wir etwas über die Zustände in einem Irrenhaus des neunzehnten Jahrhunderts und die Gefangenschaft unserer Heldin erfahren, der Marquis von Manwaring seine Rolle perfekt spielt und eine fantasievolle Geschichte erfindet, die nichts als die Wahrheit enthält.

Das rote Backsteingebäude mit dem gusseisernen Tor sah von Grund auf abweisend aus. Efeu rankte empor, als wollte es die Insassen von Bethlehem noch weiter vor dem Blick der Außenwelt schützen.

St. Joseph's of Bethlehem gehörte zu St. Mary of Bethlehem, der ersten englischen Irrenanstalt, die 1403 in Bishopsgate in London eröffnet worden war. Die Londoner Anstalt erhielt schnell den Spitznamen Bedlam, und die Obdachlosen aus der Tudorzeit und der Epoche der Stuarts wurden Tom O'Bedlam genannt, wie sie in ihren bunten Kleidern durch die Straßen der Stadt zogen und um Essen und Almosen bettelten.

Dr. Squiffers war offensichtlich durch die Aussage von Constable Mawl davon überzeugt, dass diese »Miss Welles« eine Obdachlose war, die sich, um zu überleben, eine Reihe von irrwitzigen Geschichten ausgedacht hatte, von denen keine wahr war und von denen die meisten darauf abzielten, spezielle Mitglieder der Aristokratie auszunehmen, zweifellos um deren Herzen und Geldbörsen zu gewinnen. Er hob den Deckel einer kleinen, schwarzen Metallschachtel hoch und klingelte mit der Glocke, die sich darin befand.

Nun trat ein außergewöhnlich großer, fast kahler Gentleman im mittleren bis fortgeschrittenen Alter ans Tor und schloss es für den Doktor und seine Patientin auf.

»Squiffers.«

»Haslam.«

Das Eisentor schlug hinter ihnen zu, das Geräusch hallte in C.J.s Ohren nach.

Der schlaksige Riese führte sie schweigend einen ausgetretenen, gepflasterten Weg entlang zu einem zweiten Tor. Er nahm einen großen Eisenschlüssel aus seiner Jacke und öffnete das riesige Vorhängeschloss und dann die Eichentür direkt hinter dem Fallgitter.

Haslam öffnete seinen Mund voller gelber Zähne. »Hier entlang zum Wahnsinn«, grinste er und deutete in einen grauen, düsteren Korridor. »Sie haben gesagt, dass sie eine Landstreicherin ist?«, fragte er Dr. Squiffers. »Wir haben so viele davon hier drin, dass ich den Überblick verloren habe. Halt die Klappe!«, fuhr er einen stöhnenden Insassen an, der einen knochigen Arm durch das Gitter einer Zelle streckte. Die glänzenden Augen des Verrückten vermittelten den Eindruck, dass der Mensch dahinter schon lange gestorben war und nur noch sein hungernder Körper sich beharrlich weigerte, den Geist freizugeben.

C.J. blieb stehen, als sie einen Mann sah, der in eisernen Fußangeln an die Steinwand einer Zelle gekettet war. Sie *wagten* es, das hier ein Hospital zu nennen? Die Zustände waren schlimmer als im Gefängnis!

Schreie, Stöhnen und unverständliches Gebrüll hallten von den Wänden des engen Korridors wider. C.J. hätte versucht, sich die Ohren zuzuhalten, hätte Squiffers nicht einen ihrer Arme fest gepackt.

»Ich bin John Haslam, der Apotheker im Dienst hier«, sagte der dürre Riese der erstaunten jungen Frau. »Und ich führe ein strenges Regiment. Die übliche Behandlung?«, fragte er den Doktor.

Squiffers wollte gerade zustimmend nicken, als C.J. innehielt und sich umdrehte. »Was wollen Sie mir antun?«, fragte sie mit lauter Stimme.

»Die feinste Pflege im Königreich, meine Hübsche«, antwortete der Wächter des Irrenhauses. »Regelmäßiger Aderlass, Einläufe und Erbrechen. Wir haben zweihundert Insassen, die eine tägliche, geregelte Diät aus Wasserbrei zum Frühstück, Haferschleim zum Mittagessen und sonntags Reismilch zum Abendessen bekommen. Drei Mahlzeiten am Tag! Und natürlich glauben wir in Bethlehem daran, dass die moralische Kraft des ›Auges‹, meines Auges, diese verrückten Sünder zu Gott führen wird«, sagte Haslam schadenfroh zu dem Arzt.

»Ich bin nicht verrückt!«, kreischte C.J. und nahm alle Kraft zusammen, um sich aus Squiffers' Griff zu befreien. Sie lief den Korridor entlang vor den Irrenärzten davon, ihr Herz pochte, das Adrenalin raste durch ihre Adern.

Aber ihre Freiheit währte nur kurz, da sie von zwei riesigen Wächtern, die wie aus dem Nichts erschienen, vom Boden hochgehoben wurde, Männer so groß wie Haslam, aber vielleicht dreimal so breit wie dieser. Sie brachten sie zu den Ärzten zurück. Währenddessen versuchte sie immer noch, sich mit den Ellbogen aus ihrem festen Griff zu befreien und trat so heftig sie trotz des engen Saums ihres Kleides konnte.

Als die beiden Haslam und Squiffers mit ihrer Beute erreichten, schloss der Wächter eine Zelle auf und öffnete die Tür. An einer schweren Kette hing von der niedrigen Decke eine Metallvorrichtung, die wie ein riesiger, schwarzer Vogelkäfig aussah. Der Boden des Käfigs hing ungefähr einen halben Meter über dem Zellenboden. »Das wird sie davon abhalten, sich selbst oder anderen zu schaden«, erklärte Haslam. »Sie wird da drin auf jeden Fall aufhören zu treten.«

Nein! Das konnten sie nicht tun!, dachte C.J. Innerhalb von Sekunden wurde sie als lebender Insassen, in etwas eingesperrt, das fast wie ein Galgen aussah. Der Käfig war gerade groß genug, um ihren schmalen Körper zu umschließen. Haslam knallte die Käfigtür zu, rüttelte daran, um sicher zu sein, dass das Schloss hielt. Er nahm eine Golduhr aus seiner Jacke und sah darauf. »Ahh. Welch ein Glück Sie haben, um diese Uhrzeit einzutreffen, Miss Welles. Sie kommen gerade rechtzeitig zum Mittagessen.«

Der Apotheker drehte sich um und begleitete Squiffers aus der Zelle und den Korridor entlang, von den unglücklichen gefangenen Seelen wurden sie mit Geschrei und Gebrüll begrüßt.

Da war sie nun, gefangen in einem Eisenkäfig, in einer Zelle, in einem stickigen Gemäuer, das sich seinerseits hinter zwei undurchdringlichen Toren befand. Alles, was C.J. geblieben war, war ihr Geist, und sie war sich sicher, diesen tatsächlich zu verlieren, je mehr Zeit sie innerhalb dieser Wände verbrachte. Hier schloss die Gesellschaft also unliebsame Elemente, die Unberührbaren weg. Es gab sicher wirklich Wahnsinnige in Bethlehem, doch wie viele andere, die ihr Dasein in der Anstalt fristen mussten, weil sie obdachlos oder hilflos gewesen waren, hatten ihren Verstand verloren?

Wie konnte sie ihre fünf Sinne zusammenhalten und einen Fluchtweg finden? Wie könnte sie denen, die sich immer noch um sie sorgten, eine Nachricht zukommen lassen? C.J. versuchte, ihr Gewicht zu verlagern, ihre Beine waren bereits eingeschlafen. Selbst der Haufen Stroh in der Ecke der dunklen Zelle schien im Vergleich einladend.

Etwas regte sich in der Dunkelheit. Einen Augenblick lang dachte C.J., das Stroh würde sich bewegen. Vielleicht verlor sie ihren Verstand schneller, als sie befürchtet hatte.

Der Kopf einer Frau mit langen, verfilzten Haaren erhob sich zwischen den stinkenden Halmen. Dem Kopf folgte ein Körper, der wie ein Sack Kartoffeln aussah. Die Farben der Kleidung, die die Dame trug, waren nicht mehr zu erkennen. Ihre Brüste hingen schlaff herab. Es war fast unmöglich, ihr Alter zu schätzen. Mit ihren blauen Augen sah sie C.J. durchdringend an. Ein paar Augenblicke lang musterten die beiden Frauen sich einfach nur, eher neugierig als ängstlich. Schließlich sprach die andere, ohne den strahlend blauen Blick von C.J. zu wenden. Ihre Stimme klang wie alter Whisky. »Ich bin seit zwanzig Jahren hier«, sagte sie.

»Wie alt sind Sie denn?«, fragte C.J. neugierig.

»Neunzehn … und dreiundzwanzig und fünfundsechzig.«

Dies war für die neue Insassin keine befriedigende Antwort. »Wenn Sie erst neunzehn Jahre alt sind, wie können Sie dann schon seit zwanzig Jahren hier sein?«, fragte sie.

Die ausgemergelte Frau setzte sich auf und begann sich zu wiegen. Dabei sang sie eine Ballade, einen eigenen Text zu einer bekannten Melodie.

»*Lord Featherstone war schlecht zu mir, an einem mil-*

den Mittag machte er mir ein Kind, meine Jungfräulichkeit starb am selben Tag wie mein Vater, und ... pass auf!« Die Verrückte stand beschwerlich auf.

C.J. bemerkte, dass ihre Zellengenossin schwanger war, wodurch sie sofort an ihre eigene furchtbare Notlage erinnert wurde. »Lady Rose?«, fragte sie schockiert.

»*Ich war einmal eine hübsche, rosa Rose, aber mein Strauch wurde geschnitten*«, fuhr Rose in einem Singsang fort. Sie hob ihre Röcke hoch. »*Mitgegangen, mitgehangen*«, sang sie und zeigte ihren Schritt. »Oh, ich habe meine Röcke für viel bessere Männer als dich gehoben, das garantiere ich.«

Rose rieb ihren Bauch und fing an zu husten, es klang trocken und verstörend. »Bitte, Sir, haben Sie etwas zu trinken? Ich bin furchtbar durstig.« Sie wühlte in dem dreckigen Stroh herum, bis sie eine Blechtasse fand. Rose starrte in die Tasse, wünschte, sie wäre voll, drehte sie um, um C.J. zu demonstrieren, dass sie leer war. Sie stolperte zu dem Käfig hinüber, immer noch mit der Tasse in der Hand, und starrte sie an. »Oh, Sie sind eine *Lady*«, wunderte sich Lady Rose. »Ich war früher mal eine Lady.«

Roses Arme sahen schrecklich dürr aus. Vielleicht hatte sie während ihrer Gefangenschaft nichts gegessen. Mit ihrem dicken Bauch und dem skelettartigen Körperbau erinnerte sie C.J. an die Fotos verhungernder Kinder in Biafra. »Lady Rose, was ist passiert, dass Sie in Bedlam gelandet sind?« Sollte sie zu erkennen geben, wo sie Lady Rose das letzte Mal gesehen hatte? Bei einem als obszön getarnten Kostümball, wo die junge Frau zu einem Opfer einer Massenvergewaltigung geworden war.

»Verfluchen Sie den Tag, an dem Sie als Frau geboren wurden!«, zischte Rose. Sie begann, vor- und zurückzuschwanken und sang weiter.

»Lord Featherstone konnte nicht allein leben, von der Gesellschaft und seiner Familie gemieden.
Ein zukünftiges Kind hatte ihn ruiniert, meine Jungfräulichkeit konnte er nicht zurückbringen.«

Lady Rose zitterte, kratzte sich ihre nackten, dürren Beine. Sie waren voller hässlicher Wunden. »Mrs. Lindsey war so nett zu mir, so nett, bis ...« Sie griff an ihren Bauch.

»Bis sie sah, dass Sie ein Kind erwarteten«, flüsterte C.J.

Rose nickte. »Mir ist kalt, so kalt. Können Sie mich wärmen?«

C.J. suchte in ihrem Käfig nach irgendetwas, das einer Decke ähnlich sah, während Rose, nass vor kaltem Schweiß, versuchte zu summen, damit ihre Zähne nicht klapperten.

»Ich befürchte, dass ich nichts hier habe, Mylady«, sagte C.J. Die arme Frau verdiente es, ordentlich angesprochen zu werden. Der Rest ihrer Würde war ihr nach und nach genommen worden. »Kommen Sie zu mir, Lady Rose.« C.J. hockte sich auf den Boden des Käfigs und streckte ihre Arme so weit wie möglich aus.

Rose kroch herüber und kuschelte sich wie ein gehorsames Kind in das stinkende Stroh. C.J. schaffte es, den Kopf und die Schultern der unglücklichen Seele in die Arme zu nehmen. Rose begann sich zitternd zu wiegen und zu schluchzen, der Käfig schwang dabei hin und her.

Roses Körper wurde ganz kalt, und sie hörte auf zu singen. Das einzige Geräusch, das C.J. jetzt hörte, waren die Schreie und das Gebrüll der anderen Insassen. Entsetzt wurde ihr bewusst, dass Lady Rose höchstwahrscheinlich kurz vor dem Tod stand. C.J. schrie sich heiser nach einem Arzt.

»Es muss etwas unternommen werden!«, wütete Darlington, während er in Lady Dalrymples Wohnzimmer auf und ab ging.

Lady Dalrymple tat drei Löffel des hoch besteuerten Zuckers in ihren Tee. »Nicht nur, dass Miss Welles vollkommen gesund ist, Percy, sie erwartet außerdem auch dein Kind. Du hast ihr das doch geglaubt? Willst du, dass dieser furchtbare Dr. Squiffers dein Gewissen beruhigt und sie weiter erniedrigt, indem er ihren Zustand überprüft? Welche unverheiratete, junge Frau geht denn nur solche Risiken ein? Meine Nichte liebt dich, du dummer Mann. Als ich Miss Welles das erste Mal gesehen habe, habe ich trotz ihrer schlecht sitzenden Dienstmädchenuniform sofort gedacht, dass sie zu dir passen würde. Sie hat einen lebhaften Verstand, Percy. Das brauchst du.«

»Nun, es stimmt schon, dass das Mädchen über einen ungewöhnlichen Geist verfügt.«

»Einer, der völlig zerstört werden wird, wenn wir zulassen, dass sie noch einen Moment länger in dieser Anstalt bleibt. Wenn sie dort stirbt, stirbt euer Kind mit ihr.« Ihre Stimme klang vor Anteilnahme und Wut ganz erstickt. »Also hilf mir, Percy. Dieses Mädchen ist für mich ein Glück und für dich ebenso, du verdammter Narr. Wenn wir sie für immer verlieren, wirst du nie wieder bei mir willkommen sein!«

»Ich bin mir meiner Schuld in dieser Geschichte völlig bewusst. Ich trage die alleinige Verantwortung«, sagte Darlington aufgebracht. Dann fiel ihm etwas ein. »Vielleicht habe ich Miss Welles in den Wahnsinn getrieben, weil ich sie verlassen habe, obwohl ich sozusagen bereits mit ihr verlobt war.«

»Ach was, Percy, du nimmst dich selbst viel zu wichtig! Meine Nichte hat Liebeskummer, das ist mit ihr los, und dazu hast du sie tatsächlich getrieben, aber sie ist nicht verrückter als du oder ich, und das weißt du. Ich hatte immer meine ausgefallenen Ideen, das ist sicher«, fuhr die Countess fort. Sie hatte ihre Freunde wie auch die restliche Aristokratie in Bath getäuscht. Ihr war vollkommen klar, dass die Edelsten nicht immer das Glück einer adeligen Geburt hatten. »Diese dienten mir immer zur Unterhaltung ... und werden das nun, da ich allein in der Welt bin, umso mehr tun müssen.«

»Sie sind nie allein. Ich werde immer da sein. Das verspreche ich«, platzte Mary ernst heraus. »Ich schwöre feierlich, selbst wenn ich eine Hebamme werde, so werde ich mich bis ans Ende meiner Tage um Sie kümmern.«

»Hebamme?«, Darlington und Lady Dalrymple schauten sich an.

»Verzeihen Sie mir, dass ich so rede, ich weiß, es steht mir nicht zu, aber ich habe immer davon geträumt. Ich habe auch Ideen! Auch wenn ich weiß, dass ich mir keine Gedanken über Dinge, die meinem Stand nicht entsprechen, machen sollte, und gelernt habe ich auch nichts, ich bin auf einem Bauernhof geboren, und Säugling oder Kalb oder Fohlen, ich weiß, wie man einer werdenden Mutter hilft.«

Darlington versuchte, einen klaren Kopf zu behalten. Diese Frauen quälten ihn mit dieser Art von umständlicher Logik, die so typisch für ihr Geschlecht war. Von Säuglingen und Hebammen und Ideen zu reden, während Cassandra in einem Irrenhaus gefangen war! »Mary, ich verspreche dir, wenn wir es schaffen, Miss Welles aus Bethlehem zu befreien, werde ich erlauben, dass du bei der Entbindung ihres Kindes anwesend bist. Aber im Augenblick müssen wir überlegen, was wir tun können, um sie aus dem Irrenhaus herauszubekommen.«

»Genau, Percy.« Die Countess stand aus ihrem Sessel auf und begann, ruhelos hin und her zu gehen. Sie sah den Earl eindringlich an. »Meiner Meinung nach haben wir noch eine Möglichkeit, obwohl es mich nervös macht, dass ein unverbesserlicher Spieler das Ass in meinem Ärmel sein soll.«

AM NÄCHSTEN MORGEN um Punkt acht Uhr konnte man im geschmackvollen Foyer des Cadogan House Hotel in der Gay Street einen kräftigen Gentleman beobachten, wie dieser sich den Schlaf aus den Augen rieb. Zwei Tassen starken, schwarzen Kaffees, Sally Lunn's Spielermischung, hatten ihm nicht einmal die Hälfte der Energie verliehen, die er brauchte, um die von ihm erwartete Rolle zu spielen.

Weil der Marquis gezwungen gewesen war, seine eigene Kutsche zu verkaufen, um Gläubiger bezahlen zu können, weswegen er die Reise nach Bath in der Postkutsche hatte ertragen müssen, hatte Lady Dalrymple das Wappen ihres Bruders auf eine ihrer eigenen Kutschen malen lassen.

Jetzt spielte Albert Tobias Lord Manwaring mit den glänzenden Messingknöpfen an seinem neuen Mantel, einem Geschenk seiner Schwester, dabei fiel ihm auf, dass das Strahlen der Knöpfe im hellen Morgenlicht überhaupt keine negative Wirkung auf seinen Kopf hatte. Vielleicht war das der erste Morgen seit Langem, an dem er erwacht war, ohne an den Folgen von zu viel Brandy, Wein oder Gin zu leiden. In letzter Zeit war er bei Alkohol nicht sehr wählerisch gewesen. Eigentlich, überlegte er und fuhr mit einer dicken Hand über seine blonden, lichten Haare, war das das erste Mal seit langer Zeit, dass er überhaupt morgens früh aufwachte. Normalerweise brachte ihm sein stets treuer Butler Nesbit, neben dem Dienstmädchen der einzige verbliebene Dienstbote, irgendwann am Nachmittag ein Glas Brandy.

Ein Wagen, der seiner eigenen, früheren Kutsche sehr ähnlich sah, fuhr vor dem Hotel vor. Er wurde von dem stämmigen Kutscher gefahren, den Manwaring als Angestellten der Countess wiedererkannte.

Eine dickliche Hand, die seiner ebenfalls sehr ähnlich sah, außer dass sie voller Rubine und Opale war, gestikulierte wild, er solle einsteigen. »Steig ein, Bertie. Um Himmels willen, du trödelst!«

Der Diener in Livree und mit Perücke schob den Marquis quasi in den Landauer, wo er sich seiner Schwester und Lord Darlington gegenüber setzte.

Lady Dalrymple wühlte in ihrem Ridikül und nahm einen kleinen Umschlag heraus. Sie gab ihn Manwaring. »Hier drin sind hundert Pfund, Albert. Ich habe mit meinen Anwälten in London gesprochen und sie angewiesen, dir einen Wechsel über weitere neunhundert auszustellen, solltest du deine Rolle heute Morgen perfekt spielen.«

Es war ein richtiger Geldregen. »Oh Euphie«, schluchzte der Marquis. Tränen der Dankbarkeit flossen über seine roten Wangen.

»Heul nicht, Bertie, du ruinierst dir sonst deine neue Weste.«

Manwaring nahm die Hände seiner Schwester und drückte sie so fest, dass sich Lady Dalrymples riesige Ringe schmerzhaft in seine Handinnenflächen bohrten. »Ich wusste, dass du die liebste, teuerste Schwester bist, die ein Mensch sich erhoffen kann«, fuhr er theatralisch fort.

»Du wirst sehen, wie lieb ich sein kann, wenn du es heute nicht hinkriegst«, schimpfte die Countess. »Ich hoffe, all der Alkohol, den du über die Jahre konsumiert hast, hat deinem Gedächtnis nicht geschadet. Du wirst es dafür brauchen, woran ich dich jetzt *erinnern* werde, nämlich an die Geschichte und die Besonderheiten deiner Tochter, Cassandra Jane.«

»JOHN HASLAM, DIENSTHABENDER Apotheker«, sagte der große, magere Mann und reichte den Lords Manwaring und Darlington die Hand. »Vielleicht würde Mylady es vorziehen, in unserem Garten zu warten. Er ist sehr hübsch und ruhig, während die Gentlemen und ich uns ums Geschäft kümmern.«

»Mylady wird nichts dergleichen tun«, schnaubte Lady Dalrymple. »Wenn die Zustände hier gut genug für Patientinnen sind, dann werden sie auch gut genug für Besucherinnen sein.«

In Wirklichkeit wollte die Countess unbedingt in der Nähe ihres Bruders bleiben, sollte der eine Souffleuse brauchen. Außerdem war sie neugierig auf die Anstalt selbst. Die Fassade war nicht bedrohlicher als die eines durchschnittlichen Krankenhauses, doch die üblen Gerüche, die in der Luft lagen und die gedämpften Schreie, die sie dort im Vestibül hören konnte, ließen sie vermuten, dass es hier sehr barbarisch zuging. Welche abscheulichen, unmenschlichen Dinge hatten diese Monster ihrer Nichte bereits angetan? Es war grauenhaft, darüber nachzudenken.

»Und was führt Mylord hierher?«, fragte der Apotheker Darlington.

»Nur das Interesse daran, wie Sie Ihre Patienten behandeln, Mr. Haslam.«

Haslam führte sie durch den schäbigen Korridor zu der Zelle, in der C.J. gefangen war, immer noch in ihrem schwarzen, eisernen Vogelkäfig, auf dem Stroh unter ihr lag ein regloses Bündel. Lady Dalrymple schnappte nach Luft. Ihre Hand fuhr an ihr Herz. Ihre Nichte sah aus, als hätte sie sich seit ihrer Ankunft nicht gewaschen. Ihre rosige Haut war blass geworden, ihre sonst glänzenden Locken hingen matt und leblos herunter. Selbst ihre Augen hatten einen dumpfen Glanz angenommen.

»Meine Nichte«, schrie die Countess und streckte die Arme in Richtung der Zelle aus.

Zur Begrüßung sah C.J. sie mit einem geschwollenen, tränenüberströmten Gesicht an und zeigte auf die Gestalt, die unter ihr im Stroh lag.

»Was ist das, Kind?«, fragte Lady Dalrymple mit einem Taschentuch vor der Nase.

»Der letzte Akt einer Tragödie.« C.J. weinte leise, die Tränen liefen über ihre schmutzigen Wangen. »Das war Lady Rose. Sie stirbt, und niemand will ihr helfen. Sie haben sie umgebracht, sie alle haben sie umgebracht«, murmelte sie. »Und ihr unschuldiges Kind ebenso. Ein Doppelmord«, fügte C.J. hinzu und legte eine Hand auf ihren eigenen Bauch.

»*Lady* Rose«, sagte Haslam höhnisch. »Sie ist bloß eine verlogene Dirne«, sagte er grunzend zu einer geschockten Lady Dalrymple. »Hat behauptet, sie sei von aufrechten Mitgliedern der Gesellschaft missbraucht worden, Lord Soundso und Earl Soundso, die feinsten Männer in Bath. *Ihr* helfen? Sie verdient jegliches Leid, da sie *deren* guten Namen beschmutzt hat!«

»Oh Gott!«, rief die Countess aus.

»Lassen Sie meine Tochter auf der Stelle frei, Sie Quacksalber!«, donnerte der Marquis in einem sehr überzeugenden theatralischen Tonfall.

»I-Ihre Tochter, Sir?«, stammelte Haslam.

»Natürlich meine Tochter, Sie Dussel. Befreien Sie sie sofort aus diesem barbarischen Käfig, bevor ich Ihnen das Gesetz auf den Hals hetze.«

»Aber ich dachte ...«

»Offensichtlich verliert man die Fähigkeit, klar zu denken, wenn man den größten Teil seines Tages in der Gesellschaft Wahnsinniger verbringt. Obwohl ich meine Tochter einige Jahre nicht gesehen habe, ändert das nichts an ihrem Geburtsrecht oder ihrer Herkunft. Komm zu mir, mein Kind!«

Manwaring öffnete die Arme und nahm seine väterlichste Pose ein, C.J. sah Lady Dalrymple hinter ihm an, die ihr zu verstehen gab, das Spiel mitzuspielen. Als Haslam den Käfig öffnete, fiel C.J. fast auf Lady Rose, die reglos im Stroh lag. Weil sie sich kaum hatte rühren können, schienen ihre Glieder wie aus Pudding. C.J. rappelte sich auf und bemühte sich, wieder ein Gefühl in ihre Beine zu bekommen. Sie fuhr mit einer Hand durch ihr verknotetes Haar. »Papa?«, fragte sie vorsichtig. »Papa, bist du das?«

»Mein Kind, meine teuerste, einzige Tochter«, schluchzte Manwaring in einem rührseligen Auftritt, der Haslam nach seinem Leinentaschentuch greifen ließ. »Ich dachte, ich würde dich nie wiedersehen.«

»I-ist das *wirklich* Ihre Tochter, Mylord? Sehen Sie genau hin.« Der Apotheker beugte sich vor, um dem kräftigen Mann ins Ohr zu flüstern. »Diese junge Frau könnte eine Betrügerin sein.«

Der dürre Apotheker bekam als Antwort auf seine Mühen einen Ellbogen in den Bauch. »Meine eigene Tochter nicht erkennen, Sie Scharlatan?! Meine kleine Cassandra ...« Manwaring fuhr mit knubbeligen Fingern durch C.J.s dreckige Locken. »Sie hat die Haare ihrer Mutter. Sieh nur! Die Augen ihrer Mutter!« Er hob seine Hände ans Gesicht der jungen Frau, dickliche Daumen drückten auf ihre Wangenknochen. »Euphie, das Medaillon«, rief er und streckte einen Arm in Richtung seiner Schwester aus, die laut in ihr Taschentuch schluchzte.

Lady Dalrymple fummelte am Verschluss des Medaillons.

»Euphie«, seufzte ein ungeduldiger Manwaring. »Komm her und zeig Haslam das Porträt. Ist die Ähnlichkeit nicht beachtlich, Sir?«, fragte der Marquis, als das Medaillon offen und das Porträt zu sehen war.

»Ja, wirklich, Mylord«, gab der Apotheker widerwillig zu, als er von der Miniatur zu der verwahrlosten Insassin sah.

»Und sehen Sie, sie trägt das Kreuz, das meine verstorbene Frau, Emma, Cassandras liebe Mutter, und ich ihr zur Geburt geschenkt haben. Emma war so eine schöne Frau.« Jetzt waren Manwarings Tränen vollkommen echt. Es war Jahre her, dass er laut über seine verstorbene Frau gesprochen hatte, und es war ihr früher Tod gewesen, der seinen schnellen Abstieg in die höllischen Tiefen von Alkohol und Spieltisch ausgelöst hatte. Um die Sache noch schlimmer zu machen, hatte er das Vermächtnis an ihre Tochter ruiniert, weil er gezwungen gewesen war, die silberne, gravierte Fassung des Kreuzes zu versetzen. Der Marquis griff an C.J.s Hals und berührte die Vertiefungen des Bernsteintalismans.

»Diese Delle an der rechten, unteren Ecke würde ich überall erkennen«, schluchzte er und sabberte praktischerweise auf sein gestärktes Halstuch.

C.J. betrachtete das Kreuz noch einmal, und tatsächlich, da war eine Delle. *Lady Dalrymple hat ihren Bruder gut vorbereitet,* dachte sie lächelnd.

»Wir haben ... so viel ... zu besprechen, Papa«, begann sie zögerlich, doch der Marquis umarmte sie väterlich.

»Ganz ruhig, meine Liebe. Wir werden noch viel Zeit haben, um Geschichten auszutauschen.« Er drehte sich zum Apotheker um. »Zuerst müssen wir mein eigen Fleisch und Blut aus dieser Hölle des Wahnsinns befreien.« Er wandte sich wieder C.J. zu und fuhr fort: »Wir bringen dich nach Hause, wo Mary dir ein schönes, heißes Bad einlassen wird. Und«, murmelte er leise, »ich glaube unter diesen Umständen wäre ein Brandy nicht verkehrt.«

Lady Dalrymple sah erst den Marquis finster an, woraufhin sie den Wächter des Irrenhauses mit einem strengen Blick bedachte. »Ich erwarte, dass Sie meine Nichte sofort freilassen, Haslam«, befahl sie. »Und dass Sie mir alle Unterlagen über ihre Gefangenschaft aushändigen. Sie werden keine Abschriften behalten, verstanden?«

Der Apotheker, schwer zurechtgestutzt, nickte schwach, dann führte er die kleine Gruppe zur Tür.

Als sie sich schließlich in der Sicherheit der Kutsche befanden, streckte Darlington, der die meiste Zeit ihres Besuchs in Bethlehem ein stiller Beobachter gewesen war, seine Hand dem Marquis entgegen. »Glückwunsch, Mann. Das war sehr gut! Verdammt gut!«

Manwaring brüstete sich wie ein Pfau. »Gut zu wissen, dass der alte Junge immer noch improvisieren kann«, sagte er triumphierend.

Lady Dalrymple tätschelte ihrem Bruder das Knie. »Ich bin ziemlich stolz auf dich, Bertie«, lächelte sie. »Und den Anzug kannst du behalten, besonders, da du das Vorderteil des Seidengilets eingenässt hast.«

»Würde es dich sehr stören, wenn ich noch heute mit der Postkutsche nach Hause fahre?«, fragte Albert seine Schwester.

»Gerade habe ich mich gefragt, ob ich dich wohl vermissen werde.«

Als sie sich der Stadt näherten, gab Darlington dem Kutscher die Anweisung, nahe der Abtei zu halten, damit Manwaring die nächste Postkutsche erreichte.

»Und gib nicht alles, was ich dir gegeben habe, in den Gasthäusern aus, Bertie«, gemahnte Lady Dalrymple in schwesterlichem Tonfall. »Meine Anwälte haben die strikte Anweisung, mit dem Geld zuerst deine Gläubiger zu bezahlen.« Manwaring sah betroffen aus. »Es ist Zeit, dass einer von uns beiden erwachsen wird, meine Liebe. Das kannst gern auch du sein.« Die Countess gab ihrem Bruder einen flüchtigen Kuss auf die Wange und drückte seinen Arm. »Mach's gut, Bertie.«

Der Marquis wandte sich Cassandra zu und strahlte sie an. »Das Vergnügen war ganz auf meiner Seite, Miss ...«

»Welles. Cassandra Jane Welles, Mylord.« Sie erlaubte ihm, ihre Hand zu küssen. »Garrick wäre stolz auf Sie gewesen.« Sie zwinkerte Manwaring zu, der wie ein Honigkuchenpferd strahlte.

»Wäre er das? Nun ja, Sie sind wirklich gut im Erkennen von echtem Talent, Miss Welles. Darf ich so frei sein und meiner Hoffnung Ausdruck verleihen, dass wir uns in Zukunft wiedersehen?«

»Das wäre schön«, erwiderte C.J. ehrlich.

Sie schauten zu, wie Manwaring der Kutsche fröhlich hinterherwinkte, und dann, als er annahm, dass sie außer Sichtweite waren, drehte er sich um und betrat den nächsten Pub.

»*Plus ça change, plus c'est la même chose*«, sagte C.J. lächelnd und schüttelte den Kopf.

»Ich hoffe nur, dass er genug übrig hat, um wieder nach London zu kommen«, fügte Darlington hinzu.

Bald hielt die Kutsche am Circus an, und der Earl stieg aus. Er ergriff C.J.s Hände. »Seien Sie versichert, Miss Welles, dass ich Sie besuchen werde, sobald es mir möglich ist. Ich hoffe, Sie verstehen, dass es einige Dinge gibt, denen ich zuerst meine Aufmerksamkeit widmen muss.«

Oh, wie sie sich wünschte, er hätte sie umarmt und geküsst, ohne auf ihr schmutziges und mitgenommenes Aussehen zu achten, und sie anschließend in sein Stadthaus getragen und sie eigenhändig gebadet!

»Sie haben so schöne Haare, Miss Welles«, sagte Mary bewundernd, als sie einen halben Liter Porter über die Locken ihrer Herrin goss. »Und das wird es noch mehr zum Glänzen bringen«, fügte sie hinzu und meinte damit die Mischung aus dunklem Starkbier und Wasser.

»Vielleicht ist es doch unklug, dass ich die Einladung von Mylord angenommen habe. Mit ihm reiten zu gehen, meine ich.« C.J. sog den beruhigenden Geruch von Verbene ein. »Einmal weil Lady Charlotte einen richtigen Anfall bekommen wird, sollten wir erkannt werden. Und dann nehme ich nicht an, dass viele Damen in meinem Zustand auch nur daran denken würden, sich auf ein Pferd zu setzen.«

»In meinem Dorf waren wir zu arm für Pferde. Die Tiere kosten viel. Meine Mutter ritt, auch wenn sie ein Kind erwartete, auf unserem Esel, und sie hat sechs von uns auf die Welt gebracht, Gott segne sie. Ich habe meine vier Brüder verloren«, sagte das Dienstmädchen sachlich, »aber das hatte nichts mit dem Reiten zu tun.«

C.J. legte sanft eine nasse Hand auf Marys Arm. »Das tut mir leid.«

Mary schüttelte die Berührung ab. Sie war härter, als

C.J. gedacht hatte. »Ich hätte nicht von meinen Brüdern sprechen sollen. Verzeihen Sie mir, Miss Welles. Wir wollen das Kind nicht verfluchen.«

C.J. wusste, dass es gut möglich war, das Baby zu verlieren. Ein Reitausflug bedeutete, das Schicksal herauszufordern. Totgeburten und die Sterberate bei Säuglingen waren sowieso sehr hoch, sogar unter der Aristokratie. Um den Tod im Kindbett erst gar nicht zu erwähnen. Sie schüttelte sich und versuchte, etwas tiefer in das Hüftbad zu sinken.

»Ich habe nachgedacht«, sagte Mary, während sie das Bier aus den Haaren ihrer Herrin spülte, »ich würde gerne bei einer Hebamme in die Lehre gehen, Miss Welles. Aber ich weiß, dass das unmöglich wäre. Ein Mädchen wie ich kann schon froh sein, wenn es eine Stelle als Kammerzofe hat, und ohne Ihre Freundlichkeit und die von Mylord und Mylady hätte ich gar nichts.«

»Mary!« Die Vorstellung war ein bisschen überwältigend. C.J.s Augen füllten sich mit Tränen. Und das war das eingeschüchterte Kind, das sich vor noch nicht allzu vielen Wochen geweigert hatte, das Wort *schwanger* auszusprechen!

»Ich würde Ihnen gern für alles, was Sie für mich getan haben, danken. Sie haben mir das Lesen beigebracht und dass ich selbst denken soll.«

C.J. betrachtete die kleine Zofe.

»Warum weinst du, Mary?«, fragte sie sanft.

»Weil ich gerne etwas hätte, das ich wirklich mein Eigen nennen kann, Miss Welles. Ich würde mich gern richtig nützlich machen in dieser Welt ...« Sie suchte nach Worten. »Ich möchte so schrecklich gern Hebamme werden, doch Sie und Mylady waren so nett zu mir, und Sie sind mir so lieb, dass ich Lady Dalrymples Dienst nicht verlassen möchte. Dienstboten kündigen sowieso nie, außer sie heiraten und gehen fort.«

»Mary.« C.J. berührte liebevoll ihre Wange. »Ich bin mir ganz sicher, dass Mylady mit ihren Ansichten die Erste wäre, die zustimmen würde, dass eine Frau ein Ziel im Leben finden sollte, und einen Beruf. Stell dir nur vor! Du könntest deinen Lebensunterhalt verdienen und wärst dein eigener Herr!«

Die Ermutigung war bittersüß. »Ich nehme an, dass ich mir so sehr wünsche, eine Hebamme zu werden, ich meine ... aus einem egoistischen Grund. Sie waren es, Miss Welles, wo, *die* mich auf diese Idee gebracht hat. Vielleicht«, fügte Mary leise und hoffnungsvoll hinzu, »vielleicht würden Sie auch, nachdem ich eine Hebamme geworden bin, daran denken, mich als Kindermädchen einzustellen.«

Kapitel Sechsundzwanzig

In dem aus einem angenehmen Mittagsausflug ein dramatischer Ritt mit schrecklichen Konsequenzen wird, eine junge Frau erkrankt, während eine andere aufblüht, Lady Dalrymple ein außergewöhnlich großes Geschenk macht und unsere Heldin einen mysteriösen Brief erhält.

OBWOHL SIE VERHAFTET worden war, im Gefängnis gesessen hatte, vor Gericht gestellt wie auch fast zu einem Leben in Zwangsdiensten verurteilt worden war und der Mann, den sie liebte, sie verlassen hatte und sie eine Gefangene in einem Irrenhaus gewesen war, hatte C.J. auf eine unerklärliche Weise das Gefühl, dass sie tatsächlich ins Jahr 1801 gehörte. Ihr ganzes Leben lang hatte sie sich wie ein Fisch auf dem Trockenen gefühlt. Ihr verstorbener Adoptivvater hatte sie denn auch Guppy genannt. Eines Tages hatten er und seine Frau eine verwirrtes und ängstliches Kleinkind gefunden, das in den Straßen von Greenwich Village umherirrte. Jahre später hatte ihre Adoptivmutter erzählt, dass sie zu Anfang nicht sprechen wollte. Daher waren sie davon ausgegangen, sie sei stumm oder geistig zurückgeblieben. Sie brachten sie auf das örtliche Polizeirevier, wo die Polizisten alle Vermisstenmeldungen durchgingen, aber keine passende fanden. Da Mr. Welles in der Gemeinde hoch angesehen war, stimmte der Staat seinem Antrag zu, dass er und seine Frau C.J. behalten durften, bis ihre leiblichen Eltern sich meldeten. Als jedoch nichts geschah, adoptierten sie sie nach ein paar Jahren offiziell. C.J. selbst konnte sich an nichts mehr erinnern, bevor sie ihre Adoptiveltern getroffen hatte.

Es hatte sicherlich genügend Unglücke und Hässlichkeiten gegeben, um in Frage zu stellen, wie vernünftig ihre Entscheidung, in Bath zu bleiben, war. Doch es gab immer wieder Augenblicke reiner Freude, die ihren endgültigen Umzug in das junge neunzehnte Jahrhundert erleichterten.

Als C.J. am nächsten Morgen von ihrem Morgenspaziergang zurückkehrte, entdeckte sie das wunderbarste Kleidungsstück, das sie jemals gesehen hatte und das quer auf ihrem Bett lag. Sie hielt es vor sich und betrachtete sich im Standspiegel. Der tiefgrüne Samt war von höchster Qualität. C.J. öffnete eine große, runde Hutschachtel und fand darin einen hübschen, schwarzen Reithut mit Schleier. Und am Fußende des Bettes stand eine weitere Schachtel, die ein paar schwarze Stiefel mit einem breiten Absatz enthielt.

C.J. probierte ihr neues Reitkostüm an und runzelte die Stirn, die schwere, schräge Schleppe des Rocks legte sie über ihren rechten Arm. Da stimmte etwas nicht, dachte sie, während sie ihr Spiegelbild betrachtete. Sie setzte den schwarzen Hut auf, der in genau dem richtigen Winkel auf ihrem Kopf saß und hoffte, dass er ihr Erscheinungsbild verbessern würde. Wie hatte eine berühmte Schneiderin wie Madame Delacroix so einen Fehler machen können?

Oh Gott! Ihr Bauch krampfte sich zusammen, als ihr

plötzlich der Sinn des merkwürdigen Saums klar wurde. *Natürlich!* Sie sollte im *Damensattel* reiten.

Daher traf sie den Earl mit nicht geringen Ängsten, er holte sie ab, um in seiner Kutsche zu seinen Ställen in Bathampton zu fahren. C.J. beschloss, ein wagemutiges Gesicht zu machen und den Earl ihre Unerfahrenheit nicht merken zu lassen. Schließlich war sie eine Schauspielerin oder war es wenigstens mal gewesen. Sie würde so tun müssen, als wäre sie an den Damensattel gewöhnt, sonst riskierte sie mal wieder, zu viel zu verraten. Ihre Bedenken, das Schicksal zu sehr herauszufordern, indem sie ihr ungeborenes Kind einem lächerlichen und unnötigen Risiko aussetzte, kehrten zurück. Mary hatte allerdings etwas Entscheidendes gesagt: In dieser Epoche ritten Frauen in ihrem Zustand oft. Vielleicht war sie übervorsichtig.

Einer der Pferdeburschen des Earls führte eine braune Stute aus dem Stall und zog den Sattelgurt an.

Darlington grinste. »Sie erinnert mich ein bisschen an Sie, Miss Welles. Sie heißt Gypsy Lady.«

»Wegen ihrer Wildheit und ihrer nomadischen Tendenzen?«, scherzte C.J.

Der elegante Stallbursche half C.J. in den Damensattel. Er bot ihr seine Hand als Steigbügel an, um sie in den Sattel zu heben. Sie hatte genug Filme gesehen, um zu wissen, dass sie ihr Bein über das Horn legen musste. Es war eine unangenehme Position, man sah nach vorn, während beide Beine auf der linken Seite der Stute hingen. Sie hoffte, weder der Stallbursche noch der Earl würden bemerken, wie sie zitterte, und auch dass Gypsy Lady ihre Angst nicht spürte.

»Sie sehen sehr elegant aus, Miss Welles«, rief Darlington ihr zu, während er einen großen, weißen Hengst bestieg. Er klopfte auf den riesigen und doch anmutigen Hals des Pferdes.

»Wie heißt er?«, rief C.J. fröhlich.

»Esperance.«

»Ein guter Name für einen Percy, Mylord!« C.J. ließ Gypsy Lady zu Darlington hinübergehen, dessen Stallbursche gerade die Länge der Steigbügel regulierte.

Er lehnte sich zu ihr. »Eines der bemerkenswertesten Dinge angesichts unserer Freundschaft, Miss Welles, ist die Tatsache, dass ich eine Anspielung auf Shakespeare, Mythologie oder Geschichte machen kann, ohne dass ich deren Bedeutung erklären, definieren oder erläutern müsste.«

C.J. hatte glücklicherweise keine Probleme, die Zügel und die Gerte zu betätigen, obwohl sie diese noch nicht hatte einsetzen müssen und auch nicht wollte. Solange sie langsam gingen, hielt sie leicht das Gleichgewicht im Damensattel und genoss es, ihren Körper im Takt mit dem schwungvollen Rhythmus der Stute zu bewegen.

»Ich dachte, Sie würden vielleicht gern die Aussicht von Charlcombe aus genießen«, schlug Darlington vor, während sie nebeneinander ritten. Das stetige Klappern der Hufe auf dem Feldweg hatte einen fast einschläfernden Effekt. Die Luft roch sauber und frisch vom gerade gemähten Gras und Heu. »Es ist ein hübsches, altes Dorf. Miss Austen liebt es, in dieser Gegend spazieren zu gehen.«

C.J. war von der grünen Umgebung, den leicht abfallenden Hügeln und den waldreichen Tälern voller Wildblumen verzaubert.

»Wir können absteigen, wann immer Sie möchten, Miss Welles, sollten Sie irgendeinen interessanten Ort zu Fuß erkunden wollen.«

C.J. nickte. Sie würde sehr wahrscheinlich viele interessante Ort entdecken, andererseits war sie etwas zaghafter geworden, was das Absteigen betraf, da sie nun langsam eine gewisse Leichtigkeit im Damensattel erlangte.

Darlington sah nach vorn und zeigte auf eine kleine Dorfkirche, die im normannischen Stil aus Stein erbaut war. »Cassandra, haben Sie je *Tom Jones* von Henry Fielding gelesen?«

»Ja, habe ich. Warum fragen Sie?«

»Trotz meiner Frage sollte mich Ihre Antwort nicht überraschen. So viele junge, moderne Damen werden aktiv davon abgehalten, Romane zu lesen, da man allgemein glaubt, dass die Moral, die sie enthalten, den Geist zerstören kann.« Darlington blieb vor der alten normannischen Kirche stehen. »Die Kirche St. Mary the Virgin. Henry Fielding hat hier geheiratet«, erklärte der Earl. »St. Mary gilt traditionell als Mutterkirche von Bath. Tatsächlich bezahlte die Abtei ihre Abgaben an St. Mary in Form von einem Pfund Pfefferkörner jährlich.«

»Darüber sollte man nicht die Nase rümpfen!«

»*Touché,* Miss Welles! Sollen wir ins Tal hinunterreiten?«

»Warum nicht?«, antwortete C.J., ohne sich über seine Absicht im Klaren zu sein.

»Ein Rennen!«, rief er und gab seinem Pferd die Sporen.

»Nein, das kann ich nicht, Percy! Das Baby!« C.J. hatte sich auf Gypsy Lady recht wohl gefühlt, solange das Pferd neben Darlingtons Hengst herging und der Stute der Trab gefiel, jetzt befand sie sich in einer Situation, die sie nur mit Schwierigkeiten und ohne Eleganz oder Geschicklichkeit bewältigte. Gypsy Lady machte ihrem Namen alle Ehre. Sobald Esperance in schnellen Galopp gefallen war, stürmte die Stute wie wild hinter ihm her und brachte C. J. kurzfristig aus dem Gleichgewicht.

In ihrem Kopf herrschte ein Durcheinander von Gedanken, Vorsichtsmaßregeln und Warnungen. Sie war weder eine kräftige Reiterin noch erfahren genug, um Gypsy Lady zu kontrollieren. Darlington war ihr weit voraus, galoppierte den Hügel hinunter und hatte nicht die leiseste Ahnung, dass sie in Schwierigkeiten war.

Ein normalerweise harmloses Waldtier schoss über den Weg und jagte hinter einem anderen her, was die Stute erschreckte. Sie bäumte sich auf und warf ihre unerfahrene Reiterin ab, deren Bein sich in Metern von Stoff im Steigbügel verfing, während sie mit einem dumpfen Schlag auf dem unebenen Weg voller Zweige und Steine landete. Es folgte eine durchdringende schreckliche Stille.

Darlington gab seinem Hengst die Sporen und ritt den Hügel hinauf. Er fand Gypsy Lady, die mit großen, angsterfüllten, braunen Augen brav neben ihrer am Boden liegenden Reiterin stand, die nur aus einem Haufen aus schmuddeligem grünem und staubigem Samt zu bestehen schien. Ungefähr einen Meter entfernt wehte Cassandras neuer Reithut davon, eine Bö hatte sich im Schleier verfangen.

Die Sonne senkte sich langsam in Richtung Horizont, während Darlington neben Cassandras reglosem Körper auf der abgelegenen Straße saß. Endlich konnte er eine vorbeifahrende, offene Kutsche anhalten. Der Besitzer bestand darauf, von seiner geplanten Route abzuweichen, und nachdem er Darlington geholfen hatte, Miss Welles in sein Gefährt zu heben, hielten sie kurz an den Ställen an, um den Stallburschen die Anweisung zu geben, die Pferde des Earls zu holen, die vorübergehend an einen Zaunpfahl gebunden worden waren. Danach fuhren sie auf direktem Weg zum Royal Crescent. Der Kutschenbesitzer, der bereits bekannte Captain Keats, achtete darauf, dass Miss Welles angesichts der beunruhigenden Umstände so sicher wie möglich nach Hause kam.

DARLINGTONS DUNKELBLAUER MORGENROCK lag auf der Stuhllehne. Sein sonst perfekt sitzendes Halstuch war verknittert, er hatte es in seine Tasche gestopft.

»Vielleicht solltest du einen Spaziergang machen, Percy. Dir die Beine vertreten«, flüsterte Lady Dalrymple, als sie das Schlafzimmer ihrer Nichte mit einer Tasse Tee für den Earl betrat. »Der Morgen graut, und du hast seit Stunden ohne Unterbrechung hier gesessen. Du musst es Dr. Musgrove ermöglichen, seine Behandlung zu beginnen.«

»Verdammte Traktoren.« Darlington war mal wieder dabei, die Amerikaner zu verfluchen, weil ein Yankee-Doktor namens Elisha Perkins die medizinischen Instrumente erfunden hatte. Obwohl der Earl fand, dass die Anwendung von »Perkins' Patentiertem Metalltraktor« völlige Quacksalberei war, hatte er keine Wahl und musste den Heilmethoden des berühmten Dr. Musgrove vertrauen. Trotzdem, es waren vier Tage vergangen, und Cassandra hatte noch keine Regung gezeigt. Darlington brauchte jemanden, auf den er die Schuld abwälzen konnte. Falls es sich bei Dr. Musgrove allerdings um einen aufrichtigen Mediziner handelte, dann musste dieser ihn darauf aufmerksam machen, dass man es nur als unverantwortlich bezeichnen konnte, auf solch ein idiotisches Abenteuer zu bestehen und eine Frau, die guter Hoffnung war, zu einem Pferderennen zu überreden.

Sobald Miss Welles an den Royal Crescent zurückgebracht worden war, war Dr. Musgrove unverzüglich gerufen worden. Er hatte sowohl Darlington als auch den Captain gescholten und erklärt, die junge Frau hätte nicht von der Straße hochgehoben und transportiert werden dürfen, für den Fall, dass sie sich bei dem Sturz den Hals gebrochen hätte.

Captain Keats, ein wortkarger Mann, der zu viele seiner Landsleute in einer Schlacht hatte fallen sehen, bemerkte, er habe mehr als einmal einem verletzten Freund in ähnlicher Lage wie Miss Welles geholfen und erläuterte dem Arzt, er sei in dem Moment der Überzeugung gewesen, dass es keine Alternative gegeben habe.

Lady Dalrymple öffnete dem jungen Arzt die Tür zu Cassandras Zimmer.

»Der Zustand der jungen Dame ist unverändert«, sagte Darlington, bevor Musgrove die Frage stellen konnte. Der sympathisch aussehende Mann, der etwas jünger war als der Earl, machte eine große, schwarze Ledertasche auf und nahm ein Paar Metallstäbe heraus, ähnlich wie die Wünschelruten, die Darlington auf seinen frühen Reisen in den Fernen Osten gesehen hatte. Dr. Musgrove strich mit den Stangen über die Haut der Patientin.

Bisher hatte Mary immer still neben dem Bett ihrer Herrin gestanden, wenn der Doktor seine tägliche Visite machte, nun war sie jedoch neugierig geworden und fasste schließlich den Mut, zu fragen, wie die Stangen benutzt wurden.

Der junge Doktor nahm eine sehr selbstbewusste und professionelle Haltung ein. »Perkins' Metalltraktoren werden normalerweise eingesetzt, um Epilepsie zu heilen, also die Fallsucht, wie sie gemeinhin genannt wird, außerdem Gicht und Entzündungen. Miss Welles ist schwer gestürzt und hat sich dabei beide Knöchel gebrochen. Der Traktor wird gegen die Entzündung eingesetzt.«

»Darf ich, Sir, darf ich so frei sein?«, fragte Mary ihn mit süßer Direktheit, und alle waren ziemlich überrascht, als der Doktor ihr erlaubte, zwischen ihn und die Patientin zu treten. Ganz sanft betastete sie die empfindliche Umgebung von C.J.s Knöcheln, ihr Gesicht konzentriert, als lauschte sie, ob ihre Berührungen ein Geräusch machten. »Da ist nichts gebrochen«, sagte sie schließlich mit feierlichem Ernst. Ihr Tonfall klang erfahren und so, wie noch niemand im Haushalt sie je zuvor hatte sprechen hören.

»Mary!«, riefen die anderen unisono aus.

»Ich bin auf einem Bauernhof in Hereford aufgewachsen, Sir«, sagte Mary und wandte sich mit höflicher Zurückhaltung direkt an den Doktor. »Und auch wenn Miss Welles weder ein Kalb noch ein Fohlen ist, erkenne ich einen gebrochenen Knochen. Sehen Sie, Sir, wenn Sie Ihre Hand genauso unter und über den Knochen legen ...« Sie demonstrierte es und führte behutsam Daumen und Zeigefinger von Dr. Musgrove an C.J.s rechten Knöchel. »Dann werden Sie fühlen, dass es dort keinen Zwischenraum gibt, mit den Knochen ist alles in Ordnung. Ich kann nichts über den Nutzen Ihrer Metallstangen sagen, aber ich bin mir ziemlich sicher, Miss Welles hat keine gebrochenen Knöchel.«

Die Versammlung betrachtete das Mädchen mit erstaunter Bewunderung. Lady Dalrymple strahlte so stolz, als wäre die kleine Zofe ihre eigene Tochter. Was für Narren die Aristokraten doch waren, dachte die Countess, zu glauben, sie wüssten alles besser, und das dann auch noch als ihr Geburtsrecht anzusehen.

»Haben Sie überhaupt daran gedacht, nach gebrochenen Knochen zu suchen, bevor Sie angefangen haben, dieses lächerliche Gerät zu benutzen, Dr. Musgrove? Traktoren!«, schnaubte Darlington. »Ich würde in Ihren schicken medizinischen Gesellschaften nicht über Ihre neuesten Methoden prahlen, wenn die Kammerzofe Ihrer Patientin Sie derart vorgeführt hat!«

Dr. Musgrove war wegen Marys Einmischung und dem Ausbruch des Earls nicht böse. Er strich über sein glatt rasiertes Kinn und sah das Dienstmädchen neugierig an. Nach einem Augenblick sagte er: »Ich nehme an, man nennt meinen Beruf, Medizin zu *praktizieren*, weil man immer wieder etwas Neues lernen kann.« Die anderen lachten über seinen Versuch, locker zu sein und seine Fähigkeit, eine unangenehme Situation zu entschärfen. Diese Reaktion ermutigte den jungen Arzt, die Countess um einen Gefallen zu bitten. »Wenn es Mylady recht ist, dann wäre ich dankbar für die Möglichkeit, mich mit …« Er machte eine Kopfbewegung in Richtung der Kammerzofe.

»Ihr Name ist Mary. Mary Sykes, Dr. Musgrove.«

»Vielen Dank, Mylady. Ich würde die Möglichkeit sehr schätzen, mich mit Miss Sykes über andere medizinische Dinge, von denen sie etwas verstehen könnte, zu unterhalten.«

Lady Dalrymple war über den Blick des jungen Arztes sehr amüsiert. Portlys Lieblingsspaniel, Troilus, hatte genau denselben Blick gehabt. Süß, ein bisschen traurig, erwartungsvoll. »Ich nehme an, dass ich ein oder zwei Stunden auf Mary verzichten kann, allerdings nur, wenn das Mädchen selbst auf Ihre Bitte eingehen möchte. Mary, würdest du gern mit Dr. Musgrove sprechen?«

»Oh ja, Mylady!«, antwortete die Zofe eifrig.

»Dann führe den Doktor ins Wohnzimmer. Ich werde sofort als Anstandsdame nachkommen.«

»Danke schön, Mylady.« Mary knickste.

Dr. Musgrove verbeugte sich leicht. »Ich fühle mich geehrt, Mylady.«

Ein grinsender Darlington schüttelte den Kopf. »Nicht nur, dass Sie eine Unterhaltung zwischen einer Kammerzofe und einem Mediziner erlauben, nein, Sie arrangieren sie sogar noch. Lady Euphoria Dalrymple, ich wage zu behaupten, dass Sie ein Original sind.«

Mary führte Dr. Musgrove aus dem Zimmer, und schon bald folgte ihnen die Countess, nachdem sie ihre Nichte auf die Stirn geküsst hatte. Es machte ihr große Sorgen, dass Cassandra nach über einer halben Woche das Bewusstsein nicht wiedererlangt hatte.

Seit Miss Austen die schlimmen Neuigkeiten gehört hatte, pilgerte sie täglich zu Lady Dalrymple, um sich nach der Gesundheit ihrer Freundin zu erkundigen. Sogar die gefürchtete Lady Oliver hatte es für angebracht gehalten, einen Besuch abzustatten, obwohl ihr Erscheinen hauptsächlich aus scharfen, warnenden Worten an ihren Neffen bestand. Ihr zufolge würde er rasch sein gutes Aussehen verlieren, wenn er nicht bald etwas Schlaf bekäme. Sie rügte ihn, weil er Lord Digbys wiederholte Versuche, die Verlobung mit seiner Tochter, trotz des peinlichen Vorfalls im Ballsaal, zu bestätigen, ignorierte und erinnerte ihn alle naselang daran, dass er die schlimmste gesellschaftliche Missbilligung zu befürchten habe, sollte er seine Verlobung lösen.

Der Earl gab sich die Schuld an allem, was Miss Welles passiert war. Sie war unschuldig, ein Bauer in einem komplizierten finanziellen Schachspiel der hohen Aristokratie. Er verachtete seine Tante, weil sie ihn dazu überredet hatte, seine Verlobung mit Cassandra zu lösen, und schlimmer noch, so öffentlich eine andere einzugehen. Er verachtete sich selbst, weil er es zugelassen hatte. Darlington war immer stolz auf seine Integrität gewesen und seine feste Entschlossenheit, eigene richtige Entscheidungen zu treffen. Sicher, Tante Augusta hatte ihn aufgezogen und sich um ihn und Jack, seinen jüngeren Bruder, gekümmert. Aber nach all diesen Jahren fragte er sich, wann eine solche Verpflichtung endlich abgegolten war.

Darlington hatte aufmerksam über Cassandra gewacht, ihr vorgesungen, ihre Stirn gestreichelt, ihre Wangen berührt, ihre Hände gehalten. Er hatte ihr sogar Shakespeare-Sonette vorgelesen, doch nichts hatte geholfen. Ihre zarten Augenlider zitterten immer wieder mal, doch sie öffneten sich nicht. Er fragte sich, wie er es so weit hatte kommen lassen können. Die junge, blasse, vertrauensvolle Frau, die vor ihm lag, hatte etwas Besseres verdient. Er war entschlossen gewesen, dies auf jede ihm noch verbleibende Möglichkeit deutlich zu machen, und selbst dabei hatte er sowohl seinen Ruf als auch ihren dem Ruin preisgegeben. Jetzt, da er dem stetigen Auf und Nieder ihres Atems zusah, wusste er, was er tun musste, was er riskieren musste, um alles in Ordnung zu bringen. Die ganze Zeit, in der Miss Welles im Bett gelegen hatte, hatte er Angst gehabt, Dr. Musgrove zu fragen, ob Cassandra ihr Kind verloren hatte, als sie vom Pferd gestürzt war. Von *seinem* Pferd. Wie hatte er nur so dumm sein und sie in ihrem empfindlichen Zustand um einen Ausritt bitten können?

Er küsste sie zart und spürte die weiche Wärme ihrer Lippen an seinen. Fantasierte er aus purer Erschöpfung, oder hatte Cassandra ihn ebenfalls geküsst? Er lehnte sich in dem Damastsessel zurück und blinzelte, um sich wach zu halten.

Es war kaum eine Minute vergangen, als C.J. zum ersten Mal seit dem Unfall ihre Augen öffnete. Sie war verwirrt, und Darlingtons Anblick, blass, unrasiert und ohne Mantel saß er auf dem Sessel neben ihrem Bett, verstärkte ihre Verwirrung nur noch. »Was ist geschehen?«, fragte sie, ihre Stimme war kaum zu hören. »Ist jemand gestorben?«

Sie hat gesprochen! »Nein, meine süße Cassandra. Gott sei Dank ist niemand gestorben!« Der Earl erzählte ihr von ihrem Unfall, und wie lange sie reglos auf der Straße gelegen hatte, bis zufällig jemand vorbeigekommen war.

»Würden Sie mir bitte den Gefallen tun und mir helfen, mich aufzusetzen, Mylord?«, fragte sie.

Darlington sah sie zweifelnd an. »Wenn Sie ganz sicher sind, dass Sie das können.«

»Unsinn, Percy«, erwiderte sie leise.

»Sie klingen wie Ihre Tante Euphoria.« Er freute sich von Herzen, dass sich ihr Geist wieder zu regen begann. Darlington behandelte sie mit größter Sorgfalt und richtete sie mit Hilfe einer Nackenrolle auf. Sie streckte die Hand nach ihm aus, und er nahm sie, küsste und drückte sie an seine stoppelige Wange.

»Da ich anscheinend am Leben bin«, sagte sie heiser, »würden Sie mir eventuell noch einen großen Gefallen tun?«

»Schicken Sie mich nach Samarkand für Seide oder nach Abessinien für Zimt, Miss Welles.«

Obwohl sie sofort merkte, dass es ihr an den Rippen wehtat, lachte C.J. »Sie müssen nicht dramatisch werden, Mylord, es sei denn, ich sterbe *wirklich*. Und übrigens glaube ich, dass Zimt von den Westindischen Inseln kommt. Aber«, fügte sie hinzu und streichelte sein Gesicht, »vielleicht wäre es mit Waschen und Rasieren schon getan.«

Darlington setzte sich auf die Bettkante und half ihr. »Meine Liebe, ich bin so dankbar, dass du gesund bist«, murmelte er in ihr Haar. Er küsste sie auf den Kopf und setzte sich neben sie. »Das war ein schlimmer Sturz, Miss Welles.«

Sie waren ausgeritten. Sie erinnerte sich bruchstückhaft. Ein Hase, der aus dem Gebüsch lief ... ihre Stute, die scheute und sich aufbäumte. »Wie geht's dem Pferd?«, fragte C.J. Ihr Verstand, ihre Gedanken waren immer noch verwirrt.

»Gypsy Lady?«

Sie nickte. »Sie mussten sie doch nicht ...« Sie sprach nicht weiter, die Vorstellung, das Pferd erschießen zu müssen, weil sie eine schlechte Reiterin war, war ihr unerträglich.

»Sie ist so lebhaft und fit wie eh und je. Obwohl ich sagen muss, dass sie um Ihre Gesundheit genauso besorgt schien wie ich. Anstatt wegzulaufen, nachdem sie Sie abgeworfen hatte, stand sie still und wartete darauf, dass ich Ihnen half. Als ich hinter mir keinen Hufschlag mehr hörte, wusste ich, dass etwas Schreckliches passiert war.«

C.J. bat Darlington, näher zu kommen, woraufhin sie ihm die Arme um den Hals legte und ihn an sich drückte. »Dann muss ich euch beiden danken, weil ihr mir das Leben gerettet habt«, flüsterte sie.

»Du wundervolles, wundervolles Mädchen! Miss Welles ist aufgewacht!«, rief er zur Tür hinaus.

Mit einem weiteren Jubelschrei begrüßte Darlington Mary, die ein paar Minuten später mit einer dampfenden Tasse Hühnerbrühe das blaue Zimmer betrat, gefolgt von Lady Dalrymple, die einen Strauß frisch gepflückter Blumen trug. »Seht nur! Sie sitzt!« Er ging aus dem Zimmer und überließ C.J. der Pflege der Damen.

Mary stellte das Tablett auf C.J.s Schoß und legte eine hübsche Serviette über den aus Korb geflochtenen Boden. »Jetzt müssen Sie etwas essen, Miss Welles«, sagte sie.

»Nicht nur, um sich selbst zu stärken, Sie müssen auch an das Baby denken.«

»Bin ich ... noch ...?« C.J. hatte Angst, den Gedanken, der sie beherrschte, auszusprechen. Mary, die nach dem schlimmen Sturz keinerlei Anzeichen von Blut auf Miss Welles' Unterwäsche entdeckt hatte und auch keine Flecken auf den Bettlaken, nickte. »Nach allem, was ich sagen kann, ist Ihr Sohn ... oder Ihre Tochter ... unversehrt.« Mary nahm eine von Lady Dalrymples Blumen und stellte eine wunderschöne, zart aprikosenfarbene Rose in eine elegante Silbervase. »Ich hatte gedacht, dass Sie vielleicht etwas Hübsches sehen wollten, wenn Sie aufwachen, doch nun können Sie sie einfach so genießen«, fügte Mary hinzu und knickste.

»Wenn Mylady es erlauben«, sagte sie und wandte sich der Countess zu, »ich wurde gebeten, bei der Geburt von Mrs. Jordans Kind zu assistieren. Dr. Musgrove hat mir eine Lehrstelle bei Mrs. Goodwin, der Hebamme, besorgt. Stellen Sie sich nur vor, Mylady, *ich* am Bett einer so großen Lady! Sie befindet sich im Stadthaus am Sydney Place, das der Duke von Clarence ihr geschenkt hat.«

Lady Dalrymple machte eine Armbewegung. »Wie könnte ich eine solche Bitte denn ablehnen! Was für ein Prestige, Mary!« Die Countess tupfte eine Träne ab. »Wie schnell sie doch das Nest verlassen!«

»Gott segne Sie, Mylady, für Ihre große Güte«, sagte Mary begeistert und fiel bei ihrem Knicks fast auf die Knie, bevor sie das Zimmer verließ.

Kaum einen Moment später klopfte es an der Tür, und Mary kehrte mit einer Visitenkarte auf einem Silbertablett zurück. »Mylady, Captain Keats ist wieder da«, flüsterte sie. »Soll ich ihn hineinbitten?«

Darlington erschien im Türrahmen. »Jetzt, da Miss Welles aufgewacht ist, bin ich mir sicher, dass sie dem Captain gern für seine Hilfe nach dem hässlichen Sturz danken möchte.«

Der Offizier trat ruhig ein, setzte sich in einen Stuhl neben Darlington und erkundigte sich nach dem Zustand der Kranken. C.J. sah ihn verwirrt an, dann erinnerte sie sich vage, und ein Lächeln erschien auf ihrem blassen Gesicht. »Captain Keats. Genau der Mann, mit dem ich sprechen wollte«, sagte sie schwach. »Bitte grüßen Sie die Familie Fairfax von mir und ganz besonders Miss Susanne. Ich mag das Mädchen sehr.«

»Ich war tatsächlich gerade auf dem Weg zum Hause Fairfax, Miss Welles, als ich Sie in dieser gefahrvollen Situation vorfand. Ich werde der Familie Ihre Grüße bestellen und auch Mrs. MacKenzie, wenn sie aus Schottland zurückkehrt.«

»Mrs. MacKenzie?«, C.J. war völlig verdutzt.

»Vor vier Tagen, am Tag Ihres schrecklichen Unfalls, Miss Welles, ist Miss Susanne Fairfax mit Major Kenneth MacKenzie nach Gretna Green durchgebrannt. Ich hatte die Neuigkeit gerade erfahren und war auf dem Weg zu der Familie, als ich Lord Darlington neben etwas mitten auf der Straße am Boden knien sah und meine Kutsche anhielt.«

C.J. erinnerte sich vage an die Fahrt in der Kutsche des Offiziers. Sie hatte, so gut es ging, auf dem Ledersitz gelegen, während ihr Kopf in Darlingtons Händen ruhte und sie immer wieder das Bewusstsein verlor. »Ich kann Ihnen gar nicht genug für Ihre Ritterlichkeit danken, Captain Keats. Ich wage überhaupt nicht daran zu denken, wo ich heute ohne Ihre Hilfe wäre. Sie waren tatsächlich unser Ritter.«

Der Offizier lächelte stolz. »Ich bin der dritte Sohn eines Baronets, der mich in die Armee einkaufte, trotz Mrs. Fairfax' Überzeugung, dass ich nur eine arme Kirchenmaus sei, ein gemeiner Mitgiftjäger.«

C.J. strahlte. »Sehen Sie. Und ich *wusste*, Sie sind ein Gentleman.«

Der Captain verneigte sich. »Ich bin froh, dass mein kurzer Besuch die Patientin aufheitern konnte. Meine herzlichsten Glückwünsche zu Ihrer Genesung, Miss Welles«, sagte er und verließ das Zimmer.

In Darlingtons Kopf entstand ein Plan. Wenn ein Emporkömmling wie Miss Susanne Fairfax sich über die Konventionen hinwegsetzen konnte und die Ächtung der Freunde ihrer Familie riskierte, um den Mann ihrer Wahl zu heiraten, warum konnte dann nicht auch ein Mitglied des Hochadels die Frau heiraten, die sein Herz begehrte? Vielleicht musste er einen Teil seines Anwesens verkaufen, möglicherweise würde er sogar Delamere verlieren und sich verkleinern, doch die Ereignisse der letzten Woche hatten ihn dazu gezwungen, sich um seine Zukunft zu kümmern. Er würde formell um ihre Hand anhalten, nicht, um sie aus der Situation, in die er sie gebracht hatte, zu retten, sondern weil er sich nicht vorstellen konnte, den Rest seines Lebens ohne sie zu verbringen, es wäre ein Leben voller Reue und Vorwürfe. Sein Glück, das wusste er jetzt, lag nur ein paar Meter von ihm entfernt im Bett.

Er stand völlig verwandelt aus dem Sessel auf. »Miss Welles, würden Sie mir erlauben, Sie zu verlassen, ich habe die Absicht, Sie zu einer glücklichen Frau zu machen.« Ihr erwartungsvolles Strahlen traf ihn bis ins Herz, und er fügte hinzu: »Ich gehe zu meinem Friseur!« Der Earl verließ ihr Schlafzimmer und hörte C.J. hell auflachen. Nie zuvor hatte er derart wunderbare Musik gehört.

»Und keinen Augenblick zu früh!«, scherzte die Countess, die sich in den freien Sessel neben ihrem Bett gesetzt hatte und die Hände ihrer Nichte nahm. »Ich bin spät dran, mich bei dir dafür zu bedanken, dass du mein Leben gerettet hast, Cassandra.«

»Es gab keine andere Alternative, Lady Dalrymple. Sie brauchen sich nicht zu bedanken.« C.J. trank noch etwas Brühe.

»Trotzdem war ich nachlässig. Doch ich habe Schritte unternommen, um das zu korrigieren.«

C.J., der es immer noch schwerfiel, klar zu denken, sah die Countess neugierig an.

»Vor ein paar Wochen war ich bei meinen Anwälten«, begann Lady Dalrymple. »Zu Beginn unseres Gesprächs waren Mr. Oxley und Mr. Morton völlig davon überzeugt, dass ich den Verstand verloren hatte, weil ich, von meinen geliebten, verstorbenen Alexander abgesehen, keine anderen Kinder habe und doch zu ihnen gekommen war, um über mein Erbe zu sprechen. Nach meiner Krankheit und nach deinem Unfall wurde ich daran erinnert, wie wertvoll das Geschenk unserer Zeit auf dieser Erde ist. Ich kenne keinen anderen Weg, dir, Cassandra, zu danken, für die Freude, die du mir gebracht hast, seit sich unsere Wege glücklicherweise gekreuzt haben. Ich habe Oxley und Morton damit beauftragt, formelle Adoptionspapiere aufzusetzen, in denen du meine Erbin wirst. Nach meinen Tod wirst du zwar nicht Countess von Dalrymple werden können, aber du wirst mein Vermögen und meine persönliche Habe erben, inklusive des Smaragdrings, den ich dich habe bewundern sehen. Und da es keine Unterlagen gibt, die beweisen, dass du nicht Bertie Tobias' einziges Kind bist, stimmen die Anwälte mir zu, dass das Erbe von Manwaring dir sicher ist. Mein Bruder mag dich sehr, Cassandra. Ich hatte befürchtet, dass ich ihn von der Logik meiner Meinung erst noch überzeugen müsste, nachdem allerdings die Papiere aufgesetzt waren, hat Albert sie mit charakteristischer, dramatischer Geste unterzeichnet. Alles ist legal und verbindlich.«

C.J. sah ihre Wohltäterin mit großen Augen an, langsam begann sie zu begreifen. »Tante Euphoria ...« Ihre Stimme brach ab, sie war zu überwältigt.

»Es ist nur das, was du verdienst, Cassandra, die Marquise von Manwaring zu werden. Und auch wenn er fähig ist, eine mehr als adäquate Lösung seines aktuellen Dilemmas zu finden, so hat dein neuer Status auch den schönen Nebeneffekt, den Earl von Darlington, wenn er klug genug ist, das zu verstehen, von der Qual zwischen Liebe und Pflicht wählen zu müssen, zu befreien.«

»Ich, ich weiß nicht, was ich sagen soll, Lady Dalrymple, außer danke schön. Das ist wirklich das Großzügigste, das je jemand für mich getan hat«, sagte C.J. fassungslos und voller Anerkennung. In ihren Augen standen Tränen.

»Wohin mein Bruder und ich als Nächstes reisen«, sagte die Countess schlicht, »brauchen wir weder Ländereien noch Titel.«

Die beiden Frauen umarmten sich. C.J. fühlte sich in den Armen der Witwe warm und geborgen. »Ich liebe Sie, nicht wegen dem, was Sie für mich getan haben, sondern weil Sie so sind, wie Sie sind, Tante Euphoria.«

»Ich könnte sehr gut dasselbe über dich sagen, Nichte.« Lady Dalrymple küsste Cassandras Stirn und strich mit mütterlicher Zärtlichkeit über ihr Gesicht. »Cassandra Jane Welles, seit du in Bath angekommen bist, hast du mehr erleiden müssen als die meisten jungen Damen in ihrem gesamten Leben. Ich werde selbst ganz erschöpft, wenn ich nur daran denke. Jetzt sollten wir beide uns etwas ausruhen«, flüsterte sie. Daraufhin verließ sie das Schlafzimmer und schloss die Tür leise hinter sich.

Als C.J. den Rest der Brühe trank, entdeckte sie eine gefaltete Notiz unter der Untertasse. Neugierig erbrach sie das unbekannte Siegel und las den kurzen Brief.

Es gab keine andere Wahl. Sie musste mit der nächsten Postkutsche nach London fahren.

Kapitel Siebenundzwanzig

*In dem unsere Heldin sich zu einem enthüllenden
Besuch in London aufmacht und mit einem
ihrer Wohltäter wiedervereint wird.*

DIE GLÄNZENDE GELBE Postkutsche rumpelte durch den Außenbezirk von Bath in Richtung London. C.J. hatte nicht daran gedacht, wie wund sie durch das lange Liegen geworden war. Ihre Knöchel waren immer noch etwas geschwollen, und ihr gesamtes Rückgrat sowie ihr Brustkasten taten bei jedem Stoß der unebenen Straße weh. Jede Furche, über die die Kutschräder in ihrem halsbrecherischen Tempo fuhren, löste neue Schmerzen aus. Zudem litt sie immer noch unter morgendlicher Übelkeit, und ihr Magen machte jedes Mal gemeinsam mit der Kutsche einen Satz.

Sie hatte den Fahrer mit Charme dazu überredet, einen fünften Passagier zuzulassen, da sie recht schlank war und nur eine Reisetasche dabeihatte. C.J. saß nun eingeklemmt zwischen zwei ziemlich schweigsamen Gentlemen, einem Neffen und Onkel, die anscheinend auf dem Weg nach London waren, um ihren Hutmacher und Schneider zu besuchen.

Gegenüber saß ein Ehepaar, das offensichtlich schon

seit einigen Jahren verheiratet war und mit dem Knallen der Peitsche des Kutschers vor Leake's Buchhandlung ihren Streit begonnen und seitdem nicht beendet hatte. Er beschwerte sich darüber, dass sie Rouge benutzte, ein sinnloser Versuch, jugendlich zu wirken. Sie parierte, indem sie über seine Sparsamkeit meckerte. Hätten sie eine eigene Kutsche, wären sie nicht gezwungen, so unerträglich eng mit Fremden zu reisen. Der Ehemann erwiderte, wenn sie weniger für Hauben, Schmuck und anderen Kram ausgeben würde, hätten sie eine recht ansehnliche Kutsche. Und so ging das über Meilen hinweg weiter. C.J. tat so, als schliefe sie, was angesichts der wunderschönen Landschaft in Wiltshire eine Schande war. Die grüne Szene hinter dem offenen Fenster bot einen unaufhörlichen Blick auf grasende Schafe und Rinder, die ihr Leben genossen, ohne von der Eile und der Hetze der Postkutschfahrt durch ihre ländliche Idylle beeindruckt zu sein.

Als sie sich der Ebene bei Salisbury näherten, deutete der Onkel, ein Mr. Carlyle, aus dem offenen Fenster. »Stonehenge«, sagte er zu seinem Neffen. »Da liegt es. Gerade zu dieser Tageszeit sollte man es auf keinen Fall verpassen.«

Der Neffe, der sich über C.J. hätte hinüberbeugen müssen, um die prähistorischen Megalithen und Felsen zu sehen, schaute auf seine Taschenuhr. »Warum, es sind noch einige Stunden bis zum Sonnenuntergang.«

»Sonnenuntergang, ach was!«, kommentierte sein Onkel und griff nach einer Prise Schnupftabak. »Um diese Zeit wirft die Sonne die schönsten Schatten.« Er lehnte sich so weit zurück, wie er konnte. »Bitte schön, Miss«, sagte er und bot C.J. die Möglichkeit, an ihm vorbei durch das Kutschfenster zu sehen.

Auch wenn sie nur kurz einen Blick auf Stonehenge warf, war C.J. von dessen Kraft und Geheimnis ziemlich beeindruckt. Am frühen Morgen hatte es geregnet, jetzt stand die Sonne hoch am Himmel, und die kleineren Steine innen wirkten blau, weil sie noch nass waren, was dem Kreis einen tiefen Zauber verlieh. »Es ist ... wirklich atemberaubend, Sir. Haben Sie vielen Dank.« Dieser wunderschöne Anblick lenkte sie eine Weile von den ängstlichen Gedanken ab, die sie verfolgten und der Frage, was sie nach ihrer Ankunft in London tun sollte.

Die Postkutsche erreichte die Endhaltestelle ohne Zwischenfälle, und C.J. zeigte dem Vorreiter die Adresse, die in dem rätselhaften Brief gestanden hatte. Er beharrte sehr darauf, dass sie ihr Ziel nicht zu Fuß erreichen würde, da es nicht im besten Bezirk der Stadt lag, und war ihr dabei behilflich, einen anständigen Droschkenkutscher zu finden, der sie in die Whitechapel High Street mitten in den Osten von London brachte.

Kurz vor der Abenddämmerung half man C.J. aus der Droschke, und sie trat sofort in eine Schlammpfütze. Zumindest hoffte sie, dass es Schlamm war. Der Fahrer machte eine Bemerkung darüber, dass sie die Umgebung hier wohl nicht kannte; ja, und nicht nur von den Unmengen von Schlamm und Dung hatte sie keine Ahnung, sondern auch nicht von der Mischung des städtischen Gestanks und Schmutzes in einem der ältesten Stadtteile Londons.

Sie versicherte dem Kutscher, dass es ihr gut ginge, dann begann C.J., durch das quirlige Handelszentrum zu spazieren, auf der Suche nach der mysteriösen Adresse.

LADY DALRYMPLE STAND mit sorgenvoll gerunzelter Stirn vor C.J.s leerem Bett und blickte auf die verknitterte Bettwäsche. »Wann hast du meine Nichte zuletzt gesehen, Mary?«

»Schon seit ein paar Stunden nicht mehr, Ma'am«, erwiderte das Mädchen und fürchtete sich vor einer Strafe wegen ihrer Unaufmerksamkeit. »Da sie Ruhe brauchte, dachte ich, es sei das Beste, sie nicht zu stören«, fügte sie mit tränenerfüllten Augen hinzu. Sie begann fast ehrfurchtsvoll die Laken und Tagesdecke zu glätten. »Du meine Güte!«, rief sie aus, als sie den zerknitterten Brief in der Bettwäsche fand. »Miss Welles ist nach London gefahren!«

»Mary, woher weißt du das?«, fragte die Countess.

»Hier steht es, in diesem Brief, der früh am Morgen an der Tür abgegeben wurde. Ich habe ihn Miss Welles mit ihrer Schüssel Brühe gebracht, als sie aufgewacht ist.« Sie gab Lady Dalrymple das Stück Papier. »Hier steht etwas über Miss Welles' Bernsteinkreuz und ein Rätsel, das es zu lösen gilt.« Während die Countess die Kammerzofe sehr überrascht ansah, entstand eine schockierte Pause. »Miss Welles hat mir das Lesen beigebracht«, sagte das Mädchen mit einer Mischung aus Stolz und Trauer über das plötzliche Verschwinden ihrer geliebten Mentorin.

»Sie muss zu dieser Adresse gefahren sein«, überlegte Lady Dalrymple und drehte das Papier immer und immer wieder in ihrer Hand um. »Mary, klingle nach Collins. Wir müssen eine Reise nach London vorbereiten. Ich werde Lady Chatterton eine Nachricht zukommen lassen und sie informieren, dass wir, sollten wir meine Nichte finden, doch zu ihrem Maskenball in Vauxhall Gardens kommen. Du wirst mir helfen, unsere Kostüme auszuwählen.«

»Darf ich wagen anzumerken, Ma'am, dass auch Mylord über das Verschwinden von Miss Welles informiert werden sollte? Er wird sicher sehr besorgt sein. Ich kann mit einer Nachricht zum Circus laufen«, bat Mary hilfreich an. Sie hatten keine Zeit zu verlieren.

Davis, der alte Butler des Earls, war überrascht, dass der Lord darauf bestand, das kleine Dienstmädchen in die Bibliothek zu führen, anstatt Lady Dalrymples Nachricht einfach an der Tür entgegenzunehmen.

Als Mary ankam, bereitete er sich gerade auf eine Fahrt nach Canterbury vor, um einen teuren, speziellen Dispens des Erzbischofs zu besorgen. Er hatte schon genug wertvolle Zeit verschwendet, und dieses Papier würde das Verlesen des Aufgebots an drei aufeinanderfolgenden Sonntagen überflüssig machen, denn seine Tante würde zweifellos sofort Einwände gegen seine Ehe mit Miss Welles vorbringen. Lady Oliver war schon wütend genug geworden, als Lord Digby ihr in einer bemerkenswerten Kehrtwendung mitgeteilt hatte, dass seine Frau und seine Tochter unter der Peinlichkeit und all dem Tratsch, der auf die öffentliche Verlobung von Lady Charlotte folgten, ziemlich gelitten und daher sehr bereitwillig zugestimmt hatten, als Darlington darum bat, ihre Verlobung stillschweigend zu lösen.

»Ich kenne diese Adresse nicht«, sagte Darlington zu Mary und betrachtete den Brief. »Geschickt vom Autor, Reime zu verwenden.«

»Werden Sie mit uns nach London kommen?«, fragte das Dienstmädchen. »Mylady sagte etwas über ein Fest in Vauxhill irgendwas, ein Kostümball.«

»Meinst du Lady Chattertons Ball in Vauxhall Pleasure Gardens?«

Mary nickte. »Ja, ich glaube das war es. Klingt richtig.«

»Meine Tante und ich wurden ebenfalls eingeladen. Ich hatte nicht vorgehabt, Miss Welles zu verlassen, solange sie noch krank ist, doch Ehre und Pflicht zwingen mich jetzt dazu, auf der Suche nach ihr nach London zu reiten.

Normalerweise sollte man Lady Chattertons mittsommerliche Maskenbälle nicht verpassen. Sie eröffnen ihr die Möglichkeit, ihrer Leidenschaft für Shakespeare zu frönen. Jeder Gast soll sich als seine eigene Lieblingsfigur aus einem von Shakespeares Stücken verkleiden.

»Ist Lady Chatterton denn eine Schauspielerin, Mylord? Wie Mrs. Jordan oder Mrs. Siddons? Miss Welles mag Mrs. Siddons sehr«, fügte Mary hinzu und überlegte wehmütig, dass sie ihre geliebte Mentorin vielleicht nie wiedersehen würde.

Darlington lächelte und bot der Kammerzofe ein Leinentaschentuch an. »Lady Chatterton setzt sich sehr für die Künste ein, früher hatte sie wohl mal Bestrebungen in diese Richtung, glaube ich. Aber es ist für eine Adelige unpassend, auf die Bühne zu gehen, also begnügte sie sich damit, diejenigen, mit denen sie Umgang pflegt, zu unterhalten und außerdem ihren Lieblingen außergewöhnlich hohe Geldsummen zu geben, um deren Wohlergehen und Lebensunterhalt zu gewährleisten.«

Er würde seine Reise nach Canterbury verschieben müssen. Miss Welles zu finden, bevor sie das Opfer skrupelloser und zwielichtiger Gestalten Londons wurde, war wichtiger als die Genehmigung. Darlington zog an dem Klingelzug aus Damast. »Ob meine Tante Augusta uns begleiten will oder nicht, ist egal«, murmelte er. »Miss Welles' Sicherheit und Gesundheit sind am allerwichtigsten. Mary, sag deiner Herrin, dass ich meine vierspännige Kutsche für die Reise zur Verfügung stelle«, sagte er und dachte dann an einen alternativen Plan. Er fügte hinzu: »Und sollten wir Miss Welles nicht vor Lady Chattertons Kostümball finden, werden wir dort zweifellos viele Bekannte treffen, die uns bei der Suche helfen können.«

Mary warf sich dem Earl fast zu Füßen und dankte ihm

überschwänglich. Sie wusste, dass er ihr Retter werden würde, genau wie in den Geschichten aus dem Mittelalter, die Miss Welles ihr erzählt hatte. Mit einem jetzt etwas leichteren Herzen lief Mary die Brock Street hinauf, um Lady Dalrymple die guten Nachrichten zu übermitteln.

»Achtung!«, schrie eine Frau schrill, kurz bevor der dampfende, stinkende Inhalt eines Messingnachttopfs auf die Straße geleert wurde. Diejenigen, die die Warnung gehört hatten, traten vom Bürgersteig auf die schlammige Straße, nur um fast von einem Kind angefahren zu werden, das eine schwere Schubkarre voller Nüsse schob.

Noch nie hatte C.J. etwas Ähnliches wie diese Masse von Menschen und Tieren erlebt, das Geschrei und Gebrüll der Händler und einiger Empörter, und diese Gerüche, die gleichzeitig angenehm wie auch beißend sein konnten.

Am Rand der Gun Lane backte ein junges Mädchen Kartoffeln über einem Kohleofen, der sie in der Sommerhitze zu rösten schien, als ein Mann mit einem Fuhrwerk sie anschrie: »Steh auf, du blinde Kuh! Willst du, dass der Karren dir die Eingeweide ausquetscht?«

Während er Kostproben seines Repertoires zum Besten gab, klopfte ein Balladenverkäufer an die Türen der engen Gebäude, die man modernen Gemütern am besten als Mietshäuser beschrieb. Ein Kesselflicker rief mit melodischer Stimme: »Kessel zu flicken!«, und schlug dabei auf einen Kessel, in dessen verbeultem Boden sich ein Loch befand.

Als der Nachmittag zu Ende ging, riefen die Händler auf dem Spitalfields-Markt, die schließen und ihre Ware vor der Dunkelheit loswerden wollten, ihre Angebote für

Karpfen und Hechte in die Menge. »Zwei für einen Groschen! Vier für Sixpence! Hier Makrelen!« Ein Mann in schwarzem Gabardinemantel und einer Kippa kaufte etwas Karpfen. »Für meine Frau«, sagte er dem Händler mit einem lispelnden Akzent. »Die von Ihnen, sagt sie, sind immer zu empfehlen.«

Der Geruch von frisch gegerbtem Leder, das an Holzpflöcken in offenen, provisorischen Ständen hing, in Verbindung mit dem Geruch von Fisch, frisch oder nicht, ließen C.J. fast würgen, bis das kräftige Aroma von starkem, heißem Kaffee aus einem nahen Kaffeehaus sich über die widerstreitenden Gerüche legte.

»Messerschärfer!«
»Kesselflicker!«
»Kauft meine Blumen!«
»Kauft meine Mädchen!«

Eine geschminkte Alte pries ihre menschliche Ware an, während eine gut ausgestattete Dirne mit voller Figur und vollem Gesicht nach dem Ärmel eines Gentlemans griff. »Kommen Sie, Mylord, kommen Sie mit. Sollen wir vor dem Sonnenuntergang noch ein Glas zusammen trinken?«

In diesem Tohuwabohu stand ein Prediger auf einer Seifenkiste und kämpfte darum, in all dem Lärm gehört zu werden. »Gin ist der Hauptgrund für den Anstieg der Armut und all der Laster und der Ausschweifungen ...«, er hielt inne, um die Hure ins Visier zu nehmen, die ihre frische Beute jetzt fest im Griff ihrer lackierten Krallen hatte, »... unter den niederen Ständen wie auch für die Straftaten und andere Verbrechen, die in London verübt werden!«

Wie um seine Rede zu bestätigen, gellte durch den allgemeinen Krach plötzlich der Schrei »Haltet den Dieb!«

C.J. schaute auf und sah den alten Juden, der den Karpfen gekauft hatte, wie er über den Markt einem ausgemergelten Jungen hinterherlief, doch er war zu alt und zu langsam für das Kind. Er fiel hin, sein kostbares Päckchen landete im Dreck, und Schaulustige trampelten darüber hinweg. »Meine Uhr!«, rief der Mann und zeigte in Richtung des Jungen, der in eine schmale Gasse geflüchtet und wahrscheinlich für immer verschwunden war.

Warum half niemand diesem Mann? C.J. war überrascht, wie sich eine Menge wegen dieses Spektakels versammeln konnte, und dennoch streckte niemand helfend eine Hand aus oder sah ihn mitfühlend an.

»Es ist bloß ein dreckiger Jude«, sagte ein Mann geringschätzig, als er die Kleidung des Opfers sah. Der gute Christ spukte auf die Erde.

Überraschend unberührt setzte der Bestohlene zu einer scharfen Erwiderung an, die aus einer Reihe von Schimpfwörtern in einer seltsamen Fremdsprache bestand. Sie bot dem Mann, der vergeblich versuchte, den Staub von seinen Kleidern zu klopfen, ihre Hand an. »Kann ich Ihnen behilflich sein, Sir?«

Der Gentleman sah aus, als hätte er keine große Lust, sich helfen zu lassen. »Es geht schon«, sagte er und stand allein auf. »Aber ich weiß Ihre Höflichkeit zu schätzen. In dieser Stadt erwartet man so etwas nicht.«

»Ich bin erst heute Nachmittag nach London gekommen.«

»Sie werden es schon noch lernen«, sagte der Jude bitter.

Ohne zu überlegen, streckte C.J. ihre Hand noch einmal aus, um sich vorzustellen. »Cassandra Jane Welles.«

Der Mann sah sie jetzt freundlich an, weigerte sich jedoch weiterhin, sie zu berühren. »Moses Solomon.«

»Vielleicht können Sie mir helfen, Mr. Solomon.« C. J. nannte ihm die Adresse, die sie suchte.
»Hmmm.« Solomon sog an einer seiner Peies, den langen Schläfenlocken, die er sich hinter die Ohren gesteckt hatte. »Das ist in der Old Jewry Street, nicht so weit weg von hier.« Er deutete die Straße entlang. »Nach Süden, dann nach Westen. Cheapside. Sie wissen nicht, wohin Sie gehen müssen, oder?« C. J. schüttelte den Kopf. »Wahrscheinlich dorthin, wohin der kleine Taschendieb mit meiner Uhr gelaufen ist. Mathias ben Ezra. Es ist eine Pfandleihe. Aber ben Ezra unterhält sein Geschäft unter dem Namen Mathias Dingle.« Solomon strich über seinen Bart. »Er hält sich für einen Wolf im Schafspelz. Er führt keinen hinters Licht. Wie, Sie verstehen mich nicht?« Nach einer bestätigenden Antwort, fuhr Mr. Solomon erläuternd fort: »Er ist ein Jude. Wie ich. Dingle«, höhnte der Mann. »Er ist so wenig ein Dingle wie ich ein Digby bin.« Seine Erwähnung der Digbys ließ C. J. zusammenzucken. »Sie haben sich gar nicht so sehr verlaufen, wie Sie glauben. Kommen Sie mit mir, Miss Welles. Ich gehe nur bis zur Synagoge, aber damit haben Sie schon den halben Weg geschafft. Ich hoffe, Sie sind gut zu Fuß. Bei Sonnenuntergang wird ben Ezra, Dingle«, schnaubte er, »für den Sabbat schließen.«
Moses Solomon führte C. J. durch die engen Straßen von Whitechapel und Spitalfields, dem alten, jüdischen Viertel von London. Im babylonischen Durcheinander mehrerer Sprachen gingen Straßenmusiker ihrem Metier nach, mit Pfeifen und Tambourinen, dazu kamen noch das Läuten der Kirchenglocken und die Rufe der Verkäufer, die heiße und kalte Speisen aller Art anboten. An einer dreckigen Kreuzung zündete ein Junge etwas wie eine Flaschenrakete, und als die Flamme in die Dämmerung

schoss, klatschte eine Menge Beifall und bat ihn, noch eine hochgehen zu lassen.

Mr. Solomon blieb vor einer unauffälligen Fassade in einer engen Gasse stehen. »Das ist Bevis Marks, wo ich Sie verlasse«, sagte der Jude. Er zeigte zum Ende der Gasse. »Das ist St. Mary. Folgen Sie der Straße in südlicher Richtung bis Leadenhall. Wenn Sie auf die St. Paul's Cathedral zugehen, wird aus Leadenhall Cornhill und dann Poultry in Cheapside. In Poultry, einer kleinen Straße, werden Sie eine nördliche Abzweigung zur alten Londoner Stadtmauer sehen. Das ist Old Jewry. Das ist die Adresse, die Sie suchen. Und jetzt wünsche ich Ihnen Jom Tov.«

Während Solomon die Synagoge betrat, wiederholte C.J. die Anweisungen ihres Samariters in ihrem Kopf und machte sich auf den Weg.

Obwohl sie so schnell ging, wie sie konnte, erreichte sie die Old Jewry Street nicht vor der Dämmerung, und Mathias Dingles Pfandleihhaus war geschlossen. Durch die staubigen Bleifenster konnte sie eine Sammlung von Nippes sehen: Sieben- und neunarmige Leuchter, Musikinstrumente, goldene Taschenuhren, Schnupftabakdosen aus Porzellan, Perlenketten und Broschen voller Edelsteine. Über ihrem Kopf hing das Symbol des Pfandleihers, drei Kugeln zu einer Pyramide angeordnet, und ein Schild, auf dem DINGLE'S stand.

Frustriert und völlig erschöpft ging C.J. weiter auf St. Paul's zu, in der Hoffnung, sich irgendwo ein Weilchen ausruhen zu können. Es schien der nächste logische Schritt, jemanden zu suchen, der vielleicht von ihrem »Vater«, dem Marquis von Manwaring, gehört hatte. C.J. erinnerte sich, dass er in London wohnte, kannte jedoch seine Adresse nicht und wusste ebenso wenig, ob er sich im Moment in der Stadt befand. Sie machte in der Kathedrale Halt, um sich einen Augenblick hinzusetzen und die beruhigende Atmosphäre zu genießen. Nach dem Krach in Spitalfields sehnte sie sich nach einer etwas meditativeren Atmosphäre. Hätte sie sich kräftiger gefühlt, wäre sie unter Umständen bis ganz nach oben zur Flüstergalerie hinaufgestiegen.

Wenigstens war C.J. dieses Mal mit Geld in der Tasche unterwegs. In der Nähe, in der Fleet Street, fand sie einen Pub, der freundlich und sicher genug schien. In dem Bemühen, nicht aufzufallen, bestellte sie ein Bier. Während C.J. ihr Glas Ale trank und betete, dass die paar Schlucke ihrer Schwangerschaft nicht schaden würden, sah sie sich im Raum nach Gesichtern um, die ihr bekannt waren, Porträts aus Geschichtsbüchern, die nun aus Fleisch und Blut vor ihr auftauchen könnten. Wer waren die Klatschreporter von heute, fragte sie sich, die einander auf den vollen Holzbänken laut ihre Kriegsgeschichten erzählten?

»Heute Abend ganz allein, Miss?«, fragte der Wirt.

Um jegliche Vermutung, sie sei eine zwielichtige Dirne, zu zerstreuen, erwiderte C.J.: »Ich suche nach meinem Vater, dem Marquis von Manwaring. Mir wurde gesagt, dass er ... dieses Lokal frequentiert«, log sie. Alles, was C.J. über Albert Tobias' Gewohnheiten wusste, war, dass er ein Stammgast in Gasthäusern war, es könnte ja sein, er verkehrte in diesem hier.

»Er ist nicht hier, tut mir leid«, sagte der Wirt. »Nicht regelmäßig. Aber weiter unten in der Straße, in der Branntweinschenke ...« Er kratzte sich am Kopf. »Das hier, The Broken Quill, ist für schreibende Leute. Aber Ihr Dad, er hebt gern einen mit den Theaterleuten im The Blue Ball oder drüben bei Nelly Gwyn.«

»Nee, der ist zu Hause in Lincoln's Inn Field und kümmert sich um seinen Gichtfuß, da ist er«, warf ein dürrer Mann am anderen Ende der Theke ein.

»Ich bin noch nicht so lange in London«, sagte C.J. wahrheitsgemäß. »Könnten Sie mich vielleicht zu ihm führen?«

»Geh schon, Timothy! Er hat früher eine Droschke gefahren«, erzählte der Wirt C.J. »Er kennt diese Straßen wie seine löchrige Westentasche.«

Froh, ihr helfen zu können, und nachdem er ihr Ale bezahlt hatte, führte ihr neuer Trinkgenosse sie auf die Straße, er zeigte den Weg die Chancery Lane hinauf zu den Stone Buildings. »Machen Sie's gut, mein liebes Mädchen«, sagte der einsame Kneipengänger, ein bisschen traurig, seine neue Bekanntschaft so schnell schon wieder zu verlieren.

»MEINE TOCHTER!«, RIEF der Marquis begeistert aus und umarmte C.J., was sein Dienstmädchen Mimsy verwunderte, weil sie noch nie etwas von einer Tochter gehört hatte. Manwaring hinkte einen dämmrigen Flur entlang zu einem Zimmer von bescheidener Größe. »Miss Welles, nicht wahr?«, fügte er hinzu, nachdem das Dienstmädchen verschwunden war. »Was für eine außerordentliche Überraschung! Was führt Sie nach London? Warten Sie, sagen Sie noch nichts, wir müssen es in aller Ruhe bei einer passenden Erfrischung besprechen. Hätten Sie Interesse an einem Brandy?«, fragte er und goss eine deftige Menge der bernsteinfarbenen Flüssigkeit in ein kristallenes Kognakglas. Er legte seine Hände um das Glas und gab es seiner »Tochter«, dann füllte er sein eigenes Glas und bat C.J., sich neben ihn zu setzen.

Sie setzte sich auf die Lederottomane. »Ich habe einen recht merkwürdigen Brief erhalten ... Papa«, fing C.J. an. »Er deutet an, dass mein Bernsteinkreuz eine Vergangenheit, eine Geschichte hat, die mich sehr interessieren müsste, wie der Autor des Briefes, der ihn nicht unterschrieben hat, meint. Haben Sie je von Mathias Dingle gehört? Oder von Mathias ben Ezra?«

Der Marquis krümmte seinen rechten Zeigefinger und nahm eine Prise Schnupftabak. »Ein Jude?«

»Ich habe keine Ahnung. Ich bin dem Mann nie begegnet. Aber er scheint der Eigentümer einer Pfandleihe in Old Jewry in Cheapside zu sein.«

»Mein liebes Kind.« Manwaring nieste. »Entschuldige.« Er nahm ein großes, weißes Taschentuch aus der Tasche seines Morgenrocks und schnäuzte sich laut. »Mein liebes Kind, ich habe in meinem Leben so viele Shylocks kennen gelernt, auf der Bühne und im Leben, dass ich nicht direkt sagen kann, ob mir dieser Name bekannt vorkommt. Dingle wird bis Montag nicht mehr aufmachen. Den Juden ist es nicht erlaubt, ihre Läden an unserem Ruhetag zu öffnen. Aber sehen Sie doch nicht so enttäuscht aus, meine Liebe. Wie wäre es, wenn Sie das Beste daraus machen und einer armen Seele ein paar Tage ihre wunderbare Gesellschaft schenken?«

»Nun, es ist auf jeden Fall ein Vergnügen, Sie wiederzusehen«, sagte C.J. und tat so, als nippte sie am Brandy.

»Morgen Abend werden wir zu etwas ganz Besonderem in den Vauxhall Pleasure Gardens gehen.« Manwaring klingelte mit einer kleinen Silberglocke, die auf dem Tisch neben ihm stand. »Mimsy«, sagte er, als das Dienstmädchen erschien, »lauf zu Lady Chatterton mit einer Nachricht. Informiere Mylady, dass meine Tochter Cassandra gerade aus Bath angekommen ist und es wirklich sehr unverschämt wäre, wenn ich ohne mein lange verloren geglaubtes Kind zu ihrem Maskenball käme.«

Die gehorsame und sehr tatkräftige Mimsy lief aus dem

Haus wie ein Eichhörnchen, das im November eine Eichel erspäht hat.

»Lady Chatterton ist eine tolle Frau«, sagte der Marquis zu C.J. »Eine sehr großzügige Mäzenin. Eine Witwe. Gerade vierzig geworden, allerdings immer noch mit der Frische der Jugend. Sie hat seit einiger Zeit ein Auge auf mich geworfen.« Er zwinkerte seiner Tochter zu und nahm noch eine Prise Schnupftabak. »Was ist los, Kind? Glauben Sie, ich sei nicht mehr attraktiv für die Damenwelt? Ich bin gerade mal fünfzig. Clementina ist einmal nach Bristol gereist, um mich als Dogberry zu sehen. Sie sagt, sie würde alles für mich tun. Außer mich zu heiraten, bis ich meinen guten Ruf wiederhergestellt habe, sagt sie. Trinken Sie das Glas leer.«

»Es tut mir leid, Vater. Ich bin nicht an Brandy gewöhnt, und auch wenn ich mir sicher bin, dass er von bester Qualität ist, befürchte ich, er ist etwas zu stark für mich.«

»Dann bleibt mehr für mich.« Der Marquis kippte ihren Brandy mit einem Schluck hinunter und füllte sein eigenes Glas bis zum Rand.

Manwaring seufzte wie ein verliebter Mann. »Es gab nicht viele, Cassandra, die es gewagt haben, ihren Ruf durch den Umgang mit mir zu riskieren, Clementina indes, Lady Chatterton, ist immer auf meiner Seite gewesen.« Er ließ sich wieder in seinen Stuhl fallen und tätschelte seinen großen Bauch. »Natürlich, wenn sie mich zu einer ihrer Soireen einlädt, dann immer nur, wenn es ein Maskenball ist«, lachte er.

Am nächsten Morgen erhielt C.J. eine Einladung. »›Verkleiden Sie sich als Ihre Lieblingsfigur aus einem Shakespeare-Stück‹«, las C.J. »Was soll ich nur tragen? Als was gehen Sie, Papa?«, fragte sie den Marquis.

Ihr Vater warf sich in die Brust. »In der Rolle, für die ich in der Provinz sehr berühmt war ... in meinen nüchterneren Tagen. Ich werde als Weber Zettel gehen.« C.J. lachte. »Ich war sehr, sehr gut, das müssen Sie wissen«, entgegnete er und dachte, dass seine Tochter sein großes schauspielerisches Talent infrage stellte.

»Das bezweifle ich nicht. Im Gegenteil, ich dachte gerade, das ist die perfekte Besetzung«, erwiderte C.J. lächelnd. »Aber wen soll ich darstellen?«

»Ich finde, Sie sollten zu Lady Chattertons Kostümball als eine gehorsame Tochter gehen. Wie wäre es mit ein bisschen hübschem Tang? Sie wären eine bezaubernde Miranda.«

C.J. rümpfte die Nase. »Igitt! Miranda ist viel zu farblos für meinen Geschmack.«

»Sie ist aber eine gute Tochter«, protestierte Manwaring. »Was ist mit Cordelia? Also, die ist wirklich loyal.«

»Da lasse ich mich lieber hängen«, erwiderte C.J.

Der Marquis führte C.J. zu einem Raum voller Kostüme und Accessoires, einer wahren Schatztruhe aus Satin, Seide und Samt, aus Halskrausen und Manschetten und Unterröcken, Kappen und Helmen, Stäben und Schwertern aller Art. »Ich bin ein Sammler«, erklärte Manwaring. »Vor vielen Jahren, als Sie noch ein ganz kleines Mädchen gewesen sind, habe ich eine Saison mit der großen Siddons gespielt. Sie hat mir etwas für meine Sammlung gegeben. Sie hat gesagt, dass sie sich sowieso ein neues Kostüm für ihre Rosalind machen lasse.«

C.J. schnappte nach Luft und streckte die Arme aus, um das purpurne Samtwams entgegenzunehmen. »*Siddons* hat das getragen?«, sagte sie atemlos.

»Genau dieses. Damals war sie viel dünner«, sagte der Marquis und betrachtete das luxuriöse Kleidungsstück.

»Oh, darf ich das wirklich tragen?«

Ihr Vater nickte.

»Dann ist es entschieden. Ich werde als Rosalind gehen!«, rief C.J. aus und war ganz hingerissen von der Möglichkeit, etwas zu tragen, das einmal der größten Schauspielerin dieser Zeit gehört hatte.

MEHRERE STUNDEN SPÄTER öffnete Mimsy die Tür zu der Wohnung ihres Herrn in den Stone Buildings, und beim Anblick, der sich ihr bot, verschlug es ihr die Sprache. Einige der Personen im Türrahmen kannte sie von Auftritten des Lords. Sie erblickte Kleopatra mit einer Sklavin, die einen riesigen Fächer aus Straußen- und Pfauenfedern trug, sehr effektiv, um den Gestank der Stadt von der königlichen Nase der eher rundlichen Nilkönigin fernzuhalten. Dann war da noch eine sehr steife und recht alte Titania und ein Mann in einem dreckigen Lendenschurz voller Pflanzen und Tang, der allerdings unter all dem »Schmutz«, den er sich über seine nackte Brust, seine Arme und Beine geschmiert hatte, sehr durchtrainiert und gut aussehend zu sein schien.

»Kann ich helfen?«, fragte Mimsy und zuckte vor der lebenden Schlange, die sich um Kleopatras üppigen Oberarm wand, zurück.

»Ich bin die Countess von Dalrymple. Ist mein Bruder zu Hause?«, wollte die Respekt einflößende Ägypterin wissen.

»Oh, er ist schon nach Vauxhall gefahren, Mylord und seine Tochter. Sie haben das Boot genommen, da Mylord dachte, dass die junge Lady diese Art des Transports besonders schön finden würde.«

»Sie ist *bei* ihm, Miss Welles, meine ich«, sagte die

schlanke Charmion, vor lauter Aufregung vergaß sie ganz ihren Stand und wollte an Calibans Ärmel ziehen. Als sie merkte, dass sie stattdessen fast seine nackte Haut berührt hatte, zuckte Mary entsetzt zurück und rümpfte die Nase. »Sie sind so *schmutzig*, Mylord«, flüsterte sie.

»Caliban ist nicht schmutzig, er wird missverstanden«, erwiderte Darlington. »Außerdem bin ich wohl schon ein bisschen zu alt, um den Romeo zu geben.«

»Oh Gott, ich hoffe, *Romeo* ist nicht deine Lieblingsfigur bei Shakespeare. Man sollte nie aus Liebe *sterben*«, rief Lady Dalrymple aus. »Vor allem nicht ein Mann deiner Position und deines Alters. Man muss dafür *leben*.«

»Wir verschwenden kostbare Zeit mit einer billigen Persiflage«, verkündete die gebieterische Königin der Elfen und schwenkte ihren Zauberstab voller Edelsteine, als wäre er ein Streitkolben. »Wir müssen ihnen folgen!«

»Zuerst müssen wir noch erfahren, wie wir ihn erkennen, Augusta. Wie ist mein Bruder verkleidet?«, fragte Lady Dalrymple und schob ihre rutschende Armbinde mit einer sanften Geste wieder hoch.

Statt einer Erklärung begann Mimsy unbändig zu lachen, sodass sie keinen vollständigen Satz mehr herausbrachte. Sie begann Manwarings aufwändigen Kopfschmuck pantomimisch zu erklären. »Ein *Esel*!«, antwortete sie endlich kichernd.

»Wie passend«, bemerkte Lady Oliver scharf und schickte das Dienstmädchen weg, indem sie mit ihrem Zauberstab herumfuchtelte. In großer Eile legten die vier ihre schwarzen Masken an und kehrten zu Darlingtons Kutsche zurück, um zu den Vauxhall Pleasure Gardens zu fahren.

Kapitel Achtundzwanzig

*In dem unser Abenteuer eine verblüffende
Auflösung findet und eine Enthüllung die wildeste
Fantasie eines jeden übersteigt.*

DIE EINZIGEN PERSONEN, die keine Shakespeare-Kostüme trugen, waren die livrierten Diener, und sogar sie waren alle wie Diener des Sonnenkönigs Ludwig XIV. angezogen, mit gepuderten Perücken und hellblauen, goldbestickten Jacken.

Man half C.J. aus dem kleinen schwanenförmigen Boot ans Ufer, und sie betrat ein duftendes Wunderland. Sogar die Beleuchtung war magisch. Papierlaternen hingen in den großen Bäumen, die in ordentlichen Reihen gepflanzt eine Baumarkade bildeten, nach oben zum klaren Nachthimmel hin offen.

»Manche ziehen den neueren Ranelagh Garden vor«, sagte Manwaring zu ihr, »aber mir gefällt Vauxhall immer noch besser.« Er deutete auf den Pavillon und lenkte C.J. von den mit winzigen, goldfarbenen Kieselsteinen gepflasterten Wegen, den Marmorstatuen und den geschickt in die üppigen Baumreihen eingepassten Tableaus ab.

»Zuerst müssen Sie unsere Gastgeberin treffen«, sagte

er und führte C.J. in den Pavillon, der wie der verzauberte Palast eines Flaschengeistes aussah. Im Zentrum der Rotunde saß ein Orchester von vielleicht hundert Musikern, die die Nacht hindurch Menuette und Mazurkas, Polonaisen und Pavanen spielen sollten, während die Gäste tanzten oder sich in den Logen ringsherum unterhielten.

Die Wandgemälde raubten C.J. den Atem.

»Oh ja, das ist die Arbeit von Hogarth«, sagte Manwaring bewundernd. »Der beste Mann dafür, wenn ich das so sagen darf.«

»Ich nehme an, dass er für die Verspottung dessen, was wir hier tun, gut bezahlt wurde«, überlegte C.J., »und sich während der Arbeit wohl ziemlich amüsiert hat.«

»*Ahhh,* unsere Gastgeberin.« Sie gingen auf eine blonde Frau zu, zart und klein, die sehr passend als Elfenkönigin Titania verkleidet war. »Willkommen all Ihr Spieler«, sagte Lady Chatterton und küsste das Tier vor sich auf beide haarige Wangen.

»Seid gegrüßt, Mylady«, donnerte der Marquis durch Zettels schweren Kopfputz.

»Manwaring! Wie wunderbar!«, erwiderte Lady Chatterton mit ihrer silbrigen Stimme. »Ich würde Sie überall erkennen.«

»Und das ist meine Tochter, Cassandra.«

C.J. hob ihre Samtkappe an und knickste. »Das Vergnügen ist ganz auf meiner Seite, Lady Chatterton.«

»Ist sie Schauspielerin?«, fragte die Gastgeberin den Marquis. »Ihre Tochter hat wirklich die richtigen Beine für Hosenrollen. Ist das Rosalind oder Viola?«, wollte Lady Chatterton von C.J. wissen und schwenkte ihren Zauberstab voller Bänder, der ihr gleichzeitig als Maske diente.

C.J. dachte einen Augenblick nach, dann antwortete sie:

»›Glaubt denn, wenn's Euch beliebt, dass ich wunderbare Dinge vermag; seit meinem dritten Jahr hatte ich Umgang mit einem Zauberer von der tiefsten Einsicht in seiner Kunst, ohne doch verdammlich zu sein ...‹«

»Es ist Rosalind!«, rief Lady Chatterton begeistert aus. »Wie klug Sie sind! Und stimmt es wirklich, dass Sie Ihren Vater das letzte Mal mit drei Jahren gesehen haben?«

C.J. verstand nicht, lächelte höflich und tat so, als würde sie begreifen, was Lady Chatterton meinte.

»Tanzt, trinkt und seid fröhlich, meine Freunde, denn morgen werden die Diener die Reste unseres ausgelassenen Festes wegräumen«, mahnte die Gastgeberin. »Es ist eine Freude, meine Liebe, Sie mit Ihrem Vater wiedervereint zu sehen«, fügte sie hinzu, bevor sie von Markus Antonius fortgezogen wurde.

Der Marquis sah den beiden nach und fragte sich, ob es sich bei dem römischen General um einen Rivalen handeln könnte. »Ich werde Punsch holen, mein Kind. Du kannst umherspazieren«, sagte er zu C.J., folgte dem Ruf der berauschenden Getränke und ließ sie allein zurück.

»OH, JA WIRKLICH, Lady Dalrymple. Ich habe erst vor wenigen Minuten mit Ihrem Bruder gesprochen. Und was für eine Freude, Sie wieder in London zu sehen«, sagte Lady Chatterton zur Countess. »Und Lady Oliver natürlich.« Die beiden Titanias betrachteten einander mit verborgener Feindseligkeit. »Nun, Darlington, wie ... mutig!«, rief die Gastgeberin aus, als der Earl seine Maske abnahm, um sie zu begrüßen.

»Glücklicherweise ist es warm«, bemerkte der fast nackte Adelige lässig.

»Albert ist heute Abend Zettel, der Weber«, informierte Lady Chatterton sie. »Und wirklich ein sehr guter Zettel«, fügte sie mit einem Augenzwinkern zu ihrer alten Busenfreundin Lady Dalrymple hinzu.

»Der Esel ist für meinen Geschmack viel zu überfrachtet«, sagte Lady Oliver mürrisch.

»Wir müssen sie finden«, sagte Darlington, der keine Lust hatte, wertvolle Zeit zu verlieren. »Ich glaube, das Beste ist, wenn wir alle in unterschiedliche Richtungen gehen.« Wie ein General verteilte er seine Truppen. »Lady Dalrymple und Mary, gehen Sie hier entlang. Tante Augusta, du suchst im Pavillon nach dem Lord. Er wird bestimmt in der Nähe der Bowle sein. Ich werde hier draußen nach Miss Welles suchen.«

Es stellte sich als eine anstrengende Aufgabe heraus. Genau wie die Titania erfreute sich Zettel als Figur äußerster Beliebtheit. »Aha!«, rief Lady Dalrymple, nur um verlegen festzustellen, den falschen Esel in die Hände bekommen zu haben. Vor lauter Aufregung darüber, dass Cassandra hier war, hatte keiner daran gedacht nachzufragen, als was sie verkleidet war.

Lady Oliver fand, sie sollten nach einer Lady Macbeth oder der widerspenstigen Katherine suchen, während Lady Dalrymple überzeugt war, dass ihre Nichte ganz sicher eine geistreiche Beatrice oder die hübscheste Julia im Garten sei.

Darlington begann seine Suche entlang der Kieswege. Die Papierlaternen tauchten den goldenen Weg in ein rosiges Licht. »Cassandra!«, rief er. »Miss Welles!«

Nachdem er einige Minuten lang die Gärten der Länge und Breite nach erfolglos durchstreift hatte, lehnte er sich an einen Baum, um zu verschnaufen.

»Ihr seht erschöpft aus, Caliban.« Die Stimme gehörte

zu einem jungen Mann, der auf einer Marmorbank unter den Bäumen saß.

»Wer ist da?«, fragte Darlington, und der Jüngling setzte seine Maske zurecht, um seine Anonymität zu wahren.

»Ein Freund«, antwortete C.J. und bemühte sich, ihre Stimme zu verstellen, indem sie etwas tiefer sprach.

Der Earl sah den Jungen in seinem Wams und seiner helllila Strumpfhose an. »*Ohh*«, seufzte er. »Wie glücklich Ihr sein müsst. Ihr seid viel zu jung, Sir, um zu wissen, wie furchtbar es ist, einer Lady das Herz zu brechen.«

»Das stimmt, ich habe keiner Lady das Herz gebrochen ... nicht dass ich wüsste ... aber trotz meiner jungen Jahre weiß ich nur zu gut, was es bedeutet, ein gebrochenes Herz zu haben. Kommt, setzt Euch neben mich. Wenn Ihr so eine traurige Geschichte zu erzählen habt, dann werdet ihr feststellen, dass ich ein offenes Ohr für Euch habe.« C.J. deutete auf den Platz neben sich.

»Die traurige Geschichte ist nicht meine eigene«, begann Darlington, »sondern die eines engen Freundes«, fuhr er fort und war sich sicher, die hübschen Beine des »Jungen« an seiner Seite sehr gut zu kennen.

»Erzählt sie doch bitte«, sagte C.J., die die wohl geformten Glieder des halbnackten Mannes neben ihr zweifelsohne schon einmal gesehen hatte. Er hatte nicht daran gedacht, seine Stimme zu verstellen und offensichtlich auch nicht, seinen Siegelring abzunehmen.

»Es ist eine lehrreiche Geschichte, guter Junge«, seufzte Darlington. »Ich hatte einen Freund, der seine Lady schlecht behandelt hat. Er hat sie aus tiefstem Herzen geliebt, wegen ihrer Schönheit und ihrem klugen Geist und ihrer Großzügigkeit. Sie hatten sich verlobt, was meinem Freund die wunderbare Möglichkeit bot, den Körper seiner Geliebten sehr genau kennen zu lernen. Noch niemals zuvor hatte er solche Glückseligkeit erlebt, hat er mir gesagt, und er war bereit, um ihre Hand anzuhalten und große Hochzeitspläne zu schmieden.«

In der Dunkelheit biss sich C.J. auf die Lippe. »Was ist passiert?«

»Mein Freund hat die Wahrheit über den erbärmlichen Zustand seines Anwesens erfahren und die daraus resultierende Armut seiner Pächter. Gegen seine Überzeugung erlaubte er seiner Tante, ihn dazu zu überreden, die Verlobung zu lösen und eine offizielle Verlobung mit einer Erbin einzugehen, dem Patenkind seiner Tante.«

»Wie grausam! Hat er eine Wiedergutmachung gegenüber seiner im Stich gelassenen Lady geleistet?«

»Bei Weitem nicht in dem Maß, wie sie es verdient hätte. Und darüber hinaus erfuhr er, dass sie sein Kind erwartete. Er war zwischen Liebe und Pflicht hin- und hergerissen. Oder genauer formuliert, zwischen Liebe und Geld.«

»Bitte fahrt fort, Caliban.«

»Ihm wurde klar, welch großen Fehler er begangen hatte, als seine Geliebte bei einem schrecklichen Reitunfall verletzt wurde. Während sie zwischen unserer und der nächsten Welt schwebte, machte er Pläne, sich aus der Verlobung zu lösen und nach Canterbury zu fahren, um eine spezielle Genehmigung vom Erzbischof zu erwerben, damit sie sofort heiraten konnten, wenn sie wollten. Als er feststellen musste, dass seine Geliebte ganz plötzlich nach London aufgebrochen war, folgte er ihrer Spur und musste seine Reise zu dem Geistlichen um einen oder zwei Tage verschieben.«

»Er hat die Beziehung mit der Erbin aufgegeben?«, fragte C.J. atemlos.

»Mein Freund hatte keine Wahl. Er konnte es nicht ertragen, seine Geliebte zu verlieren und sich vorzustellen, wie sie leidet und allein ihr Kind großzieht, von allem ausgegrenzt, und zu wissen, dass er der Grund für ihr Elend war, aber nicht den Mut gehabt hatte, die Situation in Ordnung zu bringen. Also riskierte er seinen eigenen, so gut wie sicheren Ausschluss aus der Gesellschaft.«

»Das ist ... eine recht außergewöhnliche Erzählung, Sir. Wie endet sie?«

»Das bleibt noch abzuwarten, guter Junge. Mein Freund macht sich nun furchtbare Gedanken, ob seine Lady, sollte sie erfahren, dass er vorhat, sie mit allem Pomp und allen Feierlichkeiten, wie es seine Stellung verlangt, zu heiraten, seine aufrichtige und tiefe Entschuldigung für all die Schmerzen, die er ihr und ihrer geschätzten Tante bereitet hat, annehmen wird. Er will wissen, ob seine Geliebte seinem Werben zustimmt, nach all dem Unangenehmen, das zwischen ihnen vorgefallen ist. Und natürlich hofft mein Freund, dass seine Lady nicht zu wütend ist, um ihn jetzt noch zu akzeptieren, und ihn immer noch so sehr liebt wie er sie.«

»Ich wage, eine Vermutung anzustellen«, begann C.J., »wenn die Lady Eures Freundes seine Geschichte hört und von seiner unerschütterlichen Liebe überzeugt ist, könnte sie von seiner Entscheidung, ihre Körper und Seelen in der heiligen Ehe zu vereinen, äußerst erfreut sein.« Sie lehnte sich zu Darlington herüber. »Falls Ihr mir eine kleine Übung erlaubt, dann kann ich Euch demonstrieren, wie dankbar, wie *glücklich* die Geliebte Eures Freundes sein wird.«

C.J. setzte sich rittlings auf den Schoß des Earls. Während sie ihn mit ihren Beinen umklammerte, küsste sie ihn heftig. Ihr Rückgrat fühlte sich an, als würden tausende winziger Feuerwerkskörper darauf explodieren. Ganz kurz dachte sie daran, dass die Schminke, die der Earl überall auf seinen nackten Oberkörper verteilt hatte, hoffentlich nicht das Wams der großen Siddons verschmutzen würde. *Aber, was machte das schon!*

In der Ferne hatte sich eine Menge versammelt, um zuzusehen, wie ein Fallschirmspringer aus einem Heißluftballon sprang und an seinem leichten Baldachin sanft wie auf einer Wolke zu Boden segelte. Die Liebenden hörten das Knallen, Rumsen und Zischen von Lady Chattertons Feuerwerk.

C.J.s flinke Hand rutschte unter Darlingtons Lendenschurz. Er stöhnte ekstatisch, als sie ihn berührte. Sie wollte ihre Position verändern und vor ihm knien.

»Mylady muss zuerst befriedigt werden«, flüsterte der Earl und legte ihre Beine um seine Taille. Er zog ihre Strumpfhose über ihren straffen Po bis auf ihre Oberschenkel hinunter und spürte die Hitze ihrer nackten Vagina auf sich.

»Wirst du mich ... *dort* berühren?«, fragte sie und spreizte die Beine für ihn. »Ich will die Farben wieder sehen.«

Darlington glitt mit zwei Fingern in ihre weiche Feuchtigkeit. »Ohhh, Cassandra, meine liebste Cassandra. Willst du mich heiraten?«

»Solltest du nicht vor mir knien, wenn du mich das fragst?«, neckte C.J. mit selig glänzenden Augen.

»Ich kann mit dem, was ich tue, aufhören und auf die Knie fallen, wenn du das möchtest«, sagte der Earl und berührte den empfindlichsten Punkt.

»Später«, keuchte sie, Tränen der Freude und der Befriedigung liefen über ihre Wangen. »Ich will mich dir hingeben«, flüsterte sie heiser und spürte, wie sie sich ihm noch während sie dies sagte, weiter öffnete.

Darlington war bereit für sie, drang in sie ein und vergrub sich völlig in ihrer Hitze. Die Geliebten bewegten sich wie ein Körper in einem langsamen, wellenartigen Rhythmus. C.J. spürte jeden Millimeter von Darlingtons Körper, jede Pause, die er machte, ließ sie sein erneutes Eindringen nur umso mehr wünschen. Sie zitterte in Erwartung des jeweils nächsten Stoßes und der vollständigen Vereinigung, die er bringen würde.

»Ich fühle mich so lebendig«, murmelte C.J. und zuckte leicht von Darlingtons elektrischer Berührung zusammen, während er seine Hände unter ihr Wams und das Unterhemd schob und die nackte Haut auf ihrem Rücken anfasste. Sie legte ihre Hände auf seine Schultern und bog sich nach hinten, als sie kam, seine starken Hände hielten sie dabei fest umschlungen. »Rosa. Ich habe Rosa gesehen«, sagte sie atemlos. »Was bedeutet das?«

Darlington berührte sanft das Ende ihres Rückgrates, sodass C.J. vor Genuss erzitterte. »Die erste Ebene des Chakra, rot, manchmal wirkt sie rosa, ist die Grundlage von *Kundalini,* der kreativen Lebensenergie.«

»Nur die *erste* Ebene?«, scherzte C.J. und zog ihre Strumpfhosen wieder zurecht. »Das erste Mal, als wir zusammen geschlafen haben, habe ich Grün gesehen. Ich habe Rückschritte gemacht!«

»Aber jetzt trägst du die kreative Lebensenergie in deiner Gebärmutter, unser Kind. Bei Rot beginnt alles.«

»Ich will dich bis zu Blau bringen«, flüsterte C.J. und schoss mit ihrer Zunge in Darlingtons Ohr. Sie umschloss ihn wieder mit ihrer warmen Hand. »Blau und Violett.«

Es wurde gerufen und gepfiffen, und der knirschende Kies kündigte Eindringlinge in das Idyll der Liebenden an.

»Oh Gott – mein Neffe lenkt sich mit *Jungen* von seinen Sorgen ab!«, rief eine entsetzte Lady Oliver. »Und das in einem solchen Moment! In *flagranti* erwischt zu werden!« Sie fiel vor Schock fast in Ohnmacht. »Unsere Familie wird für immer ruiniert sein! Percy! Schüttle sofort diese pastorale Schläfrigkeit ab!«

»Wenn das ein Junge ist, dann bin ich ein noch größerer Esel, als du ohnehin schon glaubst, Augusta«, sagte der Marquis, den die Szene sehr amüsierte. Trotzdem hätte er mehr zu lachen gehabt, wäre einer der amourösen Mitstreiter nicht seine Tochter gewesen. Hatte er nicht auch so schon genug Probleme, ohne dass sein Augapfel nicht weit vom Stamm fiel? All sein sorgfältiges Werben und seine wiederholten Versicherungen, sich verändert zu haben, waren nichtig, denn Lady Chatterton würde sein Werben nun sicher ablehnen.

Die Gastgeberin selbst und ein älterer Mann, der als Prospero verkleidet war, blieben bei diesem Anblick abrupt stehen. »Ich habe mich den ganzen Abend über gefragt, wann wohl jemand von unserem Eden Gebrauch machen würde«, sagte Lady Chatterton mit überraschender Fröhlichkeit. »Sollen wir ihnen einen Augenblick gewähren, um ... sich zu sammeln?«

Lady Dalrymple kam schnaufend den Kiesweg entlang, mit Mary im Schlepptau, die verzweifelt versuchte, mit ihrer Herrin Schritt zu halten und ihr gleichzeitig mit dem lächerlich großen Fächer Kühlung zu verschaffen. Sie traten zu dem restlichen Suchtrupp, der sich inzwischen diskret umgedreht hatte, während C.J. vom Schoß des Earls aufstand.

»Nun, es scheint, Darlington hat meine Nichte gefunden«, bemerkte die Countess und zwinkerte ihrem Bruder zu. Manwaring nickte mit väterlich besorgter Miene. Wenigstens war seiner Schwester das Schlimmste ihrer Entdeckung erspart geblieben. Nicht die Aktivität selbst entsetzte ihn, sondern die Indiskretion, die sie fast zu einer öffentlichen Aufführung machte. Wer weiß, wie viel weiter seine Tochter gegangen wäre, von der Leidenschaft übermannt? Offensichtlich musste Cassandra noch viel lernen, und Darlington hätte es besser wissen müssen. Zum ersten Mal in seinem Leben stimmten seine und die Ansichten von Lady Oliver, die eifrig Überdosen von Riechsalz einnahm, überein.

»Cupidos Pfeil trifft am genauesten«, sagte Lady Chatterton und gab Zettel mit ihrem Zauberstab einen freundschaftlichen Klaps auf den Allerwertesten. »Und ohne Umschweife präsentiere ich Ihnen, Ladys und Gentlemen, Shakespeares größten Zauberer.« Sie gestikulierte überschwänglich in Richtung des extravagant angezogenen »Zauberers« neben ihr.

Manwaring spähte durch die Gucklöcher seiner Kopfbedeckung. »*Jetzt* ist der Groschen gefallen. Ich glaube, das ist der Shylock, über den meine Tochter gerade erst gestern gesprochen hat!«

»Sehen Sie genauer hin, Mylord«, sagte Lady Chatterton trocken. Sie zeigte mit der Spitze ihres Stabes auf das prächtige Gewand des bärtiges Mannes, das voller antiker Zeichen und Symbole war. »Das ist nicht Shylock, sondern *Prospero*.«

Prospero, in der Person des Pfandleihers Mathias Dingle, nahm einen kleinen, blauen Samtbeutel aus den Falten seines voluminösen Gewandes. »Wenn Sie gestatten, Mylady«, sagte er zu ihrer Gastgeberin, »würden Sie so gut sein und mit Ihrer Laterne auf diesen Beutel leuchten.«

Lady Chatterton kam der Bitte nach, und der Pfandleiher nahm ein merkwürdig geformtes Stück Silber aus dem Beutel und gab es C.J., die jetzt neben Darlington auf der Bank saß. Sie war immer noch dunkelrot im Gesicht, weil man sie in dieser überaus peinlichen Situation ertappt hatte. »Können Sie es lesen?«, fragte Dingle sie.

C.J. betrachtete das Metallobjekt. »Bitte geben Sie ihr die Laterne, Mylady. Können Sie die Gravur jetzt besser lesen, mein Kind?«

C.J. kniff die Augen wegen der winzigen Schrift zusammen. »Hier stehen die Initialen C.J.W.T. und darunter ›von ihren sie liebenden Eltern, Albert und Emma‹. Was ist das?«, fragte C.J. erstaunt.

»Das Kreuz, Kind!«, rief Manwaring aufgeregt aus. »Ist das das Geheimnis?«, fragte er den Pfandleiher.

C.J. holte das Bernsteinkreuz unter ihrem Wams hervor. Sie hielt es an das seltsam geformte Stück Silber.

»Was bedeutet das alles?«, fragte Darlington, der seinen Blick immer noch von den anderen abgewandt hielt. Schlimm genug, dass man *ihn* in einer so kompromittierenden Lage erwischt hatte, hatte die arme Miss Welles durch seine Zuneigung denn nicht schon genug öffentliche Zensur erlebt?

»Es passt, gerade so«, sagte C.J. und versuchte, das Kreuz in die silberne Fassung einzusetzen.

»Bertie.« Lady Dalrymple sah ihren Bruder an. »Es muss dafür eine Erklärung geben.«

»Wie ich Cassandra bereits erzählt habe, war ich über die Jahre unglücklicherweise immer wieder gezwungen, verschiedene Shylocks aufzusuchen. Ich kann mich zwar nicht genau an ein Geschäft mit Mr. Dingle erinnern, obwohl ich zugebe, dass mir sein Gesicht bekannt vorkommt.«

»Wenn es nicht zu unbescheiden klingt, ich habe ein gutes Gedächtnis für Details. Und ein noch besseres für Zahlen«, sagte der Pfandleiher. »Seit ich mein Geschäft vor fast fünfzig Jahren eröffnet habe, habe ich jeden Handel mit jedem Kunden, der mein Geschäft betreten hat, notiert. Ich habe Miss Welles gerade die silberne Fassung gegeben, in der sich dieses Bernsteinkreuz, das sie nun trägt, befand. In dieser Form hat sie es zu ihrer Geburt bekommen. Der Marquis hat die Silberfassung entfernt und sie vor Jahrzehnten bei mir versetzt, um Spielschulden zu begleichen. Um die Wahrheit zu sagen«, fügte Dingle hinzu, nahm seinen spitzen Hut ab und kratzte sich unter seiner Kippa, »bei meiner Kundschaft ist ein Stück in dieser Form nicht sehr gefragt. Außerdem ist es zu klein, und das Silber selbst ist nicht mehr wert als Tinnef. Es war nur gut zum Einschmelzen und würde ansonsten nicht viel bringen, da es kaum zwei Zentimeter lang ist und so gearbeitet, dass nur Platz für das Kreuz bleibt. Aber der Marquis brachte mir damals mehrere Gegenstände, also gab ich ihm eine Guinee dafür. Seine Frau war gerade gestorben, und er musste allein eine kleine Tochter aufziehen. Ich hatte Mitleid mit ihm.«

C.J. war verblüfft. »Doch wie haben Sie sich nach all den Jahren noch an die Silberfassung in ihrem Besitz erinnert?«

»Das habe ich gar nicht. Es war Mylady, die sich erinnerte.«

»Nein, so war das nicht, Mr. Dingle«, erwiderte Lady Chatterton mit ihrer hübschen, silbrigen Stimme. »Vor ein paar Wochen traf ich meine Anwälte und wurde in Mr. Oxleys Büro geführt, um zu warten, während Mr. Oxley und Mr. Morton sich um eine andere Klientin kümmerten. Die Wände sind nicht so dick, wie man glauben möchte, selbst für ein solch gediegenes Gebäude. Ich bitte Sie, mir zu verzeihen, Euphoria, aber ich habe zufällig einen Teil des Gesprächs mit angehört, in dem es darum ging, dass Ihre Nichte den Titel und den Besitz Ihres Bruders erben sollte sowie Ihr eigenes Vermögen und Ihren Privatbesitz. Ich erinnerte mich daran, dass der Marquis seine Tochter verloren hatte, als sie ein Kind von ungefähr drei Jahren war.« Lady Chatterton sah Manwaring mit großem Mitgefühl an. »Ich habe in meinem Herzen immer daran geglaubt, dass Mylord die Schmach, die ihm während des letzten Vierteljahrhunderts nachgesagt wurde, nicht verdient hat.«

»Ha!«, schnaubte Lady Oliver. »Er ist nichts weiter als ein undisziplinierter Trunkenbold und degenerierter Mensch. Ein Schauspieler!«

Lady Chatterton ignorierte die Bemerkung. »Seine Frau starb bei der Geburt ihres einzigen Kindes. Welch größere Trauer kann man sich vorstellen? Und wie schnell ihn alle für seinen darauffolgenden Absturz verurteilten. Ich wage zu behaupten, dass es fast unmenschliche Stärke erfordert, eine solche Tragödie ohne Verlust der Würde zu überstehen. Lady Dalrymples Gespräch mit ihren Anwälten brachte mich dazu, mich auf die Suche zu begeben. Über die Jahre hat der Marquis mir seine überwältigenden Gefühle der Schuld und der Reue über den unglücklichen Verlust seiner jungen Tochter anvertraut. Er litt darunter, die Silberfassung des Kreuzes, das sie zur Geburt bekommen hatte, versetzt zu haben. Ihm war bewusst, dass er kein Recht dazu gehabt hatte, da es ihm nicht gehörte und schlimmer noch, der einzige Besitz seines unschuldigen Kindes war. Ich dachte, dass es für mich zumindest möglich sein sollte, das Stück Sterlingsilber zu finden und zu erwerben, damit Manwaring etwas hätte, das ihn an seine Tochter erinnerte. Und vor ein paar Wochen, als ich rein zufällig erfuhr, dass Lady Cassandra lebt und sich in der Obhut ihrer Tante befindet, wollte ich dabei helfen, Vater und Kind wieder zusammenzubringen. Und welche

Freude würde es mir bringen, wenn der Marquis diesen Gegenstand seiner rechtmäßigen Besitzerin zurückgeben könnte! Da ich wusste, dass der Marquis fast das ganze Inventar seines Anwesens versetzt hatte, besuchte ich jede Pfandleihe in London und stieß schließlich auf Mr. Dingles Geschäft. Er zeigte mir sehr freundlich seine Bücher. Ich sah jeden Eintrag unter Manwarings Namen durch, und als ich die Notiz zu einer Silberfassung fand, fragte ich Mr. Dingle, ob er so gut sein könnte und einen Brief nach Bath an Lady Dalrymple, zu Händen ihrer Nichte schicken würde.«

Manwaring nahm seinen schweren Kopfschmuck ab und legte ihn neben sich auf den Boden. Er schwitzte stark und nahm dankbar das große, weiße Taschentuch des Juden an.

»Was sagen Sie da, Lady Chatterton?«, fragte C.J. Ihr Herz pochte in ihrer Brust.

»Ich sage, dass es so aussieht, als wären Sie nach all den langen Jahren der Abwesenheit, wieder mit Ihrer Familie vereint.«

»Das T steht natürlich für Tobias. Und das W der Gravur steht für den Mädchennamen deiner Mutter, Warburton«, murmelte Lady Dalrymple.

C.J. war völlig sprachlos.

»Siddons«, sagte Manwaring langsam und betrachtete C.J. in dem Samtwams der großen Schauspielerin. »Es war diese Spielzeit ... ja ... du warst gerade erst drei Jahre alt, und ich habe dich mit der Theatertruppe auf Tournee durch die Provinz mitgenommen.«

»Nach Emmas Tod bestand Albert darauf, sich allein um alles zu kümmern. Er hat geschworen, dass du alles wärst, was ihm in der Welt geblieben war, und wollte es nicht einmal mir erlauben, dich großzuziehen«, sagte

Lady Dalrymple, die immer noch die erstaunliche Enthüllung verdaute, dass die Lüge, die sie erfunden hatte, um Cassandra zu beschützen, tatsächlich der Wahrheit entsprach.

»Wir probten im Theatre Royal in Bath«, erinnerte sich der Marquis. »Ein recht beliebtes Melodram stand auf dem Spielplan, *De Monfort*. Ich hatte eine kleine, doch ziemlich bedeutende Rolle bekommen, wenn ich so sagen darf. Eine Figur namens Friberg. Er ist derjenige, der Jane de Monforts großen Auftritt ankündigen darf, gespielt von der Siddons, und alle Augen waren auf mich gerichtet, während ich meine Zeilen sprach. Cassandra war ein braves, kleines Mädchen gewesen und spielte in den Kulissen mit den Requisiten und den Kostümen und so weiter, aber da das mein großer Augenblick in dem Drama war, konnte ich sie nicht im Auge behalten. Ich sprach gerade meine Zeile, ich erinnere mich bis heute daran, sie lautete«, er trat vor und nahm eine theatralische Pose ein, »*Ist es eine Erscheinung, die er gesehen hat, oder Jane de Monfort.*‹ Cassandra ging auf ihren stämmigen, kleinen Beinen über die gesamte Bühne und verschwand hinter die Kulissen. Wir haben nach der Probe überall nach ihr gesucht, haben sie jedoch nie gefunden.«

Lady Oliver kniff die Augen zusammen. »Sehr ungewöhnlich! Wirklich sehr ungewöhnlich! Woher wissen wir, dass das alles stimmt oder es sich bei dieser jungen Frau nicht um eine Betrügerin handeln könnte?«

»Wenn ich mich recht erinnere, hatte meine Tochter ein kleines Muttermal innen an ihrem linken Oberschenkel«, sagte der Marquis. »Die Form ähnelt einer Teekanne.«

»Einer Teekanne? Wie lächerlich!«, zischte Lady Oliver.

»Ich kann das überprüfen, wenn Sie möchten«, erwiderte Manwaring.

»Du wirst nichts dergleichen tun«, entgegneten Lady Chatterton und Lady Dalrymple gleichzeitig.

»Lass mal, alter Freund«, unterbrach Darlington und legte dem Marquis eine Hand auf die Schulter. »Ich werde das übernehmen.«

»Ich bin überrascht, dass du dich nicht daran erinnerst«, flüsterte C.J. dem Earl ins Ohr.

»Das tue ich. Aber warum sollte ich eine so schöne Chance verschenken?« Er half C.J. auf, und sie verschwanden hinter einigen großen Bäumen.

»... wenn ich länger darüber nachdenke, befand es sich vielleicht auf der rechten Fußsohle ...«, sagte der Marquis nachdenklich. »Himmel, es ist so viele Jahre her, ich erinnere mich nicht ... Ich brauche etwas zu trinken.«

Darlington und C.J. tauchten aus dem Gebüsch wieder auf. »Es ist erstaunlich, wie sehr es einer Teekanne ähnelt, Mylord.« Der Earl zwinkerte Manwaring zu. »Ich glaube, es könnte eine Wedgwood sein.«

Mary schlang ihre Arme um C.J.s Hals und weinte vor Freude, dann umarmte eine bewegte Lady Dalrymple das Paar, nachdem sie zunächst ihr Schlangenaccessoire abgelegt und einer erschrockenen Mary gegeben hatte, die sie sofort auf den goldenen Kies fallen ließ. »Also meine Nichte«, sagte die Countess, »es scheint so, als wärest du tatsächlich genau die Person, für die ich dich die ganze Zeit gehalten habe.« Lady Dalrymple reichte Darlington und C.J. die Hand. »Und hier ist nun letztendlich deine Erbin, Percy.«

»Gott schenke allen Freude«, sagte Lady Chatterton und schwenkte ihren Zauberstab. »Ich glaube, Sie brauchen es am nötigsten«, fügte sie hinzu und blies ein wenig glitzernden Feenstaub auf eine düster aussehende Lady Oliver.

C.J. schwirrte der Kopf, und sie ließ sich auf die Marmorbank sinken. Also *hierher* gehörte sie, jeder ihrer Instinkte über ihre tiefe Verbindung zu dieser Welt hatte sich bewahrheitet. Sie war vor all den Jahren, als sie in dem Theatre Royal in Bath verschwand, in die *Zukunft* transportiert worden. Jetzt war sie *nach Hause* zurückgekehrt, um den Rest eines Lebens zu leben, das im achtzehnten Jahrhundert begonnen hatte.

»Ich bin erstaunt, Clementina, dass Sie sich all diese Mühe für mich gemacht haben.« Manwaring küsste Lady Chattertons zarte Finger. »Ich bin über alle Maßen gerührt. Seht, ein wertloser Bettler zu Ihren Füßen«, deklamierte er und kniete dramatisch vor ihr nieder.

Vor dem Pavillon begann das Feuerwerk von Neuem und malte silbernen und goldenen Regen in die Baumkronen.

Mathias Dingle nahm seinen spitzen Hut voller Sterne ab. »Unsere Feier ist nun beendet«, sagte er lächelnd zu Lady Chatterton.

Darlington legte seinen Arm um die Taille seiner zukünftigen Frau und zog sie an sich. »Ganz im Gegenteil, lieber Sir«, rief er aus, »ich wette, dass sie gerade erst begonnen hat!«

C.J. KONNTE ES kaum erwarten, nach Bath zurückzufahren, um die Neuigkeiten über ihr Glück mit Miss Austen zu teilen. Als sie sich drei Tage später trafen, erzählte sie ihr, dass Lady Dalrymple sie als ihre Erbin festgesetzt hatte und ihr eine jährliche Rente zahlen würde.

Jane war über das große Glück ihrer Freundin begeistert. »Eine jährliche Rente ist eine sehr ernste Angelegenheit.«

Dann verkündete ein strahlender Darlington seiner Cousine: »Die junge Lady, die bisher als Miss Welles bekannt war, hat eingewilligt, mir die große Ehre zu gewähren, die Countess von Darlington zu werden. Ich hatte zunächst daran gedacht, meine Bitte an Cassandra, mir diese höchste Wertschätzung zu erweisen, noch aufzuschieben, bis ich die offiziellen Dokumente in Empfang genommen habe, doch als ich sie in Vauxhall traf, konnte ich mich einfach nicht zurückhalten.« Er merkte, dass seine Verlobte leicht errötete. »Ich bin gerade aus Canterbury zurückgekehrt, um keinen Augenblick mehr zu verschwenden. Obwohl die umfangreichen Hochzeitsvorbereitungen, die ich im Sinn habe, um Lady Cassandra die volle Ehre, die sie verdient, angedeihen zu lassen, recht viel Zeit und Arbeit in Anspruch nehmen werden.«

Miss Austen seufzte ungeduldig auf. »Warum das Vergnügen nicht sofort ergreifen? Wie oft wird das Glück durch Vorbereitungen, dumme Vorbereitungen, zerstört?«

»Als hätte ich nicht schon lange genug gewartet«, erwiderte C.J. lachend. »Du musst dich für mich nicht so verausgaben, Percy.«

»Ist meine Cassandra nicht das charmanteste Mädchen der Welt, Miss Jane?«, sagte Darlington mit einem verliebten Lächeln auf den Lippen.

»Es erfordert einen außergewöhnlich festen Verstand, der Versuchung, das charmanteste Mädchen der Welt genannt zu werden, zu widerstehen«, neckte Jane.

»Ich werde mich bemühen, dass es mir nicht zu Kopf steigt«, entgegnete C.J., während die jungen Frauen einen schelmischen Blick austauschten. »Aber Sie müssen schon zugeben, Jane, dass Ihr Cousin sehr charmant ist, wenn er verliebt ist. Und wie gelehrt er mit seiner Brille aussieht, ein großer Kontrast! Und ich wage zu behaupten, dass nicht viele Männer in meinem Bekanntenkreis die Lyrik Shakespeares so gut kennen und verstehen und sie mit dieser Leidenschaft pflegen.«

Jane fuhr ihrem Cousin durch die Haare. »Seine Freunde können sich darüber freuen, dass er eine der sehr wenigen, intelligenten Frauen getroffen hat, die ihn akzeptiert und wirklich glücklich gemacht hat.«

Der Lord verabschiedete sich gerade, als Mary in der Tür auftauchte. »Lady Dalrymple möchte wissen, ob Sie und Miss Austen mit ihr den Tee im Salon nehmen, Mylady.« C.J. nahm die Einladung ihrer Tante sehr gern an, besonders, wenn es Kekse mit Rosenwasser gab. Ihr fiel eine ungewöhnliche Brosche an Marys Livree auf, und sie fragte, woher sie stammte. »Es ist ein Geschenk von Mrs. Jordan und seiner Hoheit, als Dank für die Hilfe bei der Geburt ihres Babys. Es ist ein Junge. Vollkommen gesund.«

»Mein Gott!«, rief C.J. bewundert aus. »Dann hast du den Duke von Clarence tatsächlich getroffen?«

Mary schüttelte den Kopf. »Oh nein. Mrs. Jordan selbst hat es mir gegeben.«

»Mrs. Jordan war so bald nach der Niederkunft schon wieder auf? Ich bete, dass ich dasselbe Glück haben werde«, sagte C.J. und streichelte liebevoll über ihren Bauch.

»Oh, sie hat schon so viele Kinder bekommen, dass sie sagt, sie kommen inzwischen von ganz allein heraus«, antwortete Mary. »Sie hat uns gesagt, sie rufe die Hebammen nur deswegen, um während der Wehen ein wenig Unterhaltung zu haben. Als sie das Baby herausgepresst hat, hat sie uns Monologe aus dem Theater vorgetragen. Und Mrs. Goodwin hat sie gebeten, Pickle zu spielen«, fügte Mary hinzu und bezog sich auf die Rolle, für die Mrs. Jordan besonders berühmt war.

Erstaunt schlug C.J. sich eine Hand gegen die Brust. »Ich bete auch, dass ich unter diesen Umständen ihren Humor haben werde!«

Epilog

Und so, lieber Leser, heirateten sie. In der ruhigen Pfarrkirche St. Mary the Virgin, in der Henry Fielding sein Hochzeitsversprechen gegeben hatte, heirateten der dritte Earl von Darlington und Lady Cassandra Jane Warburton Tobias, die einzige Tochter des achten Marquis von Manwaring. Miss Austens »dummen Vorbereitungen« wurden mit einer kleinen Feier mit engen Freunden und der Familie des Paares Genüge getan.

Lady Oliver glänzte durch ihre Abwesenheit.

Gemäß der Tradition half der Bräutigam seiner Braut in die offene Kutsche und nahm dann neben ihr Platz. Die Frischvermählten warfen denen, die gekommen waren, um ihnen Glück zu wünschen, Münzen zu und lenkten ihre Pferde in die Stadt. Als sie über die Stall Street fuhren, in Richtung von Darlingtons Stadthaus am Circus, bat die neue Countess ihren Ehemann, die Kutsche anzuhalten. Sie stieg vor einem Apfelstand aus, suchte sich sehr sorgfältig ein besonders gut duftendes Exemplar aus und nahm eine Goldmünze aus ihrem Ridikül. »Für Ihre Mühe, Adam Dombie«, sagte sie dem erstaunten Händler.

Im folgenden März, als man die Frühjahrs-Tag-und-Nacht-Gleiche feierte, erleichtert, dass die dunklen Wintertage vorüber waren und die frische Frühlingsluft wärmeres und angenehmeres Wetter versprach, gebar Lady Darlington mit Mary Sykes' Hilfe Zwillinge.

William, der Junge, hatte die dunklen Locken und tiefblauen Augen seines Vaters; seine Schwester Nora, die eine Viertelstunde jünger war, hatte dieselben dunkelblauen Augen, aber ihre Haare waren feiner und heller und so golden wie die ihrer Mutter bei der Geburt.

Ihre Patin war Miss Jane Austen.

Beide Säuglinge zeigten eine auffallende und sich schnell entwickelnde Neugier und teilten einen sturen Widerwillen, was Mrs. Fast, die Amme, betraf. Am Nachmittag nach der Geburt übergab Mary Lady Darlington ein kleines, in Seidenpapier gewickeltes Päckchen. Darin befand sich die Gemme, die Mrs. Jordan der lernenden Hebamme geschenkt hatte.

»Mary, wie kann ich das annehmen?«

»Es ist das Mindeste, das ich für Mylady tun kann. Hätten Sie mir nicht das Alphabet beigebracht und Mylord mich nicht aus dem Dienst bei Lady Wickham erlöst, wäre nichts aus mir geworden, und jetzt ...«

»Mary, wir haben Seite an Seite den Rost von alten Pfannen geschrubbt, benutzte Teeblätter eingefärbt und im selben Bett geschlafen. Ich kann nicht zulassen, dass du mich ›Mylady‹ nennst. Ich bitte dich, meinen Vornamen zu benutzen.«

»Oh nein, Mylady. Werden Sie es denn nie lernen? Sie sind eine Countess, und ich bin nur eine Hebamme. Das wäre absolut nicht angebracht.«

»Nun dann musst du mir wenigstens gestatten, dich in Zukunft Mrs. Musgrove zu nennen. Und darf ich dir in meinem und Darlingtons Namen von Herzen gratulieren.«

Mary wurde tiefrot. Die Patentante der Zwillinge kam mit einem Tablett voller Erfrischungen ins Zimmer. »Wie erstaunlich ist es doch«, bemerkte C.J. zu Miss Austen,

»dass nach all meinen Reisen Bath schließlich mein Zuhause geworden ist.«

Jane lächelte, nahm Cassandras Hand und drückte sie an ihre Wange. »Eine Heldin, die am Ende ihrer Geschichte in ihren Geburtsort zurückkehrt, triumphierend wegen ihres wiedergewonnenen Rufs und mit all der Würde einer Countess, ist etwas, das die Feder eines Schriftstellers gern beschreibt. Es verleiht jedem Ende Glaubwürdigkeit, und der Autor muss den Ruhm, den sie so freigiebig versprüht, mit ihr teilen.«

Aus einem Ende wurde damit ein Anfang, wie Lord Darlington so weise vorhergesagt hatte. Und für den Rest ihrer gemeinsamen Tage erinnerte sich Lady Darlington gerne an den Rat ihrer Tante Euphoria und tanzte für ihren Ehemann – mit großer Regelmäßigkeit.

Danksagung

Vielen Dank meiner wunderbaren Agentin Irene Goodman, die dieses Buch durch seine endlosen Veränderungen tapfer begleitet hat und meiner überaus scharfsinnigen Verlegerin Rachel Beard Kahan, die ihm eine Chance gegeben hat und weit über ihre verlegerische Pflicht hinausging, indem sie mir einen E-Mail-Crashkurs auf Universitätsniveau über die Gesetze des Erbrechts der Primogenitur gegeben hat. Auch Shana Drehs gebührt Anerkennung, die den verlegerischen Staffelstab reibungslos übernommen hat. Dank auch William Richert, er war in der Nacht da, in der »Amanda« geboren wurde, sowie Michele LaRue, weil sie der geduldigste Fan dieses Romans war, und M.Z.R. für die magische Kugel und Miriam Kriss für die Grafik. Weiterhin möchte ich den großzügigen, freundlichen und unterstützenden Mitgliedern von Beau Monde danken für ihre Unmenge an enzyklopädischem Wissen und d.f. für seine kontinuierliche und enthusiastische Unterstützung. Einen Blumenstrauß für Laurie Peterson, weil sie mich engagiert hat, um Jane Austen in *The Novelist* zu spielen und für Raffaele A. Castaldo, weil er mich hat glauben lassen, dass ich wirklich in Janes Wohnzimmer in Steventon war. Zum Schluss noch einen besonderen Gruß an die magische Stadt Bath, jedes Mal, wenn ich dort zu Besuch bin, fühle ich mich, als wäre ich nach Hause gekommen.

blanvalet

Nora Roberts bei Blanvalet

»Spannend, romantisch, sexy und
geheimnisvoll – was für ein Lesevergnügen!«
Cosmopolitan

36532   36533

Lesen Sie mehr unter:
www.blanvalet.de